海外小説 永遠の本棚

エバ・ルーナ

イサベル・アジェンデ

木村榮一・新谷美紀子＝訳

白水uブックス

エバ・ルーナ

そうして、彼女はシェヘラザードに言った。
《お姉さま、あなたの上なるアラーにかけて、夜を過ごせるような
お話を、わたくしたちにしてください……》
――千一夜物語より――

第一章

わたしの名はエバ。生命を意味している。この名前を選ぶために母が繰った本に、そう書いてあったそうだ。わたしは薄暗い屋敷の一番奥の部屋で生まれ、古めかしい家具やラテン語の書物、人間の剝製に囲まれて育った。だからといって、べつに陰気な性格になったわけではない。というのも、わたしは密林に吹く一陣の風を心の中に吹きこまれて、この世に生まれてきたからだ。わたしの父は黄色い目をした先住民《インディオ》で、数多くの川が出会い、密林の匂いが満ちている土地に生まれた。鬱蒼《うっそう》と生い茂る木々の下で育った父は、一度も空を真正面から見たことがなく、陽の光を気味の悪いものだと思っていた。母のコンスエロは、魔法にかけられたような土地で幼い頃を過ごした。征服者《コンキスタドール》たちが自分の野心の奥底に垣間見た黄金都市を探し求めて、命知らずの男たちが何世紀ものあいだ入りこんでいった土地である。その風景は彼女の心の中にしっかり刻みこまれ、わたしの中にも何らかの形で流れこんでいる。

コンスエロはまだ歩くこともできない赤ん坊のとき、宣教師たちに拾われた。裸で、泥と汚物にまみれ、動物の仔といった感じで、クジラから吐き出された小さなヨナのように船着場の桟橋を這《は》っていたのだ。風呂に入れて洗ってみると、まぎれもなく女の子であることが分かったが、おかげで修道士たちはいささか困惑することになった。しかし、その赤子はもう目の前にいるのだ。川に捨てるわけにはいかなかった。修道士たちはその赤ん坊におむつをあてがい、化膿して開けられなかった目にレモン汁を垂らしてやった。そして、最初に思い浮かんだ女の子の名前をつけて、洗礼を施した。彼らはその赤ん坊の出自を調べたり、大げさに騒ぎたてたりせずに育てることにした。自分たちが見つけるまでその子の命をまもってきたのが神の意志であるとすれば、神はこれから先も肉体的、精神的に健やかに育つように見守ってくださるだろう、最悪の場合でもほかの無垢な者たちとともに天国へお連れくださるにちがいないと確信していた。コンスエロは、伝道所内に敷かれた厳しい階級制度のどこにも属さず大きくなった。女中ではなかったし、学校にいる先住民《インディオ》の子供たちと同じ扱いを受けてもいなかった。あるとき、修道士のうち、誰が自分の父親なのかと尋ねて、なんということを言うのだと、こっぴどく叩かれたことがある。わたしにはオランダ人の船乗りに捨てられて、ボートで漂流していたのだと話してくれたが、あれはうるさい質問から逃れるために、後になって考え出した作り話にちがいない。自分の両親のことやどういう経緯であの場所に現われたのかということについては、おそらく何も知らなかったのだろう。

伝道所はなまめかしいほどもつれあい、絡みあっている密林の真ん中にひらけたオアシスだった。樹々は川岸から、神の過ちではないかと思えるほど天空高く聳《そび》えている塔のようなばかでかい岩山の麓《ふもと》まで広がっていた。そこでの時間はよじれ、空間は人の目を欺き、旅人が迷いこみでもすれば、堂々めぐりをする羽目になる。湿気を含んだ空気はじっとりと重く、ときには花や草、人間の汗や動物の息の匂いがした。むせかえるような暑さで、風はそよとも吹かず、石は熱くなり、血管の中の血はたぎった。日暮れになると空は燐光を放つ蚊で一面に覆われるが、この蚊に刺されると、気が狂いそうなくらい痒《かゆ》くなった。夜には鳥の啼き声や猿の叫び声、遠くの滝の音がはっきりと聞きとれた。滝は目もくらむような山の頂きに発し、戦争がはじまったのではないかと思えるような轟音を立てて落ちていた。伝道所の建物は藁《わら》と泥でできた粗末なものだった。丸太を十字にくくりつけた塔とミサを告げるための鐘があるその建物は、ほかの小屋と同じように、川岸の泥に打ちこまれた杭の上に建っていた。乳白色の水が流れる川の向こうは水面にまぶしくきらめく陽の光のせいで見えなかった。そのあたりの小屋は、人の乗っていないカヌーやごみ、犬やネズミの死骸、名前もわからない白い花などのあいだをあてどなく漂っているように見えた。

遠くからでも、コンスエロの姿はひと目で見分けられた。無限に続く緑に包まれた自然のなかで、彼女の髪は炎のように赤く燃えていた。遊び友達といえば、お腹の突き出た先住民《インディオ》の子供や、主の祈りの合間に下品な言葉をはさむとんでもないオウム、それにテーブルの脚に鎖でつながれた猿だけだった。森へ雌を探しにいけばいいと思って、コンスエロはときどきその猿を放してやるのだが、いつも戻ってきては同じ場所でノミを取っていた。その頃にはもうプロテスタントが近くまでやって来ていた。プロテスタントの宣教師たちは聖書を配り、ヴァチカンを攻撃するような説教をしたり、太陽が照りつける日も雨の日も、手押し車でピアノを運び、人びとの集まる場所で改宗者に歌をうたわせたりしていた。カトリックの伝道師たちは全力を挙げて彼らと戦わねばならず、コンスエロの面倒をみている余裕などなかった。おかげで彼女は真っ黒に日焼けし、キャッサバと魚ばかり食べ、寄生虫をわかし、蚊に刺された跡が身体中にあったが、鳥のように自由だった。家事を手伝ったり、礼拝に出席したり、読み方や算数、公教要理の授業に出るほかは何もすることがなかったので、草花の匂いをかいだり、動物のあとを追いかけたりして遊んでいた。頭の中にはいろいろなイメージや匂い、色、味、それに奥地からもたらされた噂や、川伝いに伝えられた話がいっぱい詰まっていた。

ニワトリ男と知り合ったのは、十二歳のときだった。ポルトガル人のその男は、野外で生活しているせいで真っ黒に日焼けし、いかつくて、近づきがたい感じがしたが、接してみるとひどく陽気な性格をしていた。鶏というのはあちこち歩きまわって、きらきら光る物があれば、なんでも呑み込んでしまう。ニワトリ男はそういう性質を利用して、ときどきナイフで餌袋を切り開き、わずかばかりの金の粒を手にするのだ。金持ちになるにはほど遠い量しかとれないが、夢を養うにはそれで十分だった。ある朝、このポルトガル人は燃えるような髪をした白人の少女を見つけた。スカートをたくしあげ、沼地の中に立っているその少女を見て、男はまた間欠熱の発作に襲われたのではないかと思うほど驚いた。思わず口笛を吹いたが、その音は馬を走らせる口笛のように鋭く響き、コンスエロのもとまで届いた。彼女は顔を上げた。目が合うと、二人は同じようににっこり笑った。その日から二人はよく一緒に過ごすようになった。男はコンスエロをうっとり見つめたいがため、コンスエロはポルトガルの歌を教えてもらおうと思ったからだった。

「さあ、金をとりに行こう」とある日男が言った。

二人は密林を伝道所の鐘が見えなくなるくらい奥まで分け入った。男だけが知っているけもの道を通って茂みの中に深く入りこみ、雄鶏《おんどり》のコッコッという啼き声で呼びかけながら、一日中雌鶏《めんどり》を探して歩いた。その姿が木陰にちらりと見えたら、飛んでいるところをぱっと捕まえるのだ。コンスエロが膝のあいだでしっかりと押さえているあいだ、男はナイフで雌鶏の喉を開き、金の粒を取り出すために指を突っ込んだ。鶏が死ななければ、また金の粒を拾うようにと、傷口を針と糸で縫い合わせた。死んでしまったものは、あとで村で売るか、罠《わな》に使う餌にするために袋に詰めた。羽毛は災いを呼ぶというし、舌にできる病気を伝染させるので燃やした。夕暮れになって、コンスエロは髪をくしゃくしゃにして戻った。あちこちに血のしみがついていたが、いかにも楽しそうだった。男にさよならを言って、ボートからテラスまで縄梯子をつたってよじ登っていったが、ふと見ると目の前に四つの薄汚れたサンダルが並んでいた。履いていたのは、二人のエストレマドゥーラ出身の修道僧だった。彼らは腕組みをし、とりつくしまもないような厳しい表情でコンスエロを待ちうけていた。

「町へ行くときが来たようだ」と二人はコンスエロに言った。

いくら頼んでも聞き入れてもらえなかった。猿もオウムも連れて行くことを許してもらえなかった。この一匹と一羽の友達は町で彼女を待っている新しい生活にはふさわしくないというのだ。コンスエロは先住民《インディオ》の少女五人と一緒に連れて行かれた。カヌーから川へ飛び込んで逃げないようにと、彼女たちはみんな踝《くるぶし》のところを縛られていた。ニワトリ男は、黙ってコンスエロを見つめていたが、それがお別れの挨拶だった。彼女に触れようとしなかったが、お別れのしるしに奥歯の形をした金の粒を紐に通したペンダントを渡した。以後、コンスエロは、愛の証として贈るべき相手が見つかるまでそのペンダントをずっと身につけていた。彼女は色褪せた木綿の前掛けを着け、麦藁帽子を耳までおろし、裸足で、悲しそうにしていた。手を振って別れの挨拶をしたが、それ以後ニワトリ男と二度と会うことはなかった。

まず最初カヌーに乗り、狂気が生み出したとしか思えないような風景の続くなか、一行は河の支流を下っていった。次いでラバの背に揺られて急な傾斜の高原をぬけた。そこは夜になるとひどく冷えこみ、頭の中で考えていることまで凍りついてしまった。最後はトラックに乗せられて、湿原や野生のバナナと背の低いパイナップルの生い茂る森、砂と塩の道を走りぬけていった。コンスエロは何を見ても驚かなかった。驚異に満ちた世界で育った彼女には、もはや驚くものなど何ひとつなかったのだ。この長い道のりを行くあいだに、コンスエロは涙が涸れるまで泣きつくし、のちの悲しみにとっておくはずの涙までしぼりだした。ついに涙がおさまると、ぴたりと口を閉ざし、これからはどうしても必要なこと以外口をきくまいと心に決めた。一行は数日後に首都に到着し、修道士たちは怯える少女たちをカリタス会の尼僧院へ連れて行った。ひとりの尼僧が監獄で使っているような鍵で鉄の扉を開け、一行を中庭へ案内した。回廊に囲まれた中庭は広々としており、日陰がたくさんあった。真ん中には色とりどりのタイルを貼った噴水がしつらえてあり、鳩やツグミ、ハチドリがやって来て水を飲んでいた。灰色の制服を来た少女が数人、木陰で輪になって座り、曲がった針でマットレスカバーを縫ったり、柳の小枝で籠を編んだりしていた。

「お祈りをあげ、勤めるのです。そうすれば、あなたがたは自らの犯した罪が軽くなったことに気づくでしょう。わたしは健やかな人を癒しにこの地上に来たのではなく、病める人たちを救うために来たのです。群れている羊よりも、迷える羊を見つけたときのほうが羊飼いにとっては喜びが大きいのです。これは神の御言葉です。神の御名が讃えられますように。アーメン」手を修道服の襞《ひだ》に入れた尼僧はこのように朗唱した。

コンスエロは尼僧の言っていることが理解できなかったし、理解しようとも思わなかった。疲れていた上に、ここに閉じこめられるのだと思って打ちのめされていた。これまで四方を壁に囲まれたところで暮らしたことがなかった。上を見上げ、空がちいさな四角形になっているのを見たとき、コンスエロは息が詰まって死ぬのではないかと思った。一緒に旅をしてきた少女たちから引き離され、尼僧院長の部屋へ連れて行かれたが、それが自分の明るい色をした肌と目のせいだとは思ってもみなかった。尼僧院ではもう何年も、コンスエロのような少女をひきとったことがなかった。貧民街からやって来た混血の子供か、伝道師たちが力ずくでひっぱって来た先住民《インディオ》の少女たちだけだったのだ。

「両親の名前は？」

「知りません」

「いつ生まれたのですか」

「彗星の年です」

そのころから、コンスエロは答えようのない質問をされると、詩的な言い回しを使って返事をするようにしていた。はじめて彗星の話を聞いたのはまだ小さいころだったが、そのときに自分が生まれたのはその年にしようと心に決めた。あのときは誰もが畏《おそ》れおののき、天空の奇跡が起こるのを待っていた。火龍が現われ、地球の大気に触れると、その尾が毒ガスを吹き出しながらこの星を包み、溶岩流のような熱であらゆる生きものを死に絶えさせると人びとは信じていた。中には焼け死ぬのは嫌だと言って、自殺したひともいた。また、これが最期だと大食いしたり、大酒を飲んだり、はてはセックスに溺れたものも現われた。空が緑色になったのを見て、彗星の影響で混血児《ムラート》の縮れ毛が真っ直ぐになり、中国人の髪の毛が縮れたと聞いて、〈慈善者〉までがショックを受け、何人かの政治犯に恩赦を与えるよう命令を下した。彼らはもう長いあいだ囚われの身だったので、そのころには陽の光がどういうものか忘れていた。それでも何人かは反逆心を抱き続け、次の世代の人たちにそれを引き継いでもらおうと考えていた。コンスエロは、そのように人びとが畏れおののいているときに自分が生まれたと考えただけで嬉しくなった。そのころに生まれた子供はみんな醜く、彗星が氷の球のように姿を消し、星屑になってしまったあとも、まだ醜いままでいるという噂が流れていたが、彼女は気にかけなかった。

「まず、この悪魔の尻尾を始末しなければなりませんね」と尼僧院長は、新しい寮生の背中で揺れている磨きあげた銅のようなおさげを両手で持ちあげながら言った。そして、その長い髪をみじかく切り、シラミを駆除して真っ赤な色を弱めるために灰汁《あく》とアウレオリーナ・オニーレムを混ぜたもので頭を洗うよう命じた。おかげでコンスエロの髪は半分ほど抜け落ち、残った毛は粘土のような色になった。炎のマントのようだった髪は、修道院の雰囲気と規律によりふさわしいものになった。

コンスエロはその修道院で、身も心も冷えきった状態で三年間を過ごした。いつもひとりぼっちで、不機嫌そうな顔をしていた。中庭を照らす弱々しい太陽が、自分があとにした故郷の密林を焼き尽くすほど強く照りつけていた太陽と同じものだとは思えなかった。尼僧院は世俗の騒ぎとも、国家の繁栄とも関係なかった。ある男が井戸を掘ると、水のかわりに臭くてベタベタする黒い液体、まるで恐竜の汚物のような液体が吹き出してきた。それが繁栄のはじまりだった。国は石油の海の上に浮かんでいたのだ。おかげで眠ったような状態にあった独裁体制にほんの少し新風が吹き込んだ。つまり、〈慈善者〉とその一族の財産がこれ以上はないほどふくれあがり、ほかの人たちもそのおこぼれにあずかることができたのだ。都市は多少変化した。油田では、北からやって来た逞しい現場監督たちのおかげで、古くからの伝統が揺らぎはじめた。近代化の風が吹き寄せ、女たちのスカートの丈が短くなった。けれども、カリタス会尼僧院には、そうした世間の風がまったく吹きこんでこなかった。一日は明け方四時の最初の祈りとともにはじまり、変わることのない日課が営まれていた。六時の鐘によって一日が終わり、それからは悔恨の祈りの時間になる。魂を清め、死という不測の事態を受け入れる、つまり、夜が二度と帰ることのない旅立ちになってもかまわぬよう、心の準備をするのだ。長い沈黙、蠟《ろう》をひいた石の敷いてある廊下、乳香と白百合の匂い、囁《ささや》くような祈りの声、黒っぽい木のベンチ、何の飾りもない真っ白な壁。神は偏在しておられる。日干し煉瓦に瓦葺《ぶ》きのだだっぴろい建物には、修道女たちと二人の女中のほかに十六人の少女が住んでいるだけだった。ほとんどが孤児か捨て子だった。彼女たちはそこで、靴をはくことやナイフとフォークの使いかた、そのほかいくつかの基本的な家事を学んでいた。ほかにできることがあるとは考えられなかったので、少女たちは将来女中という卑しい職業で身を立てていくしかなかった。ほかの寮生や尼僧たちのなかにいると、コンスエロの外見はひときわ目をひいた。彼女がこの修道院にやって来たのは単なる偶然ではなく、神の良き意志の御徴《みしるし》なのだと堅く信じていた修道尼たちは、懸命になってコンスエロに信仰心を抱かせようとした。ゆくゆくは修道尼にして、教会に仕えさせようと努めたが、彼女が本能的にそれを拒んだために、修道尼たちの努力は実を結ばなかった。コンスエロ自身は一所懸命に話を聴こうとするのだが、修道尼たちの説く、専制的な神をどうしても受け容れることができなかった。彼女は母親のようにもっとおおらかで哀れみ深い神を求めていたのだ。

「これが、聖母マリアさまです」とコンスエロは教えられた。

「神さまですか」

「いいえ、神さまのお母さまです」

「だったら、天国では神さまとマリアさまと、どちらがえらいのですか」

「お黙りなさい、何ということを言うのです。余計なことを言わずに祈りなさい。あなたの目を開いてくださるよう神さまにお願いするのです」尼僧たちはそう諭《さと》した。

コンスエロは礼拝堂に座って、ぞっとするほど生々しいキリストの像が祀ってある祭壇を見上げ、ロザリオの祈りを唱えようとした。だが、すぐにとりとめのない空想にひたってしまった。密林の思い出が、受難や復讐、殉教、奇跡などを行った聖書の登場人物と交互に脳裏に浮かんできた。ミサの儀礼的な言葉や日曜日の説教、宗教的な書物の講読、夜の物音、回廊の柱のあいだを吹きぬける風、教会の壁龕《へきがん》に刻まれた聖人や隠者の間の抜けた言葉、コンスエロはすべてを貪欲に吸収していった。黙っておとなしくしていることをおぼえ、はかり知れないほどたくさんのお話は秘密の宝物のように胸の奥深くにしまいこまれた。やがて母はわたしに向かってとめどなく語りはじめるが、それはずっと後のことである。

コンスエロは礼拝堂にこもって手を合わせ、草食動物のような穏やかな顔をして長い時間を過ごすようになった。あの娘はきっと神の祝福を受け、天上界を見ているにちがいないという噂が修道院中に広まった。しかし、実践を重んじるカタルーニャ人で、ほかの尼僧たちのように奇跡を信じていない尼僧院長は、それが信仰心から出たものではなく、手のつけられない放心であることを見てとった。それにあの娘はマットレスカバーを縫ったり、聖餅をつくったり、籠を編んだりすることにも、まったく熱意を示さなかった。これ以上してやれることは何もないと考えた尼僧院長は、彼女を外国人医師ジョーンズ博士の屋敷へ女中として送り出すことにした。尼僧院長はコンスエロの手を引いて、いくぶん荒れ果てた、それでもまだ壮麗さの残っているフランス式建築の邸宅まで足を運んだ。その屋敷は市の外れの、現在は当局が国定公園に指定している丘の麓にあった。博士とはじめて会ったときに受けた印象があまりにも強かったので、コンスエロはそれから数ヵ月間、恐怖心を捨てることができなかった。博士はまるで肉屋のような前掛けをつけ、手に奇妙な金属製の道具を持ったまま、部屋に入ってきた。挨拶もせず、意味の分からない言葉を四つ口にしただけで尼僧院長を追い出した彼は、コンスエロのほうを見ようともせず、ぶつぶつ言いながら台所のほうへ追いやった。自分の考えで頭がいっぱいで、ほかのことに構っていられなかったのだ。一方コンスエロは立ち止まって、博士をまじまじと見つめた。これまで一度もこんな恐ろしい人物に会ったことがなかった。それでも博士が、イエスの肖像画のように美しいことに気がついた。すべてが金色に輝いていた。キリストと同じ金の髭をたくわえ、その目の色は信じられないくらい美しかった。

コンスエロは生涯でたったひとりの主人にしか仕えなかった。その主人であるジョーンズ博士は、長年にわたって死体を保存する方法を研究していた。その秘法が博士とともに墓に埋められたのは人類にとって救いだったにちがいない。ほかに、癌《がん》の治療法についても研究していた。この病気がマラリアの感染地域ではあまり見られないことに気がつき、それなら沼地の蚊に刺されれば癌患者はよくなるだろうとごく単純に考えた。これと同じ理屈で、生まれたときからの、つまり先天性の知能障害者の頭を殴るという実験も行っていた。というのも、頭部の外傷によって天才になったという話を『医学新報』で読んだからである。博士は根っからの反社会主義者だった。もし世界中の富を平等に分配すると、計算上ひとりひとりが受けとれるのは、三十五センターボ以下になってしまう、だから革命など無意味である、と考えていた。博士は見るからに健康そうで頑丈な身体つきをしていたが、いつも不機嫌な顔をしていた。賢者にふさわしい知恵と、納戸《なんど》坊主も顔負けするくらいの小才《こざい》に長けていたが、彼が編み出した防腐処理の方法は、偉大な発明のほとんどすべてがそうであるように、驚くほど単純だった。内臓を除去し、頭蓋骨の中を空っぽにし、身体をホルマリンにつけて、タールと麻くずを詰め、プラムのように皺《しわ》だらけになるまで放っておいて、色つきガラスの眼を入れてまじまじと目を見開かせるといった方法を用いるのではなかった。博士の方法はまだ身体が温かいうちに血液を抜いて、ある液体を注入するだけだった。それだけで、まるで生きているように死体を保存することができた。場合によっては残った爪が伸び続けることもあった。唯一の難点は、鼻を刺すようなつんとした臭いがすることだったが、それもそのうちに慣れてしまう。あのころは自ら進んで治療のために蚊に刺されたり、知能を高めようと棒で殴ってほしいという人はほとんどいなかった。だが、防腐処理の評判は海を越えて知れわたり、ヨーロッパの科学者や北アメリカの商人たちがたびたび博士のもとを訪れた。何とかその方法を探り出そうとするのだが、誰ひとり成功したものはいなかった。博士の名声が世界中に広まったのは、町の高名な弁護士の死体を処理してからのことだった。リベラル派に加担しているという理由で、〈慈善者〉はその弁護士の暗殺命令を下した。市立劇場でサルスエラの『ラ・パロマ』が上演された初日に、出口のところで撃たれた弁護士の遺体は、まだ温かいうちにジョーンズ博士のもとへ運び込まれた。無数の弾丸に貫かれて身体は穴だらけになっていたが、顔は無傷だった。博士は殺された弁護士を思想上の敵とみなしていた。独裁制の支持者であった博士は、民主主義など庶民が信奉する、社会主義のまがいものだと見なし、てんで信用していなかったのだ。けれども、防腐処理の仕事にはとりかかった。出来あがりはすばらしいものだった。遺族は出来あがった剝製にいちばんいいスーツを着せ、右手にペンを持たせて書斎に座らせた。その後数十年のあいだ、その剝製は〈慈善者〉の残酷さを思い出すよすがにと、しみやほこりがつかないよう大切に守られた。〈慈善者〉は強いてそれをやめさせようとしなかった。死者に攻撃をしかけるのは、生きている人間とやり合うのとは訳がちがうと考えていたのだ。

最初はびっくりしたものの、そのうちに、コンスエロは博士がつけている屠畜業者のような前掛けや身体にしみついている墓場の臭いが気にならなくなった。意外なことに、博士は見かけほど恐ろしくなかった。気のおけない人で、ときには好意をおぼえることもあった。修道院にくらべれば楽園のようなあの屋敷で、コンスエロはのびのびと毎日を送った。そこには、朝の暗いうちから起き出して、人類の幸福のためにロザリオの祈りをあげるような人間はひとりもいなかったし、ひとにぎりのエンドウ豆の上に膝をつき、その痛みで他人の罪を償《つぐな》う必要もなかった。カリタス会の尼僧院の古い建物もそうだったが、あの邸宅でも亡霊がひそやかに歩きまわっていた。ジョーンズ博士だけがそのことに気づいていなかった。彼は科学的根拠がないと言って、亡霊の存在を頭から否定していたのだ。仕事はけっして楽ではなかったが、それでもコンスエロは夢想にふける時間を見つけることができた。何も言わず黙っていても、それを奇跡のような徳目だと言って騒ぎ立てるものもいなかった。身体は丈夫だったし、尼僧たちに教えられたとおり何を言いつけられても決して文句を言ったりせず、黙って従った。ごみを運び出し、衣類の洗濯をし、アイロンをかけ、手洗いを掃除し、そして大量の塩で包まれ、ロバの背に乗せて毎日運ばれてくる、冷蔵庫用の氷を受け取るというのが彼女の仕事だった。ジョーンズ博士が、薬局で使うような大きなフラスコで例の液体を調合するときは、その助手をつとめたりもした。さらに剝製の管理も彼女の仕事だった。ほこりを払い、関節につく寄生虫の卵をとり、服を着せ、髪を梳《と》かし、頰に紅をさすといったこともした。ジョーンズ博士はコンスエロが側《そば》にいると、気持ちが安らぐことに気がついた。それまで秘密主義を厳しく守っていた博士はひとりで研究を行っていたが、コンスエロがそばにいることに慣れてくると、実験室で助手をつとめるように言った。この口数の少ない娘が秘密を洩らすことはないだろうと考えたからだった。博士は、肝心なときは必ず彼女がそばにいるはずだと信じきって、後ろも見ずに帽子をとり、上着を脱ぎ捨てたが、床に落ちる前にコンスエロがちゃんと受けとめた。ただの一度も下に落とさなかったので、博士は彼女に絶大の信頼を置くようになった。こうして、発明者であるジョーンズ博士を除いてコンスエロだけが、あの驚くべき死体剝製法を身につけたたったひとりの人間になった。といっても、この知識がべつに何かの役に立ったわけではない。博士を裏切ってその秘密を人に売ろうなどとは考えもしなかった。剝製に触るのはぞっとしたし、どうしてわざわざ防腐処理を施さなければならないのか理解できなかった。もしそれが有益なことなら、自然の手がとうの昔に死体が腐らないようにしているはずだ、と彼女は考えた。しかし、自分が死を迎えるころになって、遺体をそのまま保存するという人類が大昔から情熱を燃やしてきた夢が理解できるようになった。身体をすぐそばに置いておけば、いつでもその人のことを思い出すことができるということに気づいたのだ。

何ごともなく歳月が流れていった。コンスエロの周囲に、何ひとつ変わったことは起こらなかった。尼僧院とジョーンズ博士の屋敷という違いはあっても、回廊に囲まれた生活であることに変わりなかった。屋敷にはラジオがあって、ニュースを聞くことができたが、スイッチが入れられることはめったになかった。聞こえてくるのは、博士が新しく買いこんだ蓄音機から流れてくる歌劇のレコードだけだった。新聞もとっていなかった。届くのは学術雑誌ばかりだった。博士は国の内外で起こっていることにまったく関心を払わなかった。現在俗世間を揺るがしている緊急事態よりも、抽象的な知識、歴史的な記録、来たるべき未来の予測といったものにより強い関心を抱いていた。屋敷は書物で埋め尽くされた巨大な迷宮を思わせた。壁に沿って無数の本が床から天井までうず高く積み上げられていた。黒っぽい表紙の革の匂い、柔らかな手ざわり、紙のたてるかさかさという音、金字のタイトルに天金、半透明の紙、ちいさな文字。書棚には世界のありとあらゆる思想書が並んでいた。本はこれといった順序もなく乱雑に並べられていたが、博士は一冊一冊の本がどこにあるか正確に覚えていた。シェイクスピアの作品が『資本論』の隣にあるかと思えば、孔子の『論語』が『アザラシの生活』と肩を並べていたり、古い海図がゴシック小説やインドの詩集といっしょに積み上げられているという具合だった。コンスエロは毎日何時間もかけて本のほこりを払った。最後の棚が終わると、また一からやり直さなければならなかったが、その仕事がいちばん楽しかった。本をそっと手にとり、やさしくほこりを払ったあと、ページを繰り、それぞれの書物の秘められた世界にほんの少しのあいだもぐりこんだ。やがて彼女は一冊一冊区別できるようになり、棚に並べることを覚えた。貸してください、と博士に言い出せなかったので、こっそり持ち出して自分の部屋に持ち帰り、夜のあいだに読みあげて次の日に戻すことにした。

当時、いろいろな騒乱や大災害があり、社会も進歩していたが、コンスエロはそういうことをまったく知らなかった。たまたまジョーンズ博士が町の中心に出かけたときに、学生たちの引き起こした騒ぎに巻き込まれ、騎馬警官隊のせいであやうく一命を落としそうになったが、おかげで、その騒乱について詳しく知ることになった。コンスエロは博士の打撲傷に膏薬を塗り、緩んだ歯がしっかり落ち着くまで、哺乳びんにスープやビールを入れて食事をさせなければならなかった。あの日、博士は実験に必要な品を買うために外出していた。カーニバルの最中だとは考えもしなかった。この無礼講の祭りでは毎年大勢の死傷者が出る。しかし、あの年はそんな酔っぱらいの喧嘩ではおさまらず、眠りこんでいた人びとの意識を揺り動かすほどの大事件にまで発展した。ジョーンズが通りを横断しているときに騒ぎが起こったのだが、騒乱の発端は二日前にあった。学生が、美人コンテストの女王を投票で選び出したのだ。この国で民主主義的な投票が行われたのはそれが初めてだった。女王に王冠をかぶせたあと、美辞麗句を連ねた演説が行われ、そこで何人かが自由とか自治といった言葉を口にし、パレードをしようということになった。今までそれに似たようなことさえ行われたことがなかったので、警察がようやく動き出したのは、それから四十八時間も後のことだった。ジョーンズ博士がフラスコと薬包紙を持って薬局から出てきたのが、ちょうどそのときだった。騎馬警官隊が山刀《マチエーテ》を槍受けに入れ、ギャロップで自分のほうに向かってくるというのに、博士は道をよけたり、歩みを速めたりしなかった。いくつかの化学式で頭がいっぱいになっていて、まわりの騒ぎなどまったく気にかけていなかった。担架の上で意識をとり戻した博士は、貧民用の病院へ向かっていると知ると、道を変えて自分の屋敷へ運ぶようやっとの思いで伝えた。手でしっかりおさえていないと、歯が通りに転がり落ちてしまいそうな気がした。博士がベッドに横たわっているあいだに、警察は騒乱の指導者たちを逮捕し、地下牢へ入れたが、拷問にはかけなかった。というのも、逮捕者の中に有力者の一族の子弟が何人か含まれていたのだ。この検挙は学生の団結をいっそう高めることになり、翌日になると何十人もの青年が自ら進んで刑務所や兵営に出頭してきた。当局はそういう学生を片っ端から牢にぶちこんだが、数日後には釈放せざるを得なくなった。刑務所にはそんなに多くの学生を収容する場所がなかった上に、母親たちの抗議の声が、〈慈善者〉の消化を妨げるほど高まったからである。

　ジョーンズ博士の歯が元通りに収まり、精神的なショックから立ち直るのに数ヵ月かかったが、そのころにふたたび学生が反乱を起こした。今度は若手の将校たちも何人か加わっていた。国防相は七時間後に彼らを鎮圧した。追跡の手を逃れたものは国外へ亡命し、七年後に〈祖国の父〉が死ぬまで帰国しなかった。〈祖国の父〉は幸運にもベッドの上で静かに息をひきとった。反対派が望んでいたように、また、北アメリカの大使が恐れていたように、広場の街灯に彼の睾丸《こうがん》がぶら下げられるということはなかった。

年老いた頭領《カウディーリョ》が死に、長く続いた独裁制に終止符が打たれた時点で、ジョーンズ博士はヨーロッパに戻ろうと決心した。ほかの多くの人たちと同じように、この国が救いがたい混沌の中に沈んでいくにちがいないと考えたのだ。一方大臣たちは民衆が蜂起するのではないかと怯え、大急ぎで会議を招集して、相談しあった。そのときに誰かが博士を呼んではどうかと提案した。勇者シッドは死してなお駿馬にその身体を縛りつけてモーロ人に戦をしかけた。そのひそみにならって、終身大統領の身体に防腐処理を施して、〈慈善者〉の椅子から統治を続けてはどうだろうと考えたのだ。博士はコンスエロを従えて赴いた。コンスエロはカバンを持ち、赤い屋根の家々、電車、麦藁帽子を被りツートンカラーの靴を履いた男たち、宮殿の豪華さ、またそれと著しい対照をなしている乱雑ぶりを眺めたが、何の感慨も覚えなかった。大統領の危篤が続いた数ヵ月のあいだに警備体制はすっかり緩み、死んだあともしばらくは混乱が続いた。博士とその女中をおしとどめるものはいなかった。二人はいくつもの廊下やサロンを通りぬけ、とうとう最後に遺体が安置されている部屋に辿《たど》り着いた。百人もの私生児をこしらえ、部下の生死を思うままにし、莫大な富を築き上げた権力者は、寝巻きを着てキッドの手袋をはめ、尿にまみれて横たわっていた。外では取り巻き連中や愛妾も何人か集まって、不安気に身体をふるわせていた。一方、大臣たちは外国へ逃げ出すか、あるいは残って、剝製になった〈慈善者〉が果たして国家を統治し続けることができるかどうか見届けたものか迷っていた。ジョーンズ博士は遺体のそばに立って、昆虫学者のように注意深く観察した。

「遺体をそのまま保存できるというのは確かなんですな、ドクター」そう尋ねたのは、〈慈善者〉と同じような口髭を生やした恰幅のよい男だった。

「うむ……」

「お止《よ》しになったほうがいいですよ。なにしろ今度はわたしの番なんでね。わたしは弟です。同じ母親から生まれた、つまり血を分けた弟なんですよ」ともうひとりが、腰に差した恐ろしげなラッパ銃をちらつかせながら脅した。

そこへ国防相が現われて、二人きりで話をしようと、博士の腕を引っぱって別の場所へ連れていった。

「まさか大統領に防腐処理をしようと考えておられるんではないでしょうな……」

「うむ……」

「そんなことはなさらないほうがよろしい。軍隊を掌握しているわたしが、今後指揮権を握ることになっておるんです……」

わけが分からないまま、博士はコンスエロを連れて宮殿を辞した。誰が、なぜ自分を呼んだのか理解できなかった。熱帯の国に住む連中のすることはさっぱり分からん、やはり自分の国に帰ろう、あそこなら筋の通った、文明人の法律が通用しているからな、国を出たのがまちがいだったのだ、とぶつぶつこぼした。

結局国防相が実権を握ったものの、何をしていいかまったく分かっていなかった。いつも〈慈善者〉の命令で動かされていて、自分から行動を起こしたことなど一度もなかったのだ。一時期、おかしな噂が飛び交った。国民は終身大統領が死んだことを信じようとしなかった。ファラオの柩《ひつぎ》のような豪華な柩に横たわっている老人は偽物で、自分の悪口を言う連中を捕えようとする、魔術師のような大統領の新手のペテンにちがいないと噂しあった。人びとは家に閉じこもり、通りに顔をのぞかせようともしなかった。そのうち警察が各家庭に押し入り、人びとを無理矢理引き立てて、祖国の父に最後の敬意を捧げるよう列を作らせた。遺体は生蠟《ろう》の蠟燭《ろうそく》と、フロリダから飛行機で運ばれた百合に囲まれて、すでに悪臭を放ちはじめていた。教会の高僧たちが大きな儀式のときにまとう法衣を身につけ、壮麗な葬儀を執り行った。それを見た国民はやっと〈慈善者〉も不死を手に入れることはできなかったのだと納得し、通りに出て祝いはじめた。国民は長い昼寝《シェスタ》から目を覚ました。国中を疲弊させていた悲しみと疲労感は数時間のうちに消えてなくなった。人びとは小さな自由を夢見はじめ、叫び、踊り、石を投げ、窓を割った。体制派の連中の屋敷が襲われたりもした。〈慈善者〉が乗り、行く先々で恐怖の種を播《ま》いた、あの独特の音がするクラクションのついた、黒くて長いパッカードに火がつけられた。国防相は表面《うわべ》は平静さを装いながら、今にも銃をもって蜂起しそうな国民を鎮めるよう指示を出し、ただちにラジオを通して新体制を敷くと国民に伝えた。ようやく国内が鎮静化の兆しを見せはじめた。政治犯が釈放されたが、その代わりに新しい囚人が牢に送りこまれた。政府は進歩主義をうたいあげ、二十世紀にふさわしい国家を作ると公約したが、ほかの国に比べてゆうに三十年は遅れている実情を考えれば、それはそれなりに筋が通っていた。政治的に不毛の時代が続いていたこの国に最初の政党ができはじめた。議会が誕生し、新しい理念や国家計画が打ち出された。

　我ながらいい出来だと思っていた弁護士の剝製が埋葬されたその日、ジョーンズ博士はとうとう怒りのあまり脳溢血を起こした。前政権時代に名を馳せた名士の遺体まで背負いこむのは迷惑だと考えた当局の要請で、〈慈善者〉に殺された著名な犠牲者の遺族は壮大な葬儀を執り行うことにしたが、遺体は申し分のない状態で保存されていたので、誰もが故人を生き埋めにしているような気持ちに襲われた。ジョーンズ博士は自分の芸術作品が霊廟に葬られるのを阻止しようとあらゆる手を尽くしたが、うまく行かなかった。彼は墓地の門の前で両腕を広げて立ちはだかり、馬車を止めようとした。しかし、銀鋲を打ちつけたマホガニーの柩を乗せた黒い馬車を操る御者はかまわず馬を進めた。博士が片側に身を寄せなかったら、轢《ひ》き殺されていたにちがいない。遺体を収める壁穴が閉じられたとたんに、博士は怒りのあまりばったり倒れたが、以後半身が不随になり、残りの半分も痙攣を起こすようになった。博士の秘法を用いれば時間の腐食作用を永遠にまぬかれることができるのだが、それを証明する何よりの証人が、埋葬によって大理石の墓碑の背後に葬り去られてしまったのだ。

コンスエロがジョーンズ博士の屋敷で働いているときに起こった大きな事件といえば、それくらいのものだった。独裁制から民主主義に変わったところで、彼女にしてみれば以前は女性が見ることのできなかったカルロス・ガルデルの映画をときどき見に行ったり、怒りの発作を起こして身体の自由がきかなくなり、赤ん坊のようになった主人の世話をするという仕事が増えただけのことだった。毎日の生活はほとんど変わりなかった。そんな七月のある日、庭師が毒蛇に咬まれるという事件が起こった。庭師というのは背の高い、がっしりした体格の先住民《インディオ》で、柔和な顔つきをしていて、口数が少なく、めったに感情を面に出さなかった。剝製を動かしたり、癌患者や知的障害者の世話をするときなどいつも手を貸してくれたが、コンスエロはほとんど彼と言葉を交わしたことがなかった。彼はまるで羽根でもつまむように軽々と患者を肩に担ぎ上げ、実験室の階段を大股で上っていくのだが、そういうときもべつに物珍しそうな表情を浮かべたりしなかった。

「庭師がスルククーに咬まれたのですが」とコンスエロはジョーンズ博士に報告した。

「死んだらこちらに運んでくれ」博士は歪んだ口でそう命じると、早速その先住民《インディオ》を剥製にする準備をはじめた。彼がマラバルの木を剪定《せんてい》している姿で庭に飾ろうと考えていたのだ。博士はもうかなりの齢《とし》で、芸術家のような妄想を抱きはじめていた。ありとあらゆる職業の人間の剥製を作り、一種の博物館を作ろうと考えていたのだ。

これまで黙って言いつけに従ってきたコンスエロはそのときはじめて命令に背き、自分の思ったとおり行動した。料理女に手伝ってもらい、いちばん奥の中庭に面した自分の部屋まで先住民《インディオ》を引きずっていくと、藁布団に寝かせた。主人の気まぐれで彼が剥製になって飾られるというのはあまりにも気の毒な気がしたので、なんとかして助けてやろうと考えたのだ。彼の褐色の、大きくて頑丈な手が驚くほど繊細な手つきで植木を扱っているのを見て、胸がときめいたこともそれには関わっていた。傷口を水と石鹼で洗うと、鶏を調理するときに使うナイフで二ヵ所に深い傷をつけ、かなり長いあいだ毒に冒された血を吸っては受皿に吐き続けた。自分も毒にやられてはいけないので、一回吸うごとに酢で口をすすいだ。そのあとテレピン油を浸みこませた布で手早く身体を包むと、薬草を煎《せん》じたものを飲ませ、傷口にクモの巣を貼りつけた。コンスエロ自身はそのようなものを信じていなかったが、料理女が聖人に蠟燭をあげてもいいだろうかと言ったので、構わないと答えた。血尿が出はじめたので、尿道の出血に絶大な効果があると言われる〈太陽の白檀《びゃくたん》〉を博士の診察室からくすねてきた。コンスエロはできるかぎりのことをしたが、とうとう脚が腐りはじめた。意識ははっきりしていたし、呻《うめ》き声ひとつたてなかったが、だんだん身体が衰弱しはじめた。だが、死の恐怖や呼吸困難、激しい痛みがあるにもかかわらず、身体をこすってやったり、湿布をあててやったりすると、激しい反応を示すことに彼女は気づいた。思いもかけないときに勃起しているのを見て、かなりの年齢なのにまだ処女だったコンスエロは心を動かされた。腕をつかみ、すがるような目で見つめている庭師を見て、彼女は今こそ慰めを意味する自分の名前のとおり、不幸なこの男を慰めてやるときが訪れたのだと考えた。もう三十歳を越えているというのに悦びを知らず、しかもべつにそれを求めようともせずに生きてきたことに気づいた。そういうものは映画の主人公にだけ許されたものだとあきらめていたのだ。しかし、今回コンスエロは自分のほうからそれを求めることにした。そして、庭師が満ち足りた気持ちでこの世を去ることができるようにしてやりたいと考えた。

母のことはよく知っているので、そのあとの儀式はおおよそ想像できる。母はそのときのことをすべて語ってくれたわけではない。何を尋ねても、母は変に恥じらったりせず、いつもはっきり答えてくれたものだが、話があの先住民《インディオ》とのことになると、突然黙りこんで、楽しい思い出に浸ってしまうのだ。彼女は綿の上っ張り、アンダースカート、綿の下着を脱ぎ捨てた。つぎに、博士にうるさく言われて、うなじのところでまとめていた髪を解いた。長い髪がはらりと垂れて、ドレスのように身体を覆った。こうして自分の美しさを最大限に活かして、コンスエロは相手に体重をかけないようそっと上に乗った。はじめてのことだったので、どうすればいいかよく分からなかったが、本能とやさしい思いやりが知識の欠如を補った。彼の暗褐色の皮膚はたくましくひきしまった筋肉を包んでいた。彼女は大きな野生の動物に乗っかっているような気持ちになった。思いつくままに言葉を囁き、布で汗をふいてやりながら正確な位置まで身体をずらし、控え目に動いた。その様子は、年老いた夫と愛を交わすのに慣れている妻を思わせた。すぐに男が彼女の上になり、迫りくる死をふりはらうように荒々しく抱きしめた。短いあいだだったが、二人のいる薄暗い片隅が至福感で輝いた。こうして父の死の床で、わたしが宿された。

けれども、庭師は結局生き延び、ジョーンズ博士と研究用にその身体を欲しがっていた爬虫類研究所のフランス人の期待を裏切ることになった。どう考えても理屈に合わないのだが、彼は回復しはじめた。熱が下がり、呼吸も安定して、何か食べるものを持ってきてくれと頼むようになった。コンスエロは自分で気づかずに、毒蛇の咬み傷に対する特効薬を発見したのだ。彼が望めばいつでも優しく、愛情をこめて、その薬を与えてやった。庭師はとうとう自分で立てるところまで回復した。しばらくして、先住民《インディオ》は別れを告げた。コンスエロもあえて止めようとはしなかった。二人は一、二分のあいだ手を握り合い、悲しみをこめてキスを交わした。そのあと彼女は、長いあいだ使ったせいですっかり紐が擦り減っている金のペンダントを外した。ともに過ごしたときの思い出にと、それをたったひとりの恋人の首にかけてやった。彼は感謝しながら立ち去っていった。身体はもうほとんどよくなっていた。笑いながら行ったわ、と母は言った。

コンスエロは自分の感情を面に表さなかった。吐き気がしたり、脚がだるかったり、色とりどりの斑点が出て目がくらんだりするのを無視して働き続けた。庭師を救った、あの素晴らしい特効薬については一言も触れなかった。お腹がせり出してきても、ジョーンズ博士に呼ばれて下剤を処方されても、何も言わなかった。博士はコンスエロのお腹がふくらんでいるのを見て、消化器にどこか悪いところがあるせいだと考えたのだ。やがて時が満ち、子供が生まれたが、そのときも何も言わなかった。いつものように働きながら、十二、三時間陣痛に耐え、それ以上我慢できなくなると、自分の部屋に閉じこもった。人生の中でいちばん大切なものとして、この時を十二分に生きようと決心していた。髪を梳かし、きっちり編むと新しいリボンで留めた。服を脱いで裸になり、全身をきれいに洗った。次に床に清潔なシーツを広げ、その上にしゃがみこんだ。エスキモーの習慣について書かれた本で読んだことがあったのだ。呻き声が洩れないよう口に布切れをくわえ、汗まみれになってコンスエロは自分に挑みかかってくる不屈の赤ん坊を世に送り出すべくいきんだ。もう若いとはいえないコンスエロにとって、それは容易なことではなかった。だが、四つん這いで床を磨いたり、重い物を持って階段を上ったり、真夜中までかかって衣服を洗ったりしてついたがっしりした筋肉のおかげで、ついに出産することができた。最初にちいさな足がのぞいた。かすかに動いているその足は、まるで困難な道に最初の一歩を踏み出そうとしているように思われた。深く息を吐き、最後の呻き声をたてたとき、何かが自分の中心でこわれ、太腿のあいだを滑っていくのが感じられた。大きな歓びが彼女の魂を揺さぶった。そこに、青い臍《へそ》の緒を巻きつけたわたしがいた。コンスエロは、わたしが窒息しないように、臍の緒をそっと首から外した。そのとき、扉が開いて料理女が入ってきた。コンスエロの姿が見えないのに気づいて、きっとそんなことだろうと思い、そばについていてやろうと駆けつけてきたのだ。コンスエロは素裸でわたしをお腹の上に乗せていた。ぴくぴく動く臍の緒はまだつながったままだった。

「ついてないね。女の子じゃないの」にわかごしらえの産婆は臍の緒を結んで切ったあとそう言い、わたしをその手で抱き上げた。

「逆子だったわ。好運の印よ」母は息を喘《あえ》がせながらそう言うと、微笑みを浮かべた。

「丈夫そうだし、それに元気な泣き声だわ。もしあんたさえよかったら、代母《マドリーナ》になってあげるわよ」

「この子に洗礼を施すなんて考えてなかったわ」とコンスエロは答えたが、相手がとんでもないことを聞いたというように十字を切るのを見て、彼女を傷つけたくないと考え、こう言った。

「いいわ。聖水を少しくらい振りかけてもべつに害になるわけじゃないし、ひょっとするといいことがあるかもしれないしね。名前はエバよ。生きていく力を得るようにつけたの」

「姓は？」

「ないわ。姓なんてなくても構わないでしょう」

「人間だもの、姓がないと困るわよ。名前だけでそこらを走りまわっているのは犬だけよ」

「この子の父親は月《ルーナ》の子供たちの一族の出身だから、エバ・ルーナという名前にしましょう。おばさん《コマードレ》、その子をこっちにちょうだい。悪いところがないかどうか見るから」

コンスエロはまだ分娩の際に出た血や水の中に座ったままだった。全身が綿のように疲れ、汗まみれになっていたが、彼女はわたしの身体に毒が入り、おかしなところがあるかもしれないと思って調べた。どこにも異常がないと分かると、ほっと溜め息を洩らした。

わたしには蛇のような牙も鱗《うろこ》もない。少なくとも見た目はそうだ。いささか奇妙な状況のもとでわたしは母の胎内で育まれることになったが、結果的にはそれが幸いした。わたしはこの上なく健康な身体を授かったのだ。もっともそのことがはっきりと分かるまでには多少時間がかかった。とはいえ、わたしが運命づけられていた屈辱に満ちた人生を乗り切ってこられたのは、この健康な身体のおかげである。わたしは父から丈夫な血筋を受け継いだ。何日ものあいだ、蛇の毒に耐え、死に瀕していながら、ひとりの女を悦ばせることのできたあの先住民《インディオ》は、おそらく強靭な肉体の持ち主だったのだろう。それ以外のものはすべて母のおかげである。四歳のとき、わたしは身体に噴火口のような痕が残る天然痘に罹《かか》った。身体をかきむしらないよう母はわたしの手を縛り、羊の脂を塗って百八十日のあいだ自然の光にあてないようにして、病気を治してくれた。そのとき南瓜《かぼちゃ》を煎じたものでアメーバを殺し、羊歯《しだ》の根で回虫を駆除した。それ以来、わたしは健康で、病気知らずで過ごしている。肌には天然痘の痕も残らず、あるのはタバコの火を押しつけられてできた火傷の痕だけだ。羊の脂の効果は永遠に続くので、このまま皺もできずに齢を重ねていくことになるだろう。

母はとても口数が少なかった。家事をしていても物音ひとつたてなかったので、どこにいるか分からなかった。家具のあいだに姿を隠したり、絨毯の模様の中に溶けこんでしまうことができた。けれども、部屋で二人きりになると、別人のように昔のことやいろいろなお話を聞かせてくれた。するとたんに部屋の中は光で満たされた。壁が消えて、信じられないような光景の中に踏みこんで行くことができた。見たこともない宝物がいっぱい詰まった宮殿や、彼女が作り出したり、博士の図書室にある本に載っていた遥か遠くの国がわたしの目の前に現われた。足もとには東洋や月、それよりももっと遠くからもたらされた、ありとあらゆる財宝が並べられた。小さな生きものの目から見た宇宙を知るようにアリに変えられたかと思うと、次は翼を羽ばたかせて空高く舞いあがり、そこからも眺めた。また魚になって海の底をのぞいたこともある。母のお話の世界にはさまざまな人物が出てきたが、そのうちの何人かは本当に生きているように思えた。何年もの歳月が経った今でも、その服装や声の調子などをはっきり思い描くことができる。母は伝道所で過ごした幼いころのことを残らず覚えていたし、ふと耳にした面白い話や本から学んだこともすべて記憶していた。また、自分の見た夢をとても上手に話して聞かせてくれた。そうしたものを通して母はわたしにひとつの世界を創りあげてくれた。言葉はいくら使ってもお金がかからないからね、と言って自由に用いた。母はあらゆる言葉を自分のものにしていた。現実の世界は見かけだけのものではなく、その奥に魔術的な広がりを持っており、生きていくのに退屈しないよう、そうしたいと思えば話を大袈裟にふくらませたり、色づけしても構わないのだと教えてくれた。母がお話という魔法の世界で創造した人物たちは、幼いころの唯一鮮明な記憶として今も心に残っているが、それ以外のことは霧につつまれたようにぼんやりとしか覚えていない。屋敷の使用人たち、自転車の車輪をつけた英国製の椅子に身を沈めている、衰弱しきった老賢者、自分が病気であるにもかかわらず診察している患者や屍体の列、こうしたものが渾然と混ざり合っている。ジョーンズ博士は子供が苦手で、顔を合わせると困惑するたちだったが、屋敷内の角でわたしと鉢合わせしたときには、もうすっかり惚《ぼ》けていたので、ほとんど気がついていないようだった。けれども、わたしの方は少し怖かった。この老人がミイラを造り出したのか、それともミイラがこの人を生み出したのかが分からなかったからだ。どちらでも変わりないように思われた。さいわいわたしと博士はそれぞれ別の場所に住んでいたので、顔を合わせるようなことはなかった。わたしはもっぱら台所や中庭、家事室、庭といったところを歩きまわっていた。母にくっついて屋敷のほかの場所へ行くときは、博士と会っても、母の影に隠れるよう気をつけていた。屋敷内は実にさまざまな匂いで満たされていた。目を閉じて歩きまわっていても、その匂いを嗅ぎさえすれば、今自分がどこにいるか見当がついた。食事や衣服、石炭、薬品、本、湿気の匂いは、そのころますます増えつつあったお話の登場人物と結びついて、わたしの記憶に留められた。

カリタス会の尼僧院では怠惰こそすべての悪徳の源であると教えていたが、この考えは専制君主のような規律を信奉している博士の屋敷で働くようになってから、コンスエロの中にしっかりと植えつけられた。わたし自身もそう躾《しつ》けられた。玩具というものを持ったことはなかった。その代わりに屋敷にある、ありとあらゆるものがわたしの玩具になった。手を遊ばせているのは恥ずかしいことだと考えられていたので、昼間は息つく間もなく仕事をした。わたしも母のそばで、木の床を磨いたり、洗濯物を干したり、野菜を切ったりしたし、昼寝の時間には編み物や刺繡をおぼえようとした。べつにつらいと思ったことはない。言ってみれば、ままごと遊びのようなものだった。博士のぞっとするような実験を見ても不安にはならなかった。というのも、頭を殴ったり、蚊に刺させたりするのは――さいわい、患者はほとんどいなかった――、先生が残酷な人だからではなくて、あれがいちばん科学的な治療法だからなの、と母が説明してくれたからだった。剝製を扱うとき、母はまるで落ちぶれた親戚のように気を配り、わたしに何も怖がらなくていいのよと教えてくれた。また、ほかの使用人たちが恐ろしい話をしてわたしを怖がらせたりしないように気をつけていた。今から思えば、母はわたしを実験室にあまり近づけないよう気を遣っていたようだ……。ドアの向こうに剝製があることは知っていたが、実際に目にしたことはほとんどなかった。剝製というのはね、エバ、とっても脆《もろ》いものなの、だからあのお部屋には入らない方がいいわ。ちょっと押しただけで、骨が折れてしまうの。もしそうなってごらんなさい、先生の雷が落ちるから、と母はよく言った。母はわたしが怯えたりしないよう、一体一体に名前をつけ、そのそれぞれにまつわるお話を作りだした。おかげで剝製も小びとや妖精と同じように、喜びをもたらしてくれるものに変わった。

滅多に外に出なかったが、あるとき雨乞いの行列に加わろうと外出したことがある。あのときは無神論者までが祈りに加わった。というのも、あれは信仰から出たものでなく社会的な行事だったからだ。三年のあいだ、一滴の雨も降らなかった。大地はカラカラに干上がり、亀裂が入った。植物は枯れ、動物は土埃のなかに鼻面を突っ込んで息絶えた。平野に住む人たちは海岸まで歩き、水とひきかえに自分の身を奴隷として売るありさまだった。国民が苦しみ喘いでいるこの災厄を何とかしなければと考えた司教は、キリストの像を教会から出して、神が与え給うたこの罰が終わるよう嘆願することに決めた。最後に残された望みだというので、富める者も貧しき者も、老いも若きも、信者もそうでないのも、ありとあらゆる人びとが集まった。野蛮な先住民《インディオ》、未開の黒人どもめ！　と、そのことを知ったジョーンズ博士は怒り狂って喚《わめ》きたてた。だが、使用人たちが一張羅《いっちょうら》を着こんで行列に参加するのを止めることはできなかった。群衆はキリストの像を先頭に立てて大聖堂を出たが、飲料水の会社に辿《たど》り着く前に、激しい勢いで雨が降り出した。二日と経たないうちに町は湖に変わってしまった。下水道がふさがり、道路は冠水した。大きな屋敷も浸水し、激流で農園が壊滅状態になった。海辺の町では空から魚まで降ってきた。奇跡です！　これこそ奇跡なのです！　と司教は叫んでいた。わたしたちも口をそろえてそれに和した。台風が接近し、カリブ海地方一帯が豪雨に襲われるだろうという気象情報が出たあとに行列が組織されたのだが、わたしたちはそのことを知らなかった。ジョーンズ博士はそのことを知っていてあのように喚きたてたのだ。迷信深い者どもが、お前たちは何も分かっておらんのだ、字も読めないくせに！　と可哀そうな博士は吠えたてたが、誰もその言葉に耳を貸さなかった。この奇跡は、伝道所の修道士やカリタス会尼僧院の修道女たちがどうしてもできなかったことを成し遂げた。つまり、コンスエロが神に目を向けたのだ。天上の玉座に座ってさりげなく人間どもをからかっている神の姿を目にし、宗教書に出てくる、あの恐ろしい専制者とはまったくちがう御方にちがいない、そう彼女は考えた。このようなおかしなことをされたのは、その計画や目的を決して人に知られないように、わたしたちを混乱させるためだったのだ。この奇跡の洪水を思い出すたびに、わたしたちはいつもお腹の皮がよじれるほど笑い転げたものだった。

鉄柵に囲まれた庭、それがわたしの世界だった。その中で、時間は気まぐれな法則に従って巡っていた。わたしは半時間で地球を六周することもあれば、中庭をまぶしく照らしている月明かりのもとで、一週間もの思いにふけることもあった。さまざまな事物は光と影の作用でまったくちがったものになった。書物は昼のあいだ大人しくしているが、夜になるとページを開き、そこからさまざまな登場人物が飛び出してきて、サロンをうろついたり、冒険に身を投じたりした。朝の光が窓からさしこむと、急に内気で慎ましやかになる剝製は、午後ほの暗くなると石に変わり、夜ともなればまるで巨人のように大きく成長した。空間はわたしの意志次第で大きくも小さくもなった。階段の下の隙間には太陽系の惑星が隠れていた。一方、屋根裏部屋の明かり採りの窓から見える空はただの丸い青ガラスでしかなかった。現実はわたしの言葉ひとつで大きく変化した。

丘の麓のお屋敷で、わたしは自由にのびのびと育った。ほかの子供と遊んだことは一度もなかった。客が訪ねてくることもなかったので、知らない人が苦手だった。屋敷を訪れてくるのは、黒服と黒い帽子に身を固めたプロテスタントの牧師ひとりだけだった。彼が脇にはさんでいる聖書のおかげで、ジョーンズ博士の晩年は陰鬱なものになった。わたしは主人の博士よりもその牧師のほうがはるかに恐ろしかった。

第二章

わたしが生まれる八年前、〈慈善者〉が罪汚れない老人としてベッドの上で息を引きとったその日に、オーストリア北部のある村でひとりの男の子が生まれた。学校でもいちばん恐れられている教師ルーカス・カルレの末っ子として生まれたその子は、ロルフと名づけられた。血のにじむような思いをしてはじめて勉強が身につく、と人びとは考え、教育理論もそれを支持していたので、体罰は教育活動の一環とみなされていた。したがって、常識のある親は子供が体罰を加えられても決して抗議したりしなかった。しかし、ルーカスがある少年の両手の骨を砕いてしまったときは、さすがの教育委員会も木べらの使用を中止するよう命じた。というのも彼はいったん生徒を殴りはじめると、一種の陶酔状態に陥って手がつけられなくなることが分かったからだった。生徒たちはその怒りを息子のヨーヘンにぶつけ、彼を追い回し、つかまえると拳で散々殴りつけた。ヨーヘンはそのために自分の姓を偽り、死刑執行人の子供のように人目を避けて、父の生徒たちにつかまらないように逃げ回りながら大きくなった。

ルーカス・カルレは、家庭でも学校と同じように相手にまず恐怖心を植えつけるよう心がけた。妻とは打算的な目的で結婚したので、愛情など少しも感じてはいなかった。文学作品や音楽ならともかく、日常生活に愛など不必要だと考えていたのだ。二人はお互いに深く知り合うことなく結婚した。妻は新婚初夜から夫を憎むようになった。ルーカス・カルレにとって、妻は自分よりも劣った人間、つまり神が創り給うたなかで唯一知的な存在である男に比べれば、より動物に近いものだと考えていた。理屈の上では女は哀れむべき存在だということは分かっていたが、現実の妻を見ているとかっと逆上した。ルーカスは第一次世界大戦で遠く離れた故郷の町を追われ、今の村にやってきた。当時二十五歳くらいだった彼が持っていたものといえば、教員の免状と一週間分の生活費だけだった。真っ先に勤め口を捜し、次に結婚相手を物色した。彼女を選んだのは、自分を見たとたんに目に恐怖の色を浮かべたこと、それに腰回りがたっぷりしていたからだった。男の子を産み、重いものを運んで家事をこなすためには、お尻が大きくなければならないと考えていたのだ。さらに、二ヘクタールの土地と六頭の牛、それにわずかばかりの年金を遺産として父親から受け継いでいたことも彼の決心を促した。そうしたものは夫婦の財産の正当な管理人である彼が一切取りしきることになった。

ルーカス・カルレはヒールのとても高い、女もののパンプスが好きだった。とくに赤いエナメルの靴に目がなかった。町に出かけると娼婦に金を払い、その歩きにくい靴以外何も身につけさせず、素裸で歩かせた。見ているほうの彼はコートを着て帽子をかぶり、政府の高官のようにふんぞり返って椅子に座っていた。一歩踏み出すたびに大きく揺れるお尻——できれば大きくて、白くて、くぼみのあるもの——を眺めていると、言いようのない悦びがこみあげてきた。もちろん女には触れなかった。

妙に潔癖なところがあり、衛生上よくないと考えて、決して女には手を出さなかった。収入の関係で好きなときにいつも出かけていくというわけにはいなかったので、フランス製の色の鮮やかなハーフブーツを買い、クローゼットの誰も手の届かないところにしまいこんだ。ときおり、子供たちを部屋に閉じこめて鍵をかけ、ボリュームいっぱいにレコードをかけると妻を呼んだ。彼女はたえず変わる夫の気分の変化を敏感に察知するようになった。また自分を痛めつけて悦びを味わおうとしているのだ、と本人の夫よりも先に感じとった。そうなると身体がぶるぶる震え、手に持った食器を落とし、割ってしまうのだった。

カルレは家の中で騒々しい音がするとひどく腹を立てた。学校で騒々しい生徒の相手をさせられているだけで沢山だ、とよく言ったものだった。子供たちは父親の前で泣いたり、笑ったりしなくなった。父親が家にいるときは影のように音を立てずに動き、囁くように話した。音もなく巧みに歩きまわるようになったものだから、どこにいるか分からなかった。母親はときどき子供たちの身体の向こうにあるものが見えたような気がして、このままでは子供たちが透明になってしまうのではないだろうかと心配になった。カルレは遺伝の法則が悪い結果を生み出したのだとあきらめていた。つまり、彼の考えでは子供たちは完全に失敗だったのだ。ヨーヘンはぐずの役立たずで、学校ではいちばん出来の悪い生徒だった。授業中は居眠りをし、夜にはおねしょをするありさまで、彼の思い描いていた子供とは似ても似つかなかった。カタリーナについては話題にする気にもなれなかった。というのも、まだ幼いその子は知的障害児だったのだ。自分の血筋に先天性の障害者はいないと信じきっていたので、不幸なその女の子は自分の子供ではないと考えていた。ほんとうに自分の娘かどうか分かったものではない、貞潔さなど当てになるものか、まして自分の妻ならなおさらだと考えていた。カタリーナは生まれたときから心臓に穴があいていて、長くは生きられないだろうと医者が言っていた。本人にとってもそのほうがよかったのだ。

上の二人がそんな具合だったので、妻が三人目の子供を身籠《みご》もったときも、ルーカス・カルレは嬉しそうな顔をしなかった。だが、生まれてきたのが大きな男の子で、健康そうなピンク色の肌をし、灰色の目をぱっちりと見開いて手を堅く握りしめているのを見て、希望を取り戻した。この子こそ待ち望んでいた跡継ぎ、真のカルレにちがいない。母親が甘やかさないよう気をつけなければならない。女というのは、ゆくゆく立派な男に育つはずの子供の芽をつんでしまう恐れがある。ウールの服など着せるんじゃない、抱くんじゃない、寒さに耐えさせて逞しい男の子に育てるのだ、明かりなどいらん、そのほうが強い子になる、顔が紫色になるまで泣かせておけ、肺が強くなる、と次々に言いつけた。しかし、夫のいないところで彼女は赤ん坊を暖かい服でくるみ、ミルクを二倍与え、やさしくあやし、子守歌をうたってやった。服を着せたり脱がせたり、理由もなく叩いたり甘やかしたり、真っ暗なクローゼットに放りこんだかと思うと、そのあとにキスの雨を降らせて慰める、このようなことをすればどんな子供でも精神に異常をきたしていただろう。だが、ロルフ・カルレは運がよかった。ほかの子供ならおかしくなってしまうようなことに耐え得る精神力の持ち主だったこともそうだが、ほかにも原因があった。第二次世界大戦がはじまって、父親が軍隊に入ったおかげで、父から解放されたのだ。戦争時代は彼の幼少期でいちばん幸せなときだった。

南アメリカのジョーンズ博士の屋敷では、防腐処理が施された剥製が増えていき、蛇に咬まれた男がひとりの女を孕《はら》ませた。女はやがて女の子を出産し、生きる力を得るようにエバと名づけた。一方、ヨーロッパの現実も異常な様相を呈していた。戦争が世界に混乱と驚愕をもたらした。南アメリカで生まれた赤ん坊が母親のスカートにつかまって歩くようになったころ、大西洋の向こう側では、破壊された大陸の上にようやく平和が訪れようとしていた。南アメリカでは、海の向こうの国々を荒廃させた暴力に夢を破られたものはほとんどいなかった。自分たちを取り巻く暴力に対処するのに精一杯だったのだ。

成長するにつれて、ロルフはものを観察するのが好きになった。プライドが高くて強情だったが、ロマンチックなところもあった。しかし、自分ではそのことを欠点だと考えて恥じていた。戦争で気持ちが昂《たかぶ》っているあいだは、友達と陣地ごっこや飛行機ごっこをして遊んだ。すべてのものが芽吹く春、色とりどりの花が咲く夏、金色に染まる秋、物寂しい白に覆われる冬、四季のうつろいに心を動かされたが、そのことは人に話さなかった。季節ごとに森へ出かけ、木の葉や虫を集め、虫眼鏡で観察した。ノートのページを引き裂いて詩を書きつけると、木のうろや石の下に隠したりした。口には出さなかったが、誰かが見つけてくれるかもしれないとかすかな期待を抱いていたのだ。けれども、そのことは誰にも話さなかった。

少年が十歳になったある日の午後、死体を埋める穴を掘るために連行された。その日は兄のヨーヘンが罠で野ウサギを捕まえてきた。酢とローズマリーをたっぷりきかせたシチューを弱火でことこと煮ている匂いが家中に漂い、彼は嬉しくてたまらなかった。シチューの匂いを嗅ぐのはずいぶん久しぶりのことで、食べられると考えただけでわくわくしたが、躾《しつけ》が厳しかったので、鍋のふたをとってスプーンを突っこんだりはしなかった。しかし、早く食べたくてうずうずしていた。その日は、パンを焼く日でもあった。彼は、母親が台所の大きなテーブルの上にかがみこみ、パン種の中に手を深く突っこんで、リズミカルにこねている姿を見るのが好きだった。材料をこねて長細い棒状にし、それを小さく切ると、そのひとつひとつが丸いパンになった。ものがたくさんあった以前は、種を少しとっておいて、そこに牛乳と卵とシナモンを加え、菓子パンを作ったものだった。出来上がるとブリキ缶に入れ、決まった曜日に、決まった子供に渡された。今は小麦粉にふすまを混ぜるせいで、出来上がりは黒っぽく、ぼそぼそしていて、おがくずで作ったパンのような味がした。

　その日は朝から通りが騒々しかった。占領軍が走りまわり、命令を下す声が飛び交っていた。しかし、誰ももうそうした騒ぎに怯えたりしなかった。敗戦の混乱の中、散々不安に怯えたあとだったので、何かよくないことが起こりそうだという予感くらいでは驚かなくなっていたのだ。停戦後、ロシア軍が村に駐留した。赤軍の兵士がやってくるより先に、その暴虐ぶりを伝える噂が流れてきた。人びとは村が血の海になるだろうと恐れおののいていた。とにかく獣みたいな連中なんだ、妊婦を見ると腹を引き裂いて赤ん坊を取り出して犬に投げ与え、年寄りは銃剣で突き殺され、男は尻の穴にダイナマイトを突っ込まれて吹き飛ばされる、女は犯され、あちこち火がつけられ、何もかも壊されるそうだ、と噂しあった。しかし、そのようなことは起こらなかった。村長はいろいろと考えた末に、自分たちは運が良かったのだという結論に達した。ここにやって来た駐留軍は、ソヴィエトでもいちばん戦争の被害が少なかった地域の人間なのだ、だから怨恨や復讐心といったものを抱いていないにちがいないと彼は考えた。彼らは軍需品を積んだ車を重そうにひきずりながらやって来た。アジア系の顔をした若い士官の命令で、すべての食料を徴発し、値打ちのありそうなものを手当たり次第に自分たちの雑嚢に放り込んだ。そのあと、ドイツ軍に協力していたとして告発された村人を六人、ろくに裁判もせず銃殺刑に処した。村の外に兵営を置いた彼らは、そこで大人しく過ごしていた。その日、ロシア軍はスピーカーで村人たちを呼び集めた。ぐずぐずしていると家の中まで押し入ってきて早くしろと急《せ》きたてた。兵隊が踏み込んできて、昼食の野ウサギと一週間分のパンをひっさらってしまわないよう、母親はカタリーナにベストを着せると、急いで家を出た。ヨーヘン、カタリーナ、ロルフの三人を引き連れて、彼女は広場へ歩いていった。数年間続いた戦争が終わったが、村はさいわいほかの村ほど被害を受けていなかった。しかし、学校はある日曜日の夜に爆撃を受けて瓦礫の山と化し、あたりには机や黒板の破片が散乱していた。中世の石畳の一部も失くなっていた。分隊がバリケードを築くために剝がして持って行ったのだ。村の数少ない財産である役場の時計や教会のオルガン、それに収穫されたブドウが敵軍によって没収された。建物のファサードはペンキが剝げ、そこに弾痕が残っていた。しかし全体としてみれば、村は何世紀も時間をかけて作りあげた魅力を失ってはいなかった。

村人たちは広場に集まり、そのまわりを敵兵が囲んでいた。ぼろぼろの軍服に破れた長靴を履き、不精髭を伸ばしたソヴィエトの指揮官が人びとのあいだを歩き回って、ひとりひとりの顔を見ていった。村人たちはすくみあがってうなだれ、誰ひとり視線を返すものはいなかった。何を言われるのだろうとじっと待っていた。ただ、カタリーナだけがその穏やかな目で指揮官をじっと見つめ、鼻の穴に指を突っ込んだ。

「この子は知的障害児なのか？」と指揮官はカタリーナを指さしながら尋ねた。

「生まれたときからこうなんです」とカルレ夫人が答えた。

「それなら連れて行かなくていい。ここに置いておいてやれ」

「この子はひとりで放っておけないんです。連れて行ってはいけないでしょうか」

「好きにするがいい」

春のやわらかな陽射しがふりそそぐ中、村人たちは銃に囲まれて二時間以上待たされた。老人は丈夫な者にもたれかかり、子供たちは地面に丸くなって眠り、幼い子供は親の腕に抱かれていた。ようやく出発の命令が出た。指揮官の乗ったジープのあとについて、全員が歩き出した。銃口を向けた兵士たちに急かされて、村人たちは一列になってのろのろ進んだ。今度の戦争のおかげで、村に残った指導者といえば村長と学校の校長しかいなかったが、その二人が先頭に立った。人びとは黙りこくったまま不安そうに歩いていた。ときどきうしろをふりかえって丘の合間に見える自分たちの家の屋根を見つめ、いったいどこへ連れて行かれるのだろうと考えていた。やがて、捕虜収容キャンプへ向かっていることが分かると、とたんに心臓が締めつけられるように苦しくなった。

ロルフはそのあたりのことをよく知っていた。ヨーヘンと一緒に蛇をつかまえたり、狐の罠を仕掛けたり、薪を拾ったりしたときによく歩きまわっていたのだ。ときどき、兄弟は枝葉の茂みに隠れるようにして、有刺鉄線の柵のそばに生えている樹の下に座りこんで中を窺った。だが少し距離があったので、中の様子は分からず、サイレンの音や空気の臭いを嗅ぐことくらいしかできなかった。風が吹くと、その独特の臭いは家の中まで入ってきたが、誰もそのことには触れなかった。気づいていないように振る舞っていた。ロルフ・カルレはもちろん、村人たちも、鉄の門扉の中へ足を踏み入れるのはこれが初めてだった。不毛の砂が広がる砂漠のように草一本生えていない踏み固められた地面を見て、ロルフは驚いた。今の季節、緑色のやわらかい草で覆われるそのあたりの野原とはあまりにも対照的だった。村人たちは長い小道をたどり、ぐるぐる巻きにした有刺鉄線の山を越え、監視塔や、以前機関銃が据えられていた銃座の下を通り、ようやく四角形の大きな広場に着いた。片側には窓のない小屋が建ち並び、反対側には煙突のある、煉瓦造りの建物があり、つきあたりには便所と絞首台が見えた。春は収容所の門扉の向こうで足踏みしていた。あたりは灰一色で、冬がまだそこに留まっているかのように霧に包まれていた。村人たちは小屋の近くで立ち止まった。一箇所に固まって、お互いに励ましあうように身体を触れ合わせていた。まるで洞穴の中にいるようにあたりはしんと静まりかえり、もの音ひとつせず、空は灰一色に覆われていたが、そのせいで息苦しく感じられた。指揮官が命令を下した。兵士たちが家畜か何かのように人びとを追い立てて、中心の建物のところまで連れて行った。彼らの目の前にそれがあった。何ダースものそれが地面に山積みにされていた。折り重なって積み上げられているものの中には、仰向けになっているものや手足のないものがあった。それは色あせた薪の山を思わせた。村人たちはまさかそれが死体だとは思わなかった。気味の悪い人形劇団の操り人形のような感じがした。しかし、ロシア兵たちに銃で小突かれ、床尾で殴られて、人びとは仕方なくそばに行き、その臭いを嗅ぎ、見つめた。げっそりと痩せこけた顔にうつろな目をしたそれらの死体は、村人たちの心に忘れることのできない傷跡を残した。誰もが自分の心臓の音を聞いていた。語る言葉を失って、みんな黙りこくっていた。長いあいだ、彼らは身じろぎもせずに立っていた。やがて指揮官がシャベルを取り、村長に渡した。兵士たちがほかのものに道具を配った。

「掘り方はじめ」指揮官は声もはりあげず、囁くように言った。

カタリーナや小さな子供たちは、絞首台の下に連れて行かれ、そこに腰を下ろしていた。ロルフはヨーヘンのそばに残っていた。地面は固くて、石が指にくいこみ、爪のあいだにまで入ったが、手をとめず、身をかがめて働き続けた。髪の毛が顔にかかった。言いようのない恥ずかしさをおぼえていたが、その羞恥はおそらくいつまでも忘れることができず、生涯悪夢のように彼につきまとうことだろう。ロルフはただの一度も顔を上げなかった。周りから聞こえてくるのは鉄が石にぶつかる音や苦しそうな息遣い、それに何人かの女たちの啜《すす》り泣きの声だけだった。

穴を掘り終わったときには、すでに日が暮れていた。監視塔の照明が点灯されていたので、夜になっても明るかったことにロルフは気がついた。ロシア人の指揮官が命令を下し、村人たちは二人一組になって、死体を運ぶことになった。ロルフは手についた土をズボンにこすりつけて落とすと顔の汗をぬぐい、兄のヨーヘンとともに自分たちを待ち受けているものに向かって歩き出した。母親がかすれた叫び声をあげて、二人を止めようとしたが、少年たちは構わず歩いていき、身をかがめると、死体の踝《くるぶし》と手首をつかんだ。死体は素裸で頭髪がなく、骨と皮に痩せていて軽かった。磁器のように冷たく、乾ききっていた。二人は硬直した死体を軽々と持ち上げ、広場に掘った墓穴のほうに歩き出した。死体は左右に揺れ、頭が後ろにのけぞっていた。ロルフは振り向いて母親のほうを見た。彼女は身を折るようにして吐いていた。何とかしてやりたいと思ったが、手が離せなかった。

真夜中過ぎになってようやく捕虜の埋葬が終わった。穴を埋め土で覆ったが、まだ帰らせてもらえなかった。兵士たちは彼らに小屋をまわって死刑囚の部屋やかまどの中を調べさせ、絞首台の下をくぐらせた。処刑された連中のために祈りの言葉を口にしようとする者はひとりもいなかった。誰もが心の底で、今回の恐ろしい体験から逃れ、忘れたいと思っていた。口に出しさえしなければ、いずれ時間がその記憶を消し去ってくれるだろうと期待していた。ようやく、家に戻ってもよいことになった。村人たちは綿のように疲れ、重い足をひきずるようにしてのろのろもと来た道を引き返した。死の悲嘆にくれ、骸骨のように足を運んでいたが、そのいちばんうしろにロルフ・カルレがいた。

それから一週間後にルーカス・カルレが突然戻ってきた。息子のロルフは目の前にいるのが誰だか分からなかった。父が前線へ行ったときは、まだ小さな子供だったし、その夜台所にずかずかと入りこんできた男は、暖炉の上に飾ってある写真の父と少しも似ていなかったのだ。父のいないあいだに、ロルフは英雄のような父親像をつくりあげていた。彼の頭の中に住んでいる父は空軍の軍服に身を固め、胸に山のように勲章を飾った威風堂々たる勇敢な軍人で、その長靴は子供が顔を映せるほど、ぴかぴかに磨きあげてあった。そのイメージと、突然現われた人物とがあまりにもかけ離れていたので、ロルフは物乞いか何かだろうと思って、何も考えずに挨拶をした。写真の父は手入れの行き届いた髭をたくわえており、冬の雲のような鉛色の目は権威に満ち、冷たく輝いていた。だが、台所に突然現われた男はぶかぶかのズボンをはいて縄を腰に巻きつけ、ぼろぼろのカザックを羽織り、汚れたネッカチーフを首に巻いていた。そして、ぴかぴかの長靴のかわりにぼろ布を足に巻きつけていた。身体つきは小柄で、髭もろくにあたっておらず、髪の毛は逆立ち、ざんばらに切ってあった。ロルフはその男に見覚えがなかった。だが、家族のほかのものはすぐに気がついた。彼の姿を見たとたんに、母親は両手で口を覆い、ヨーヘンはあわてて後ずさろうとして立ち上がったために椅子をひっくり返した。カタリーナは駆け出し、テーブルの下にもぐりこんだ。もうずいぶん長いあいだそんなことをしていなかったが、本能が忘れていなかったのだ。

ルーカス・カルレが戻ってきたのは、家庭が恋しくなったからではなかった。村であれどこであれ、自分がそこの一員であると思ったことは一度もなかった。孤独な彼は祖国とも無縁な人間だった。飢えと絶望感にさいなまれ、このまま野原を這いまわって生きるよりも、勝利を収めた敵につかまる危険があるにしても家に戻るほうがいいと考えたのだ。すでに抵抗する気はなくなっていた。軍を脱走した彼は昼のあいだ身を隠し、夜に歩きまわって生き延びてきた。倒れた兵士の身分証を奪いとり、名前を変えて過去を消すことを考えた。だがすぐにこの破壊された広い大陸のどこにも行くところがないのに気がついた。温かく人を迎えてくれる家が建ち並び、農園やブドウ畑の広がる村、長年勤めた学校、そうしたものを思い出してもべつに懐かしいと思わなかった。しかし、ほかに行くところがなかった。戦争中にいくつかの勲章をもらっていたが、それは勇敢な働きをしたからではなく、平気で残酷な行為をしたからにほかならなかった。彼はすっかり人が変わっていた。得体のしれない自分の心の奥底をのぞき見た彼は、自分がどういう人間かようやく理解できたのだ。極限状況に身を置き、悪と快楽のかぎりを尽くしたあとだったので、以前のように教室で躾の悪い子供たちを相手に面白くもない授業をすると考えただけでばかばかしくなった。男は戦うために生まれてきたのだ、暴力を通してはじめて進歩が得られるということは歴史が証明している、と彼は考えていた。歯をくいしばって耐えろ！　目をつむって突進するんだ！　それが兵士というものだ。あれほど苦しい目にあったというのに、決して平和に憧れることはなかった。それどころか、自然の仮借ない掟に従って、弱いもの、役に立たないものを海に投げ捨て、人類の乗った嘆きの船を良港に導くことのできる男を生み出すもの、それは血と火薬以外の何ものでもない、といっそう堅く信じるようになった。

「どうした、お前たちはわしが帰ってきて嬉しくないのか？」彼は後ろ手でドアを閉めながらそう言った。

長く家を留守にしていたが、家族のものは今も彼をひどく恐れていた。ヨーヘンは何か言おうとしたが、言葉が胸のあたりでつかえてしまい、喉の奥で妙な音を出すことしかできなかった。それでも、弟がどんな目に遭わされるか分からないと思って、彼をかばうように前に立った。カルレ夫人はやっと我に返ると、大箱のところへ行き、真っ白の大きなテーブルクロスを取り出すと、テーブルに掛けた。そうすればカタリーナが父親に見つからずにすむ、時間がたてばきっと夫はカタリーナのいることを忘れるだろう、そう考えたのだ。すばやくまわりを見まわしただけで、ルーカス・カルレは家の状態をつかみ、たちまち一家の支配者になった。妻は相変わらず愚鈍そうだったが、恐怖の色を浮かべた目と大きな腰は昔と変わらなかった。ヨーヘンは背の高い、たくましい若者に成長していたので、少年部隊の徴兵をどうして逃れたのか不思議に思った。ロルフには見覚えがなかったが、ひと目見ただけで、母親に甘やかされて育っていることが分かった。可愛がられている猫のようなところがあるが、これをなくさなくてはならない。ロルフはわしが自分の手で一人前の男にしてやる。

「身体を洗うから湯を用意しろ、ヨーヘン。この家に何か食べるものはないのか？　お前がロルフだな……。ここへ来て、父親に握手するんだ。おい、聞こえないのか？　こっちへ来い！」

その夜からロルフの生活は一変した。戦争のおかげで不自由な生活を強いられていたが、ほんとうの恐怖というのがどういうものか彼は知らなかった。それを教えこんだのがルーカス・カルレだった。少年の平和な夢は破られた。それから何年も経って、父親が森の木に吊るされて揺れているのが発見されるまで、それは戻ってこなかった。

村に駐留していたロシア兵は粗野で貧しく、涙もろかった。夕方になると銃やいろいろな道具を持って焚き火のまわりに集まり、故郷の歌をうたった。柔らかい響きのする言葉があたりに満ちると、故郷を懐かしんで泣き出すものもいた。ときには酒に酔ったり、喧嘩をしたり、くたくたになるまで踊ったりした。村人たちは彼らを避けていたが、何人かの娘たちはキャンプに通っていた。黙って顔を見ないようにして身体を与え、それと引き換えに何がしかの食料を手に入れていた。娘たちはいつも何かを手に持っていた。だが、勝ったほうの彼らも負けたものと同じように飢えに苦しんでいた。子供たちも彼らに近づいていった。兵隊たちの言葉や兵器、奇妙な習慣に惹かれていたのだ。中でも四本のナイフを使って曲芸をする、顔に深い傷痕のある軍曹が人気者になっていた。母親からそばに行ってはいけないと強く言われていたが、ロルフはほかの子供たちよりもずっと近くに寄っていった。まもなく彼は軍曹の隣に座って、言っていることを理解しようとしたり、ナイフ投げの練習をしたりするようになった。何日かすると、ロシア人たちはドイツ軍に協力したものや脱走兵を見つけだして軍事裁判をはじめ、次々に判決を下していった。正式の手続きを踏んでいる余裕はなかったし、傍聴人もほとんどなかった。人びとはくたびれ果てていて、告発を聞く気になれなかった。しかし、ルーカス・カルレが裁判にかけられたとき、ヨーヘンとロルフはこっそりと部屋に入り込んで、いちばん後ろの席に座った。被告席のカルレは自分の犯した罪を悔いているようには見えなかった。自分は上官の命令に従っていただけだ、戦いに加わったのはものを考えるためではなく、勝つためだったのだ、と自己弁護をした。ナイフ投げの軍曹はロルフが部屋にいるのに気づき、かわいそうに思ってそこから連れ出そうとした。しかし、ロルフは部屋に残って、判決を聞こうと心に決めていた。自分が青い顔をしているのは、父親のことが心配だからではなく、その反対なのだと軍曹に説明しようとしたが、うまくいかなかった。ロルフは内心、次々に証拠があがって、父親が銃殺隊の前に立つことになればいいと願っていた。ウクライナの鉱山で、六ヵ月の強制労働という判決が下されたとき、ヨーヘンとロルフはずいぶん軽い刑だと思った。二人はルーカス・カルレが遠くの土地で亡くなり、二度と戻ってきませんようにとこっそり祈った。

平和な時代になっても物資は不足していた。どうやって食べものを手に入れるかが数年のあいだ悩みの種だったが、その状態はそれからも続いた。ヨーヘンは満足に字も読めなかったが、逞しい身体をしていた。父親が戦場に行き、爆弾で畑が破壊されると、彼が一家を支えるようになった。薪を切り、木苺や野生の茸《きのこ》を売り、ウサギや山鶉《うずら》、狐などを捕らえてきた。ロルフも小さいころから兄のあとについて働くようになった。兄と同じように近くの村でちょっとしたものをくすねるようになった。

もっとも母親に見つからないように気をつけていた。というのも、母親はどんなに苦しいときでも、戦争は遠い悪夢のようなもので、自分とはまったく関わりがないという態度を崩さず、子供たちの躾に気を配っていたからだった。いつのまにか、お腹を空かせているのが普通の状態だと思うようになった。後になって、市場に世界中のものがあふれ、街角にフライドポテトや飴《あめ》、ソーセージなどの屋台が並ぶようになっても、彼はベッドの下の床板の隙間に隠した固くなったパンの夢を見続けた。

夫がウクライナから戻ってきて家に腰を落ち着けるまでのあいだ、カルレ夫人は神を信じ、平静な心を保って生活していた。だが、夫が帰宅したとたんに、気力が萎《な》えてしまった。身体をすくめ、まるで強迫観念にとり憑かれたように、自分の殻に閉じこもってぶつぶつひとり言を言うようになった。夫に対して抱いている恐怖心のせいで、身動きがとれなくなったのだ。夫への憎しみをどう処理していいか分からず、うちのめされてしまった。それでも朝早くから夜遅くまで、今までと同じように細やかな心配りを見せながら家事をこなしていた。カタリーナの世話をし、家族のものの食事を作っていたが、口をきかなくなり、笑うこともなくなった。教会にも二度と足を踏み入れなかった。ルーカス・カルレを地獄に送ってほしいというのは正当な願いだと思われた。その願いに耳を貸そうとしない無慈悲な神の前にひざまずく気になれなかったのも無理はなかった。また、ヨーヘンとロルフを父親の折檻から守ろうともしなかった。泣き喚く声、殴打の音、諍《いさか》いはごく日常的なことになった。彼女はもはや何の反応も示さなくなった。虚ろな目で窓の前に座り、今のような不幸な境遇になる前の娘時代のことを思い返していた。

カルレは、人は金床とハンマー、つまり殴るために生まれてきたものと殴られるために生まれてきたものとの二種類に分けられるという説を信奉していた。もちろん、息子たちにはハンマーになってもらいたいと願っていた。彼は息子たちが弱音を吐くとかっとなった。とりわけ、その教育法に従って育てていたヨーヘンにはきつくあたった。答えるときに口ごもったり、爪を噛んだりしていると、怒り狂った。ヨーヘンは夜になると絶望感にひたり、この苦しみから永久に逃れるための方法をあれこれ思い描いた。しかし、夜が明けると現実に戻り、首をうなだれ、父の言いつけにおとなしく従うのだった。ヨーヘンは父親よりも二十センチも背が高く、耕作用の馬に負けないくらい力が強かった。冬のある夜、父が例の赤い靴を使う気になるまで、彼はじっと我慢していた。重苦しい雰囲気や張りつめた視線、何かを予兆している沈黙、そうしたものが何を意味しているのか、息子たちもすでに理解できる歳になっていた。これまでと同じように、カルレは子供たちに、カタリーナを連れて部屋へ行け、どんなことがあってもここへ来てはいかん、と言った。部屋を出て行く前、ヨーヘンとロルフは、母の目に恐怖の色が浮かび、身体が震えているのに気づいた。しばらくして、二人がベッドの中で身体を固くしていると、ボリュームいっぱいに鳴る音楽が聞こえてきた。

「ちょっと母さんの様子を見てくる」ロルフはそれ以上我慢できなくなって、そう言った。廊下の向こうで、昔の悪夢がまたしても繰り返されていると確信していたのだ。

「お前はここに残れ。長男なんだからおれが行く」とヨーヘンが言った。

いつもなら毛布をかぶってじっとしているのだが、その日彼は無我夢中でベッドから身を起こすと、ズボンをはき、カザックを着込み、ウールの帽子を被って、雪道用のブーツを履いた。てきぱきと服を着終えると、部屋を出て廊下を横切り、居間のドアを開けようとしたが、中から閂《かんぬき》がかかっていた。

罠を仕掛けたり、薪を割ったりするときのようにゆっくりと狂いのない動作でドアを蹴ると、閂が吹っ飛んだ。ロルフはパジャマ姿で裸足のまま、兄の後に従っていた。ドアが開くと、信じられないほど高いハーフブーツを履いただけで、あとは素裸の母の姿が目に入った。ルーカス・カルレはかっとなって、とっとと出て行けと怒鳴ったが、ヨーヘンはかまわず中に入り、テーブルの前を通り過ぎると、止めに入ろうとした母親を押しのけた。彼が決然たる態度で近づいてきたので、父親はためらうように後ずさった。ヨーヘンの拳がハンマーのように父親の顔に食いこんだ。彼はサイドボードの上まで吹っ飛び、凄まじい音を立てて床に倒れた。木のサイドボードが壊れ、皿が割れた。ロルフは父が床の上で気を失っているのを見て、大きく息を吸いこんだ。部屋に戻って毛布をとると居間に戻り、それで母親をくるんでやった。

「さようなら、母さん」とヨーヘンは玄関のドアからそう言ったが、ふり返るだけの勇気はなかった。

「元気で、ヨーヘン」と彼女はつぶやいた。これで、少なくとも子供たちのひとりは救われるのだ、そう考えてほっと胸を撫でおろした。

翌日、ロルフは兄のズボンの裾《すそ》を折ってはくと、父親を病院へ連れて行った。下顎が固定されたので、数週間口をきくことができなかった。食事もピペットを使い、流動食しかとれなかった。長男が家を出てしまったので、カルレ夫人はひと言も口をきかなくなった。おかげでロルフは大嫌いな、恐ろしい父親にひとりで立ち向かわなければならなくなった。

カタリーナはリスのような目をしていて、心の中には記憶というものがなかった。食事はひとりでとることができたし、トイレへ行きたくなると、そのことを伝えた。父親が帰宅すると、大急ぎでテーブルの下にもぐりこむこともできた。しかし、できるのはそれだけだった。ロルフは黄金虫やきれいな石、中身が出せるよう注意深く開いたクルミといった小さな宝物を見つけてきては、カタリーナにもたせてやった。カタリーナも彼の愛情に心から応えかえした。一日中彼の帰りを待っていた。足音がして、椅子の脚のあいだから彼の顔がのぞくと、カモメが鳴くような声を出した。素朴な造りの木の大きなテーブルの下で何時間もじっとしていて、父親が出かけるかベッドに入り、誰かが外に引っ張り出してくれるのを待っていた。その隠れ家の中で、人の足音が近づいてきたり、遠ざかっていったりするのに耳を澄ますという生活にすっかり馴染んでいた。ときには、もう何の心配もないのに外に出ようとしないことがあった。そんなときは母親が碗を渡し、ロルフが毛布をとってきてテーブルの下にもぐりこむと、カタリーナと一緒に丸くなって夜を過ごした。ルーカス・カルレが食事をするとき、足がたびたびテーブルの下にいる子供たちに触れた。二人はじっと動かず、黙って手を取り合い、隠れ家に身をひそめていた。まるで水中にいるように、音や匂い、他人の存在が遠くぼやけて感じられた。長い時間をそうして過ごしたので、テーブルクロスの下の乳白色をした光の思い出は、ロルフ・カルレの心の中にいつまでも消えることなく残った。それからずっと後のある日、地球の裏側で、愛する女と寝ていた白い蚊帳《かや》の中で、彼は泣きながら目を覚ますことになった。

第三章

わたしが六歳のころのクリスマスに、母が鶏の骨を喉にひっかけた。飽くことのない知識欲に燃えていたジョーンズ博士は、クリスマスはもちろんどのようなお祝いごとがあっても見向きもしなかった。けれども、使用人たちは毎年クリスマス・イブになると必ずお祝いをした。粘土製の稚拙な人形でイエス降誕の情景を作って台所に飾り、クリスマスキャロルを歌った。みんながわたしにプレゼントをくれた。大昔に奴隷たちが考え出したクリオーリョ料理が何日も前から用意された。植民地時代の裕福な人たちは十二月二十四日になると、一家で大きなテーブルを囲んだ。そして主人の食べ残した豪華な料理は使用人たちに与えられた。奴隷たちはそれを小さく刻んでトウモロコシの粉を練ったものとバナナの葉で包み、大きな釜で茹《ゆ》でて食べた。すばらしい味のするその料理は何世紀も経った今でも毎年作られている。現在ではもちろん裕福な人たちの食べ残しを使うのではなく、材料を別々に味つけしなければならないので、たいへん手間がかかる。ジョーンズ博士の使用人たちは、お酒を呑み、たらふく御馳走を詰めこむ年に一度のこのお祝いのために、鶏、七面鳥、それに豚を一頭、屋敷の奥まったところにある庭で飼い、まるまると肥え太らせていた。鶏と七面鳥には一週間前からクルミを食べさせ、ラム酒を無理矢理飲ませた。豚には黒砂糖と香辛料を混ぜ合わせた牛乳を何リットルも飲ませて、肉が柔らかくなるようにした。女たちが葉を燻《いぶ》し、鍋やコンロを用意しているあいだ、男たちが豚と鳥を締めた。血が流れ、羽根が散乱し、豚の叫び声が響きわたるころから賑やかなお祭り騒ぎがはじまった。酒と死に酔い、肉にかぶりつき、御馳走から出た濃いスープを飲み、声がしわがれるまで陽気な調子で幼子イエスをほめそやした。そうして皆が心ゆくまで楽しんでいるあいだ、屋敷の別の翼では博士がクリスマスだということも知らず、いつものように研究にいそしんでいた。あの忌まわしい骨は粉の中に紛れ込んでいた。喉に突き刺さるまで母は気がつかなかった。数時間経ってから血を吐きはじめ、数日後静かに息を引きとった。生きているときと同じようにひっそりと死んでいった。わたしはずっと母のそばに付き添っていたが、あのときのことは今でもよく覚えている。というのもそれ以来わたしは、母の霊がとらえがたい霊魂の住む、手の届かない影の世界に消えてしまわないようずっと気をつけていたからだ。

わたしを怯えさせないよう母は平静に死を迎えた。よく分からないが、たぶん鶏の骨がどこか妙なところに刺さり、身体の中で出血していたのだろう。助からないだろうと考えた母は、最期をわたしと一緒に迎えようと、中庭に面した自室に籠もった。死に急ぐことにならないようゆっくり水と石鹼を使って身体を洗った。そうして鼻につきはじめていた麝香《じゃこう》の匂いを洗い流すと、長い三つ編みを結い、昼寝の時間に縫ってあった真っ白な下着を着けた。そのあと、毒蛇に嚙まれた先住民《インディオ》と寝てわたしを宿した、あの藁布団に横たわった。わたしはまだそうした儀式が何を意味するのか分からないまま、じっと見つめていた。あのときの母の動作はひとつ残らず覚えている。

「人は死んだりしないのよ、エバ。忘れられたときにはじめて死んでいくの」息をひきとる少し前に、母はわたしにそう説明してくれた。「あなたが思い出してくれさえすれば、わたしはいつでもあなたのそばにいるのよ」

「忘れたりしないわ」とわたしは母に約束した。

「じゃあ行って、おばさん《マドリーナ》を呼んできてちょうだい」

わたしは料理女を捜しに行った。わたしの代母《マドリーナ》の料理女は白人と黒人の混血で、わたしをとりあげ、そのときが来ると洗礼に連れて行ってくれた。

「この子の面倒をみてやって」顎を伝って流れる血をそっと拭いながら母は、料理女にそう頼んだ。そのあと母はわたしの手を取ると、死んでも忘れないからねと目顔で語りかけた。だがその目も霞《かす》み、霊魂が静かに身体から抜けだした。しばらくのあいだ、何か半透明のものが静止した空気の中を漂っていた。青い光が部屋を満たし、麝香の薫りが鼻をくすぐった。しかしまもなくすべてがふだんと同じになった。空気はただの空気になり、光はもとのように黄色く、匂いもふたたびいつもの匂いに戻った。わたしは母の顔を両手ではさんで揺さぶり、おかあさん、おかあさんと呼びかけた。わたしたち二人を分かってしまった、思いもよらない静けさに動転していた。

「誰だってみんな死んでいくんだよ。そんなに大騒ぎすることじゃないさ」マドリーナは鋏《はさみ》を鳴らして母の髪を切りながらそう言った。髪はあとでかつら屋に売るつもりでいたのだ。「博士に見つかると、研究室へ運べと言うに決まっているから、その前に運びださないといけないね」

わたしは母の長いおさげを拾いあげると、首に巻きつけた。そして部屋の隅へ行き、うずくまると膝の上に頭をのせた。涙は出なかった。自分がどれほど大きなものを失ったのか、まだ分かっていなかったのだ。何時間も、いやおそらく一晩中そこに座っていたのだと思う。大人が二人入ってきて、ベッドにかけてある一枚きりの毛布で遺体を包み、何も言わずに運びだした。虚ろな穴がぽっかりと開いたようになり、その穴が容赦なくわたしのまわりを埋めつくした。

柩を載せた慎ましい車が出発したあと、マドリーナがわたしを捜しに来た。部屋は暗く、マッチを擦らなければ、わたしの姿が見えなかった。電球が切れていたし、夜明けの光もドアから中に入ってこなかった。わたしが床の上の小さな影のようにうずくまっているのを見て、料理女は現実に引き戻そうと、エバ・ルーナ、エバ・ルーナと二度呼びかけた。揺らめくマッチの炎が、上履きを履いた料理女の大きな足と、綿のスカートの裾を照らしだした。顔を上げると、彼女の潤《うる》んだ目が見えた。マッチの炎がゆらゆらと揺れて消える瞬間、料理女は微笑みを浮かべた。暗闇の中でかがみこんだようだった。わたしをその太い腕で抱きしめ、膝の上に乗せるとやさしく揺すりながら、死者を弔う歌をうたった。アフリカに伝わるその柔らかな響きの歌でわたしは眠りの世界へと落ちていった。

「男だったら、上の学校へ進んで、弁護士になるといいんだけどねえ。そうしたらあたしの老後は何の心配もなくなるんだよ。三百代言てのは稼ぎがいいんだ。あの連中は揉めごとを起こさせるのが上手で、しかも揉めれば揉めるほど、稼ぎになるんだよ」とマドリーナはよく言ったものだった。

どんなくだらない男だって、カミさんをもらって顎でこき使えるんだから、男のほうがいいに決まっているさ、とマドリーナは主張した。何年ものちになって、わたしも彼女の言うとおりだと考えるようになった。といっても、自分が男になる、つまり、髭を生やし、臍《へそ》の下に良心なき正直者をぶらさげて——といっても、どこにそれをつけていいか分からないにちがいない——、他人に命令を下したいと考えている自分の姿を思い浮かべることなどできない。マドリーナはマドリーナなりにわたしを愛してくれていた。そのことを表面に出さなかったのはわたしを厳しく躾けなければならないと考えていたからだろう。それに思いのほか早く頭がおかしくなってしまったせいもある。あのころはまだ、今のような廃人になってはなかった。褐色の肌をした大柄な女で、胸は大きく、ウエストはくびれ、腰はスカートに隠れたテーブルのように幅が広かった。外に出ると、男たちがふり返っては卑猥な言葉を投げかけたり、お尻をつねろうとした。彼女は避けたりせず、小さな本で叩いてお返しをした。何を考えてんのさ、このうすらとんかちの黒ん坊！　そう言って金歯を見せてげらげら笑ったものだった。彼女は毎晩たらいの中で身体を洗った。水差しで頭から水をかぶり、石鹼をつけた布切れでごしごし身体をこするのだ。日に二度ブラウスを替え、ローズウォーターをふりかけた。髪は卵で洗い、歯が白く輝くよう塩で磨いていた。体臭がきつく、いつも甘ったるい匂いを漂わせていた。ローズウォーターと石鹼でも消すことのできない、焦げた牛乳のようなその体臭が、わたしは大好きだった。水浴びの時間になるとわたしは、褐色の身体や紫色の乳首、縮れた毛の生えている恥部、それにすっかり老いこんでしまったジョーンズ博士の座っている革張りのソファを思わせる柔らかいお尻などをうっとりと見つめながら、背中から水をかけてやった。彼女は布切れを使って撫でるように身体を洗うと、自分の豊満さに満足してにっこり笑った。歩くときはまるで挑みかかるように背筋をぴんと伸ばし、自分の体内を流れる秘められた音楽のリズムに乗って足を運んだ。それ以外は笑うにしても泣くにしても、万事がさつだった。理由もなく怒り出して手を大きく振り回した。その手が当ると、大砲が落ちてきたように感じられたものだ。べつに悪気はなかったのだろうが、わたしの片方の耳の鼓膜が破れてしまったのはその手で叩かれたからだ。剝製には少しも親近感を抱いていなかったが、彼女は長年博士の屋敷で料理女として働いていた。給料は雀の涙ほどしかなく、そのほとんどをタバコとラム酒で使い果たしていた。わたしの養育を引き受けたのは、それが自分の義務だと考えたからだ。血の繫がりよりも神聖なものなんだよ、引き取った子はたとえ実の子を放り出してでも面倒をみなきゃいけない、さもないと神さまに赦してもらえないんだよ、あんたをいい子に、きれい好きでしかも働きものの娘に育てなきゃね、でないと最後の審判の日に申し開きができないじゃないか、とよく言った。母は原罪を信じていなかったので、わたしに洗礼を受けさせせなければならないと考えていなかった。けれども料理女があまりしつこく言うので、とうとう根負けしてしまった。分かったわ、それで気がすむのなら好きなようにしていいわ、でも、わたしが選んだ名前は変えないでね、と母はとうとう承知した。料理女は三ヵ月のあいだ酒もタバコも断って金を貯め、その日のためにとわたしにイチゴ色のオーガンジーのドレスを買ってくれた。それから、ほんの少ししかない髪の毛にリボンを結び、ローズウォーターをふりかけ、腕に抱いて教会まで連れて行ってくれた。その洗礼のときの写真が手もとに残っているが、まるで誕生日の贈り物の賑々《にぎにぎ》しい包みのような感じがする。お金が足りなかったので、彼女は教会の掃除、つまり床を掃き、祭壇用具を白灰で磨き、木のベンチにワックスをかけるという大掃除を引き受けて不足分を補った。おかげでわたしは金持ちの娘のように何ひとつ欠けたところのない立派な洗礼式をしてもらうことができた。

「あたしがいなかったら、あんたはまだキリスト教徒になっていなかっただろうね。たとえ罪を犯していなくても、秘跡を受けずに死ぬと地獄の辺土にやられて、そこからは二度と出られないんだよ」とマドリーナはいつもわたしに言っていた。「あたしじゃなくて別の人間だったら、きっとあんたを売り飛ばしていただろうね。明るい色の目をした女の子はどうにでもなるんだ。なんでもアメリカ人が買って、自分の国へ連れて行くそうだよ。でもあたしはあんたのお母さんと約束したからね。それを破ったりしたら、地獄で料理をすることになっちまうよ」

彼女は善悪の区別をはっきりつけていた。わたしが悪いことをしそうになると、ためらわずに手をあげた。それが彼女の知っている、唯一の教育法だった。彼女自身、そう躾けられてきたのだ。子供は遊ばせたり、やさしくしてやるのがいいと言われるようになったのは最近のことだ。彼女はそんなことを考えもしなかった。ぼんやりもの思いにふけって時間をつぶしたりせず、てきぱき仕事を片づけるよううるさく言った。ほかのことに気をとられたり、のろのろしているのが気に入らず、何かを言いつけられたら走ってそれを片づけるようにと言った。あんたの頭の中には霞《かすみ》がかかってんのかしらね、脚には砂がつまってるんじゃないのかい、そう言うとわたしの脚をスコット乳液でマッサージしてくれた。スコット乳液というのはばかに安いローションだったが、よく効くと評判だった。タラの肝油が混ぜてあり、宣伝文句によると、強壮医薬品界の賢者の石にあたるとのことだった。

マドリーナはラム酒のせいで頭が少しおかしくなっていた。カトリックの聖人を信仰していたが、そのほかにもアフリカに起源をもつ聖人や自分で創作した何人かの聖人も信じていた。彼女の部屋には小さな祭壇がしつらえてあり、そこには聖水とならんでブードゥー教の偶像や亡くなった父親の写真、それに彼女が聖クリストバルだと信じきっている胸像が祀られていた。のちにわたしはそれがベートーヴェンの像だと知ったが、何も言わずにおいた。その胸像は祭壇の中でいちばん立派なものだったのだ。彼女は四六時中、馴れ馴れしくくだけた態度でその聖人たちに話しかけ、取るに足りないような慈悲を乞うていた。のちに電話がひどく気に入ったときは、天上に電話をかけるのだと言って信号音にじっと耳を澄ましていた。そして、聖人たちが信号音を通して自分に答えてくださっていると勝手に解釈していた。このようにして、彼女は些細なことでもいちいち天上の指示を仰いでいた。彼女は聖ベネディクトゥスの信者だった。金髪の美男子でお祭り好き、いつも女たちにもてはやされ、煙がもうもうと立ちのぼる火刑場にとびこんで薪のように黒焦げになり、そうしてはじめてチュニックにすがりついてくる淫乱な女どもに邪魔されずに神を崇め、心静かに奇跡を行えるようになった、という聖人である。彼女はその聖人に酒の量が減りますようにと祈っていた。料理女は拷問や身の毛のよだつような死に方についてもじつに詳しかった。カトリックの聖人伝説の中で語られている、殉教者の死に様をすべて知っており、機会をみてはわたしにその話をしてくれた。わたしは言いようのない恐ろしさを感じながら耳を傾けた。そのたびにもっと詳しく話してとせがんだ。とりわけ聖ルチアの拷問の話が好きだった。暇さえあれば、細部を詳しく聞き出した。どうしてルチアは好きだといった王さまのこと、断っちゃったの？　どうやって目を抉《えぐ》られたの？　それから、その目が二つの卵みたいにぽんと置かれて、それで銀のお盆から光をだして、王さまの目が見えなくなったの？　ほんとう？　それでルチアに、すごくきれいな、前のよりもずっときれいな青い目がついたの？　ほんとにほんとなの？

マドリーナの信仰心は篤く、その後さまざまな不幸に見舞われても揺らぐことはなかった。先ごろ法王がこの地を訪れたが、そのときわたしは療養所の許可をとって、マドリーナを連れ出した。白の法衣に金の十字架を着けた法王が、そのときどきに応じて完璧なスペイン語や先住民《インディオ》の言葉を使い分けて、ありがたいお話をしてくださるのに、その機会を逃してはかわいそうだと思ったのだ。防弾ガラスを張った水槽のような車に乗って、花や歓呼の声、先導兵や護衛兵に囲まれて、飾りつけが終わったばかりの通りを進んでくる法王の姿が見えると、すっかり年老いたマドリーナはひざまずいた。預言者エリーアスが観光旅行でこの地を訪れているのだと思いこんでいた。彼女が群衆に踏みつぶされるのではないかと心配になり、そこから連れ出そうとしたが、頑として動こうとしなかったので、聖遺物として売っている法王の毛髪を買ってやった。法王が来訪するというので、多くの人が心を入れかえた。借金の帳消しを約束したものもいれば、階級闘争や避妊のことはいっさい口にしないと決心したものもいた。法王猊下を悲しませてはいけないと考えたのだ。だがじつを言うと、わたしはカトリックに関してあまりいい思い出がないので、法王が来られたからといってべつに熱狂することはなかった。まだ小さかったころのある日曜日、わたしはマドリーナに伴われて教会へ行ったことがある。彼女はわたしをカーテンのついた狭い告解室にひざまずかせた。わたしは不器用だったので、教えられた通りに指を組むことができなかった。格子窓を通して強い臭いのする息がわたしのところまで届き、自分の罪を告白するのです、と命令する声が聞こえた。それまでにあれやこれやいろいろと自分で話を作り出していたのに、その声を聞いたとたん、頭の中が真っ白になって、なんと答えていいか分からなくなった。あわてて適当に言いつくろおうとしたが、何も浮かんでこなかった。

「手で身体をいじったりしますか」

「はい……」

「娘よ、何度もするのですか」

「毎日です」

「毎日！　何度くらいしましたか」

「さあ、数えていないので……何度もしました……」

「それは神の目から見ると、大変大きな罪なのですよ！」

「知らなかったんです、神父さま。手袋をはめていても、やっぱり罪になるのですか」

「手袋！　ばかなことを言うものではない！　わたしをからかっているのですか！」

「いいえ、とんでもありません……」わたしは怯えて答えた。それにしても、手袋をはめたままで顔を洗ったり、歯を磨いたり、身体を掻いたりするのは難しいだろうなと考えていた。

「二度とそのようなことはしないと約束しなさい。純潔と無垢、このふたつが少女にとってもっとも大切な徳なのです。悔悟のアベ・マリアを五百回唱えるのです。そうすれば、神も赦してくださるでしょう」

「できません、神父さま」まだ二十までしか数えられなかったわたしはそう答えた。

「どうしてできないのです！」と司祭は怒鳴った。おかげで唾が告解室の中のわたしに雨のように降りかかった。

わたしは告解室から飛び出したが、マドリーナにつかまえられた。司祭と話し合っているあいだ、彼女はわたしの耳をつかんでいた。司祭は、このままだと今に手がつけられなくなり、魂まで腐りはててしまう、だから早く仕事につかせたほうがいいだろう、といったことを話していた。

母についでジョーンズ博士が亡くなった。博士は世界だけでなく、自分自身の学識にも幻滅して、老衰でこの世を去った。だが、あれは大往生だと言ってもいいだろう。自分の死体に防腐処理を施して剝製になり、英国製の家具と書物に囲まれて生き続けることは不可能だったので、遺体ははるか遠くにある生地へ送るように、と遺言状の中で指示してあった。地区の墓地で他人の骨とまぜ合わされ、情け容赦なく照りつける太陽の下で、どこの馬の骨ともわからぬものども――博士はよくそんなふうに言っていた――といっしょに朽ち果てたくないと考えていたのだ。天井で扇風機がうなっている自分の寝室で博士は息を引きとろうとしていた。身体を動かすことができず、汗まみれになっていた。その博士に付き添っていたのは、聖書を小脇に抱えた牧師とわたしだけだった。博士が人の助けなしでは動けなくなり、雷のような声が瀕死の病人の苦しそうな喘ぎ声になってしまって、わたしはずっと抱いていた恐怖の最後の一片が消えていくのを感じた。

博士が実験をはじめて以来、屋敷には死が居座っていた。世間に対して扉を閉ざしていた屋敷の中を、わたしは誰に咎められることもなく、好き勝手に歩きまわるようになった。博士はよく車椅子で部屋から出てきて咎めだてたり、さっきとまったく違うことを言いつけてうんざりさせたものだった。だが、そうしたことがなくなったとたんに使用人たちの規律が緩んでしまった。わたしは、彼らが屋敷を出るたびに銀の食器や絨毯、絵画、はては博士が例の液体を大切に保存していたガラスのフラスコまで持ち出すのを見た。もう誰も主人のテーブルに糊《のり》の利いたテーブルクロスを掛けたり、ぴかぴかに磨いた食器を出したりしなかった。涙滴ランプに灯がともされることはなく、博士にパイプを渡してやるものもいなかった。マドリーナは台所仕事をやめてしまい、食事には炒めたバナナとライス、揚げた魚ばかり出すようになった。ほかの使用人たちは掃除をしなくなった。脂汚れと湿気で、壁や木の床はどんどん傷んでいった。庭はスルククーが出た数年前のあのときから手入れをするものがいなかったので、植物がすさまじい勢いで生い茂って屋敷を呑み込み、歩道にまであふれだしていた。使用人たちは昼寝を楽しみ、好きなときに屋敷を空けた。ラム酒を浴びるほど飲み、一日じゅうラジオをがんがん鳴らしてボレロやクンビア、ランチェラを聴いていた。元気なときは自分の持っているクラシックのレコードしか聴こうとしなかったかわいそうなジョーンズ博士は、その騒々しい音に言いようのない苦しみを味わっていた。彼らを呼びつけようと、呼び鈴の紐を引っぱったが無駄で、誰ひとり駆けつけてこなかった。マドリーナだけが、博士の眠っているあいだに部屋まで上がっていって、教会からくすねてきた聖水をふりかけてやった。博士を乞食のように秘跡も受けないまま死なせるのは重大な罪ではないかと考えたのだ。

ある朝、プロテスタントの牧師を屋敷に迎え入れた女中は、暑さが厳しくなったからというので、ブラジャーとパンティしか身に着けていなかった。わたしは屋敷内の放埒ぶりも頂点を極めたのではないかと考えた。主人のジョーンズ博士とほどよい距離を保つ理由はもはやどこにもないように思われた。そのときから、わたしは博士の部屋に行くようになった。最初はドアから中の様子を窺っていただけだが、少しずつ中に入っていき、ついには彼のベッドの上で遊ぶようになった。何時間もそばにいて、何とか話をしようと頑張り、半身不随のひきつれた口が紡ぎ出す外国語のつぶやきを理解するようになった。そのころの博士はもう先も長くないと考えて落ち込み、その上身体が動かせないので苛立っていたが、わたしがそばにいると、たとえわずかのあいだでも気が紛れたようだった。わたしは神聖な書棚から本を取ってくると、読めるように目の前に立ててやった。中にはラテン語で書かれたものもあったが、そういうのはわたしにも分かるように訳してくれた。どうやら、生徒が持てたことが嬉しくて仕方なかったらしい。どうして今までこの子がいることに気づかなかったのだろう、とはっきりそう言った。たぶん、それまで子供の相手をしたことなど一度もなかったのだろう。ほんとうは子供好きだったのだと気づいたときにはすでに手遅れになっていた。

「この子はいったいどこの子供なんだろう?」博士は口をぱくぱくさせながらそう言った。「わたしの娘、孫だろうか、それともこの病んだ脳が生み出した妄想なのだろうか。色は黒いが、目の色はわしにそっくりだ……。顔がよく見えるように、もっとそばへおいで」

博士はわたしがコンスエロの娘だとは夢にも思わなかった。しかし、二十年以上ものあいだ自分に仕えてくれた母のことはよく覚えていた。一度、ひどい消化不良でお腹が飛行船のように膨れあがってしまったことがあるんだよ、とよく母のことを話題にした。彼女がそばにいてくれたら、自分の晩年は違ったものになっていたにちがいないと信じていた。彼女ならわしを裏切ったりはしなかっただろうな、と博士はよく言ったものだった。

ラジオから流れてくる騒々しい音楽やドラマのせいで気がおかしくなってはいけないと思い、わたしは老人の耳に綿を詰めてやった。身体を拭いてやり、マットレスに尿がしみこまないようにタオルを畳んで腰の下に入れ、扇風機を回して部屋の空気を入れ換え、赤ん坊にやる離乳食のようなものを食べさせた。銀色の髭を生やした老人は、言ってみればわたしの人形のようなものだった。博士がある日牧師をつかまえて、今までさまざまな科学的業績をあげてきたが、それを全部ひっくるめたよりもこの子のほうがずっと大切だと言っているのを耳にしたことがある。わたしは老人に、生まれ故郷には彼の帰りを待ち侘《わ》びている家族が大勢いるとか、孫が何人かいるとか、花の咲き乱れている庭があるといった嘘をついた。また、書斎には博士が奇跡の液体を使って行った初期の実験の成果のひとつであるピューマの剝製があった。わたしはそれを寝室まで引きずっていって、ベッドの足もとに置き、昔可愛がっていた犬だと教えた。もうおぼえてないの？　可哀そうに、寂しがってるわ。

「牧師さん、この子が相続人になるように遺言状に書き入れてもらいたい。わしが死んだら、すべてこの子のものにしてやってくれ」博士は口をもごもごさせながらそう言った。老人は死を待ち望んでいたが、牧師は毎日のように訪れてきては永遠の生を種に老人を脅していた。

マドリーナは瀕死の老人のそばに簡易ベッドを置き、わたしをそこに寝させた。ある朝、博士はいつになく蒼い顔色をし、疲れきった様子で目を覚ました。ミルクコーヒーを飲ませようとしたが、受けつけなかった。だが、身体を拭き、髭に櫛《くし》を入れて寝巻きを替え、オーデコロンをつけているあいだはおとなしくしていた。昼まで老人はクッションにもたれ、黙りこくったまま窓のほうをじっと見つめていた。昼食のパン粥《がゆ》も食べようとしなかった。昼寝をするようにベッドを作ると、しゃべらなくていいから、そばでいっしょに寝てくれないかと言った。二人で並んで静かに眠っているあいだに老人はひっそりと息をひきとった。

夕方牧師がやってきて、すべてを取り仕切った。遺体を生国へ送るといっても、肝心の受け取り人がいないのでは送りようがないというので、博士の願いは聞き届けられなかった。葬儀は慎ましやかなもので、しかももの悲しいその葬儀に参列したのはわたしたち使用人だけだった。日進月歩の科学の発達のせいで、ジョーンズ博士の名声はすでに地に堕ちていた。おかげで、新聞に死亡通知が出たにもかかわらず、埋葬に立ち会った人は誰もいなかった。何年ものあいだ屋敷に閉じこもっていたので、すっかり忘れ去られていたのだ。医学部の学生がときおり博士を引き合いに出すことがあったが、それは知能の発達を促すために棒で頭を殴ったこととか、癌の予防に蚊を使っていたとか、死体を腐らせずに保存する液体を作り出したとか言って、もの笑いの種にするためでしかなかった。

博士が死んだせいで、わたしがそれまで暮らしていた世界は崩壊した。亡くなる前の博士は頭がおかしくなっていて、自分で判断を下せる状態ではなかったという理由で、牧師は目録を作ると、その財産を勝手に処分した。つまり、すべてが彼の教会の所有になった。ただひとつ、剝製のピューマだけは別だった。幼いころからそれにまたがって遊んでいたし、博士にこれは犬だと何度も言っていたので、しまいには自分でもペットだと思いこむようになって、手離す気になれなかったのだ。運送屋が引っ越しのトラックに積もうとしたので、わたしはかっとなって怒り狂った。口から泡をふきながら大声で喚き立てるわたしを見て、牧師はあきらめた。おそらく何の役にも立たないと思ったのだろう。おかげでピューマは無事手もとに残った。屋敷は買い手がつかず、結局処分できなかった。ジョーンズ博士の実験室というだけで、みんなは恐れをなしたのだ。屋敷は今も残っているが、時が経つともにお化け屋敷のようになってしまった。夜になると、男の子たちが肝だめしをすると言っては、扉が軋《きし》み、ネズミが走り、霊魂が啜り泣くあの屋敷にもぐりこんでいる。実験室にあった剝製は医学部に移された。長年地下室の片隅に押しこめられていたが、あるとき、博士の薬品の秘密の処方を探り出そうと考えた学生たちが現われた。三学年にわたって、剝製の一部を切り取っては、さまざまな検査器にかけたので、最後には見るも無残な姿に変わってしまった。

牧師は使用人を解雇し、屋敷を閉鎖した。わたしは生まれた家から追い出されることになった。ピューマはマドリーナとわたしがそれぞれ前脚と後脚を持って運び出した。

「もうあんたも大きいんだし、いつまでも養ってはやれないよ。仕事を見つけて、自分の食いぶちを稼ぐんだね。逞しく生きていかなきゃいけないよ」とマドリーナは言った。わたしは七歳だった。

マドリーナは台所で背筋をぴんと伸ばし、藁を編んで作った椅子に腰を下ろして待っていた。手には縁飾りにビーズ刺繡を施したビニールバッグを持ち、ブラウスの襟《えり》もとから胸を半分ほどのぞかせていた。太ももが椅子からはみ出していた。わたしはそばに立って、鉄製の器具や錆《さび》の出た冷蔵庫、テーブルの下に寝そべっている猫、ハエがぶつかっている網戸の入った食器戸棚などを横目で見ていた。ジョーンズ博士の屋敷を出てから二日後のことで、まだショックから立ち直っていなかった。屋敷を出るとすぐにひどく気がふさいでしまい、誰とも口をきく気がしなかった。よく隅っこに座って、腕のあいだに顔を埋ずめた。そうすると母が現われる。覚えてくれているかぎり、わたしは生きているのよと言ったあの約束を、母は今も守ってくれている。馴染みのない台所の鍋のあいだを、がさつな感じのする黒人の老女がうろうろと歩きまわっては、わたしたちに不信の目を向けていた。

「娘さんかい？」とその女が尋ねた。

「いいえ、まさか。肌の色が違うでしょう」とマドリーナは答えた。

「じゃあ、いったい誰の子なの」

「洗礼のときに代母になってやったんですよ。ここで使ってもらおうと思って連れてきたんですけどね」

ドアが開いて、屋敷の女主人が入ってきた。小柄な女性で、ひどく手のこんだ髪型に結い上げ、前髪をカールさせていたが、まるで段ボールで作ってあるように見えた。全身黒ずくめの服を着、どこかの国の大使がつけるメダルのように大きな金色のロケットを首からぶらさげていた。

「そこじゃちゃんと見えないから、こっちへおいで」と女主人はわたしに命じた。けれどもわたしは金縛りになったように身体が動かなかった。女主人によく見てもらおうと、マドリーナがわたしの背中を押した。頭にシラミをわかせていないか、癲癇《てんかん》もちによくある爪の横線はないか、歯は、耳は、肌はどうか、足腰や手はしっかりしているのか。「寄生虫がいるんじゃないだろうね」

「いいえ、奥さま。この子は見た目だけでなく、身体の中もきれいなものですよ」

「痩せているね」

「しばらく前からあまり食べておりませんのでね。だけど心配はいりません。元気に働きますから。覚えも早いし、勘もいいんですよ」

「びーびー泣くんじゃないだろうね」

「母親の葬式のときにも泣かなかったくらいですよ」

「じゃあひと月ほど様子を見てみようかね」女主人はそう言うと、挨拶もせずに部屋を出ていった。

マドリーナは別れる前にわたしにこう言い聞かせた。出過ぎた真似をするんじゃないよ、物を壊したりしないように気をつけて、お昼を過ぎたら水は飲まないようにね、でないとおねしょをするんだから、いい子にして、言われたことをよく聞くんだよ。

そして口づけをしようとしたが、途中で考えを変え、ぎこちない手つきでわたしの頭を撫でると、うしろを向いて勝手口から出ていった。足取りはしっかりしていたが、内心は寂しかったにちがいない。それまでずっと一緒に暮らしてきて、離れ離れになるのはこれが初めてだった。わたしはじっと動かず、壁を見つめていた。料理女はバナナをスライスしたものを揚げていたが、それを終えると、わたしの肩をつかんで椅子に座らせた。そして自分も横に座ると、にっこりと微笑んだ。

「じゃあ、あんたは新入りの女中さんってわけだね。さあお食べ、小鳥ちゃん」そう言って彼女はわたしの目の前に皿を置いた。「あたしはエルビーラっていうんだよ。海岸地方の生まれでね、誕生日は五月二十九日の日曜日なんだけど、何年前だったか覚えていないんだよ。あたしはこれまでわき目もふらずに働いてきたんだけど、あんたもきっと同じ道を歩むことになるよ。あたしにはあたしなりにいろんな癖や習慣があるんだけど、もしあんたがずうずうしい態度に出なけりゃ、仲良しになれると思うよ。ずっと孫が欲しいと思ってたんだから。だけど神さまはあたしをひどく貧しい境遇に置かれたものだから、家族も持てなかったんだよ」

その日から新しい生活がはじまった。わたしが働くことになった家にはたくさんの家具や絵画、彫刻があり、大理石の円柱のそばには羊歯《しだ》が置いてあった。しかし、いくら飾りたてても、配水管に生えた苔《こけ》や壁のしみ、ベッドの下やタンスの後ろの長年のあいだに積もったほこりなどを隠すことはできなかった。ジョーンズ博士のお屋敷と違って、すべてが薄汚れているように思えた。博士は脳溢血で倒れるまで、床に這いつくばって隅にほこりがたまっていないかどうか指で調べたものだった。この家は腐ったメロンの臭いがした。おまけに、陽射しが入らないように鎧戸《よろいど》を閉めてあるにもかかわらず、息が詰まりそうなほど暑苦しかった。主人というのは独身の姉と弟で、ロケットをつけた女主人と、もうひとりはぶつぶつ穴のあいた大きくて赤い団子鼻に青い血管の走っている六十がらみの太った男性だった。エルビーラの話によると、女主人は長いあいだ公証人事務所で働いていて、叫び出したくなるのをじっとこらえて黙々と書類を書き続けてきたそうだ。ようやく退職し、これで好きに喚くことができるようになったというので、一日中甲高い声で喚き立てて仕事を言いつけ、人指し指であれをしろ、これをしろと命令した。世間に対してはもちろん、自分にも苛立《いらだ》っていたので、人をいじめるのが好きでならなかった。弟のほうは新聞や競馬紙に目を通したり、酒を飲んだり、廊下の揺り椅子で居眠りしたり、パジャマ姿のまま部屋履きをつっかけ、下腹のあたりをぼりぼり掻きながら家じゅう歩きまわるしか能がなかった。昼寝が終わって夕方になると、服を着替えてカフェへ行き、ドミノをした。それが午後の日課になっていたが、日曜日になると競馬場まで足を運び、一週間の稼ぎをきれいにすって帰ってきた。家にはもうひとり、部屋付きの女中がいた。身体つきは頑丈だが、カナリアほどの脳味噌もないその女は昼寝の時間になると、きまって弟の部屋に姿を消した。ほかには料理女と猫が数匹、それに半分羽の抜け落ちた、無口なオウムが一羽いた。

女主人はエルビーラに、わたしを消毒用の石鹸で洗い、服を全部燃やすよう言いつけた。当時、女中として雇われた女の子はシラミがわいてはいけないというので、頭をくりくり坊主にされたものだが、弟のほうの主人がとめてくれたので、髪の毛は切られずにすんだ。苺《いちご》のような鼻をした主人は穏やかな口調でしゃべり、よく笑ったので、酔っているときでもいやな感じはしなかった。彼は鋏を前にして今にも泣き出しそうな顔をしているわたしを見てかわいそうに思い、髪は切らなくてもいいじゃないかと言ってくれた。おかげで、母が何度も梳《と》かしてくれた長い髪はそのまま残った。奇妙なことに、彼の名前がどうしても思い出せない……。その家で、わたしは女主人がミシンで縫ったエプロンをつけ、素足で歩き回っていた。一ヵ月の試用期間が終わると、これからはお給料をあげるのだから、もっと仕事に精を出すんだよと言われた。だが、給料を目にしたことは一度もなかった。というのも、マドリーナが十五日おきにやってきてはわたしのかわりに受けとっていたのだ。最初のうち、わたしは彼女の来るのを待ち焦がれ、姿を見ると服にしがみついて、一緒に連れて帰ってくれとせがんだものだった。けれどもだんだん慣れてくると、エルビーラになつき、猫やオウムとも仲良しになった。口の中でぶつぶつ言う癖があるようだねと言って、女主人に重曹で口を洗われてからは、声を出して母に話しかけるのをやめ、口を開かずにこっそりと話し続けた。仕事は山のようにあった。家は座礁したいまいましいカラベル船のようなものだった。ほうきとブラシでいくらこすっても、壁に拡がっていく苔を取り除くことはできなかった。食事は量も少なく、種類もあまり豊富ではなかったが、エルビーラが主人の食べ残しをそっととっておいて、朝食のときに出してくれた。おなかをいっぱいにして一日の仕事をはじめるのが健康にいいと、ラジオで聞いたのだ。これで脳味噌に栄養をやって賢い子におなりよ、小鳥ちゃん、と彼女は言ったものだった。女主人は細々としたことにうるさく口をはさんだ。今日はリゾールで中庭を洗ってちょうだい、忘れずにナプキンにアイロンをかけるのよ、焦がさないよう気をつけて、新聞に酢を含ませて窓ガラスを磨いて、それが終わったらわたしのところへ来てちょうだい、旦那さまの靴の磨きかたを教えるから。何か用事を言いつけられると、わたしはわざとのろのろ片づけた。というのも、気づかれないようにうまくやれば、一日中ほとんど何もせずに過ごせるということにすぐ気がついたのだ。ロケットをつけた女主人は明け方に目を覚ますと、さっそくあれこれ用事を言いつけた。そんな時間だというのに、もう黒の喪服に身をつつんで、ロケットをつけ、手のこんだ髪型を結っていた。だが、自分がどういう仕事を言いつけたか忘れてしまうので、彼女をだますのは簡単だった。弟の主人のほうは家のことにまったく関心を示さず、競馬のことばかり考えていた。あの馬の親はどうだったとか、確率によるとこの辺が穴だと言っては金を使い果たし、酒を飲んで憂さを晴らしていた。ときどき鼻がナスのように腫れあがるが、そんなときはわたしを呼びつけて、ベッドに入るのを手伝わせ、空のボトルを隠すよう言いつけた。部屋付きの女中は誰とも親しく口をきかなかったし、わたしのことなどまったく無視していた。エルビーラだけがやさしくしてくれた。しっかり食べるように言い、家事を教え、辛い仕事は代わってくれた。わたしたちは何時間もおしゃべりをしたり、お話をして過ごした。そのころから、彼女は奇妙なことをするようになった。これといった理由もないのに金髪の外人を毛嫌いしたり、ゴキブリを見つけると、生石灰であれほうきであれ、とにかく手近にあるものをつかんで退治しようとした。そのくせわたしがネズミに餌をやったり、猫に食べられないよう子ネズミの世話をしているのを見ても何も言わなかった。彼女は貧しいまま死んで、共同墓地に葬られるのをひどく恐れていた。死んでから恥ずかしい思いをするのはいやだと考え、分割払いで棺桶を買いこむと、自分の部屋に持ちこんだ。とりあえず、そこにがらくたを詰め込んでいた。その棺桶はありふれた木製の柩で、接着剤の臭いがした。内張りは白のサテンで、空色のリボンが飾られ、小さな枕がついていた。ときどきわたしは彼女の許しを得て、その中に横たわった。蓋を閉めると、エルビーラがなんとも言えず悲しそうな泣き声をあげ、口からでまかせにわたしの美徳を並べたてた。ああ神さま、どうしてあたしのもとからこの小鳥をおとりあげになったのですか、あんなにいい子で、あんなに可愛い、賢い子だったのに。あたしには孫がおりませんが、もしいたとしても、自分の孫以上に可愛がっておりました。どうか奇跡を起こして、あの子をあたしにお返しください。部屋付きの女中がひどく怒り出して喚き立てるまで、わたしたちはこの遊びを続けたものだった。

　毎日が同じことの繰り返しだった。けれども、木曜日だけは別だった。わたしは台所のカレンダーに目をやって、その日がくるのを指折りかぞえた。一週間のあいだ、庭の鉄柵を越えて市場へ行くその日を心待ちにしていた。エルビーラがわたしにゴム靴をはかせて、エプロンを替え、髪を梳かし、後ろでひとつにまとめると、一センターボを握らせてくれた。そのお金で棒つきキャンディを買った。鮮やかな色のついたそのキャンディは固くて歯がたたず、何時間嘗《な》めても小さくならなかった。一週間ものあいだ夜に嘗めてこのうえない喜びを味わうことができたし、仕事の合間に急いで嘗めることもできた。女主人は財布を握りしめて先に立って歩いた。目をしっかりあけて、ぼんやりしていちゃだめよ、そばを離れるんじゃないの、物騒な連中がごろごろしているんだから、とわたしたちに注意した。しっかりした足取りで歩きながら、品定めをし、手にとって眺め、値切った。まあ、なんて高いんだろう、あまりふっかけると、牢に入れられるわよ。わたしは両手に袋を持ち、キャンディをポケットに入れて、部屋付きの女中のうしろをついて歩いた。道往く人たちを観察して、彼らの生活や秘密、美徳や冒険などをあれこれ想像した。家に帰り着くころになると、目が輝き、心は浮き立っていた。台所に駆けこむと、エルビーラが買ってきた品を整理するのを手伝いながら、魔法にかけられた人参とピーマンの話をしてやった。人参とピーマンをスープに入れると王子さまと王女さまに変身してね、お鍋のあいだから跳んで出ていくの、冠にはパセリの枝が絡みついていて、立派なお洋服からはお汁がぽたぽた垂れているのよ。

「シーッ！　奥さまがおいでだよ。ほうきをおとり、小鳥ちゃん」

家の中が静まりかえり、もの音ひとつしなくなる昼寝の時間、わたしは仕事を放り出して食堂へ行った。そこには金の額縁に入った大きな絵がかかっていて、水平線の見える海に向かって開かれた窓、波や岩、霧のかかった空、カモメが描かれていた。わたしは手を後ろで組んでその絵の前に立ち、海を描いた、魅力的なその絵に見入った。頭の中は、果てしない航海、人魚、イルカ、マンタでいっぱいになっていた。そうしたものは母のお話やジョーンズ博士の本の中に出てきたものだった。母が聞かせてくれたたくさんのお話のなかでもわたしは海の話がとりわけ気に入っていた。はるか遠い島々、水中に没した大都市、魚たちが通るという海の道といった話を聴いただけで、夢が広がっていくのだ。海のでてくるお話をしてとわたしがせがむたびに、母はそういう話をしてくれたが、そのうちとうとう、祖父はオランダ人船乗りだったという話ができあがった。その絵を見つめながら、わたしは以前感じたわくわくするような感動を思い出していた。母のそばでお話を聴いたり、忙しく立ち働いている母にくっつき、雑巾や漂白剤、糊といったもののかすかな匂いをかいだときのことが蘇ってくるのだった。

「こんなところで何をしているんだい!」女主人に見つかると、いつも身体を揺さぶられてそう言われた。「仕事があるだろう、この絵はお前に見せるために飾ってあるんじゃないんだよ!」

絵というのはすり減っていくんだ、人がそれを見るとだんだん色が吸い取られて落ちていき、おしまいには消えてなくなるにちがいない、とわたしは考えた。

「ばかなことを言うもんじゃない。絵はすり減ったりしないよ。こっちへ来て、鼻にキスしておくれ。そうしたら海を見せてあげるから。そうそうお小遣いをやろう。でも姉には黙っているんだよ。あいつは何も分かってないんだ。この鼻は気味が悪いかね?」そう言って主人は人に見つからないようにキスをしてもらおうと、わたしと一緒に羊歯の後ろに隠れたものだった。

台所に吊ってあるハンモックがあてがわれ、そこで夜寝るように言われていた。けれども、皆が寝静まると、わたしはこっそり使用人部屋へ行き、部屋付きの女中と料理女が共有している古いベッドにもぐりこんだ。二人はたがいに背中を向けて寝ていた。わたしはエルビーラのそばで丸くなると、そこで寝させてもらうお礼にお話をしてあげた。

「それじゃあ、愛のために首をなくしてしまったあの男の話の続きをしておくれ」

「もう忘れちゃったわ。でも別の、動物のお話をしてあげる」

「あんたの母さんのお腹にはきっと水がいっぱい溜まっていたんだね。だからそんなにお話が上手なんだよ、小鳥ちゃん」


その日のことは今でもはっきりと覚えている。雨がたくさん降っていて、いやな臭いがしていた。腐ったメロンや猫の小便、外から入ってくるなま温かい風、そうしたものの臭いが家の中にたちこめていたが、まるで手でつかめそうなほど、きつい臭いだった。わたしは食堂で、絵の中の海を旅していた。女主人の足音は聞こえなかった。鉤爪のような手で首筋をつかまれたとたんにびっくりして、遠くの世界から現実に引き戻された。だが、しばらくのあいだは自分がどこにいるか分からず、ぼんやりしていた。

「またここにいたの！　何をぼんやりしているのさ、ちゃんとお給金をもらっているんだろう！」

「仕事はもう終わったんです、奥さま……」

女主人はサイドボードの上の花瓶を取り上げると、それを逆さにして、汚れた水としおれた花を床に撒き散らした。

「これを掃除するんだよ」と彼女は言った。

海も、靄《もや》にかすんだ岩も、思い出のこもっている真っ赤な髪の毛も、食堂の家具も見えなくなった。

ただ、床に撒き散らされた花がふくらみ、動き、生気を取り戻している様子と、塔のように高々と髪を結い上げ、首からロケットをぶらさげている女主人の姿しか目に入らなかった。激しい怒りがこみあげてきて、息がつまりそうになった。その怒りが絶叫にかわったとたんに、白粉《おしろい》を塗った女主人の顔に飛びかかっていった。頰に平手打ちを喰わされたが、怒りに我を忘れていたせいか、痛いと思わなかった。彼女に飛びかかると床に押し倒し、顔を引っ掻き、髪の毛をひっつかんで力いっぱい引っ張った。すると、結った髪がゆるみ、形が崩れてシニヨンが解け、まるで死にかけているスカンクのように気味の悪い髪の毛のかたまりがわたしの手に残った。頭皮をはいでしまったにちがいないと考えたとたんに、恐ろしさのあまり震え上がった。弾かれたように部屋を飛び出し、家の中を突っきると、庭を駆け抜けた。どこをどう走っているのか分からないまま通りに出ていた。夏のなま温かい雨があっというまにわたしを濡らした。全身ずぶ濡れになってはじめて足を止めた。気がつくと、戦利品のかつらをまだ握りしめていたので、歩道の縁に投げ捨てた。下水道からあふれ出した水がごみと一緒にかつらを運んでいった。しばらくのあいだ、あてどなくもの悲しげに流されていくかつらを眺めていたが、その一方で自分ももうこれでおしまいだ、あんな犯罪を犯したからには逃げも隠れもできないだろうと考えていた。わたしは近所の通りを後にした。木曜日に市がたつ場所を通り過ぎ、昼寝の時間になるとぴたりと門を閉ざすお屋敷町から出ていった。わたしは歩き続けた。雨はあがったが、四時の太陽がアスファルトの水を蒸発させて、べたべたまつわりつくようなヴェールに変えていた。行き交う人びと、車、騒音、いろいろな物音が耳に入ってきた。とてつもなく大きな黄色い機械が唸《うな》り声をあげている建設現場の騒音、車のブレーキやクラクション、露天商の呼び声。カフェテリアから淀《よど》んだ水と揚げものの匂いが漂ってきたので、おやつの時間だと気づいた。お腹が空いていたが、お金を持っていなかったし、あわてて飛び出してきたので、一週間楽しめるキャンディも持っていなかった。同じところをぐるぐるまわって、時間をつぶしたが、見るものすべてが珍しかった。そのころの町はまだ今ほどひどい状態になっていなかったが、それでも徐々に古いものが失われつつあった。あらゆる様式を混ぜ合わせた奇怪な建築があちこちに見られるようになっていた。イタリア産の大理石を使った小宮殿、テキサスふうの山小屋、テューダー朝様式の館、鋼鉄の高層ビル、船や霊廟を型どった屋敷、日本の茶室、アルプスの山小屋、さらにはアイシングに石膏を使った、ウエディングケーキのような形をした家などが建ち並んでいたが、それを見てわたしはあっけにとられた。

日が暮れるころ、まわりにカポックの樹が植わっている広場にたどりついた。いかにも重々しい感じのする樹々は独立戦争のころからずっと広場を見守ってきた。そこにはまた、騎馬姿の〈祖国の父〉のブロンズ像もあった。片手に旗をもち、もう一方の手で手綱を握っているその像は鳩の糞にまみれている上に、時代が変わったこともあってすっかり威厳を失くしていた。広場の片隅にひとりの農夫が立っていた。白い服に麦藁帽子を被り、粗末なサンダルを履いた農夫のまわりを野次馬が囲んでいた。わたしは何をしているのだろうと思ってそばに近づいていった。農夫は物語詩を語って聞かせていた。お金をもらうと、客の注文に応じて話を変え、しかも言い淀んだり、つかえたりすることなく即興で語りつづけた。小さな声でその真似をしてみると、韻を踏むほうがはるかに覚えやすいことに気がついた。お話が独特のリズムに乗って踊りはじめるのだ。わたしは農夫が心付けを拾って、立ち去るまでじっと話に耳を傾けていた。そのあとしばらくのあいだ、似たような響きを持つ言葉を捜して遊んだ。そのやり方ならなかなか忘れないので、エルビーラにいくらでもお話を繰り返し話してやれるだろう。彼女のことを考えたとたんに、炒めた玉葱の匂いが蘇り、同時に自分の置かれた立場に思い当たって、ぞっと寒気がした。わたしは猫の死骸みたいにどぶに浮いていた、女主人のかつらのことを再び思い出した。マドリーナがよく言っていた暗い予言が耳から離れなかった。あんたって子は悪い子だね、そんなことをしていると今に牢に入れられるよ。はじめはみんなそんなふうに人に逆らったりばかにしたりするんだよ、そうして結局鉄格子の向こうに押しこめられるんだ、いいかい、そんなことをしていると今に泣きを見るよ。わたしは噴水盤の縁に座りこんで、金魚や暑さでしおれている睡蓮を見つめた。

「どうしたんだい」暗い色の目をした少年がそう声をかけてきた。デニムのズボンをはき、ぶかぶかのシャツを着ていた。

「あたし、牢屋に入れられるの」

「いくつなんだい」

「たぶん九つくらい」

「じゃあ、刑務所には行きたくても行けないよ。齢が足りないからな」

「奥さまの頭の皮をはいじゃったの」

「どうやって」

「思いっきり引っ張って」

彼はわたしの横に腰を下ろした。横目でわたしをじろじろ見ながら、ナイフで爪の垢をほじっていた。

「おれはウベルト・ナランホっていうんだ。お前は？」

「エバ・ルーナよ。お友達になってくれる？」

「おれは女とはつきあわない」けれども、彼はその場から立ち去らなかった。わたしたちは遅くなるまで傷痕の見せ合いっこをしたり、秘密を教えあったりして、仲良くなった。友情と愛情に彩られてそれから長いあいだ続くことになる二人の関係はこうしてはじまった。

ウベルト・ナランホは自分ひとりで何とかやっていけるようになると、家を飛び出し、通りで暮らすようになった。最初は靴磨きをしたり、新聞配達をしていたが、そのうちけちな品物を売買したり、ひとのものをくすねて生計を立てるようになった。単純な連中を舌先三寸でうまく丸めこむという才能にも恵まれていた。広場の噴水盤に座っていたあのとき、わたしは彼がその才能を発揮するのを目にした。大声で通行人に呼びかけると、役人や退職者、詩人、何人かの警官——上着を着ずに騎馬像の前を通るような非礼な人間がいないかどうか、広場で目を光らせていた——が集まってきて、ちょっとした人だかりができた。ひとつみんなで賭けをしないか、噴水の中にいる魚を先につかんだものが勝ちということにしよう、ともちかけた。みんなは水草の根のあたりを探ったり、ぬるぬるする底のあたりをやみくもにかきまわした。実を言うと、ウベルトはあらかじめ魚をつかまえて、その尾を切っておいたのだ。そうすると、あわれな魚は独楽《こま》のように同じところをぐるぐるまわるか、睡蓮の下にじっと隠れていることしかできない。そいつを彼がさっとすくいあげるという寸法だった。ウベルトが勝ち誇って魚を高くかざすと、ほかの男たちは袖をぐっしょり濡らし、情けなさそうな顔をして金を払った。小銭を稼ぐにはもうひとつ方法があった。地面に拡げた布の上に栓を三つ並べる。そのうちのひとつに印がついているのだが、その三つを目にもとまらぬ速さで動かして、印のついた栓がどれかをあてさせるというものだった。彼はあっというまに通行人の腕時計を外し、次の瞬間どこかに隠してしまうという器用な芸当もできた。それから数年後に会うと、カウボーイ姿でメキシコのチャロ・ハットを被り、盗品のドライバーから工場の競売で安く手に入れたシャツまで、雑多なものを並べて売っていた。十六歳で早くもあるグループのリーダーになり、炒ったピーナッツやソーセージ、トウキビジュースなどの屋台を仕切って、みんなから恐れられ、敬われるようになる。売春地区の英雄、警察の悪夢のタネになるが、その後新しい情熱に取りつかれて山岳地方へ行ってしまう。しかし、それはずっと後の話である。わたしと初めて会ったころの彼は、まだほんの子供だった。だが、そのときにもっとよく観察していれば、ゆくゆく彼がどういう人間になるか、多少とも分かったにちがいない。そのころから彼の決意は堅く、激しい情熱を抱いていた。男らしい男にならなくちゃいけないんだ、とナランホは口癖のように言っていた。といっても、彼の言う男らしさというのは、ほかの男の子たちの言ってるのと変わるところはなかった。つまり、巻き尺でペニスの長さを計ったり、小便の飛ばしあいをして、男らしさを競い合うというものだった。ずっと後になって彼は笑いながらその話をしてくれたのだが、そのときはもう一物の大小は男らしさとは関係ないということに気がついていた。いずれにしても、男らしい男になるという考えは幼いころから彼の心の中にしっかり根を下ろしていた。その後、戦闘、情熱、人との出会い、反乱、敗北、とさまざまな体験を積むことになるが、彼の考えは変わらなかった。

日が暮れると、わたしたちは食べるものを捜してその地区のレストランをまわった。一軒の店の裏口に面した狭い通りに座って、わたしたちはあつあつのピザを分けあって食べた。それはウベルトが乳房の大きな金髪女がにっこり笑っている絵葉書と交換に、ウェイターからもらったものだった。そのあと、柵を越えたり、他人の土地に入りこんだりして、迷路のように入り組んだ中庭をいくつも通り抜け、駐車場に辿り着いた。わたしたちは入り口で目を光らせている太っちょのガードマンに見つからないよう換気のためにつけてある小窓からもぐりこむと、いちばん奥の地下室までこっそり行った。ウベルトは二本の柱で囲まれた暗い隅っこに新聞紙で寝床を作っていた。ほかにいい場所が見つからないときはそこで寝るようにしていたのだ。薄暗いその場所でわたしたちは並んで横になり、朝を待つことにした。まるで、大西洋横断定期船の機関室にいるみたいに、エンジン・オイルと排気ガスの臭いが満ちていた。わたしは新聞紙にくるまって丸くなると、とても親切にしてくれたからお礼にお話をしてあげる、とウベルトに言った。

「いいよ」いくぶん戸惑ったようにそう答えたが、彼はきっとお話と名のつくようなものを、それまで一度も聞いたことがなかったのだろう。

「どんなのがいい?」

「盗賊の話がいいな」ほかに言いようがなかったので、ウベルトはそう答えた。

わたしはラジオ・ドラマのエピソードやランチェラの歌詞、自分の作ったお話などを思い起こしてみた。そのあとすぐわたしはひとりの山賊に恋した娘の話をはじめた。男はジャッカルにそっくりの正真正銘の悪党で、ささいなことでもピストルをふりまわすので、そのあたりには未亡人とみなし子がどんどん増えていきました。けれども娘は希望を捨てず、自分の情熱と優しさでいつかあの悪党を救ってやれると信じつづけていました。山賊は次から次へと悪事を重ね、そのピストルからみなし子が生まれてくるので、娘が子供たちを引き取ってやりました。男がやって来ると、まるで地獄のつむじ風が吹きこんだような騒ぎになりました。ドアを足蹴にして開け、ピストルを天井に向けてぶっ放すのです。娘はそんな男の前にひざまずいて、どうかこれまでの残忍な振る舞いを悔い改めてくださいと頼むのですが、山賊は相手にせず、壁が震え、血も凍るような恐ろしい笑い声をあげて、どうした、べっぴんさんよ、と大声でわめくのです。子供たちが怖がってクローゼットの中に隠れると、山賊は、ちびども、大きくなったかと言って、クローゼットの扉を開き、子供たちの耳をひっぱってひきずり出すと、じろじろ眺めました。ずいぶんでかくなったじゃねえか、なに気にすることはない、また町へ行って、お前の気に入るような小さなみなし子を作ってきてやるよ。そうこうしているうちに何年もの月日が過ぎ、養わなければならない子供の数は増える一方でした。とうとう娘はある日、好き放題のことをしている山賊に嫌気がさし、いくら待っても男が心を入れかえることはないだろうと考え、もう優しくしてやらないことにしました。髪にパーマをあて、赤い服を買い、家を遊んだり楽しんだりする店に変えたのです。そこへ行けば、この上もなくおいしいアイスクリームを食べたり、ほっぺたが落ちそうになるシェイクを飲んだりできるし、その上ありとあらゆるゲームができて、歌ったり踊ったりすることもできるようにしました。子供たちも大喜びして、お客さんを迎え、今までの貧しくてみじめな暮らしに別れを告げました。娘もとても元気になって、山賊が自分の言うことに耳を貸さなかったことなんか忘れてしまいました。すべてはとてもうまくいっていました。けれどもとうとうその噂がジャッカルのような山賊の耳に入り、ある晩、男はドアを乱暴に開けるといつものように天井にむけてピストルをぶっ放し、ちびどもはどうしてると尋ねました。でも驚いたことに、誰も自分の姿を見て震えだしたり、クローゼットの中に隠れようとしなかったのです。娘も足もとにひざまずいて、どうか子供たちをそっとしておいてくださいと頼みませんでした。それどころか、みんな楽しそうにアイスクリームをよそったり、ドラムや太鼓を叩いたりして、自分の仕事を続けていました。娘は娘でトロピカルフルーツを飾ったすてきなソンブレロを被り、テーブルの上でマンボを踊っていました。山賊はそれを見てばかにされていると思い、家を出ると、ピストルを片手に自分を怖がる娘がほかにいないかと捜しに行きました。はい、おしまい。

ウベルト・ナランホは最後までわたしの話に聞き入っていた。

「まぬけな話だな……。よし、お前の友達になってやるよ」と彼は言った。

二日間、わたしたちは街の中をぶらぶら歩きまわった。彼は通りで生活することの利点や、生き延びるためのいくつかのこつを教えてくれた。警察の連中を見たら逃げるんだぞ、つかまるとろくなことはないからな。バスの中で盗みをやるときは後ろに立つんだ、ドアが開いたらさっと手をつっこんで、外へ飛び出すんだ。おいしいものが食べたければ、昼前に中央市場へ行ってごみ捨て場をあさるか、昼すぎにホテルとかレストランへ行けばいい。彼のあとについて街を歩きながら、わたしは生まれて初めて自由を心ゆくまで味わうことができた。激しい興奮と目のくらむような死の恐怖がひとつに溶け合っていた。以後、そのときのことを夢に見るようになったが、現実ではないかと思えるほど鮮明な夢だった。けれども三日目の夜になると、すっかり疲れてしまった。うす汚れた服装のまま戸外で眠っていると、どうしようもなく家が恋しくなった。最初にエルビーラのことを思い浮かべたが、あのような犯罪を犯した場所に戻るわけにはいかなかった。次に母のことを思いだしたが、とたんに遺髪のおさげを取り戻し、剝製のピューマを見たくなった。わたしはウベルト・ナランホに、一緒にマドリーナを捜してくれるよう頼んだ。

「どうして？　今の暮らしがいやなのかい。ばかだなあ」

うまく理由を説明することができなかったが、しつこく言い張ったので、彼も根負けして、きっと一生後悔することになるぞと言いながら、一緒に捜してくれることになった。町のことなら隅から隅まで知り尽くしていた彼は、バスのステップやバンパーの上に立って町中を駆けめぐった。わたしの分かりにくい説明と、鋭い土地勘を活かして、とうとうある丘の中腹に辿り着いた。そこには廃棄物や段ボール、トタン、煉瓦、古タイヤなどを使って建てた小屋が立ち並んでいた。一見、ほかの地区と変わったところはなかったが、わたしはすぐにここにちがいないと思った。というのも、丘の崖の下を埋め尽くすようにしてごみ捨て場が広がっていたからだ。市のトラックがごみを捨てにくるところで、上からのぞくと、ハエが群がり、その青緑色の身体が燐光のように光って見えた。

「あそこがマドリーナの家よ！」遠くに藍色のペンキを塗った板が見えたので、わたしはそう叫んだ。二度しか行ったことがなかったが、あの家のことはよく覚えていた。自分にとって家らしいものといえば、そこしかなかった。

小屋は閉まっていた。通りの向こうから近所のおばさんが、マドリーナは今買物に行っているけど、すぐに戻ってくるから待っているといいよ、と大きな声で教えてくれた。わたしたち二人はそこで別れた。ウベルト・ナランホは頬を真っ赤にし、手を伸ばして握手しようとした。わたしは彼の首にかじりついたが、どんと突き飛ばされて、仰向けに倒れそうになった。わたしはありったけの力をこめて彼のシャツをつかみ、唇にキスしようとしたが、鼻の真ん中に唇が触れただけだった。ウベルトは後ろをふりかえろうともせず、丘を駆けおりていった。わたしは戸口に腰を下ろすと、歌をうたいはじめた。

まもなく、マドリーナが戻ってきた。両腕に袋を抱え、曲がりくねった坂道を汗みずくになって登ってくる彼女の姿が見えた。大柄で太っており、レモンイエローの上着を着ていた。わたしは大声で彼女の名を呼びながら、駆け寄っていった。だが、事情を説明させてはもらえなかった。彼女はすでに女主人から、わたしが許しがたい振る舞いをしたあと家を飛び出したと聞いていたのだ。マドリーナは軽々とわたしを持ち上げると、小屋にひっぱりこんだ。外は強い陽射しが照りつけているのに、家の中は真っ暗だったので、しばらくのあいだ何も見えなかった。目を慣らしている暇もなかった。思いきり張り飛ばされて、身体が宙に浮き、床に倒れた。マドリーナは近所の人たちが駆けつけるまでわたしを殴りつづけた。傷口に塩をすりこんでくれたのも、近所の人たちだった。

四日後、わたしはマドリーナに連れられて、あの家に戻った。苺《いちご》鼻の主人はわたしの頬を優しく叩き、ほかの人たちが見ていないすきに、よく帰ってきたね、お前がいなくて寂しかったよと言ってくれた。ロケットをつけた女主人は居間の椅子に腰をかけたままわたしを迎えた。裁判官のように厳しい表情をしていたが、身体が半分くらいに縮み、ぼろで作った喪服を着た老婆の人形のような感じがした。きっと頭の毛がなくなり、血のにじんだ包帯を巻いているにちがいないと思っていたのに、色はちがうが、縮れた髪の毛が高く、きっちりと結い上がっていたので、びっくりした。きれいなものだった。わたしはあっけにとられて、どうしてこんなすばらしい奇跡が起こったのだろうと考えていたが、おかげで女主人の長たらしい説教は耳に入らず、マドリーナにつねられても気にならなかった。今日からはこれまでの倍働いてもらうよ、そうしたら、ぼんやり絵なんか見ていられないだろう、それとまた逃げ出したりしないよう、庭の鉄柵には錠をかけたからね、女主人が言ったことで理解できたのはそれだけだった。

「性根を叩きなおしてやるからね」女主人がきっぱりと言った。

「ひっぱたいてやってください。そうすれば分かりますから」とマドリーナが横から口をはさんだ。

「こっちがしゃべっているときは、床を見るんだよ。ほんとに悪魔の申し子みたいな目をしてるね。これからは何でも素直に言うことをきくんだよ、いいね?」と女主人はわたしに言った。

わたしはまばたきもせず、じっと女主人を見つめたあと、顔をあげたまま、後ろを向いて台所へ行った。ドアに貼りついて話を盗み聞きしていたエルビーラが、わたしを待ち受けていた。

「おやまあ小鳥ちゃん、かわいそうに……。こっちにおいで。傷にガーゼを当ててあげるから。どこも骨は折れてないかい?」

オールドミスの女主人は二度とわたしのことをひどく扱わなかった。なくなった髪の毛のことには一切触れなかったので、あの出来事はどこかの隙間からしのびこんできた悪夢のようなものだったのだと考えるようになった。下手に注意すれば、今度は嚙みつかれるかもしれないと考えたのか、絵を見ていても叱られなかった。白波が立ち、カモメが舞っているその海の絵は、わたしにとってなくてはならないものになっていた。それは一日の労働に対するご褒美、自由に向かって開かれた扉だった。昼寝の時間、ほかの人たちがベッドで横になっているあいだ、わたしはいつも同じ儀式を繰り返した。許しを求めたり、あれこれ説明したりしなかったが、この特権を守るためなら、どんなことでもする覚悟だった。わたしは顔と手を洗い、髪を梳かし、エプロンの皺をぴんとのばして外出用の靴を履くと、食堂へ向かった。絵の中の窓の前に椅子を置くと、ミサのときのように背筋をぴんと伸ばし、両脚をそろえ、手を膝の上に置いて、航海に旅立つのだった。ときおり、女主人がドアの敷居のところからじっと見ていることがあったが、わたしを怖がっているのか、何も言わなかった。

「それでいいんだよ、小鳥ちゃん」とエルビーラはわたしを励ましてくれた。「人生は戦いなんだからね。おとなしい犬は蹴りつけられるけど、狂犬には誰も手を出さないものだよ。頑張って戦うんだよ」

それはわたしがこれまでに得たいちばんの忠告だった。もっと勇敢になるようにと、エルビーラはレモンを熾火《おきび》で炙《あぶ》り、十字に切って煎じたものを飲ませてくれた。

独身の姉と弟が住むあの家でわたしは数年のあいだ働いた。その間に国内ではいろいろな変化があった。エルビーラがそういうことを教えてくれた。共和制の自由な時代はあっというまに終わり、ふたたび独裁者が現われた。軍人ではあったが、少しとぼけた顔をしていたので、まさかそのような野心を抱いているとは誰も考えていなかった。しかし、国内でいちばんの権力者といえばその将軍ではなく、〈クチナシの男〉、すなわち政治警察の長官だった。気どった物腰の男で、髪はポマードで固め、しみひとつない白のリンネルのスーツを着、ボタン穴に花の蕾《つぼみ》をさし、フランス人のように香水をつけ、爪にマニキュアを塗っていた。粗野なところなどかけらもない、洗練された男だった。多くの敵がいたが、彼らの言うような、同性愛者ではなかった。優雅な物腰を崩さず、丁重な態度で自ら拷問を行った。ちょうどそのころにサンタ・マリーア刑務所が修復されたが、その刑務所はワニやピラニアがうようよしている河の中州にあった。密林のはずれにあるその刑務所に送りこまれた政治犯やほかの犯罪者たちは、不幸な時代と同じような扱いを受け、飢えや殴打、熱帯特有の病気で死んでいった。エルビーラは外出した日にそうした噂を聞きこんできて、よく話してくれた。その手の情報がラジオや新聞で取り上げられることは決してなかった。わたしはエルビーラにすっかりなつき、おばあちゃん、おばあちゃんと呼んで慕っていた。これからもずっと一緒に暮らそうね、小鳥ちゃん、と彼女は言ったが、わたしはその言葉を素直に受けとめられなかった。そのころからもう、自分はこの先いろいろな人と別れていくことになるにちがいないと考えていた。わたしと同じようにエルビーラも子供のころから人の家で働いてきた。長い歳月のあいだに疲労が骨の髄までしみこみ、魂まで侵されていた。いくら働いても決して貧しい生活から抜け出せなかったせいで、将来のことを考える意欲が失せ、死ぬことばかり考えるようになった。夜は自分の柩の中で眠っていた。死を少しずつ手なづけて恐怖心をなくしたいと思っていたのだが、そこには女主人を苛立たせてやろうという気持ちも働いていた。女主人は、自分の家に柩があってもべつに構わないと考えるほど寛大ではなかった。部屋付きの女中は共同で使っている部屋に柩があり、しかもエルビーラがそこに横たわっているというのに耐えきれず、姿を消した。誰にも、昼寝の時間に彼女を待っていた主人にさえそのことを告げなかった。出ていく前に、家のドアというドアに白いチョークで十字の印を書きこんだ。誰にもその意味が分からなかったので、あえて消そうとするものはいなかった。エルビーラは実の祖母のようによくしてくれた。彼女のおかげで、わたしは言葉をほかのものと取りかえることを学んだ。いつでもこの取引に応じてくれる人にめぐりあえたのは、幸運というほかはない。

何年かの月日が流れたが、わたしの身体はあまり大きくならなかった。相変わらず小柄で痩せていた。ただ、女主人につけ入られてはいけないと思って、目だけは大きく見開いていた。身体はほんの少ししか成長しなかったが、見えない川のように身体の中で何かがあふれていた。自分では一人前になったと思っても、窓ガラスにぼんやり映る姿は子供のときと変わらなかった。ごくわずかしか成長していないというのに、主人は以前にもましてわたしのことを構いつけるようになった。読み書きを教えてやらなくてはいかんなとよく言っていたが、そんな時間的余裕はなかった。主人は相変わらず鼻にキスしておくれと言っていたが、それだけでなく、わずかばかりのお金をわたしにつかませて、浴室へ来てスポンジで身体を洗うよう言った。そのあとベッドに横になったが、わたしは赤ん坊にするように身体を拭いてパウダーをはたき、下着をつけてやった。主人はときおり何時間も浴槽につかって、わたしを相手に海賊ごっこをして遊んだ。かと思えば、何日もわたしをまったく構いつけないこともあった。そういうときは鼻をナスのような色にして、賭けごとに熱中しているか、ぼんやりしていた。エルビーラはわたしをつかまえて、じつにはっきりとこう言った。男の両脚のあいだにはキャッサバの根みたいな気味の悪いものがぶら下がっているんだよ、そこから目に見えないくらい小さな子供が飛び出してきて、女の人のお腹に入ってね、大きくなるんだよ。だからどんなことがあっても、そこには触るんじゃないよ。そんなことをすると、せっかく眠っている化け物が目を覚まして、襲いかかってくるんだから。とんでもないことになっちまうんだよ。だが、わたしはその言葉を信じなかった。彼女には口から出まかせを言う癖があるので、どうせまたそうだろうと思ったのだ。主人の股のあいだにぶら下がっていたのは、萎《しな》びた見るもあわれな太いミミズで、そこから赤ん坊が飛び出してきたことなど少なくともわたしの前では一度もなかった。主人の一物はタコの足みたいで、その鼻にそっくりだった。ペニスと鼻がきわめて近い関係にあることに気づいたのはそのころのことだが、やがて体験を通してまちがいないことが分かった。男性の顔を見るというのは、ちょうどその裸体を見ているようなものだった。長い鼻、短い鼻、小さい鼻、大きい鼻、高慢そうな鼻、へり下った鼻、貪欲そうな鼻、かぎまわるのが好きそうな鼻、ずうずうしい鼻、洟《はな》をかむだけしか能のない鼻、冷やかな鼻、じつにさまざまな鼻があった。年齢とともに大きくなり、柔らかく丸みをおび、勃起したペニスのような堂々としたところがなくなっていくのだ。

バルコニーに出たときなど、やっぱり向こうにいればよかったと考えた。この家よりも外の世界のほうがずっと魅力的に思えた。この家では、毎日ゆっくりしたリズムで同じことを繰り返すだけだった。まるで病院にでもいるように変化のない単調な日々は退屈で仕方なかった。夜になると空を見上げては、煙になって錠のおりた鉄柵のあいだから抜け出すことばかり考えていた。月光を背中に浴びると、鳥の羽、空高く飛べるような大きな二つの羽が生えてくるのだと空想してはひとり楽しんだ。ときには、街の家並みの上を本当に飛んでいるような錯覚にとらえられた。ばかなことをお言いでないよ、小鳥ちゃん、夜に空を飛びまわるのは魔女と飛行機くらいのものさ。ウベルト・ナランホに関しては、ずっと後になるまで消息が分からなかった。けれども、わたしはよく彼のことを考えた。魔法にかけられた王子さまはみんな、褐色の肌をした彼の顔と重なり合った。それが初恋なんだと考え、それをお話に組みこむようになった。その恋は夢の中まで現われ、わたしにつきまとって離れなかった。わたしは新聞の三面記事に出てくる写真を見ては、そこに隠されている情熱と死のドラマをあれこれ思い描いた。大人たちがしゃべっているといつも耳をそば立て、女主人が電話で何か話していると、ドアに貼りついて聞き耳を立てるようになった。また、エルビーラにうるさく質問するようにもなった。いいかげんにしておくれ、小鳥ちゃん。台所にラジオが置いてあり、朝から晩までつけっ放しになっていた。それがわたしのインスピレーションの源であり、外の世界との唯一の接点でもあった。ラジオは神に祝福されたこの土地の美徳をうたいあげていた。地球の中心に位置し、統治者たちは智恵にあふれ、わたしたちの踏みしめている大地の下には油田が広がり、あらゆる財宝に恵まれていると語りかけた。このラジオを通してわたしはボレロやほかのポピュラーソングを歌ったり、コマーシャルをそらで言ったり、毎日三十分間放送される初心者向けの英語講座を聴いては、this pencil is red, is this pencil blue? no that pencil is not blue, that pensil is red と繰り返したりした。各番組の放送時間を覚えておいて、アナウンサーの声を真似たりもした。ラジオドラマは欠かさず聴いていた。運命に翻弄される登場人物と一緒になって、口では言えないような苦しみを味わったが、六十回にわたって愚かな振る舞いを繰り返してきたヒロインが、最後に思いもかけない幸運に恵まれてうまくおさまるという結末には、いつも驚かされた。

「モンテドニコはきっと彼女を自分の娘だと認めるよ。でないと、彼女はロヘリオ・デ・サルバティエラと結婚できないからね」とエルビーラは耳をラジオに押しつけるようにして聞きながら、溜め息まじりに言った。

「でも、彼女はお母さんのメダルを持ってるんだから、それが証拠になるじゃない。どうしてみんなに自分はモンテドニコの娘だと言わないの？　そうしたらなにもかもうまくいくわ」

「自分の父親に対してそんなことはできないんだよ、小鳥ちゃん」

「どうしてできないの！　彼は十八年間も彼女を孤児院に閉じこめていたのに！」

「それは彼の性格が歪んでいるからだよ、みんながサディストだって言ってるだろ……」

「ねえ、おばあちゃん、彼女が目覚めなければ、ずっと不幸せなままだわ」

「心配しなくても大丈夫。何もかもうまくいくんだよ。彼女はいい子だからね」

エルビーラの言ったとおり、我慢に我慢を重ねたものがついに幸せをつかみ、悪人はその報いを受けた。モンテドニコは死病にとりつかれ、死の床から許しを請うた。彼女はモンテドニコの死に水をとってやり、遺産を相続して無事ロヘリオ・デ・サルバティエラと結ばれた。そういうドラマを聴いて、わたしは自分のお話の種をたくさん仕入れた。もっともおきまりのハッピーエンドだけはどうしても好きになれなかった。ねえ小鳥ちゃん、どうしてあんたのお話だと誰も結婚しないんだい？　わずか二音節の言葉を聞いただけで、頭の中で次から次へとイメージが湧き、物語が生まれることがよくあった。あるとき甘く柔らかな響きの、あまりなじみのない言葉を耳にして、エルビーラのところへ飛んでいった。おばあちゃん、ゆきってなあに？　彼女の説明を聞いて、わたしは凍ったメレンゲを思い浮かべた。わたしはたちまち、極北のお話のヒロイン、つまり毛むくじゃらの狂暴な雪女になり、わたしをつかまえて実験台にしようとする科学者たちと戦うことになった。将軍の姪が十五歳になり、それを祝うパーティで本物の雪を降らせるというニュースがラジオから流れてきた。わたしは、遠くからでいいからぜひ見たいとエルビーラにねだって、連れて行ってもらった。首都の最高級ホテルがシンデレラの城、それも冬装束の城に変わり、そこへ大勢の招待客が押しかけた。フィロデンドロンや熱帯羊歯が刈りこまれ、椰子《やし》の葉が切り落とされた。そして、アラスカから運ばれてきたモミの木が、グラスウールと氷にそっくりのクリスタルで飾られて並べられた。白いプラスチックを張った場所は北極のスケートリンクというわけだった。窓ガラスはペンキで霜が降りたように見せかけ、あたり一面に人工の雪をばらまいた。あまりにも量が多かったので、一週間たったあとでもその雪片が、五百メートル離れた軍の病院の手術室の中にまで入りこむほどだった。北の国から運ばれてきた機械が故障し、プールの水を凍らせることができなかったので、氷のかわりにゼラチン状のものを流し、ピンク色に染めた白鳥を二羽浮かべることにした。白鳥は金の文字でお祝いをしてもらう女の子の名前が書かれたリボンをゆるゆる引っぱっていた。パーティに彩りを添えようというので、ヨーロッパの貴族が二人と映画女優がひとり、飛行機でやって来た。夜の十二時、パーティの主役は会場の天井から、橇《そり》の形をしたブランコに座って降りてきた。クロテンの毛皮をまとい、招待客の頭上四メートルほどのところでゆらゆら揺れていたが、暑さと恐ろしさで半ば気を失ったようになっていた。

外にいたわたしたち野次馬はその光景を見ることができなかったが、どの雑誌にも写真が出た。首都のホテルが北極の気候に埋もれたが、この奇跡のような出来事を見ても誰ひとり驚かなかった。それ以上に驚くべきことが国中で起こっていた。もっともわたしはそんなことに興味がなかった。とてつもなく大きな盆に盛られた本物の雪にしか関心がなかったのだ。会場の入り口にあるその盆は、寒い地方の人たちがすると聞いたように、優雅に着飾った出席者が雪合戦をしたり、雪だるまを作るようにと置かれていた。わたしはエルビーラの手をふりほどくと、ボーイや警備員のあいだをすりぬけて、宝物のような雪を手に取ろうと近づいた。触ったとたんに火傷したのかと思い、叫び声をあげた。けれども、凍っているのにふわふわしていて、しかも光をうけてきらきら輝いているのに魅せられて、手が離せなくなった。警備員につかまりそうになったが、身をかがめて、脚のあいだをくぐりぬけた。雪は胸にしっかりと抱きしめていた。だが、すぐに溶けて水になり、指のあいだから流れてしまって、なんだかばかにされたように感じた。数日後、エルビーラが透き通った半球体をプレゼントしてくれた。中には小屋と松の木があって、振ると白い雪がひらひら舞うようになっていた。これがお前の冬だよ、小鳥ちゃん、と彼女はわたしに言った。

わたしは政治に興味を持つような年ごろではなかった。だが、エルビーラは二人の主人に逆らうために、反体制的な考えをわたしにたくさん吹き込んだ。

「この国は何もかも腐りきっているんだよ、小鳥ちゃん。そのうち金髪のアメリカ人がよってたかって、この国の土地をどこかへ運び去ってしまうにちがいないよ。気がついたらあたしたちは海の上で暮らしてるなんてことになりかねない。ああ、今にきっとそうなるよ」

ロケットをつけた女主人はまるっきり正反対のことを言った。

「そもそもイギリス人でなく、クリストバル・コロンに発見されたというのがよくなかったんだよ。働きもので優秀な民族を連れてこないとだめだね。密林を切り開き、平地を耕し、産業を興すような人たちが要るんだよ。アメリカはそうしてできて、今みたいな立派な国になったんだからね」

将軍も同じ意見の持ち主だった。ヨーロッパで戦後の貧困に耐えきれなくなった人たちを移民として迎え入れた。彼らは妻子や祖父母、遠い親戚を伴い、大挙して押しかけてきた。祖国に対するノスタルジーを捨てきれなかった彼らの言語や伝統的な料理、お祭りがこの国にもたらされた。この国の豊かな地形はそうしたものすべてを一口で呑みこんでしまった。また、わずかながらアジア系の人たちも入国が許可された。彼らは驚くべき勢いでその数を増やし、二十年後には町中いたるところに、恐ろしい形相の悪魔を飾り、提灯をぶらさげ、仏塔のような屋根をつけたレストランが建ち並ぶようになった。そのころ、新聞がある事件を報じた。中国人のボーイが客の給仕を放り出して事務所に上がり、主人の首と両手を厨房の包丁で切り落としたのだ。主人が宗教上の戒律を守らず、虎の像の横に龍を吊ったというのがその動機だった。事件の捜査を進めていくうちに、この悲劇的な事件の当事者は全員が不法入国者であることが判明した。それぞれのパスポートは何百回も繰り返し使用されていた。東洋人の性別さえ満足に判別できない役人に、書類の写真を見て本人かどうか確認することなどできるはずがなかった。遠い国からやってきた移民はこの国で大金をつかかんで祖国へ帰ろうと気負っていたが、結局はこの地に根を下ろすことになった。彼らの子孫は母国語を忘れ、コーヒーの薫りや陽気な気性、妬《ねた》むことを知らない地方の人たちのもつ魅力に惹きつけられた。政府からもらった土地を開拓しようとするものはほとんどいなかった。道はもちろん学校も病院もなく、疫病がはびこり、蚊や毒虫がうようよしているところだったからだ。しかも、内陸部は盗賊や密輸業者、それに兵士の支配する王国になっていた。移住者たちは町で懸命に働き、一センターボのお金も惜しんで貯めた。この国の人たちはそんな移民のことを嘲笑っていた。というのも、彼らにとってまっとうな人間に欠かすことのできない、もっとも優れた美徳とは、浪費と気前のよさにほかならなかったからだ。

「ちゃちな機械なんか信じちゃだめだよ。アメリカ人の真似なんかしたら、魂まで腐っちまうからね」成り上がりものが映画の主人公のような生活をしようと金を惜しまず浪費していたが、それに憤慨したエルビーラはそんなふうに言った。

ひとりものの姉と弟はともに年金で暮らしていたので、簡単にお金を使うことができず、贅沢をしてはいなかった。しかし、まわりの浪費ぶりを見て羨ましく思っていたことはまちがいない。市民がひとり残らずばかでかい高級車に乗りたがったので、たちまち通りは駐車車両でふさがれ、渋滞が起こった。石油を売っては、大砲や貝殻、女奴隷《オダリスク》の形をした電話機を買いこんだ。また、プラスチック製品を大量に輸入したものだから、道路の両側は不燃ごみで埋め尽くされた。朝食に食べるようにと、毎日卵が飛行機で運ばれてきたが、荷下ろしのたびに箱がひっくり返り、空港の焼けるようなアスファルトの上で、無数のオムレツができあがった。

「将軍は正しい。この国に住んでいると、ちょっと手を伸ばせばマンゴーがあって、飢え死にする心配がない。それが進歩を妨げているんだな。寒い地方の国がより文明化しているのは、気候のせいでいやでも働かざるを得ないからだ」そう言うと、主人は日陰に身を投げ出し、新聞をうちわがわりにしながらお腹をぼりぼり掻いた。そのあと、極地の氷を運んできて、それを砕き、空気中に散布すれば、気候が変化して人びとも勤勉に働くようになるのではないかという意見書を勧業省に送った。

権力の座にいるものたちは何の気がねもなく、金をかすめ取っていた。だが本職の泥棒や必要に迫られて盗みを働こうとするものは、どこにでも警察の目が光っているので、思うように仕事ができなかった。そうしたわけで、治安を維持するには独裁制しかないという考えが広まった。夢の電話機にも、はき捨てのプラスチックのズボンにも、輸入卵にも手の届かない一般市民は今までと同じ暮らしを続けた。政治的な指導者たちは国外に亡命していた。しかし、エルビーラはよくわたしに、今はみんな陰に隠れて黙っているけれど、そのうち怒りが爆発して体制を揺るがすことになるだろうと言っていた。一方、屋敷の主人は二人とも将軍の盲目的な崇拝者だった。警官が家々をまわって彼の写真を売り歩いたときなど、写真はサロンのいちばんいい場所に飾ってあると言って、誇らしげに見せていた。一度も会ったことがない、つまり遠い存在でしかないというのに、エルビーラは、背が低く丸々太ったこの軍人を心の底から憎んでいた。肖像写真に雑巾をかけるたびに悪態をつき、不幸に襲われるように睨みつけたものだった。

第四章

郵便配達人がルーカス・カルレの死体を発見した日、森は雨に洗われたばかりでしっとりと濡れ、美しく輝いていた。地上のものとは思えないような青白いもやがたちこめ、腐葉土から独特の匂いが立ちのぼっていた。四十年というもの、配達人は毎朝自転車に乗って同じ小道を通っていた。ペダルを踏んで生計を立ててきた彼は、二度にわたる大戦や占領時代、飢え、そのほかさまざまな苦しみを何とか乗り越えてきた。仕事のおかげで、そのあたりの住人の名前はもちろん、森に生えている樹々の一本一本の名前から樹齢まで知り尽くしていた。一見したところ、その日の朝もいつもと同じで、何ら変わったところはないように思われた。楢《なら》やブナ、栗、樺《かば》の樹々が葉を茂らせ、大きな樹の根元には柔らかい苔や茸《きのこ》が生え、冷たく芳《かぐわ》しい風が吹き、木洩れ陽が細かなレース模様を地面に描きだしていた。いつもと同じ朝だった。森のことをよく知っている人間でなければ、きっと何も気づかなかっただろう。だが、配達人は何となく胸騒ぎをおぼえ、不安に駆られながら進んでいった。目に見えない不吉な兆しを感じとって、肌がちりちり痛んだ。森は緑色の巨獣であり、その血管には穏やかな血が流れていると思っていた。そのおとなしい動物が今朝は妙に不安そうにしていた。配達人は自転車から降りると、早朝の森の空気を嗅いで、不安の原因をつきとめようとした。耳が聞こえなくなったのではないかと思えるほどあたりは静まりかえっていた。自転車を放り出すと、まわりの様子を調べようと道から二、三歩森の中に踏みこんだ。それ以上捜しまわるまでもなく、それは彼を待ち受けていた。樹の中ほどの枝から太いロープで首をくくられてぶら下がっていた。顔を見るまでもなく、その縊死体が誰なのか分かった。ルーカス・カルレのことは、その昔、村にやってきたときから知っていた。たぶんフランスのどこかだろうが、どこから来たのか誰も知らなかった。本と世界地図と教師の免状の入ったトランクをさげてやって来た彼は、村いちばんの器量よしをめとり、数ヵ月でその美しさを奪ってしまった。半長靴と教師の着る上っぱりでルーカス・カルレだと分かったのだ。いずれこのような運命が待ち受けているはずだと長年考えつづけてきたせいか、その情景を前にも見たことがあるような気がしてならなかった。最初はべつに恐ろしいという気がしなかった。だから言っただろうが、この人でなしめ、と言ってやりたいような、妙に皮肉っぽい気持ちに襲われた。しかし、すぐに事の重大さに気づいた。そのとき枝がきしんで、死体がくるりと半回転した。縊死体の虚ろな目が彼の視線をとらえた。配達人は金縛りにあったように身動きできなくなった。彼とロルフ・カルレの父親とは、そのままじっと睨みあっていた。ようやく年老いた配達人が身体を動かし、じりじり後ずさりすると自転車のところまで行き、かがみこんでそれを起こした。まるで恋をしているかのように胸が熱くなり、きゅっと痛むのを感じた。彼は自転車にまたがると、大急ぎで逃げ出した。ハンドルの上に身をかがめ、喉の張り裂けそうな呻き声をあげながら、精いっぱいペダルを踏んだ。

死にものぐるいになって、ペダルを踏んだので、村に辿り着いたとき、老配達人の古ぼけた心臓は今にも破裂しそうになっていた。パン屋の前で倒れる前に何とか声をしぼり出した。頭の中は蜂が飛んでいるようにぶーんと唸り、目からは火花が飛び出そうになっていた。パン職人たちは彼をかつぎあげると、ケーキ台の上に寝かせた。粉まみれになった配達人は人差し指で森のほうを示し、喘ぎながらルーカス・カルレがついに絞首台に送られたと繰り返した。あの悪党はもっと早く吊るしてやればよかったんじゃ、人でなしめ。村人たちはこうして事件を知った。戦争が終わって以来の大事件にびっくりした彼らはひとり残らず外へ出て、あれこれ噂しあった。ただ、最高学年の五人の生徒だけは枕の下に顔を埋めて、狸寝入りをしていた。

しばらくして、警官が医者と判事をたたき起こした。彼らはそろって、配達人が震える指でさし示したほうへ向かった。そのうしろから、村人たちが何人かついてきた。道路のすぐそばで、かかしのように揺れているルーカス・カルレの遺体が発見された。そのときはじめて、金曜日から彼の姿を見かけなかったことに気がついた。森の寒さと死の苦痛のせいで、遺体はまるで岩のように硬くなっており、大の男が四人がかりで下ろさなければならなかった。医者は一瞥しただけで、窒息死する前に、うなじに強烈な一撃を受けていることに気がついた。警官も、学校の年中行事である遠足に行っていたのだから、事情を説明できるのは教師が連れて行った生徒たちだけだ、と即座に判断した。

「子供たちをここへ連れて来てくれ」と署長が命令した。

「どうしてだね？　これは子供の見るものじゃない」と判事は反対した。自分の孫がルーカス・カルレの生徒だったのだ。

だが、事件をそのまま放置しておくわけにはいかなかった。地方裁判所は簡単な取調べを行ったが、それは真相を究明するというよりも単なる義務的なものでしかなかった。生徒たちも証言のために呼ばれた。ぼくたちは何も知りません、毎年いつもこの時期にしているように、森へ遠足に行ったんです。サッカーをしたり、レスリングをしたあと、弁当を食べました。それから籠を持って、茸を採ろうとあちこちへ散らばりました。暗くなってきたので、言われていたとおり街道の脇に集まりました。だけど、先生の笛の音が聞こえなかったので、みんなで先生を捜しました。でも、どこにもいませんでした。真っ暗になるまで待って、村に帰ってきたんです。警察に知らせるなんて考えませんでした。ルーカス・カルレ先生は家か学校へ戻ったんだろうと思ったんです。ぼくたちが知っているのはそれだけです。どうして先生が首を吊ることになったのか、ぼくたちには見当もつきません。学校の制服を着て、ぴかぴかに磨いた靴を履き、帽子を目深に被ったロルフ・カルレは母親と一緒に役所の廊下を歩いていった。思春期の子供がたいていそうであるように、痩せてそばかすだらけの彼も妙に落ち着きがなくせかせかしたところがあった。けれども、目を見ると思いやり深そうで、手はいかにも繊細そうな感じがした。母子は飾りひとつないタイル貼りの壁の、寒々とした部屋へ連れていかれた。部屋の中央の簡易ベッドの上に遺体が安置されていた。上から白い光が照らしていた。母親はボストンバッグからハンカチをとりだすと、丁寧に眼鏡のレンズを拭いた。警察医がシーツを持ち上げると、彼女は身をかがめて、夫の醜く歪んだ顔を見つめた。気の遠くなるほど長く感じられる一分間が過ぎると、息子に合図をした。彼もそばに近づいて、父の顔をじっと見つめた。母親はうつむくと両手で顔を覆い、こみあげてくる喜びを隠そうとした。

「夫にまちがいございません」ようやく彼女はそう言った。

「父です」ロルフ・カルレはつとめて平静な口調でそうつけ加えた。

「まことにお気の毒です。さぞかし、ご心痛のことでしょう」医者はどうして自分の顔が赤くなるのか分からず、口ごもりながらそう言った。そのあとふたたび遺体にシーツをかけた。三人は黙ったまま、シーツに包まれた遺体を当惑したように見つめていた。「まだ検死解剖をしておりませんが、どうやら自殺のようですな。ほんとうにお気の毒です」

「ええ、わたくしも自殺ではないかと思っておりました」と母は言った。

ロルフは母親の腕をとって、ゆっくりと部屋から出ていった。コンクリートの床を踏みしめる足音がこだました。いずれその音は彼の中で、安らぎと平穏を思い起こさせる思い出になっていくことだろう。

「自殺なんかじゃないわ。お父さんはあなたの学校のお友達に殺されたのよ」家に着くなり、カルレ夫人はきっぱりとそう言った。

「どうして分かるの、母さん」

「あの子たちの仕業にちがいないわ。だけど、これでよかったのよ。でなければ、いつかわたしたちが手を下さなければならなかったんだから」

「お願いだからそんなふうに言わないでよ」とロルフはびっくりしてつぶやくように言った。すべてを諦めきっていると思っていた母親が、心の中で父に対してこれほど激しい憎悪を抱いていたとは考えもしなかった。ただ怨《うら》んでいるだけだと思っていたのだ。「もう何もかもすんだんだから、忘れようよ」

「いいえ、いつまでも覚えておかなくてはいけないのよ」彼女は今まで見せたことのないような晴れ晴れとした表情で微笑んだ。

村の住人はひとりのこらず、カルレ教諭の死という忌まわしい事件を記憶から消し去ろうとした。直接手を下したものがいなければ、この事件はおそらく忘れ去られていただろう。しかし、何年ものあいだその機会を窺ってきた五人の少年は、事件を自分の胸の内におさめておこうとは考えなかった。今回の事件が自分たちの人生にとって最も重要なものになるだろうと予感していた。人の口にのぼらなくなって、忘れられていくことに耐えられなかった。ルーカスの埋葬の日には、日曜礼拝のときに着る服に身を包んで賛美歌をうたい、学校を代表して花輪を捧げた。顔を見合わせて共犯者だと思われるかもしれないと考えて、ずっと下を見つめていた。最初の二週間、彼らは沈黙を守った。ある朝目が覚めると、はっきりした証拠があがっていて、牢へ送られ、村中が大騒ぎになっているのではないかとびくびくしていた。そう考えると震えが止まらなくなった。しばらくそういう状態が続いた。たまりかねて、彼らはその恐怖を口に出して言おうと心に決めた。その機会はサッカーの試合のあとにやってきた。競技場の更衣室では、興奮し、汗まみれになった選手たちが集まって、冗談を言ったり、押しあったりしながら服を着替えていた。べつに前もって相談していたわけではないが、ほかのものが出ていくまで五人の少年はシャワー室に居残った。それから裸のまま鏡の前に立ち、お互いを観察しあったが、どこにも人を殺した痕跡が残っていなかった。ひとりの少年が微笑みを浮かべた。とたんに、お互いを隔てていた陰が消えて以前と同じ仲間に戻った。彼らは互いに叩きあったり、抱きあったり、大きな子供のようにふざけあった。獣にも劣る性格異常者のあの男がああいう目にあったのは当然の報いだ、と彼らは話しあった。あの日のことを細かに振り返ってみると、いくらでも証拠があげられるはずなのに、逮捕されないのが不思議でならなかった。つまり、自分たちは咎めを受けずにすむのだ。彼らの犯行だと声高に言うものは誰もいないのだということに思い当たった。たとえ捜査を行うにしても、捜査を統括する警察署長は五人のうちのひとりの父親だった。裁判になればべつの少年の祖父が判事をつとめ、陪審員席には親戚や近所の人が居並ぶことになるだろう。ここでは全員が知り合い、縁続きの関係にあるのだ。誰もこの殺人事件の藪《やぶ》をつつこうとはしない。ルーカス・カルレの遺族でさえも。じつのところ、カルレの妻と息子も長いあいだ、あの男がいなくなるのを望んでいたのだ。その死は一陣のさわやかな風となってあの家を隅から隅まで清め、かつてなかったほど気持ちよく、清潔なものに変えたのだ、彼らはそんなふうに考えた。

五人の少年は、自分たちの成しとげたことをいつまでも忘れないでおこうと誓いあった。そのせいで、あの事件にまつわる物語は口から口へと語り伝えられ、次々と尾ひれがついて大袈裟になり、やがては英雄的な行為にまで高められた。彼らは自分たちだけのグループを作り、秘密の誓いを立てて結束を固めた。時おり、夜に森の外れに集まると、二度と返らないあの金曜日のことを思い返した。石で殴りつけて気絶させたこと、前もって引き解き結びを作っておいたこと、どうやって木によじ登り、意識を失った教師の首にロープをまきつけたか、吊るした瞬間にカッと目を見開き、そのあと宙吊りにされて、断末魔の痙攣に悶《もだ》えていた様子を忘れないようにした。彼らは上着の左袖に白い布を縫いつけて、グループの一員であることを誇示した。まもなく、村中の人がその意味を知ることになった。ロルフ・カルレももちろん気がついた。彼は、自分を散々痛めつけた拷問者のような父から解放してくれたことに感謝していたが、処刑された人間の息子であるという屈辱感と、父の仇をとるだけの勇気も力もない自分の不甲斐なさに心が引き裂かれるような苦しみを味わっていた。

ロルフ・カルレは痩せはじめた。食べものを口に持っていくと、スプーンは父親の舌に変わり、スープの入った皿の底からは死者の脅えきった目が彼をじっと見つめ、パンは父の肌の色そっくりに見えた。夜は熱にうなされ、朝になると頭痛に悩まされるようになったので、あれこれ理由をつけて家から出ないようにした。だが、母親は容赦なく食事をさせると、学校へ行かせた。二十六日間辛抱したが、二十七日目、朝の休み時間に例の五人の生徒が袖に白い布をつけて現われたのを見て、激しい嘔吐に襲われた。その吐き方があまりひどかったので、校長は驚いて救急車を呼び、隣町の病院へ運びこんだ。彼はその週のあいだずっと激しい嘔吐を繰り返しながら病院で過ごした。その様子を見て、カルレ夫人は息子の症状がありふれた消化不良ではないと直感的に感じとった。ロルフをとりあげ、また父親の死亡証明書を作成した村の医師は丁寧に診察したあと、何種類かの薬を処方し、何も心配はいらないと母親に言った。ロルフは健康で丈夫な子だ、不安がおさまればスポーツで汗を流したり、女の子を追いかけたりするようになりますよ。カルレ夫人は言われたとおりきちんと薬をのませた。だが、いっこうによくならないので、自分の考えで薬の量を倍にふやした。それでも効果がなかった。ロルフの食欲は戻らず、不快感でぼうっとしている状態が続いた。首吊り死体になった父親の姿が、捕虜収容所で死体を埋めた日の思い出と重なった。カタリーナは穏やかな目で彼をじっと見つめ、家中あとを追いまわした。そして彼の手をとると、一緒に台所のテーブルの下へもぐりこもうとしたが、二人とももう大きくなりすぎていた。彼女は彼のそばにしゃがむと、幼いころ唱えていた長い連禱のひとつを口ずさみはじめた。

木曜日の朝早く、学校へ行かせなくてはと考えた母親が起こしにいくと、息子は憔悴《しょうすい》しきった青白い顔をして壁のほうを向いていた。毎夜毎夜、亡霊に悩まされるのに耐えきれなくなって、このまま死んでしまおうと考えているにちがいなかった。自分もまた父親を殺したいと望んでいたせいで身を焼くような罪悪感にかられているのだと悟ったカルレ夫人は、何も言わずにクローゼットのところへ行くと、中を改めはじめた。まだ袖を通していない衣服や子供たちの玩具、カタリーナの脳を撮影したX線写真、ヨーヘンの猟銃など、もう何年も前から見かけなかったものが次々に出てきた。ピンヒールの赤いエナメルのパンプスも見つかった。それを見てもあまり恨みがましい気持ちにならなかったので、彼女は驚いた。ごみ箱に捨てようという気も起こらなかったので、彼女はそのパンプスを暖炉のところまで持っていくと、まるで祭壇に飾るように夫の遺影の両側に片方ずつ並べた。ようやく、カンバス地の袋を見つけた。それはルーカス・カルレが戦争中に使っていた緑色のザックで、丈夫な革紐がついていた。家事や畑仕事をこなすときのように、母親はその袋の中に、末っ子の服や自分の結婚式の写真、カタリーナの巻き毛をおさめてある絹で裏打ちした厚紙の箱、それに前日自分が焼いたカラスムギのクッキーの包みなどをきちんと詰めた。

「服を着なさい、ロルフ。あなたは南アメリカへ行くのよ」彼女はきっぱりとした口調でそう言い渡した。

こうして、ロルフ・カルレはノルウェーの船に乗り、悪夢の世界から遠く離れた、地球の裏側にある土地へ行くことになった。母親は彼を連れて列車に乗ると、いちばん近くの港まで行き、三等の切符を買った。残ったお金は叔父のルパートの住所と一緒にハンカチに包んでズボンの内側に縫いこみ、どんなことがあっても脱がないようにと言った。彼女は感情をまったく表に出さずにそれだけのことをしてのけた。そして、毎朝学校へ行くときと同じように、額に軽くキスして別れを告げた。

「いつまで離れて暮らすことになるの、母さん」

「さあ、分からないわ、ロルフ」

「ぼくは行かないよ。男はぼくしかいないんだから、残って母さんの面倒を見るよ」

「わたしのことは心配しなくていいのよ。手紙を書きますからね」

「カタリーナは病気なんだ。あのままにはしておけないよ……」

「あの娘はもう長くはないわ。こうなることは前から分かっていたでしょう。あの娘の心配はしなくていいのよ。どうしたの、泣いているの？　わたしの息子とは思えないわね。ロルフ、あなたはもう一人前なんだから、子供のようにめそめそしちゃいけません。さあ鼻を拭いて、人にじろじろ見られないうちに船に乗りなさい」

「気分が悪いんだよ、母さん。吐きそうなんだ」

「いけません！　恥ずかしい思いをさせないでちょうだい。タラップを上がって、舳先《へさき》へ行きなさい。そこに座って、後ろを振り向くんじゃありませんよ。さあ、行きなさい、ロルフ」

だが少年は艫《とも》に隠れて、波止場のほうをじっと見ていた。母親は、船が水平線の向こうに姿を消すまでその場から動こうとしなかった。喪服を着てフエルト帽をかぶり、ワニ皮の型押しをした合皮のハンドバッグをさげ、たったひとりじっと立ちつくして海を見つめていた母親の姿を、彼は心にしっかり刻みこんだ。

航海はおよそ一ヵ月続いたが、そのあいだロルフ・カルレは亡命者や移民、それに貧しい旅行者に囲まれて最下甲板で過ごした。プライドが高いうえに気が小さかったので、誰とも口をきかなかった。死のうと心に決めて海を見つめていたが、悲しみがきわまると逆に死にたいという気持ちが薄らいでいった。それ以来、二度と海に身を投げたいという気持ちに襲われることはなかった。港を出て十二日目、潮風のおかげでようやく食欲が戻り、悪夢にもうなされなくなった。吐き気もおさまり、陽気なイルカがいつまでも船のそばを跳びはねてついてくるのを面白そうに眺めるようになった。船が南アメリカの海岸に近づくころには頬に生色が戻っていた。彼は三等の船客にあてがわれている浴室の小さな鏡に自分を映してみた。そこには悩んでいる少年ではなく、ひとりの男の顔が映っていた。彼は自分の顔を見て嬉しくなり、大きく息を吸いこむと、久々ににっこり微笑んだ。

船が波止場に着いてエンジンを止めると、乗客はタラップを伝って降りはじめた。生暖かい潮風に髪をなぶられ、目を輝かせたロルフ・カルレは、自分が冒険小説に出てくる海賊にでもなったような気がして真っ先に陸に降り立った。朝の光を受けて、信じられないような港の光景が目の前に広がっていた。色とりどりの家が丘に貼りつくようにして建ち並んでいた。通りは曲がりくねり、洗濯物が干してあり、さまざまな色合いの緑の植物が豊かに生い茂っていた。空気は、物売りの声や女たちの歌声、子供たちの笑い声、オウムの甲高い叫び声などで震えていた。いろいろな匂いがした。売春婦の陽気な嬌声がこだまし、食堂からは料理の匂いが漂ってきた。沖仲仕や船員、行商人が忙しく動きまわり、包みやトランクが所狭しと並び、野次馬やスナック売りでひしめきあっていた。そんな中で叔父のルパートが、妻のブルゲルと二人の娘を連れて迎えに来ていた。金髪で肉づきのいい二人の娘たちを、ロルフは一目見て好きになってしまった。ルパートは母方の遠縁の従兄弟にあたり、大工で、大のビール好き、また愛犬家でもあった。彼は戦火を逃れて、家族とともにこの地の果てまでやってきた。どう見ても棒にくくりつけた布切れにしか見えない旗のためにむざむざ命を捨てるなど、愚の骨頂だと考えていた彼は、兵隊になろうとは夢にも考えなかった。愛国心などかけらもなかった。戦争がもはや避けられないと見越した彼は、遠縁の曾祖父たちが昔、居留地をうち建てようと船に乗り、アメリカへ向かったことを思い出して、自分もその例にならうことにしたのだ。彼はロルフ・カルレを連れて、港から夢のような村へ向かった。その村はまるでシャボン玉の中に閉じ込められたようなところで、時の流れがせき止められ、地形も変わっていた。そこで、十九世紀のアルプス地方そのままの生活が営まれていた。ロルフには映画に出てくる村のように思われた。ほかの土地を訪れる機会がなかったので、数ヵ月間、カリブ海とドナウ河のほとりというのは似たようなところだと思い込んでいた。

十九世紀の半ばごろ、海岸部から少し入った、文明社会からそれほど離れていない山の中に肥沃な土地を所有している、著名な南アメリカ人がいた。その南アメリカ人はすぐれた血筋の人たちをそこに住まわせたいと考え、ヨーロッパへ行くと船をチャーターし、戦争と疫病で打ちひしがれた農民たちのあいだに、大西洋の向こうに楽園が待っている、という噂を流させた。文明が誕生して以来、人間は悪徳、野心、知るすべのない神秘によって罰せられてきたが、そうしたものとは無縁の世界、キリストの教えを守り、平和と繁栄の支配する完全な社会を作ろうではないかと訴えた。それぞれの功績や信仰心の篤《あつ》さによって八十の家族が選び出された。その中には手工芸の職人たちのほかに、教師、医師、司祭がひとりずつ含まれていた。彼らは仕事の道具を持ち、何世紀にもわたって培われてきた伝統と知識を背負って旅立っていった。熱帯の海岸に降りたったときには驚き、このような土地にはとてもなじめないと思ったものもいた。だが、山の頂上までつけられた小道を登り、約束された楽園にたどり着くと、考えが変わった。そこは気候もよく、土地は肥沃で、アメリカ原産の植物が生い茂っていたし、ヨーロッパの野菜や果物も栽培できた。人びとはそこに故郷の村とそっくり同じ村を作り上げた。木の梁《はり》を通した家、ゴシック文字で書かれた掲示、窓には花を植えた鉢が飾られ、小さな教会には、船で運んできた青銅の鐘が吊るされた。人の出入りを禁止するために、居留地の入り口は閉められ、道も封鎖された。人びとは百年のあいだ、自分たちをここまで導いたあの南アメリカ人の希望どおり、神の教えを守って暮らしつづけた。だが、その楽園を永遠に隠し続けることはできなかった。新聞でとりあげられたとたんに、大変な騒ぎがもちあがった。政府は、外国人が自国の領土内に居留地を作り、独自の法律と習慣に従って暮らしていることに対して不快感を示し、扉を開いて国家の官憲をはじめ、観光客や商人を受け入れるよう要請した。そのうち、居留地ではスペイン語が通じず、住人は全員がブロンドで明るい色の目をしており、近親結婚のせいで、かなりの数の子供が先天的な身体障害を持っていることが明らかになった。首都に通じる道路が建設され、居留地は車のある家族連れにとって格好の観光地になった。車でやって来ては、そこでしかとれない果物や蜂蜜、腸詰め、自家製のパン、刺繡を施したテーブルクロスなどを買い求めた。居留地の住人たちは、観光客を迎え入れるために自分の家をレストランやロッジに変えた。人目を忍ぶ恋人たちを泊めるホテルもできた。この共同体の創設者の意にかなうものではなかったが、すでに時代が変わっていた。近代化する必要があったのだ。ルパートが共同体にやってきたのは、まだ他所ものが入ることを禁じられていたころだった。けれども彼は自分が正真正銘のヨーロッパ人で、高潔な人間であることを証明して、ようやく受け入れてもらうことができた。外部の世界との交流がはじまると、彼はすぐにこの新しい状況を利用しなければならないと考えた。首都へ行けば、もっと上質でいろいろなデザインの家具が手に入ることを知って、家具作りをやめた。そのかわりに、観光客向けに鳩時計を作ったり、アンティークふうの手描きの玩具の模造品を作るようになった。その後純血種の犬を扱うようになり、その調教学校も開いた。当時、この国の人間は誰ひとりそのようなことを思いつかなかった。動物というのは放っておけば、勝手に生まれて増えていくものだと考えていた。姓名やクラブ、コンクール、ペットサロンや特別な訓練といったものが必要だとは考えもしなかった。だがそのうち、どこかよその土地では警察犬を飼うのが流行っていて、金持ち連中が競って血統書つきの犬を飼っているというニュースが入ってきた。金のあるものは犬を買って、しばらくのあいだルパートの調教学校に預けた。そこを出ると、犬たちは外国語で命令すれば、後脚で立って歩いたり、お手をして挨拶したり、新聞や飼い主のスリッパを口にくわえて運んできたり、死んだふりまでできるようになっているのだった。

ルパート叔父はかなり広い土地と大きな家を所有していた。家にはたくさん部屋があり、ペンションとして貸していた。ハイデルベルク様式のその建物は、ルパートが黒っぽい色の木だけを使って建て、中の家具もすべて手造りだった。もっとも、彼は一度もハイデルベルクへ行ったことはなく、雑誌を見て作りあげたのだ。妻のブルゲルは苺《いちご》や花を育てていた。鶏舎もあり、村中の人がそこの卵を買っていた。一家は犬を飼育し、時計を売り、それにペンションの客の世話をすることで生計を立てていた。

ロルフ・カルレの生活は大きく変わった。中等教育は終えていたが、居留地ではそれより上の学校へ進めなかった。そこで、叔父が自分の仕事を教えることにした。彼はひそかにロルフが自分を手伝い、ゆくゆくは二人の娘のどちらかと結婚して後を継いでほしいと願っていた。最初に会ったときからこの甥が気に入っていた。ずっと男の子がほしいと思っていたのだが、ロルフは自分が夢見ていた理想の息子そのものだった。たくましくて品があり、しかもどんな仕事でも器用にこなした上に、一族の男が皆そうであるように、赤みがかった髪をしていた。ロルフはすぐに大工道具を使ったり、時計を組み立てたり、苺を摘んだり、ペンションの宿泊客に応対することを覚えこんだ。そのうち叔父夫婦は、いかにも困ったような顔をしてロルフに頼めば、どんな仕事でもやってくれることに気づいた。

「鶏小屋の屋根、どうにかならないかしらね、ロルフ」ブルゲルはあきらめたように溜め息をつきながら、そう言った。

「タールを塗ればいいんですよ」

「可哀そうに、雨が降り出したら死んでしまうわ」

「大丈夫ですよ、叔母さん。ぼくがやりますから」それから三日間、若者は鶏舎の屋根によじのぼり、鍋に入れたタールをかきまぜながら塗りつづけた。人が通りかかると、こうしてタールを塗っておけば、雨が降っても何の心配もいらないのだと説明した。二人の従姉妹は感嘆のまなざしをむけ、ブルゲルはこっそりと笑いをかみ殺した。

せっかくこの国に住むことになったのだから、言葉を覚えなくてはと考えたロルフは、懸命になって基礎からきちんと教えてくれる人を捜した。彼はもともと耳がよく、音楽的な才能に恵まれていたので、教会でオルガンを弾いたり、客の前でアコーデオンを演奏したりした。言葉も、きちんとしたスペイン語だけでなく、ふだん使われている卑俗な単語もどんどん覚えこんだ。もっとも、知識として身につけただけで、そうした言葉を実際に口にすることは滅多になかった。暇な時間はもっぱら読書にあてていた。あちこちから本を借り、約束の日にきっちりと返却した。一年もしないうちに、村中の本を全部読みきってしまった。記憶力が良かったので、いろいろな知識——といっても、たいていは役に立たないか、確かめようのないものだったが——を溜めこんでは、家のものや近所の人たちを煙にまいたものだった。モーリタニアの人口やイギリス海峡の幅が何海里あるかを覚えていて、すらすらと口にすることができた。ときにはその場で適当にでっちあげることもあった。しかし、彼があまり自信ありげに言うものだから、疑いをさしはさむものは誰もいなかった。ラテン語の言葉もいくつか覚えて、しゃべるときにはさみこんだが、おかげで、この小さな共同体では大変な学者だという評判が立った。もっとも、そのラテン語はかなりあやしいものだった。母親の躾のおかげで少し古臭いところがあったが、誰に対しても礼儀正しい態度で接したので、みんなから好かれていた。とりわけ、粗野な人が多く、洗練された作法にあまり接したことのないこの国の女性たちは彼に好意を抱いた。叔母のブルゲルに対してはとりわけ優しく振る舞った。彼女を心から愛していたのだ。彼が人生の問題についてあれこれ思い悩んでいると、彼女はじつに簡単な解決策を授けてやった。あとで考えてみると、どうして自分で思いつかなかったのかと不思議に思えるほど易しいことだった。ホームシックにかかったり、人類が起こすさまざまな悪行について考えこんだりしていると、素晴らしくおいしいお菓子を出してくれたり、お腹の皮がよじれるほどおかしな冗談を言って、慰めてくれたものだった。べつにこれといった理由もなく、また許しを求めたりせずに彼を抱きしめたのは、カタリーナをのぞけば、ブルゲルだけだった。毎朝、大きな音を立てておはようのキスをし、寝る前には必ずベッドを直してくれた。そんなことはじつの母親でさえ、恥ずかしがってしてくれなかった。一見、ロルフは気が弱そうに見えた。すぐに顔を赤らめるし、話し声も小さかった。だが、ほんとうは自尊心が強く、また年齢のせいもあるが自分が世界の中心だと思いこんでいた。頭はよかった。自分でもそのことに気づいており、それをひけらかさず、なるべく謙虚に振る舞うよう心がけるだけの知恵もあった。

日曜日の朝は、ルパート叔父の経営している犬の調教学校のショウを観ようと、大勢の人が町から押しかけてきた。ロルフが彼らを中庭へ案内した。犬が観客の拍手を受けて競争するようにと、広い中庭にはトラックと障害物がしつらえてあった。その日には何頭かの犬が売りに出された。ロルフにとって、彼らとの別れは辛くて仕方なかった。もともと犬が好きな上に、生まれたときからずっと世話をしてやったのだ。彼はよく、雌犬といっしょに藁床に寝転がると、仔犬たちに自分の匂いを嗅がせたり、耳を嘗《な》めさせたり、抱いて寝かせてやったりした。もちろん一頭一頭の名前を覚えていて、人間と同じように話しかけた。甘えることを許されずに育ってきた彼は愛情に飢えていたが、動物に対してしか自分の気持ちを表わすことができなかったのだ。人の愛情に身をゆだねられるようになるまで、長い時間が必要だった。最初はブルゲルに対して、ついでほかの人たちにも心を開くようになった。誰にも知られないようひそかにカタリーナのことを思い出した。とたんに心の中があふれんばかりの愛情で満たされた。ときおり、真っ暗な部屋の中でシーツを頭からかぶり、彼女のことを思い出しては泣いた。

人から同情されるのがいやだったし、まだ自分の内でも整理がついていなかったので、過去のことは口にしなかった。父親と暮らしたあの不幸な時代のことは、割れた鏡のように記憶の中に残っていた。女々しいところを見せず、つとめて冷静で実際的に振る舞うこと、それこそが男らしさの条件だと考え、そう振る舞っていた。しかし、根は度し難い夢想家で、相手が親しげに話しかけてくると、とたんに無防備になった。社会の不正を見ると怒り狂い、いかにも若者らしい無邪気な理想主義に燃えていた。そのような理想主義では無秩序な現実社会に立ち向かえるはずはなかった。禁止と恐怖に彩られた幼年時代のおかげで、物事や人間の隠された面を直感的に見抜く感受性に恵まれていた。閃光のきらめきのように一瞬にして感じとるのだが、合理的に考えなければと意識していたので、そうした神秘的な啓示を心にとめたり、衝動に駆られて行動したりはしなかった。何かに感動しても、すぐにそれを否定してしまうので、たちまち忘れてしまった。感覚が語りかける声に耳を貸さなかったし、もともと安楽な生活と快楽が好きなのに、そうした本来の性格をむりやり抑えこもうとした。偶然身を置くことになったこの居留地は、子供の見る無邪気な夢のような世界なのだ、ほんとうの人生は過酷なもので、そこで生き抜こうと思えば身に鎧をまとうしかない、とはじめから考えていた。けれども彼と親しい人たちは、彼の言う鎧がしょせん煙のようなものでしかなく、ちょっと風が吹いただけでたちまち消しとんでしまうことに気づいていた。感情がすぐ面に出るうえに、誇り高かったせいで、しょっちゅうつまずいては転び、また起き上がるということを繰り返していた。

ルパートの家族は気さくで明るく、大食漢だった。彼らにとって、食事は何よりも大切なものだった。毎日の生活はおいしい料理を作ることと食卓につくという儀式を中心に巡っていた。家族全員がぽってりと太っていた。いつも食事に気を配っているのに、甥が相変わらず痩せているのを見てしきりに食べるように言った。ブルゲルは催淫効果のある料理を考え出して、夫を熱く燃えさせただけでなく、観光客まで引き寄せた。ごらんなさい、主人たらまるでトラクターみたいでしょう、と彼女はいかにも嬉しそうに、人を引きこむような笑みを浮かべて言った。料理の作り方は簡単だった。大きな鍋に玉葱とベーコン、トマトをどっさり入れて炒め、塩、粒胡椒《こしょう》、ニンニク、コリアンダーで味をつける。そこへ食べやすい大きさに切った豚肉、牛肉、骨をとった鶏肉、ソラマメ、トウモロコシ、キャベツ、ピーマン、魚、二枚貝、車海老を重ねるようにして加える。それからサトウキビの再精糖を少し入れ、デカンタ四杯分のビールを鍋に空ける。蓋をして弱火で煮こむ前に、台所のフラワースタンドで栽培しているハーブをひとつかみ放りこむ。これが決め手だった。このハーブの組み合わせについては誰も知らなかったし、彼女もこの秘法を人に明かすまいと考えていた。そうして出来上がった黒っぽいシチューを鍋からとり出し、入れたときとは逆の順序で具を供する。最後にスープをカップに入れていただく。そうすると、全身が熱くなり、性欲まで湧いてくるのだ。叔父夫婦は年に数頭の豚を屠《ほふ》り、村いちばんだという評判の、すばらしく美味しい腸詰めや燻製ハム、ソーセージ、モルタデッラを作り、大きな罐《かん》に何杯も脂をとった。また、新鮮な牛乳を樽で買って、クリームやバター、チーズを作っていた。朝から晩まで、台所からはおいしそうな匂いのする湯気が立ち昇っていた。中庭で火を焚き、その上に銅のキャセロールを置いて、宿泊客の朝食に出すプラムやアプリコット、苺の砂糖煮を作っていた。芳しい薫りのたちのぼる鍋のあいだを往き来しているうちに、二人の従姉妹の身体はシナモンやクローブ、バニラ、レモンの薫りを漂わせるようになった。夜になるとロルフはこっそりと彼女たちの部屋へ忍びこみ、その服に顔を埋め、罪の意識に駆られながら、甘い薫りを胸いっぱい吸い込んだ。

週末になるとそうした生活に変化が起こった。木曜日には部屋の空気を入れ換え、花を活け、暖炉にくべる薪を用意した。夜になると冷たい風が吹くので、宿泊客たちは好んで火を囲み、アルプスにいるような気分にひたったものだった。金曜日から日曜日までは、人が大勢押しかけてくるので、一家は夜明けから客の世話にかかりきりになった。ブルゲル叔母は台所から一歩も出ずに料理を作り、娘たちが食事の給仕をした。彼女たちはドイツの民話に出てくる村娘のように、刺繡を施したフエルト帽を被って白いソックスを履き、糊の利いたエプロンをつけ、髪を三つ編みにし、リボンをつけていた。

カルレ夫人からの手紙は四ヵ月遅れで届いた。文面はいつもとても短く、ほとんど同じことが書いてあった。親愛なる息子へ、わたしは元気にしています。カタリーナは現在入院しています。身体にはくれぐれも気をつけなさい。わたしが教えたことを忘れず、心正しい人間になりなさい。キスを送ります。母より。それにひきかえ、ロルフはしょっちゅう筆をとり、何枚もの便箋の表と裏を使って、長い手紙を書いた。村の様子を知らせ、叔父の家族を紹介してしまうと、もう何も書くことがなくなったので、自分の読んだ本のことを書いた。手紙に書いて知らせるような出来事もなかったので、読書から学んだ哲学的な内容の文章を書き連ねて、母親をびっくりさせてやろうと考えたのだ。叔父の古いカメラで撮った写真も送った。このカメラで、ロルフは変化に富んだ自然や人びとの表情、ちょっとした事件、ふつうなら見落としてしまいそうな些細なことを写し取っていった。手紙を書くことは彼にとって大きな意味を持っていた。母親の存在を身近に感じることができたし、それと同時に、世界を観察し、それを映像にとどめることが好きだということを発見したのだ。

ロルフ・カルレの従姉妹たちは二人の男性から求婚されていた。彼らは居留地の創設者の直系の子孫で、装飾用の蠟燭を作る国内でたったひとつしかない工場を経営していた。そこでできる製品は国内で販売されているだけでなく、外国へも輸出されていた。工場は現在も操業していて、とても高い評価を受けている。法王が来訪されたときは、政府が大聖堂に灯す長さ七メートル、直径二メートルの大蠟燭を注文した。みごとな形に作られたその大蠟燭には受難の場面が装飾に加えられ、松のエキスで薫りがつけられた。山から首都まで灼熱の太陽が照りつけるなかをトラックで運ばれたが、そのオベリスクの形が崩れることもなければ、松の薫りも、古びた象牙の色合いも損なわれなかった。二人の求婚者はいつも蠟燭の形や色、薫りの話しかしなかった。いささかうんざりすることはあったが、二人ともハンサムだった上に、かなりの資産家だった。身体中に蜜蠟と香料の匂いがしみこんでいた。結婚相手としてはこれ以上望めないというので、居留地中の娘たちが何かと口実を作り、いちばん薄手の服を着て蠟燭を買いに行った。けれどもルパートは、同じ一族の中で結婚を繰り返してきたあの人たちは血が濃くなっている、だからひょっとすると障害のある子供が生まれるかもしれないと娘たちに言っていた。純血主義にまっこうから反対の立場をとっていたルパートは、血を混ぜるほうが良い子孫ができるのだと信じ、それを証明するために血統のいい犬と雑種の野良犬とをかけあわせた。生まれてきたのは、予想もしなかった毛並みと大きさの犬で、残念なことに買い手がつかなかった。けれども、血統書つきの犬よりもはるかに賢かった。弛《たる》んだロープの上を綱渡りしたり、後脚で立ってワルツを踊る訓練をしたときに、はっきりそれが分かった。結婚相手は居留地の外の人間のほうがいいだろう、とルパートは愛する妻のブルゲルに挑みかかるように言ったが、彼女はまったく耳を貸そうとしなかった。ルンバのリズムに合わせてくねくね腰を振るような、褐色の肌の男と結婚させるなんて、とんでもない話ですよ。ばかなことを言うもんじゃない、ブルゲル。ばかはあなたのほうでしょう、混血の孫がほしいんですか？　そりゃ、この国の人間は金髪じゃないがね、だからといってひとり残らず黒人というわけでもないだろう。そんなふうに言い争ったあと、二人はきまって、溜め息をつきながら、ロルフ・カルレの名前をつぶやいた。娘たちと結婚できるように、彼のような甥がもうひとりいないことが残念でならなかった。たとえ血のつながっている親戚で、おまけにカタリーナのような障害をもった姉がいるとしても、ロルフなら大丈夫だろう。理想の娘婿だと、二人は考えていた。働きもので育ちがよく、教養もあって、しかも行儀がいい、これ以上の相手はいなかった。まだ若すぎるのが難点だが、これは時間がいずれ解決してくれるだろう。

娘二人はいつまでたっても無邪気な少女のままで、両親が望んでいるような一人前の女性になるまでにずいぶん時間がかかった。しかし、いったん目覚めると、女性が持つべきものと教えられてきた慎みも恥じらいもかなぐり捨てた。娘たちは、ロルフ・カルレの目に燃えるようなものを感じとった。影のように部屋に忍び込んできては、自分たちの服をこっそり嗅ぎまわっていることにも気がついた。二人はそれを恋の証だと考えた。自分たちだけで話し合い、三人で清らかに愛しあうことができるかどうか考えた。しかし、彼が上半身裸で、銅のような色をした髪を風になびかせ、汗まみれになって農具や大工道具を握っている姿を見て、その考えを変えた。そして、神がこの世に男と女という二つの性をお作りになったのは明らかな目的があってのことだ、というじつに幸せな結論にたどり着いた。二人は明るい性格の持ち主で、ふだんから部屋や浴室、服、そのほかほとんどすべてのものを共有しあっていた。だから、恋人を分けあってもべつに支障はないだろうと考えた。また、彼が体力的に恵まれていることも容易に想像できた。ルパートに言いつけられたきつい仕事でも喜んでこなすだけの力の持ち主なのだ。きっと自分たち二人の相手をするだけの体力も残っているはずだ。だが、ことはそう簡単に運ばなかった。居留地の住民は考えが狭く、三角関係などとうてい理解してくれそうになかった。古い道徳にとらわれることはないと言っている父親ですら認めないだろう。まして、母親となれば考えるまでもなかった。ナイフを持って、甥の急所をぐさりと突き刺すくらいのことはやりかねない。

まもなく、ロルフ・カルレは娘たちの態度が急に変化したことに気づいた。焼き肉のいちばん大きな切り身をすすめ、デザートにはホイップクリームを山のように盛り上げて出すようになった。うしろでひそひそ話をしたり、こっそり自分を見ているのを見つけるときゃあきゃあ大騒ぎした。また、偶然のような顔をして、通りすがりに身体に触れるようにもなった。ひとり住まいの修道士でもおそらく身体がカッと熱くなるにちがいないほど、エロチックな触れかただった。礼儀知らずの人間だと思われたくなかったし、へたに言い寄って拒まれでもしたら、自尊心が深く傷つくと分かっていたので、そのときまで彼は従姉妹たちに対して慎重に振る舞っていた。だが、少しずつ大胆になり、長いあいだ娘たちを見つめるようになった。あわてて決めたくはなかった。どちらにしよう？　二人とも魅力的だった。脚は肉付きがよく、胸はむっちりとふくらみ、アクアマリンのような目は輝き、赤ん坊のようにすべすべした肌をしていた。姉のほうが陽気だったが、さりげなくコケティッシュなところをみせる妹も捨てがたかった。ロルフはあれこれ思い悩んで、決心がつかないでいた。そのうち、娘たちのほうがしびれをきらし、待ちきれなくなって、正面攻撃をかけることにした。苺畑で彼をつかまえると、足を払って転ばせ、ふざけているのだということを分からせると同時にその気を起こさせようとして、馬乗りになってくすぐりはじめた。ズボンのボタンを外し、靴を脱がせ、シャツを引きちぎると、二人は彼が他人に探られるとは思いもしなかったところに、悪戯なニンフのように手を入れた。それからというもの、ロルフ・カルレは本も読まず、仔犬の世話もおろそかにするようになった。鳩時計には見向きもせず、母親には手紙を書かなくなり、とうとう自分の名前まで忘れてしまった。目は虚ろになり、頭は霞がかかったようにぼんやりしていた。本能だけが熱く燃えさかり、理性はすっかり失われていた。家に宿泊客のない月曜日から木曜日までは、仕事に追われることもなかったので、三人の若者は空いた時間を見つけては、平日の誰もいない客室にもぐりこんだ。羽根ぶとんに風をあてるとか、窓ガラスを磨く、ゴキブリをいぶし出す、家具にワックスをかける、シーツを替える、といったように口実はいくらでもあった。娘たちは両親から、ものを公平に分け、何かをするときは順序立ててするようにしつけられていたので、ひとりがロルフと部屋にこもっているあいだ、もうひとりが廊下で見張りに立ち、もし誰かが近づいてきたら、知らせることにしていた。彼女たちはただの一度も順番を狂わせたことがなかった。もしそのことを知ったら、ロルフは深く傷ついていただろう。だが幸いなことに、彼はこの屈辱的な事実に気づかなかった。彼らは二人きりになって、いったい何をしていたのだろうか。もちろん、人類が六千年前の昔から繰り返してきた、いとこ同士の火遊びを楽しんでいたにすぎない。夜、三人がひとつのベッドで一緒に過ごすようになってからが面白かった。隣の部屋からルパートとブルゲルの鼾《いびき》が聞こえてくるので安心だった。両親は娘たちを監視するために扉を開けて寝ていたのだが、それを逆手にとって、娘たちが両親を監視することになった。娘たちと同じようにロルフ・カルレもそちらのことには疎かったが、最初のときから妊娠させないように気を配っていた。愛の技巧については何も知らなかったので、それを補うために精一杯自分なりの工夫を凝らし、情熱を注いだ。彼の活力は従姉妹たちからのすばらしい贈り物によってとぎれることなく補充された。身体を開いた彼女たちは暖かくて、果物を思わせた。笑いを嚙みころし、いつでも彼を迎え入れた。できるだけ音を立てないように注意していたが、ベッドがきしむとぎょっとした。シーツにくるまって、互いの温もりと体臭に包まれていると、身も心もカッと熱くなった。彼らくらいの年頃は、いくら愛し合っても疲れるということがなかった。娘たちは夏のようにいきいきとし、青い目はますます青く、肌は輝き、笑顔はじつに幸せそうだった。一方、ロルフはラテン語をきれいさっぱり忘れ、家具にぶつかり、立ったまま眠り、夢遊病者のようにぼんやりと客の給仕をするようになった。膝が震え、目は虚ろだった。この子は働きすぎだな、ひどく青い顔をしているじゃないか、ブルゲル、ビタミン剤をのませてやってくれ、とルパートは言った。まさか甥が自分たちに隠れて、叔母の作る評判の、好き心をくすぐるシチューをむさぼっているなどとは夢にも思わなかった。肝心なときになって、身体が言うことをきかなくなってはいけないと考えて、彼は叔母の作るシチューをむさぼるように平らげていた。三人の男女は、どうすれば宙に浮くような気分になれるのかを研究した。ときには、ほんとうに空高く舞っているような気持ちになることもあった。そのうち、ロルフは娘たちが飽きることなく悦びを味わい、こちらが果てるまで何度も頂点に達することに気がついた。相手を失望させず、しかも自分も傷つかないように、急ごしらえのテクニックを用いて、うまく力と悦びを制御する術を覚えた。数年後に、中国では孔子の時代から同じ方法が用いられていたことを知った。ルパート叔父が新聞を読むたびに言っていたように、陽の下《もと》に新しきことなし、というのはまさに真実だった。三人の恋人たちはときに、幸せに酔いしれて、ついうっかり手足を絡ませたまま眠りこんでしまうことがあった。ロルフは芳しい薫りのする、柔らかい肉の山に埋もれ、従姉妹たちの見る夢のあいだでぐっすり眠った。一番鶏の声で目を覚まし、罪深い悦びにひたっているところを親たちに見つけられる寸前に、あわてて自分のベッドに飛んで帰ることもあった。最初、娘たちは疲れを知らないロルフ・カルレをめぐって争い、コインを投げてどちらがとるか決めていた。しかし、そうした忘れることのできない取り合いをしているうちに、自分たちは浮き浮きするような火遊びを楽しんでいるのであって、まっとうな結婚を前提にした関係ではないということに気づいた。現実的な彼女たちは、芳しい薫りのする蠟燭製造業者を結婚相手に選び、従兄弟は愛人としてとっておいて、できるだけ彼の子供を生むようにすればいい、もしかすると障害のある子供が生まれてくるかもしれないけれど、退屈な結婚生活を楽しいものにできるだろうと考えていた。ロマンチックな文学作品や騎士道小説に親しみ、幼いころに高潔な生きかたをするよう厳しく教えこまれていたロルフ・カルレは、娘たちがそんな大胆な計略を練りあげているとは夢にも思わなかった。彼は二人の女性を同時に愛していることで罪の意識にさいなまれていた。この関係は一時的なものにすぎない、お互いによく知り合ったうえで、最終的に結婚すればいいのだ、と自分に言い聞かせていたが、いつまでもこうした関係をずるずる続けていくのは許しがたい背徳行為に思えた。豊満でいつでも自分を迎え入れてくれる肉体はたえず彼の欲望をかき立てた。しかし一方では、分別ある男ならやはり一夫一婦の結婚をすべきだと考えて、自分を厳しく咎めた。この欲望と罪の意識のあいだで、彼はひどく苦しんでいた。ばかなこと言わないで、ロルフ、わたしたちはそんなことちっとも気にしていないのよ、わたしはあなたをひとり占めしたいなんて思っていないわ、妹だってそうよ、独身時代だけでなく、結婚してからも、この関係を続けましょう。そう言われてロルフは自尊心をひどく傷つけられた。彼はひどく腹を立てたが、三十時間ともたず、やがてまた欲望にせめ立てられることになった。そこで、地に落ちた自尊心を拾いあげると、彼女たちのところに戻った。かわいい従姉妹たちはにこやかに笑いながら裸で彼の両側に横たわると、ふたたびシナモンやクローブ、バニラ、レモンの芳しい霧で包みこみ、理性を失わせ、キリスト教的な干からびた美徳を消し去ってしまった。

そうして三年の歳月が過ぎていった。ロルフ・カルレのあのまがまがしい悪夢は消え去り、その代わりに快い夢を見るようになった。そのまま何ごともなければ、彼は娘たちの要請に負けて、そこにとどまり、二人の愛人であり、子供の父親になるという役どころをおとなしく引き受けていたことだろう。しかし運命は彼を別の道へと歩ませた。ジャーナリストで、映画人としての資質にも恵まれていた、アラベナ氏がその手引をしたのだ。

アラベナは国内でもっとも重要な新聞に記事を書いていた。ルパートとブルゲルの経営するペンシヨンのいちばんの上得意で、週末はほとんどいつも部屋を予約し、そこで過ごしていた。彼のペンはじつに有名で、さすがの独裁政権も彼の口を完全に封じることはできなかった。長年ジャーナリストとして仕事を続け、廉直の士であるとの評判をとっていたので、ほかのものが決して書けないような記事でも発表することができた。将軍や〈クチナシの男〉でさえ、反対意見があってはじめてバランスが保たれるといって、彼を丁重に扱ったので、限られた範囲ではあったが、自由に文筆活動をすることができた。政府はいくぶん大胆なところのある彼の記事を掲載させることで、言論の自由を認めているというイメージを与えようとした。人生は楽しむものだと信じて疑わない彼は、太い葉巻をふかし、ライオンのようにがつがつ食べ、豪快に飲んだ。日曜日に行われるビールの飲みくらべ大会で、ルパート叔父に勝てる人物といえば彼しかいなかった。ロルフの従姉妹たちのみごとなお尻を触るという贅沢を味わえるのも彼だけだった。そういうときは彼女たちを怒らせず、当然の報酬を受け取るように何ともユーモラスに振る舞った。わたしのかわいいワルキューレたちよ、こちらへ来て、この哀れな記者にそのお尻を触らせておくれ。娘たちが後ろ向きになると、彼はうやうやしく刺繍の入ったフエルトのスカートを持ち上げ、子供っぽい下着をつけた丸いお尻をうっとりと眺めた。それを見て、ブルゲル叔母までが笑いだした。アラベナは映画の撮影カメラとタイプライターをそれぞれ一台ずつ持っていた。騒々しい音を立てるタイプライターはポータブルで、キーの色が剝げるほど使いこまれていた。土曜日と日曜日の半分はペンションのテラスに腰を下ろして、腸詰めをつまみ、浴びるようにビールを飲みながらタイプに向かい、二本の指でキーを叩いて記事を書いた。山のきれいな空気を吸うのが身体にいいんだ、そう言いながら自分のふかす葉巻の黒い煙を吸いこんでいた。ときどき、女性を連れてやってくることがあった。同じ女性だったことは一度もなかったが、姪だと紹介した。ブルゲルは信じるふりをしていた。この家は下品な連れこみホテルじゃありません、あなたたち、おかしなことを考えるんじゃありませんよ、有名なかただからお泊めしてるんですからね。よく新聞にお名前が出ているでしょう? アラベナはいつも違う女性を連れてきたが、一晩もすると熱が冷め、うんざりしてしまった。そこで、朝いちばんに首都へ野菜を運んでいくトラックに乗せて、送り帰した。それにひきかえ、ロルフ・カルレが相手だと何日でも飽きずに話をし、村の周囲を散歩して、ともに過ごした。国際情勢を論じたり、地方政治について手引きをしたり、本を薦めたり、撮影カメラの使い方や速記の基礎を少しばかり教えたりした。こんなところにいつまでもくすぶっていてはいかん、と彼は言った。ここはわしのような神経症気味の人間が養生したり、身体にたまった毒を抜くにはいいところだ。だが、まっとうな若者がこんな舞台装置の中で暮らせるわけがない。ロルフ・カルレはシェイクスピアやモリエール、カルデロン・デ・ラ・バルカといった作家の作品は読んでいたが、劇場へ行ったことは一度もなかったので、舞台装置と言われても、居留地とどう結びつけていいのか分からなかった。しかし、このうえもなく敬愛している師に向かって、異を唱えるわけにはいかなかった。

「よく頑張っているな、ロルフ。もう二年もすれば、時計をお前にまかせられるだろう。あれはなかなかいい商売だぞ」彼が二十歳を迎えた日、ルパート叔父はそう持ちかけた。

「時計職人にはなりたくないんです、叔父さん。ぼくには映画の仕事のほうが向いているような気がするんです」

「映画だと？　いったい何の役に立つんだ」

「フィルムを使って映画を作るんです。ドキュメンタリーのほうへ行こうと思っています。今世界で何が起こっているのか、それを知りたいんです」

「なまじものを知らないほうが幸せに暮らせるんだがな。どうしてもやりたいんなら、やってみるといい」

彼が首都でひとり暮らしをはじめると聞いて、ブルゲルは病気になりかけた。麻薬やら政治、病気の巣窟になっているあんな危険なところへ行くなんて、こう言っては何だけど、女なんてみんな女《め》ギツネですよ、居留地に来る人たちをごらんなさい、お尻をふって、胸を突き出して歩いているでしょう。従姉妹たちは腹を立て、一緒に遊んであげないと言って、彼を思いとどまらせようとした。しかし、そうすると自分たちもつらい思いをすることになるので、やり方を変えて、これ以上はないほど情熱的に愛しあうようにした。おかげで、ロルフはびっくりするほど体重が減ってしまった。だが、いちばん悲しんでいたのは犬たちだった。彼がいよいよ出ていくことになったと分かると食欲を失い、脚のあいだに尻尾をはさみ、耳を垂れて歩きまわるようになった。目には哀願するような悲しげな表情が浮かび、見るに耐えないほどだった。

ロルフ・カルレはそうした苦しみにじっと耐え、二ヵ月後、それを振り切るように大学へ向けて出発した。ルパート叔父には、週末には必ず戻って来て一緒に過ごすと伝え、ブルゲル叔母には荷物と一緒に入れてくれたクッキーやハム、ジャムを食べると約束した。そして従姉妹たちには、絶対に浮気をせず、また羽根ぶとんにもぐって三人で遊ぶ時のために体力を蓄えておくと約束した。

第五章

ロルフ・カルレの身にこのような事件が起こっていたころ、わたしはそれほど遠くないところで少女時代に別れを告げようとしていた。マドリーナの不幸がはじまったのもそのころだった。ラジオでニュースを聞き、女主人に隠れてエルビーラがこっそり買いこんだ号外で顔写真を見て、わたしはマドリーナが異形の赤ん坊を産み落としたことを知った。すぐれた学者たちが発表した公式見解では、赤ん坊はふたつの胴体が融合し、頭部がふたつあるという特徴を備えた第三族で、脊柱が一本しかない剣状突起結合属で、二つの胴体に臍《へそ》がひとつという単臍種に属しているとのことだった。しかも、奇妙なことに、頭部の一方が白人で、もう一方は黒人だった。

「かわいそうに、赤ん坊の父親はきっと二人いるんだよ」エルビーラは不快そうに顔をしかめてそう言った。「一日のうちに二人の男と寝たりするから、こんなことになったんだ。あたしはもう五十を過ぎてるけど、そういうことは絶対にしなかったね。少なくとも、二人の男の体液がお腹の中で混ざり合ったりしないよう気をつけたものだよ。でないと、サーカスで見世物にするような子供ができるからね」

マドリーナは夜にオフィスの掃除をして生計を立てていた。十一階で絨毯のしみぬきをしているときに陣痛がはじまったが、かまわず仕事を続けた。いつ生まれるか計算できなかった上に、ちょっと気を許したばかりにお腹が大きくなり、恥ずかしい思いをする羽目になった自分に腹を立てていたのだ。夜中過ぎに、何か熱いものが脚のあいだを流れていくのを感じた。病院へ行きたいと思ったが、もう手遅れだった。そんな力はなく、下に降りることもできなかった。大声で叫んでみたが、ビルには人気がなく、助けに来てくれるものもいなかった。きれいにしたばかりの床を汚すのはもったいなかったが、あきらめて横になると力いっぱいいきみ、赤ん坊を産み落とした。生まれてきたのは頭の二つある奇妙な赤ん坊だった。それを見たとたんに錯乱状態に陥り、真っ先にこの子を処分してしまおうと考えた。やっとのことで立ち上がると、生まれたばかりの赤ん坊を拾いあげ、廊下に出てダストシュートから投げ捨てた。そして喘ぎながら戻ると、ふたたび絨毯を掃除しはじめた。翌日、地下室に入った守衛が、オフィスから出たごみの中に小さな死体がまじっているのを発見した。シュレッダーにかけた紙くずの上に落ちていたので、ほとんど無傷だった。守衛の叫び声を聞いて喫茶店のウエイトレスが駆けつけた。数分後には騒ぎが通りにまで達し、さらに町中に広まった。正午には国中の人がその事件のことを知っていた。ふたつの人種がひとつに結びついたケースは医学年報にも出たことがなかったので、外国人ジャーナリストまで赤ん坊の写真を撮ろうと押しかけてきた。一週間のあいだ、その話でもちきりになった。赤旗を振りまわし、インターナショナルをうたった二人の学生が大学の正門で警官に射殺されたというのに、その事件がかすんでしまった。赤ん坊の母親は、遺体を解剖学研究所へ献体するのを嫌がり、カトリックの教義に従って埋葬すると言い張ったので、人非人、人殺し、科学の敵とののしられた。

「子供を殺して、腐った魚みたいにごみ箱へ捨てておいて、今になってキリスト教徒として葬ってやりたいなんて、小鳥ちゃん、いくら神さまでもそんなひどいことはお赦しにならないよ」

「でもおばあちゃん、マドリーナが殺したという証拠はないのよ」

「じゃあ、いったい誰がやったっていうのさ」

警察は母親を独房に入れて隔離していたが、警察医が懸命に説得したおかげで、数週間後に釈放された。警察医は最初から、赤ん坊はダストシュートに投げ捨てられて死んだのではなく死産だったと主張していたが、誰も耳を貸そうとしなかったのだ。裁判所は結局母親を無罪にしたが、うしろ指をさされるようになったことに変わりなかった。公式見解など誰も信じなかったし、新聞はそれからも数ヵ月間あの事件を取り上げ続けた。無慈悲な大衆は赤ん坊の味方をし、マドリーナのことを〝嬰児殺し〟と呼んだ。こうした不愉快なマスコミの攻撃に彼女の神経はずたずたに引き裂かれてしまった。奇形の赤ん坊を産んだことが罪の意識となって彼女を責め苛《さいな》み、釈放されたときには別人のようになっていた。あんな赤ん坊を産むことになったのは、自分でも思い出すことのできない、何か忌まわしい行いに対して神が与えた罰なのだと思いこんでいた。人前に出ることをいやがり、貧困と悲しみの中に沈みこむようになった。行き場のなくなった彼女は最後に呪術師を頼った。経かたびらを着て地面に寝かされ、まわりには火のついた蠟燭が並べられた。煙とタルカムパウダー、それに樟脳《しょうのう》で息がつまり、苦しさのあまりお腹の底から叫び声をあげた。これで悪霊が体内から完全に抜け出したのだと説明された。そのあと、悪霊が二度と体内に入りこまないよう、神聖な首飾りをかけられた。わたしがエルビーラと一緒に訪れたときは、以前と同じ藍色のペンキを塗った小屋に住んでいたが、すっかり痩せ細り、あのずうずうしいまでにコケティッシュなところもなくなっていた。友達といえば剝製のピューマだけで、まわりにはカトリックの聖人画や先住民《インディオ》の神々の絵が飾ってあった。

お祈りをあげたり、呪術に頼ったり、民間治療師の薬を飲んだりしても、身にふりかかる不幸をはらうことはできなかった。そうと分かると、マドリーナは聖母マリアの祭壇にひざまずいて、どんな男性とも二度と関係を持たないと誓った。そして、その誓いを守るために産婆に膣《ちつ》を縫わせたが、おかげでそこが化膿し、あやうく死にそうになった。一命はとりとめたものの、病院でもらった抗生物質のおかげなのか、聖リタにあげた蠟燭の効き目なのか、あるいは浴びるように飲んだ煎じ薬がよかったのかは分からなかった。それ以来、ラム酒と魔術が手放せなくなった。生きるよすがを失った彼女は、近所の人と会っても誰だか分からず、通りを彷徨《さまよ》い歩いては、自分のお腹から出てきたふたつの人種がまざりあった悪魔の申し子のような赤ん坊のことについて、訳の分からないことをぶつぶつつぶやくようになった。完全に頭がおかしくなっていたのだ。気が触れている上に、三面記事に写真が出てしまったので、どこも彼女を雇おうとせず、生活費を稼ぐことができなくなった。ときおりふっといなくなって、長いあいだ姿を見せないので、死んだのではないかとわたしをやきもきさせたが、思ってもみないときにひょっこり戻ってきた。だが、そのたびにやつれが目立ち、目が血走っていた。結び目が七つある紐を手に持って、わたしの頭のまわりを測り、こうすればまだ処女かどうか分かるのだと言っていた。お前の宝ものはそれしかないんだよ、清い身体でいるうちは売りものになるけど、それを失くしたら一文の値打ちもないんだよ、と彼女は言った。罪深く禁じられたところとされている身体のその部分だけがどうしてそんなに価値があるのか、わたしには理解できなかった。

マドリーナは何ヵ月もわたしの給料を取りにこないことがあった。かと思うと、突然やってきて脅したりすかしたりして、金を貸してくれと頼んだ。あんたたち、あたしの娘にひどい扱いをしてるんじゃないのかい、ちっとも大きくなってないし、ひどく痩せてるじゃないか、何でもここのご主人があたしの娘に悪さをしてるんだってね。幼女いたずらなんてことになったら、お互いに困ったことになるよ。マドリーナが家にやって来ると、わたしは大急ぎで柩の中に隠れるようになった。給料を上げろというマドリーナの申し出を、女主人はぴしゃりと撥ねつけた。そして、今度またこういうことをしたら、警察を呼ぶと告げた。今やすっかり有名人だから、警察もあんたのことはよく知ってるんだろう、こっちは感謝してもらいたいくらいなんだよ、いったい誰があんたの娘の面倒をみてると思ってるんだい、わたしがいなかったらこの娘は、頭がふたつあるあんたの赤ん坊と同じ運命を辿るところだよ。結局話し合いはつかず、堪忍袋の緒が切れた女主人はわたしをクビにした。

三年以上も一緒に暮らしてきたエルビーラと別れるのはとてもつらかった。彼女はわたしを可愛がってくれたし、わたしはわたしでいろいろなお話をしてあげた。お互いに助け合ったり、守り合ったり、一緒になって笑ったり、同じベッドで眠ったり、例の柩でお通夜ごっこをしたりしたものだった。そうしたことがわたしたちを結びつける強い絆《きずな》になって、女中勤めの寂しさやつらさに耐えることができた。エルビーラはわたしのことを忘れず、どこに勤めていようと遊びに来てくれるようになった。八方手を尽くしてわたしの勤め先を探し出し、そこまでわざわざ来てくれたのだ。可愛い孫に会いにいくやさしい祖母のように、市場でグァバの砂糖漬けの瓶や棒つきキャンディを買って、持ってきてくれた。わたしたちは腰をおろすと、以前のように、さりげなく愛情をこめて互いの顔を見つめあった。帰るときになるとエルビーラはいつも、次に会うときまでもつような長いお話をしておくれと言った。しばらくのあいだそんなふうにして会い続けていたが、運命のいたずらによって、お互いに消息が知れなくなった。

マドリーナが勝手に勤め先をかえるので、わたしはあちこちの家を渡り歩く羽目になった。彼女はそのたびに給料をつり上げようとしたが、女中に気前よく給料をはずむ家など一軒もなかった。わたしくらいの年恰好だと、食べさせてもらうだけで給金なしというのがふつうだった。数え切れないほどの家を転々としたので、そのすべてを思い出すことはできないが、それでもいくつか忘れることのできない家がある。たとえば、冷磁器の婦人の家がそうだ。のちに、わたしは大変な冒険に巻き込まれることになるが、その時、その家で学んだ技術が大いに役立った。

彼女はユーゴスラヴィア生まれの未亡人で、片言のスペイン語を話し、ひどく手のこんだ料理を作った。水に濡らした新聞紙と普通の小麦粉、それに歯科用のセメントを混ぜあわせると、灰色の塊ができる。湿っているあいだは柔らかくて、どんな形にでもできるが、乾くと石のように固くなる。自らその製法を考え出した彼女は、それをごく控え目に〈普遍物質〉と名づけていた。それを使うとどんなものでも模造できた。作り出せないのは透明なガラスと、目の硝子体液《しょうしたいえき》くらいのものだった。塊はこねて、濡れ布巾で包み、使うときまで冷蔵庫にしまっておいた。粘土のようにどんな形にでもできた。ローラーで伸ばすと、絹のように薄くなったし、切ったり、違うものを加えたり、自在に折り曲げることもできた。乾いて固くなるとワニスを塗り、好きに彩色して、木や金属、布、果物、大理石、人間の皮膚、どんな風合いでも出すことができた。ユーゴスラヴィア婦人の家にはこの驚くべき物質で作ったさまざまなものが飾ってあった。玄関にはコロマンデルふうの屏風があり、客間ではビロードとレースの服に身を包み、抜き身の剣をさげた三銃士が目を光らせていた。インドふうの飾りをつけた象が電話台になっていて、ベッドの頭板はローマふうの装飾帯《フリーズ》だった。部屋のひとつはファラオの墓所を模してあり、ドアには葬儀の様子を描いた浅浮き彫りが施され、ランプは黒豹を象《かたど》ってあり、目のところに電球が入っていて光るようになっていた。テーブルはまがいもののラピスラズリの象眼細工を施した、輝くように美しい石棺の形をしており、灰皿は永遠の謎を秘めた、穏やかな表情のスフィンクス像で、背中の穴でタバコの火を消すようになっていた。博物館を思わせる家の中を歩きまわっていると、鳥肌が立つような思いがした。羽ぼうきではたいただけで壊れそうな気がしたし、そうした装飾品に生気を吸いとられそうに思えた。像が突然動き出し、こちらに向かってきて、三銃士の剣や象の牙で刺されるのではないか、豹に爪を立てられるのではないかと不安になった。わたしがエジプトの古代文明に惹かれるようになったのも、また、パンだねを見るとぞっとするようになったのもあの家のせいだった。ユーゴスラヴィア婦人のおかげで、わたしは生命のない物質に対して、抜きがたい不信感を抱くようになった。それ以来、何かを見ると、見かけどおり本ものなのか、それとも〈普遍物質〉で作られたものなのか、手で触って確かめるようになった。あの家で働いていた数ヵ月のあいだに、わたしは〈普遍物質〉の扱い方を覚えたが、それにのめりこんでしまわないだけの分別はあった。冷磁器は魅力的だが、それだけに危険だった。いったんその秘法を身につけると、いくらでも好きに模造できる。ついには虚偽の世界を創造して、その中に溺れてしまいかねないのだ。

戦争のせいで、女主人の神経はずたずたに引き裂かれていた。つねに敵が自分に危害を加えようとしてこっそり見張っていると思いこみ、敷地のまわりに高い塀をめぐらせ、そこにガラスの破片を植えこんだ。また、ナイトテーブルには拳銃を二丁しのばせていた。この街には泥棒がごまんといるから、わたくしみたいに頼るもののない未亡人は自分で自分の身を守るしかないのよ、あやしげな人間がこの家に一歩でも踏みこんできたら、眉間を撃ちぬいてやるわ、弾丸は何も盗賊をやっつけるためだけにあるんじゃないのよ、この国が共産主義者の手に落ちたら、エビータ、つらい目にあわなくてすむようにわたしがあなたを殺してあげる、そのあとわたしも自分の頭を撃ち抜くわ、とよく言っていた。彼女はわたしを大切にしてくれたし、時には愛情を示してくれることもあった。たくさん食べないとだめよと言ってくれたり、寝心地のいいベッドを買ってくれたりした。午後になるといつもサロンへいらっしゃいと言って、一緒にラジオ・ドラマを聞いたものだった。「美しい響きの風のページを繰り、ロマンと感動にあふれる世界へ旅立つことにしましょう……」わたしたちは並んで座り、クッキーをつまみながら、三銃士や象に囲まれて連続ラジオ・ドラマを三本続けて聞いた。そのうち二本が恋愛もので、もう一本は推理ドラマだった。あの家は居心地がよかった。家庭というのはきっとこういうのを言うのだろうなと思った。難点は、家が町はずれにあったことだ。おかげで、エルビーラはわたしに会いに来るのにずいぶん苦労した。それでも、午後に空いた時間がとれると、おばあちゃんは遠い道のりをやってきた。歩きすぎてくたびれちまったよ、小鳥ちゃん、でもあんたに会うためだものね、あんたがいい子でいるように、あたしが元気で、いつまでもあんたを可愛がってあげられるように、毎日神さまにお祈りしてるんだよ、と彼女は言った。

お給金は多かったし、月々決まった日にきちんともらえたので、マドリーナも文句を言ったりはしなかった。だから、本当ならもっと長くあの家で働くはずだった。しかし、奇妙な事件のせいで、このお勤めはなくなってしまった。風の強い日の夜十時ごろ、突然太鼓を連打するようなドン、ドン、という音が聞こえてきた。未亡人は拳銃のあることも忘れ、震えながら急いで鎧戸を閉めた。外を覗いて、何の音か調べるのはいやだと言った。翌朝、庭に出てみると、猫の死骸が四つ転がっていた。絞め殺されたものもあれば、首を切り落とされたり、真っ二つに引き裂かれたものもあった。壁には血で下品な言葉が書きつけてあった。少年たちのグループがこうした残酷な遊びをしているとラジオで聞いたことがあった。これは何かの警告などではないと女主人に説明したが、彼女はまったく耳を貸そうとしなかった。恐怖のあまり半狂乱になったユーゴスラヴィア婦人は、ボルシェヴィキの手で自分も猫のような目に遭わされるにちがいないと考えて、この国から逃げることにしたのだ。

「お前は運のいい子だよ、なにしろ長官の家で働けるんだから」とマドリーナはわたしに言った。当時の政治家はたいていそうだったが、新しい主人もやはり毒にも薬にもならない人物だった。妙なことをすると、たちまちフランスの香水をつけ、胸のボタン穴に花を飾った男が手ぐすねひいて待っている地下室へ送りこまれるかもしれないというので、政治の世界は眠ったような状態にあった。主人は由緒ある貴族の名前と財産を受け継いでいた。そのおかげで不作法なことをしても大目に見てもらっていたが、それがあまりにもひどかったので、家族のものはとっくに見放していた。以前、〈楯の間〉の緑の金襴のカーテンの後ろで用を足しているところを見つかって、領事館事務局の職を失ったことがある。同じ理由で、ある大使館からも追い出された。しかし、外交官としてはとうてい許しがたいこのような悪癖も、中央官庁の長官職に就く上ではべつに妨げにはならなかった。というのも、彼は将軍にとりいるのが上手かった上に、何をしてもほとんど目立たなかったのだ。数年後には妙なことで有名になった。自家用の軽飛行機で国外に逃亡したのだが、そのときあわてていたために、滑走路に金のいっぱい詰まったトランクを置き忘れたのだ。もっとも亡命生活にそれが必要だったわけではなかった。屋敷はある公園の真ん中にあるコロニアル様式の邸宅だった。公園には樹々が鬱蒼と生い茂り、羊歯がまるで蛸《たこ》のように手足をのばし、野生の蘭が樹々に絡みついていた。夜になると庭の茂みの間にきらきら輝く赤い点が見えたが、それは小びとや幸せをもたらす植物の精、あるいは屋根からさっと舞い降りてきて地面をかすめるようにして飛ぶコウモリの目だった。離婚し、子供も友人もいない長官はその魔法の館のような屋敷にひとりで住んでいた。祖父から受け継いだ屋敷は彼と使用人が住むには大きすぎた。使っていない部屋がたくさんあり、鍵がかかっていた。廊下にずらりと並んだドアを見ているだけで、わたしは想像力をかきたてられた。ドアの向こうからすすり泣きや呻き声、笑い声が聞こえてくるように思えた。最初はドアに耳を押しつけたり、鍵穴から中を覗いたりしたが、まもなくそんなことをしなくても、その向こうに隠されているさまざまな世界を思い浮かべることができるようになった。そこには日常生活とは無縁な、独自の法則や時間に支配されている世界があり、住人が生きているのだ。わたしは母のお話を思い出して、部屋のひとつひとつに〈カトマンズ〉、〈熊の宮殿〉、〈マーリンの洞窟〉といった快い響きの名前をつけた。ほんの少し想像力を働かせるだけで、木のドアを通り抜け、壁の向こうで繰り広げられている不思議な世界の中に入りこむことができた。

屋敷には運転手やガードマンがいたが、彼らは寄木張りの床を汚し、酒をくすねるしか能がなかった。ほかに料理女、年老いた庭師、執事、それにわたしがいた。どうしてわたしが雇われ、主人とマドリーナのあいだにどのような取り決めがなされたのかまったく分からなかった。一日中何もせず庭で遊んだり、ラジオを聞いたり、鍵のかかった部屋のことを夢見たり、ほかの使用人に幽霊のお話をしてあげて、お菓子をもらったりしていた。ただ、主人の靴を磨くことと溲瓶《しびん》の中身を捨てるという二つの仕事だけはしなければならなかった。

屋敷で働きはじめた日に、大使や政治家を招いて晩餐会が催された。あのような賑々しい準備を目にしたのははじめてだった。丸テーブルと金色に輝く椅子がトラックで運びこまれ、大きな櫃《ひつ》からは刺繍入りのテーブルクロスが、食堂の食器棚からは晩餐会用の食器や一族の頭文字が金で刻まれたナイフやフォークの一式が取り出された。執事はわたしに布を渡して、ガラス製品を磨くように言った。グラスが触れあうと何ともいえずいい音を立て、ランプの光を浴びてひとつひとつがまるで虹のように輝いていたが、わたしはそれをうっとり眺めた。薔薇の花が山のように届けられ、サロンの陶磁器の花瓶に活けられた。キャビネットから、まぶしく光る銀の大皿やワインボトルが取り出された。厨房からは、魚、肉、ワイン、スイス産のチーズ、カラメルソースを絡めた果物、尼僧に注文して作らせたケーキなどがつぎつぎに出され、白い手袋をした十人の給仕が招待客の応対をした。わたしはサロンのカーテンの陰に隠れて、華やかで洗練されたパーティの様子をわくわくしながら眺めた。これでまたお話に彩りを添えることができると考えると嬉しくて仕方がなかった。これからは、燕尾服に身を包み、テラスでダンス・ナンバーを演奏している楽士、腹に栗を詰め、頭に軍帽の羽飾りをつけた雉《きじ》、リキュールをふりかけて火がつけられ、青い炎に包まれている焼き肉といった、今まで考えもしなかったような細部をつけ加えて、王侯貴族の饗宴のお話をすることもできるだろう。招待客の最後のひとりが帰ってしまうまで、わたしはベッドに入らなかった。次の日はそのあと片付けにかかった。食器の数をかぞえ、しおれた花を捨て、すべてのものを元の場所に戻した。屋敷はふだんの生活のリズムを取り戻し、わたしもそこに組み込まれていった。

長官の寝室は二階にあった。広い部屋で、ベッドにはまるまると太った天使たちの彫刻が施され、格子の天井は百年以上も前のものだった。東方の国で織られた絨毯が敷かれ、壁にはキトやリマから運ばれてきた植民地時代の聖人画や政府の要人と並んで撮った写真が所狭しと飾ってあった。ジャカランダ材の机の前にはビロードを張った、背の高い年代ものの司教の椅子が置いてあった。腕と脚が金色に塗ってあるその椅子の腰をかけるところに穴が開いていた。主人はその時代遅れの椅子に何時間も腰をおろして、手紙をしたためたり、演説の原稿を書いたり、新聞に目を通したりした。また、ウィスキーを飲み、さらにはそこに座ったまま、自然の欲求を満たした。排出されたものは下に置いてある陶磁の容器に溜まるようになっていた。用が済むと金色の紐を引っ張るのだが、とたんに大災害の到来を告げるかのように、鐘の音が屋敷中に鳴り響いた。その音を聞いただけでかっと頭に血がのぼり、どうしてここの主人はほかの人のようにトイレへ行かないのだろうかと腹立たしく思いながら溲瓶の中身を始末した。これは昔からの癖だから、あれこれ詮索するんじゃない、と執事はわたしに釘を刺した。説明らしいものといえばそれだけだった。二、三日すると、わたしは喉がつかえたようになった。うまく呼吸できなくなり、たえず息苦しさをおぼえていた。手足が痒《かゆ》く、アドレナリンが汗になって吹き出してくるような感じがした。またパーティがあるかもしれないと考えたり、開かずの間の不思議の世界のことを思い浮かべたりしても効果はなかった。ビロードの椅子、顎をしゃくって溲瓶を片づけるよう指示する主人の表情、捨てにいくまでの道のり、そうしたものがどうしても頭から離れなかった。五日目、鐘の音が聞こえてきたが、わたしはしばらくのあいだ聞こえないふりをして、台所でぼんやりしていた。だが二、三分すると、鐘の音が頭の中でがんがん鳴りはじめた。家わたしはあきらめて二階へ上がっていった。階段を一段一段登るたびに、怒りがこみあげてきた。家畜小屋のような臭いのする、その豪華な部屋に入ると、わたしは椅子の後ろにかがみこんで溲瓶を引き出した。長年やりつけた仕事をしているように落ち着いた動作で容器を持ち上げると、中身を長官の頭の上からぶちまけた。手首をほんの少し動かしただけで、わたしは屈辱感を拭いさることができた。ひどく長く感じられるその一瞬の間、長官は目を大きく見開き、ぴくりとも動かなかった。

「さようなら、旦那さま」わたしはきびすを返すと、急いで部屋を出た。錠の下りた扉の向こうに眠る人物たちに別れを告げると階段を下り、運転手やガードマンのわきをすりぬけて、公園を突っきった。主人がショックから立ち直る前に、わたしは屋敷を飛び出したのだ。

マドリーナのところへ行く気にはなれなかった。頭がおかしくなっていた彼女はわたしをつかまえて、自分がしたようにわたしも縫ってしまうと脅したことがあり、それ以来彼女が怖かったのだ。エルビーラと話がしたくて、あるカフェテリアで電話を借り、独身の姉弟のところへかけた。だが、エルビーラはある朝、借りてきた荷車に例の柩を乗せて出ていったきり戻ってこない、挨拶ひとつしなかったし、身のまわりのものを残したまま姿を消して、まったく消息が知れない、という返事がかえってきた。それを聞いて、以前にもこんなふうに誰ひとり頼る人がいない状況に陥ったことがあるのを思い出した。元気づけてもらおうと思って母の霊を呼び出し、そのあと本能的に約束があるかのように、街の中心へ向かって歩き出した。以前は鳩の糞にまみれ、緑青がふいていた〈祖国の父〉広場の騎馬像がきれいに磨き上げられ、まぶしく輝いていたので、一瞬自分の目を疑った。わたしはウベルト・ナランホのことを思い浮かべた。友達といえば、彼しかいなかった。あのころはまだ幼かったので、わたしのことを覚えていないかもしれないとか、ひょっとするとあそこにいないのではないかと考えたりはしなかった。彼が尾を切った魚で賭けをした噴水盤のところに腰を下ろして、樹の枝に群がっている鳥や黒リス、ナマケモノなどを眺めた。日が暮れてきたので、これ以上待っても仕方がないと考え、重い腰を上げると、近くの通りに入っていった。そのあたりはまだ、イタリアの建設業者のパワーショベルが入っておらず、植民地時代の魅力的な建物が残っていた。商店や、キオスク、レストランといったところを覗いて、ナランホのことを尋ねた。鼻たれ小僧のころからそのあたりを作戦本部にしていただけあって、彼を知っている人は大勢いた。どこへ行っても親切にしてくれたが、誰もはっきりしたことを教えてくれなかった。独裁制が人びとに、迂闊《うかつ》なことを口にしないようにと教えこんだにちがいない。女中のエプロンをつけ、腰のところに靴を磨く布をぶら下げている小さな女の子だからといって、油断できない。どういう人間なのか本当のところは誰にも分からないのだ。さすがにそんなわたしを見かねたのか、ある人が、共和国通りへ行ってごらん、夜になるとあの辺をうろついているよと教えてくれた。あのころは、歓楽街といってもたった二ブロックしかない、薄暗いところだった。その後城砦のようになっていくのだが、それに比べればかわいいものだった。それでも、むきだしの胸が検閲で黒く塗りつぶされた女の子の広告や連れ込みホテル、人目に立たない造りの売春宿や賭博場が街灯に照らし出されていた。何も食べていないことに気がついたが、人の袖にすがろうとは思わなかった。物乞いなんかするくらいなら死んだほうがましだよ、エルビーラはいつもそう言っていた。わたしは袋小路に入りこむと、段ボール箱の後ろに身を隠し、しばらくのあいだ眠った。数時間後、がっしりした手で肩をつかまれて、目を覚ました。

「おれを捜してるそうだな。何の用だ」

はじめは彼もわたしも目の前にいるのが誰なのか分からながった。ウベルト・ナランホの顔に、かつての少年の面影は残っていなかった。黒いもみあげを伸ばし、前髪はポマードをこってりつけて固めていた。ぴっちりしたズボンにかかとの高いブーツをはき、金属鋲を打った革のベルトを締めた彼は、とても素敵に見えた。人をこばかにしたような表情を浮かべてはいたが、その目は腕白坊主のようにきらきら輝いていた。その輝きは、のちに荒々しい波瀾に富んだ人生を送るあいだも消えることはなかった。当時は十五歳を少し過ぎたくらいだっただろう。しかし、両脚を開いて膝を少し曲げ、くわえタバコで身体を揺らしながら反り身になって相手を見つめる姿は、実際よりもずっと大人っぽく見えた。盗賊ぶったその身のこなしで、彼だとわかった。そういうところは半ズボンをはいていた子供のころとちっとも変わっていなかった。

「わたし、エバよ」

「誰だって?」

「エバ・ルーナよ」

ウベルト・ナランホは手で髪をかきあげ、両手の親指をベルトのあいだに差しこむと、タバコを地面に吐き捨て、わたしを見下ろした。暗くて顔がよく見えなかったが、声は以前と変わっていなかった。薄暗がりの中で、彼はわたしの目を見た。

「お話をしてくれたあの子か?」

「そうよ」

とたんにやくざ者めいた態度が消え、別れるとき鼻にキスされて真っ赤になった少年に戻った。地面に片膝をつくと顔を近づけ、どこかに姿を消した犬がようやく戻ってきたような嬉しそうな顔をして笑った。わたしはまだ寝呆けていたが、微笑みを浮かべた。わたしたちはおずおずと手を握りあった。二人とも掌が汗ばんでいた。お互いに相手を確認しあうように、赤くなりながら、やあ、元気、と声をかけあった。突然、わたしは我慢できなくなって、ぱっと立ち上がると彼に抱きつき、その胸に身体を押しつけると、歌手の着るような派手なシャツといい薫りのするポマードのついた首筋に顔をこすりつけた。そのあいだ、彼はわたしの背中を優しく叩きながら生唾を呑みこんでいた。

「少しお腹が空いたの」今にも泣き出しそうになるのをこらえようと出てきた言葉はそれだけだっ

た。

「鼻を拭くんだ。食事はそれからだ」彼は小さな櫛でリーゼントにした前髪を直しながらそう言った。

彼は人気のない静かな通りを抜け、一軒だけ開いている酒場までわたしを連れて行った。カウボーイのようにさっとドアを押し開けて中に入ると、そこは薄暗い部屋だった。タバコの煙がもうもうと立ちこめていて、中の様子はよく分からなかった。ジュークボックスから甘ったるい歌が流れ、客がうんざりしたような顔をしてビリヤードをしたり、バーのカウンターで酔い潰れていた。彼はわたしの手をとって、店の奥へ入っていった。廊下をつっきって厨房に入ると、色が黒く、髭を生やした若者がナイフをサーベルのように操りながら肉の塊を切っていた。

「この子にでかいステーキを作ってやってくれ、ネグロ。それから卵を二個とライスにフライドポテトだ。金はおれが払う」

「いいとも、まかしときな、ナランホ。その子、お前を捜しまわってた子だろ？　昼間このあたりに来たぜ。お前の恋人かい？」ネグロはウィンクし、笑いながらそう言った。

「ばか言うな、ネグロ。おれの妹だよ」

二日かかっても食べきれないほどの御馳走が出てきた。わたしが口を動かしているあいだ、ウベルト・ナランホは黙ってわたしを見つめていた。もの慣れた目で、わたしの身体の変化を見ていたのだ。たいして変わってはいなかった。わたしの身体が成長するのはもっと後のことになる。それでもふくらみはじめた胸が二つのレモンのように、綿のエプロンに起伏を作っていた。今でもそうだが、彼はそのころから女性に関しては目利きだったので、わたしの身体を見て、腰のあたりやほかの部分がどう成長するか予想し、その結果を思い描いていたにちがいない。

「前に、おれと一緒にいればいいんだと言ったでしょう」

「古い話だな」

「そうしようと思ってここに来たの」

「その話はあとだ。とにかくネグロのデザートを食べな。頬っぺたが落ちるぜ」と彼は言ったが、その顔にちらりと翳《かげ》がさした。


「おれと一緒にいちゃだめだ。女は街頭で暮らすもんじゃない」明け方六時頃、ウベルト・ナランホはまるで宣告を下すようにそう言った。その時間になると、酒場には人影ひとつ見えず、ジュークボックスから流れていた恋の歌も止んでいた。外ではいつもと同じ一日が明け、車や人が慌ただしく往き来しはじめていた。

「でも、前にそう言ったじゃない！」

「ああ。だが、あのころのお前はまだ小さかったからな」

いくら言われても、耳を貸す気にはなれなかった。あれから少しは成長したし、社会経験もいろいろ積んできたので、今なら真正面から運命に立ち向かっていけるように思っていた。けれども彼は、その反対なのだと説明しはじめた。女は成長するほど、男に守ってもらわなければならなくなる、歳をとれば、凄もひっかけられなくなるから構わないが、少なくとも若いうちは守ってもらわなくてはいけないんだ、と言った。べつに面倒をみてほしいと言ってるんじゃないわ、わたしなんか誰からも相手にされないんだから、ただ一緒にいたいだけよ、と言い張ったが、彼は頑として聞き入れなかった。これ以上話しても無駄だと思ったのか、テーブルをどんと叩くと、そこで話を打ち切った。いいか、お前の並べ立てる屁理屈なぞおれの知ったことじゃない、いいかげんに黙るんだ。町が目を覚ますころ、ウベルト・ナランホはわたしの腕をとり、半ば引きずるようにして女将《おかみ》のアパートへ連れていった。共和国通りの建物の六階にあるそのアパートは、同じ地区のほかの建物よりも手入れが行き届いていた。ドレスガウンを羽織り、ポンポンのついたスリッパを履いた中年の女性がドアを開けた。いかにも眠そうで、朝まで飲んでいたのか、まだ酔っているようだった。

「何の用なの、ナランホ」

「あんたに友達を連れてきたんだ」

「こんな時間に、人を叩き起こすなんてどういうつもりなの」

けれども、彼女はわたしたちを中へ招き入れると椅子を勧め、少し身づくろいをしてくるからと言って姿を消した。かなり時間が経ってから、ひとりの女性が現われた。ナイロンのガウンをはためかせ、香水の匂いをぷんぷんさせたその女性はあちこちの明かりをつけてまわった。それがさっきと同じ女性だと気づくのに二分はかかった。睫毛《まつげ》が伸びていたし、肌は粘土の皿のようにきめが細かくなり、光沢のない、淡い色をした巻き毛はぴんと立ち上がっていた。まぶたは青い花びら、唇は弾けたさくらんぼを思わせた。まるで別人のような感じがしたが、その顔に浮かんでいる人のよさそうな表情と何とも言えない魅力的な笑顔は変わっていなかった。みんなから女将と呼ばれていたその女性は、なんでもないことでも笑い声をあげた。笑うと、顔中に皺《しわ》がより、目が細くなった。その愛くるしい表情を見ていると、わたしまでつい心が弾んできた。

「この子はエバ・ルーナというんだ。あんたのところで面倒をみてもらおうと思って連れてきたんだ」とナランホはまくし立てた。

「気でもちがったんじゃないの」

「金は払うよ」

「分かったわよ、じゃ、あんた、そこでひと回りしてごらん。この手の商売はしてないんだけどね……」

「仕事をさせるんじゃないんだ」と、彼が口をはさんだ。

「今すぐ使おうなんて考えてないわよ。この子ならタダだと言っても客はつきゃしないわ。でもそろそろ教えておかないと」

「ちがうんだったら。こいつはおれの妹なんだ」

「どうしてわたしがあんたの妹の面倒を見なきゃいけないのよ」

「あんたと暮らすためだ。こいつはお話ができるんだ」

「何だって？」

「お話ができるんだよ」

「どんなお話よ」

「恋愛もの、戦争もの、怖い話、なんでもお好みのものをね」

「へえー!」と女将は叫び、やさしそうな目でわたしの方を見た。「とにかく、この子はもう少し何とかしなきゃね、ウベルト。この肘と膝を見なさいよ、アルマジロの皮みたいじゃない。少し行儀を覚えなくちゃ駄目よ。自転車に乗ってるみたいな座りかたをするんじゃないの」

「そんな下らないことはどうでもいいから、字を教えてやってくれよ」

「字だって? あんた、この子をインテリにしてどうすんのよ」

何事によらず、ウベルトは決断が早かった。そのころから、相手に有無を言わさず、自分の要求を押し通すところがあった。このときも、いくばくかの金を女将の手に握らせると、またちょくちょく顔を出すからと言い、ブーツのかかとをコツコツ鳴らしながらいろいろ注文をつけた。髪を染めようなんて考えるなよ、そんなことしたら、おれが黙っちゃいないぞ、夜は外に出さないでくれ、このあいだ学生が殺されてから、物騒になってるからな、毎朝そこいらに死体が転がってるんだ、あんたの商売に引きずりこむんじゃないぞ、この子はおれの身内みたいなものだからな、女の子らしい服を買ってやってくれ、金はおれが出す、そうそう、牛乳を飲ませてやってくれ、太るっていうからな、用があったらネグロの酒場に伝言を入れるといい、すぐ飛んでくる、ああ……それから、今回は済まなかったな、何かあればいつでも言ってくれ、お返しはさせてもらうよ。彼が出ていくと、女将は何ともいえず魅力的な微笑みを浮かべて振り返り、わたしのまわりを歩きまわって、品定めをした。わたしは恥ずかしさのあまり、顔を真っ赤にしてじっとうつむいていた。その日ほど、自分に魅力のないのが情けなく思えたことはなかった。

「いくつになるの」

「十三歳くらいだと思います」

「べつに気にしなくていいのよ。生まれつき美人なんていやしないんだから。美しくなりたければまず辛抱すること、それに時間ね。でも努力するだけのことはあるわ。きれいになったら、楽しい人生を送れるわよ。さあ、その顔をあげて、にっこり笑って」

「字を習うほうがいいんですけど……」

「ナランホの言うことなんて聞かなくていいのよ。どうせ下らないことしか言わないんだから。男ってのは思い上がってるから、何にでも注文をつけたがるのよ。だからうわべはハイ、ハイと言っておいて、自分のしたいようにすればいいのよ」

女将は夜の仕事をしている関係で、太陽の光が入らないように分厚いカーテンを引いていた。かわりに色とりどりの電球をつけていたので、ちょっと見るとサーカス小屋の入り口のような感じがした。彼女は家の中を案内してくれた。部屋の隅には青々と茂ったつくりものの羊歯が飾ってあった。ホームバーには、さまざまな形のボトルやグラスが置いてあったが、きれいな台所には鍋ひとつ見当たらなかった。寝室には円形のベッドがあり、その上に水玉模様の服を着たスペインの人形がちょこんと座っていた。バスルームには化粧品の瓶が所狭しと並び、ピンク色の大きなタオルが置いてあった。

「裸になんなさい」

「えっ？」

「服を脱ぐのよ。びっくりするんじゃないの。身体を洗うだけよ」と女将は笑いながら言った。

バスタブにお湯をはり、ひとつかみのバスソルトを放りこむと、芳しい薫りのする泡が一面に立った。わたしはおそるおそる身体を沈めたが、そのうちにいい気持ちになり、ほっと溜め息をついた。ジャスミンの薫りのする湯気と石鹸の泡の中で眠りかけたころ、女将が植物繊維で作った手袋をつけて現われ、ごしごし擦ってくれた。そのあと身体を拭くのを手伝い、わきの下にタルカムパウダーをはたき、首筋に香水を数滴垂らしてくれた。

「さあ、服を着て。何か食べに行くわよ。そのあと美容院よ」と彼女は言った。

途中、道往く人はみんな振り返って女将を見た。あのあたりでは目を剝くような派手な色が好まれ、女たちは闘牛の牛のように猛々しかったが、そうした中にあっても、彼女の挑発するような歩き方や女闘牛士のような服装は、ひときわ人目を引いた。ぴっちりした服は身体の凹凸をくっきり浮かび上がらせ、首や腕にはアクセサリーがきらきら輝いていた。肌はチョークのように白かった。裕福な人たちのあいだでは、海岸でブロンズ色に焼いた肌が流行っていたが、あの地区ではまだ白い肌が十分魅力的だとされていた。食事をすませてから、美容院へ行った。女将は例の魅惑的な笑みを浮かべて大きな声で挨拶し、豊麗な遊女《ヘテラ》を思わせる、その堂々たる押し出しでほかの客を圧倒した。美容師は上得意の女将を大切にもてなした。わたしは吟遊詩人のように髪を長く垂らし、女将は巻き毛に鼈甲《べっこう》の蝶をとまらせて、上機嫌で中心街のアーケードを歩いた。わたしたちの通りすぎたあとにはパチョリの香水とヘアスプレーの匂いが残った。買物をすることになって、わたしは店にあるものを残らず試着させられた。ただし、パンタロンははかなかった。女将は、男の服を着た女はスカートをはいた男と同じくらいグロテスクだという意見の持ち主だったのだ。最後に、バレエシューズとゆったりした服にゴムの入ったベルトを選んでくれた。それを着ると、映画女優になったような気分になった。その日買ってもらった中でいちばん素敵だったのは小さなブラジャーだった。もっとも、わたしのプラムみたいに小さな胸はその中で泳いでいた。そうしたことがみんな終わったのは夕方の五時だった。鏡を見ると、そこにはわたしではなく、別の人間が映っていたが、それは戸惑ったような顔をしているハツカネズミそっくりだった。

夕方、女将の親友、メレシオがやって来た。

「この子は？」と彼はわたしを見て、びっくりして尋ねた。

「ウベルト・ナランホの妹ということにしておいて、それ以上うるさく尋ねないでよ」

「じゃあ、信じてないのね……」

「ええ、一緒に住むようにと、あの子が預けていったの」

「だったら、ちょうどいいじゃない」

けれども、しばらくすると打ち解けて、わたしと人形で遊んだり、ロックンロールのレコードを聞くようになった。台所のラジオから流れてくるサルサやボレロ、ランチェラに馴染んでいたわたしにとって、ロックは大きな発見だった。その晩、わたしははじめてパインジュースで割ったラム酒を飲み、クリームケーキを食べた。それがこの家のダイエットメニューになっていた。夜が更けると、女将とメレシオはそれぞれ仕事に出かけていき、わたしはひとり円形ベッドの上で、スペイン人形を抱きしめ、ロックの熱狂的なリズムを聞きながら眠りについた。今日はきっと人生でいちばん幸せな日のひとつにちがいない、そう堅く信じて。

メレシオは髭を毛抜きで抜くと、コットンにエーテルをたっぷりしみこませて顔につけた。そうすると肌が絹のようになめらかになるのだ。長くしなやかな手の手入れも怠らなかったし、髪も毎晩百回くらい梳いていた。背が高く、逞しい骨格をしていたが、身のこなしに気を配っていたので、いかにも華奢な感じがした。家族のことは一切口にしなかった。数年後、彼がサンタ・マリーア刑務所に入っているときに、女将がその生い立ちを調べた。彼の父親はシチリア出身の移民で、熊みたいな男だった。息子が姉の玩具で遊んでいるのを見つけると、このオカマ《リッキオーネ》！　ホモ野郎《ペデラスタ》！　悪ガキ《マスカルツオーネ》！　と怒鳴っては殴りつけた。母親はまるで儀式でも行うように黙々とパスタを作っていた。しかし、父親が息子に無理矢理サッカーやボクシングをさせたり、酒を飲めと言ったり、さらに大きくなると売春宿へ行かせようとすると、猛獣のように怒り狂って父親の前に立ちはだかった。二人きりになると、母親は息子の気持ちを訊きだそうとしていろいろ尋ねたが、メレシオは、わたしのなかには女が住んでいるの、見かけは男だけど、それが嫌なの、まるで拘束衣みたいにわたしのなかの女を縛りつけているのよ、と答え返すだけだった。その後脳の検査をされて精神科医からあれこれ質問を受けたときも、同じことしか言わなかった。わたしは女です。オカマなんかじゃありません。間違えて男に生まれてきただけなんです。それ以上何も言わなかった。この家にいれば、いずれ父親に殺されてしまう、だから出ていくしかないのだと、母親《マンマ》を説き伏せ、彼は家を出た。仕事を転々としたあと、ある語学学校のイタリア語教師に落ち着いた。給料は安かったが、時間帯が都合良かったのだ。月に一度は公園で母親に会っていた。給料はわずかしかもらっていなかったが、そのうちの二割を封筒に入れて渡し、建築の勉強をするからと嘘をついて、母親を安心させていた。父親の話をすることはなかった。一年後、熊のような夫は相変わらず健康そのものだったが、母親は死んだものとみなして、喪服を着るようになった。しばらくのあいだメレシオは何とかやりくりしていたが、いつも金がなく、コーヒーだけですませる日がよくあった。そんなときに女将と知り合った。それ以来、幸運な日々がはじまった。オペラの悲劇を思わせる家庭環境で育った彼にとって、この新しい友達の持つ、陽気な芝居《サイネテ》のような雰囲気が何よりの慰めになった。家にいたころはもちろん、今も外を歩いていると、そのなよなよした立居振舞いのせいで傷つけられることが多かったが、その傷が癒されるように感じた。二人は恋人ではなかった。女将にとって、セックスというのは自分の商売の要石のようなものでしかなかったし、彼女くらいの年齢になると、そんな面倒なことをしようという気にはなれなかった。一方、メレシオのほうは、女性とそういう関係を結ぼうとは考えてもいなかった。二人は最初から、嫉妬や独占欲、図々しい甘え、そのほか肉体関係を結べば当然生じるもろもろの厄介ごととまったく関わりのない関係を作り上げた。それはじつに賢明なやりかただった。女将は二十歳も歳上だったが、その齢の差にもかかわらず、あるいはひょっとするとその差のおかげで、二人は羨ましくなるような友情を築き上げていったのかもしれない。

「あなた向きの仕事があるんだけど。バーで歌ったりするのは嫌い？」とある日、女将がもちかけた。

「さあ、どうかしら……。したことがないもの」

「あなただってことは分からないわ、女装して出るの。女装した人がやってるキャバレーなのよ。びっくりしないで。みんなちゃんとした人たちだし、お給料もいいわ。仕事は簡単だし、どうかしら……」

「あたしがそのテの人間だって思ってるのね！」

「怒らないでよ。そこで歌をうたったところでべつにどうってことはないじゃない。ほかの仕事をするのとちっとも変わらないわ」と女将は言い返した。したたかな現実感覚の持ち主である彼女にかかると、どんなことでもごくありふれたことになってしまうのだ。

いささか手こずったものの、女将はメレシオの偏見を取りのぞき、今回の仕事にはいろいろいいところがあると言って、うまく説き伏せた。最初は店の雰囲気になじめないように思えた。だが、初舞台を踏んだ夜、彼は自分の中に女性だけでなく、女優も住みついていることに気がついた。さらに、役者としての才能に加えて、音楽的才能にも恵まれていることを発見した。単なる穴埋めとしてはじまったものが、そのうち店でもいちばんのショウになった。以来、二重生活がはじまった。昼間は学校で地味な語学教師として勤め、夜になると羽飾りや模造ダイヤをつけた、華麗な装いの女性に変身した。生活はぐんと楽になった。母親にちょっとした贈り物をし、小ぎれいな部屋に引っ越すことができたし、服装も食事も良くなった。ただひとつ、自分にペニスがついているのを思い出すと、そのたびになんともやりきれない気持ちに襲われた。鏡の前で裸になったり、自分の意に反して否応なく男であることを思い知らされたときは辛くて仕方なかった。そういうことが悪夢のように繰り返し現われるので、彼はよく、ひと思いに去勢してしまおうと考えた。剪定鋏をもち、腕をほんの少し動かせば、いまいましい腰ぎんちゃくは血まみれになった爬虫類のように床に落ちるはずだった。

彼は町の反対側にあるユダヤ人地区に部屋を借りて住んでいたが、毎日夕方になると、仕事に出かける前に女将の家に立ち寄った。いつも、通りに赤や青や緑の照明がともり、娼婦が窓辺に姿を見せたり、盛装して街を歩きはじめる、日暮れごろにやって来た。彼が来る気配を感じとると、わたしはベルが鳴る前に駆け出していって、出迎えた。彼はわたしを抱きあげると、あらあら、ちっとも体重が増えてないじゃない、何も食べさせてもらってないのね？　これがいつもの挨拶で、そのあと手品師のように指のあいだから何かお菓子を出してくれた。彼自身は新しい音楽が好きだったが、聴衆は英語やフランス語のロマンチックな曲を聞きたがった。何時間もかけてそうした曲を覚え、そのついでにわたしにも教えてくれた。歌のなかには、this pencil is red, is this pencil blue? やそのほかラジオで聴いた初級者向けの英語のコースで習った、どんなフレーズも出てこなかった。わたしはまったく意味が分からないまま覚えていった。わたしたちは学齢期の子供たちがするように、スペイン人形のお家を作ったり、走りまわったり、イタリア語でロンダを歌ったり、踊ったりして遊んだ。二人とも小さなころにそうした遊びをしたことがなかったのだ。わたしは彼が化粧するのを見たり、キャバレーで着るきらびやかな衣装にビーズを縫いつけるのを手伝ったりするのが好きだった。

若いころ、女将は自分の将来についてあれこれ思いをめぐらせ、自分にはまっとうな方法で生活費を稼ぐだけの根気がないという結論に達した。そこで、手はじめに万病治療マッサージ師の仕事をはじめた。最初のうちはこの国にそういう目新しい商売がなかったおかげで、そこそこうまくいっていた。しかし、人口増加と無計画な移民の受け入れがもとで、不利な競争を強いられるようになった。アジア系の人たちがもたらした、数千年の伝統を持つテクニックにはとうてい太刀打ちできなかった上に、ポルトガル人たちがとんでもない値下げをはじめたのだ。結局、女将は、儀式を思わせるあの芸術的な商売から手を引くことにした。曲芸師のような真似はできなかったし、たとえ夫がいたとしても、その夫にだって、ただでマッサージをしてやろうとは思わなかったにちがいない。ほかの女性ならそこで諦めて、家庭にでも入ったのだろうが、彼女は何ごとも自分で考えて行動する女性だった。今度はあやしげな玩具をつくり、市場に売り出すことにした。しかし、残念なことに出資してくれる人間が見つからなかった。商売に関しては目先のきかない人間が多いので、せっかくのこのアイデアもほかのさまざまなアイデアと同様、アメリカ人に奪われてしまった。現在では彼らが特許を持ち、世界中でその商品を売り捌《さば》いている。自動式伸縮自在ペニス、電動式の指、キャラメルの乳首がついた風船型乳房などは、女将が考え出したものだった。もし正当なマージンが支払われていたら、彼女は今頃大金持ちになっていたにちがいない。だが、彼女は時代を先取りしすぎていた。あのころはそのような玩具が大量に売れるとは誰も思わなかったし、好事家を相手に小売するとなると、利益が出るとは思えなかったのだ。銀行からの融資が受けられなかったので、自力で工場を建てることもできなかった。石油のおかげで急に豊かになった政府は新しい産業に対してはきわめて冷淡だった。しかし、女将はそれくらいのことで挫《くじ》けなかった。今度は若い女の子たちを集めてカタログを作り、薄紫色のビロードで装丁して、当局の最上層部にこっそり送りつけた。数日後、ラ・シレナ島でパーティを開くのでよろしく頼むという最初の依頼がきた。個人所有のその島はどの海図にも載っておらず、珊瑚《さんご》礁と鮫に守られていて、軽飛行機でしか行くことができなかった。思ってもみない成功に大喜びしたものの、すぐに浮かれている場合ではないと考えた女将は、この特別な客を満足させるにはどうすればいいか、あれこれ知恵を絞りはじめた。メレシオがのちに話してくれたところでは、ちょうどそのとき、スペイン人形を隅っこに座らせ、部屋の反対側からその水玉模様のスカートの中にコインを投げ入れて遊んでいたわたしたちの姿が目に入った。創造力豊かな頭脳の持ち主である女将は、わたしたちの遊びを見ながらあれこれ考えたすえ、ついに、人形のかわりに女の子を使うことを思いついた。ほかにも子供のころの遊びをいろいろ思い出しては、そこにエロチックな要素を加え、パーティの招待客を喜ばせるための新しい遊びを考え出した。それ以後、仕事が途切れることはなかった。銀行家や財界の大物、公金で散財する政府の要人などがひきもきらずに押しかけてくるようになった。この国のいいところは上から下まで腐敗が行き渡っていることね、と女将は嬉しそうに溜め息をつきながら言ったものだった。雇っている女の子には甘いところを見せなかったし、地区をうろついているジゴロを使って女の子を集めたりもしなかった。誤解が生じたり、おかしな勘繰りをされないよう、最初から歯に衣《きぬ》を着せずずけずけものを言った。仕事を休んだりすれば、たとえ病気だったり、葬式、不測の災厄があったとしても、すぐクビにした。いいわね、気合をいれてやるのよ、うちのお客さまはよそとは格がちがうんですからね。この商売に必要なのは秘密めかすこと、分かったわね、と女将は言い含めた。値を下げると、結局楽しんでもらえず、すぐに忘れられると分かっていたので、どこよりも料金を高くした。あるとき、警備隊の大佐が女の子と一晩遊んだが、支払いをするときになって、腰にさげた拳銃を抜き出し、牢にブチ込むぞと言って脅した。女将は顔色ひとつ変えなかった。それから一ヵ月もしないうちに、その大佐は外国の使節を接待するので、かわいい女の子を三人寄越してほしいと電話をかけてきた。女将は、ただでお遊びになりたいのでしたら、奥さま、お母さま、おばあさまをお呼びになったらいかがです、とにこやかに返答した。二時間後、伝令が小切手と紫色の蘭が三本入ったクリスタルの箱を持ってやって来た。メレシオの説明によると、それは花ことばで三つのこのうえない女性的魅力を意味するとのことだった。もっとも、大佐は何も知らずにクリスタルの箱を引きたたせようと思って、蘭を選んだのだろう。

女の子たちの会話を盗み聞きしているうちに、わたしはほんの二、三週間で、ふつうの人が一生かかって知るよりもたくさんのことを学んだ。女将はサービスの質を向上させようとして、キオスクの盲目の主人が闇で流しているフランスの本を買いこんだ。もっとも、あまり役に立たなかったのではないかと思う。というのも、いざパンツを脱ぐ段になると、立派な紳士がたはお酒を何杯か飲んでいつもと同じ手順で事に及ぶので、一所懸命本を読んで研究したところで、何の役にも立ちゃしない、と女の子たちがこぼしていたのだ。アパートでひとりきりになると、わたしは椅子によじ登って、隠してある場所から禁断の本を取り出した。そこにはびっくりするような図解が出ていた。読むことはできなかったが、そうした図解を見ただけで、人間の身体が人体工学の可能性をはるかに超えた体位をとれることが分かった。

今から思えば、あのころはわたしにとって幸せな時代だった。だが、虚偽とごまかしの中で生きていたせいか、毎日が雲を踏むように頼りないところがあった。ときおり真実をのぞき見たような気がすることもあったが、たちまち曖昧模糊《もこ》とした霧に包まれてしまうのだ。あの家では生活がふつうとは逆になっていて、夜に仕事をして、昼間は眠っていた。女たちは化粧をすると、まるで別人になったが、その神秘の中心に女将がいた。メレシオは年齢も性別も超越しているような感じがした。食べ物さえ誕生日のお菓子のようなものばかりで、栄養豊かな家庭料理などまったく出てこなかった。お金までが本物とは思えなかった。女将は靴箱に分厚い札束を入れておいて、そこから毎日必要なだけのお金を取り出していた。どうみても、きちんと勘定しているようには思えなかった。家中にお札が散らばっていた。最初のうちはわたしを試すために、わざと手の届くところに置いてあるのだろうと思っていたが、そのうちに、人を試すためではなく、ありあまるほどあるので、その辺に投げ出してあるだけだということに気がついた。

女将はときどき、情が移るとどうしてもそれに縛られてしまう、そういうのは嫌なのよと洩らしていた。けれども、根は決して冷淡な性格ではなかった。メレシオと同じように、女将もしばらくするとわたしをとても可愛がってくれるようになった。陽の光や外の物音が入ってくるように窓を開けてもいいでしょうと頼むと、黙ってうなずいた。小鳥を買って鳴き声を聞きたいとか、大きくなるのが見たいから本物の羊歯の植わった花鉢を置こうと言ったときも、そのとおりにしてくれた。どうしても字が読めるようになりたいと頼むと、女将もその気になったが、忙しくてうまく時間がとれなかった。あれから長い年月が経ち、いろいろと経験を積んだけれども、今から思えば女将の人生はきっと波瀾に富んだものだったのだろう。お世辞にも上品とは言いがたい仕事に手を染め、何度も修羅場をくぐってきたはずだ。この世にはたとえひと握りであっても、善の恩恵にあずかっている人たちがどこかにいるにちがいない、と彼女は考えていた。だからこそ、自分のような運命を歩ませまいとして、環境の悪い共和国通りからわたしを守るために、運命の女神の鼻を明かしてやろうと決心したのだ。はじめのうちは自分の仕事をひた隠しにしていた。けれども、世の中はきれいごとだけで済むものではないとわたしがわきまえているのを知ると、戦術を変えた。のちにメレシオから、女将が女の子たちと一緒になって、わたしがあの世界の水になじまないよう気を配っていたと教えてもらった。みんなが一所懸命になって気を遣ってくれたおかげで、わたしは彼女たちひとりひとりのいちばんいいところをもらうことになった。みんなしてわたしを汚れた泥の世界から守ってくれたのだが、そうすることによって、彼女たちもまた、自らの誇りを手に入れたのだ。ラジオの連続ドラマの続きを聞かせてほしいと頼まれると、わたしは思いつくままに劇的な結末を考え出して話した。ラジオ・ドラマの大団円とは似ても似つかない結末になったが、彼女たちはべつに気にしなかった。一緒にメキシコ映画を観にいったこともある。映画館を出ると、わたしたちは〈金の穂〉へ行き、そこに腰を落ち着けてあれこれ映画の話をしたものだった。彼女たちに頼まれると、わたしは好き勝手にストーリーを変えた。おとなしいメキシコ人カウボーイの静かな恋物語が、血と恐怖に満たされた悲劇に変わってしまった。あんたの話のほうが映画よりずっと面白いわ、だってはらはらさせられるんだもの、と彼女たちはチョコレートケーキを口いっぱいに頬張り、涙を流しながら言った。

わたしにお話をしてくれと頼まないのはウベルト・ナランホだけだった。お話などくだらない遊びだと考えていたのだ。彼はポケットにお金をぎっしり詰めてやって来ると、どうやって手に入れたのか一言も説明せず、わたしたちの手に握らせた。レースやフリルのついた服、子供っぽい靴、子供っぽすぎて持って歩けないようなバッグなどをわたしにプレゼントしてくれた。いつまでも無邪気な子供でいてほしいと思っているみんなはそれを見て大喜びしたが、わたしは怒って突き返した。

「こんなの、スペイン人形にだって着せられないわ。わたしはもう子供じゃないのよ」

「街の女みたいな服はだめだ。読み書きは教わっているのか?」と彼は尋ね、まだわたしが一字も読めないと分かると、ひどく怒り出した。

読み書き以外のことではいろいろと勉強していたが、そのことは言わないようにした。思春期には一生忘れることができないほどひたむきに人を愛するものだが、わたしもそんなふうに彼を愛していた。しかし、わたしの燃えるような想いは彼に通じなかった。それとなくほのめかすだけで、彼は耳まで真っ赤になってわたしを突き離した。

「おれにかまうんじゃない。お前はしっかり勉強して、教師とか看護婦とか、そういうきちんとした仕事につくんだ」

「わたしのことが好きじゃないの?」

「お前の面倒をみてるじゃないか。それで十分だろう」

ベッドでひとりになると、わたしは枕を抱きしめ、はやく胸がふくらみ、棒のような脚に肉がついて魅力的になりますようにと祈った。けれども、女将の教本に出てくる図解や、ふと耳に入った女たちの会話とウベルト・ナランホを結びつけて考えたことは一度もなかった。そうしたことは洋裁やタイプと同じように生計を立てるための手段にすぎず、愛と関係あるものだとは思いもしなかったのだ。愛というのは、歌やラジオ・ドラマに出てくるもので、溜め息やキスや情熱的な言葉でしかなかった。ウベルトと同じシーツにくるまり、その肩に頭をのせて横で眠りたいと思っていたが、その夢は無邪気なものだった。

夜に店を開けるそのキャバレーで、まともな芸人といえばメレシオだけだった。あとは、尻尾で一列につながったどう見てもパッとしない「青のバレエ」と銘打ったオカマのコーラス、牛乳瓶を使って卑猥な芸を見せる小びと、ズボンを下ろして観客に尻をむけ、ビリヤードの玉を三つひり出すしか芸のない年配の男性といった、うんざりするような芸人ばかりだった。客はこうした安っぽい芸を見て大きな笑い声をあげたが、メレシオが羽飾りに身を包み、宮廷の貴婦人を思わせる鬘《かつら》をつけて、フランス語の歌をうたいながら登場すると、ミサのときのようにしんと静まりかえった。取るに足りない芸人にするように、口笛を吹いたり、野次をとばしたりするものもいなかった。どんなに鈍感な客でも彼の素晴らしさは理解できた。キャバレーに出演しているあいだ、メレシオは夢と憧れの輝くスターに変身した。ステージでスポットライトを浴び、人びとの注目を集めているときは、女性になりたいという夢が正夢になっていた。出番が終わると、楽屋に当てられている暗くてじめじめした部屋へ引きあげ、プリマ・ドンナの衣装を脱ぎすてた。羽飾りをフックにかけると、死にかけた駝鳥《だちょう》のようにだらりと垂れ下がり、テーブルの上の鬘は切り落とされた首を思わせた。海賊が戦利品として分捕ったものの、思わず舌打ちするようなガラスの装飾品は真鍮のお盆の上に載せられた。クリームを使って化粧を落とすと、その下から男の顔が現われた。男ものの服を着て、ドアを閉め、外に出ると、言いようのない悲しみがこみあげてきて、自分のいちばん大切なものをあとに残してきたような気持ちに襲われた。何かお腹に入れようとネグロの酒場へ行き、隅のテーブルにひとり座って、ステージの上で過ごした幸せな時間に思いを馳せた。そして涼しい夜風を楽しもうと人影ひとつない、快い通りを抜けて下宿まで戻った。部屋に上がるとシャワーを浴び、ベッドに横になって暗闇をじっと見つめたまま眠りについた。

同性愛がタブーでなくなり、公然のものになると、人びとはオカマのいる店へ行こうと言い出し、大挙して押しかけてくるようになった。金持ち連中が運転手つきの車で乗りつけた。優雅で騒々しく、極彩色の鳥のように着飾った彼らは、常連客のあいだをかきわけて椅子に座ると、水を混ぜたシャンパンを飲んだり、コカインを少しばかり吸ったり、芸人に拍手を送ったりした。中でもご婦人方がいちばん熱狂していた。移民で成功した人たちを先祖に持つ上品な彼女たちはパリ仕立てのドレスに身を包み、金庫にしまいこんである宝石の複製《レプリカ》を燦然と輝かせて、芸人たちをテーブルに呼んで乾杯したものだった。翌日はトルコ風の風呂に入り、肌の手入れをして、酒やタバコ、それに徹夜の跡を消さなければならなかったが、そうするだけの価値はあった。というのも、カントリー・クラブへ行くと、きまってあの店のことが話題になったのだ。美貌のミミー——これがメレシオの芸名だった——の評判はそのころ、口から口へと語り伝えられていたが、その名声もサロンの外へ出ることはなかった。彼が暮らしていたユダヤ人地区や共和国通りでは、内気なイタリア語教師がまさかあのミミーだとは誰も知らなかったし、そんなことを気にかける者もいなかった。

歓楽街の住人は生き延びるために互いに助け合っていた。警察でさえ、どこへ出しても恥ずかしくない彼らの暗黙の決まりには一目置いていた。道端の喧嘩に割って入ったり、ときおり通りをパトロールしたり、自分たちの分け前を取り立てるくらいのことしかしなかった。何よりも政治活動に目を光らせていた警察は密告者と直接接触していた。金曜日になると、女将のアパートに軍曹がやって来た。彼はこれ見よがしに車を歩道に駐めたが、そうすることで自分は稼ぎの一部をいただきに来たのだ、ここの女将がどういう商売をしているか官憲はちゃんとお見通しだぞということを示していたのだ。タバコをふかし、二言、三言軽口を叩いて、十分か十五分ばかり居座ったあと、腕にウィスキーのボトルを抱え、ポケットに自分の分け前を入れて、ごきげんで帰っていった。どこでもこういう取り決めがなされていたが、公務員にとってはいい実入りになったし、ほかのものは安心して商売に励めるのだから、あながち不公平な取引とは言えなかった。わたしが女将の家に住み出して数ヵ月たったころ、軍曹の配置替えがあった。せっかくうまくいっていた関係は一夜にして壊れてしまった。新任の軍曹はこれまでの取り決めを無視して、とんでもない要求を突きつけてきたので、商売がひどくやりづらくなった。突然踏み込んできたり、脅したり、ゆすったりするので、おちおち仕事ができなかった。なんとか折り合いをつけようとしたが、相手は欲が深いうえに節操というものがまったくなかった。彼のおかげで共和国通りのあやうい均衡が崩れ、いたるところでもめごとが起こるようになった。人びとは酒場に集まって話しあった。このままじゃ、神さまがお決めになったように働くことなんてできない、あのろくでなしに潰される前に何とかしなきゃ。みんなのそうした嘆きを聞いたメレシオは、自分に関わりのないことだったが、何とかしてやらなくてはと考えた。そこで、困っている人たちの署名を集め、それに手紙を添えて警視総監のところへ、さらにその写しを内務大臣のもとへ送りつけてはどうだろうと提案した。だってそうじゃない、二人ともこれまでさんざん甘い汁を吸ってきたんだもの、こういうときこそ一肌脱いでもらわなくちゃ。考えるだけでも向こうみずなこの計画を、実行に移すなど無謀きわまりないことだというのが証明されるのに時間はかからなかった。二、三日で住人の署名が集まった。ひとりひとりに事情を詳しく説明しなければならなかったので、簡単にはいかなかった。けれども、かなりの数の署名が集まり、立派な手紙もできあがった。女将が自ら出向いてその請願書を届けた。それから二十四時間後、みんながぐっすり眠っている明け方に、酒場のネグロが駆けこんできて、警察が一軒一軒シラミ潰しに調べ上げていると知らせた。あのいまいましい軍曹が悪徳撲滅部隊のトラックを連れてやって来ているというのだ。悪徳撲滅部隊は、無実の人間にまで罪を着せようとして、武器や麻薬をポケットにねじこむというのでよく知られていた。ネグロが息を切らせながら語ったところによると、警官隊がキャバレーに押し入って戦場のような騒ぎになり、芸人全員と観客の一部を逮捕、連行したとのことだった。しかし、優雅な身なりの客には用心して手を出さなかった。逮捕者の中にはメレシオも含まれていた。まがいものの宝石をいっぱいつけ、カーニバルのように羽飾りを背中につけた彼は、男色と密売の容疑で告発されたとネグロが言ったが、当時のわたしにはそのふたつの言葉が何を意味するのか理解できなかった。ネグロは、この悲しむべき報せをほかの人たちにも伝えようと、飛び出していった。後に残された女将はパニックに陥り、ヒステリーを起こした。

「服を着るのよ、エバ！　何をぐずぐずしているの！　ありったけのものをトランクに詰めて！　駄目！　そんなことしてる暇はないわ！　早く逃げなきゃ……。可哀そうなメレシオ！」

女将はニッケルメッキの椅子や鏡台にぶつかりながら部屋の中を半裸姿で走りまわり、大急ぎで服を着た。最後に、お金の入った靴箱をつかむと裏階段を駆け降りはじめた。わたしもあとに続いた。まだ寝呆けていて、何が何だか訳が分からなかったが、大変なことになったということだけは理解できた。わたしたちが下に降りたその瞬間に、警官隊がエレベーターに乗りこんだ。一階で、わたしたちは寝巻き姿の管理人に出くわした。ガリシア出身のスペイン人で、母親のように優しく、いつもオーデコロンと交換に、ジャガイモと腸詰めの入った美味しいオムレツを作ってくれたものだった。わたしたちはひどく取り乱していたし、制服警官の怒鳴り声や通りのパトカーのサイレンが聞こえていたので、質問などしている場合ではないと思ったのだろう、ついて来るよう合図すると、地下室に入っていった。その非常口は近くの駐車場に繋がっていた。わたしたちは、警察側に完全に掌握された共和国通りを通らずに、アパートから逃げ出すことに成功した。女将はほうほうの態《てい》で逃げ出したあと、今にも卒倒しそうな顔をしてホテルの壁にもたれかかり、はあはあ息を喘がせていた。そのときはじめて、わたしがいることに気がついたようだった。

「ここで何してるの」

「わたしも逃げようと思って……」

「向こうへ行きなさいよ！　こんなところを見られたら、未成年者誘拐でわたしまで告発されちゃうじゃない！」

「どこへ行けばいいの？　わたし、どこにも行くところがないの……」

「分からないわ。ウベルト・ナランホを捜しなさい。わたしはどこかに身を隠して、メレシオを救う手立てを考えなけりゃ。もう、あんたを構ってあげられないのよ」

彼女は通りの向こうに姿を消した。花柄のスカートに包まれた腰を見たのが、彼女の見納めだった。かつてあれほど大胆に振られていた腰が頼りなげに揺れていた。パトカーが唸り声をあげて通り過ぎるあいだ、わたしは通りの角にうずくまっていた。まわりでは売春婦やオカマ、女衒《ぜげん》が逃げまどっていた。早くここから出ておいき、メレシオが書いて、みんなで署名したあの手紙が新聞記者の手に渡っちまったんだよ、それがとんでもない騒ぎを引き起こして、大臣から警察のお偉方まで何人か、首を飛ばされちまったんだよ、あたしたちもそのとばっちりをくってんのさ、と誰かが教えてくれた。警察は、民家やホテル、酒場とシラミ潰しに押し入り、キオスクの盲人まで連行した。ガス弾がたくさん打ちこまれたので、十二人ばかりの人が中毒にかかり、さらに生まれたばかりの赤ん坊がひとり亡くなった。母親はそのとき客をとっていて、赤ん坊を助け出すことができなかったのだ。三日三晩というもの、人びとは寄るとさわるとあの騒ぎのことを話題にした。新聞は「暗黒街戦争」と名づけた。だが、機知にあふれた民衆は〈娼婦の反乱〉という表現を用い、やがて詩人たちがその名で、事件のことを書き残すことになった。

以前もそういうことがあったし、それからも何度かそういう目に遭うことになるが、その時もやはり一文無しだった。その上、ウベルト・ナランホの居場所も分からなかった。騒ぎが起きたとき、彼は町のはずれにいた。途方に暮れて、わたしはある建物の二本の柱のあいだに腰を下ろした。よるべない孤児なのだという気持ちに襲われ、以前にも経験したことのあるその思いと必死になって戦った。両膝のあいだに顔を埋めると、母の名を呼んだ。すぐに、清潔な布と糊の匂いがかすかに漂ってきた。おさげがうなじのところで巻いてまとめてあり、そばかすだらけの顔にけむるような目が輝いている、生前と変わりない母の姿が目の前に現われた。そして、心配しなくていいのよ、この騒ぎはあなたとは何の関係もないことなんだから、さあ、もう怖がるのはやめて、一緒に歩きましょう、と言ってくれた。わたしは立ち上がると、母の手をつかんだ。

知り合いにはひとりも出会わなかった。共和国通りにはいつもパトカーが駐まっていて、自分を待ち受けているように思え、とても近づく気になれなかった。エルビーラはずっと以前から消息が知れなかったし、マドリーナを捜そうとは思わなかった。そのころには完全に頭がおかしくなっていて、夢中になって宝くじを買いこんでいた。聖人が電話で当たりくじの番号を教えてくれると信じこんでいたが、地上の人間と同様、天上界の貴人も間違えることがあるようだった。

名高き〈娼婦の反乱〉が引き金になって、とんでもない騒ぎがもちあがった。当初、人びとは政府のエネルギッシュな対応に賛辞を送った。司教が最初に、悪徳に対して断固たる措置をとったことを支持するという声明を出した。だが、ある新聞のおかげで情勢が逆転してしまった。芸術家と知識人のグループが編集に携わり、ユーモアを売りものにしているその新聞に、「ソドムとゴモラ」というタイトルで、あの違法行為に関わっていた政府高官の諷刺漫画が載ったのだ。描かれたうちの二人は、どう見ても将軍と〈クチナシの男〉にそっくりだった。彼らがあらゆる種類の利権に関与していることは周知の事実だったが、そのときまで大胆にもそのことを活字にしたものはいなかった。治安警察は新聞社に踏み込むと、印刷機を破壊し、紙に火をつけた。また、居合わせた従業員をひとり残らず逮捕し、編集長を指名手配した。しかし翌日、町の中心に駐車してあった車の中から拷問を受けた跡のある、編集長の首なし死体が見つかった。誰の差し金かは言うまでもなかった。大学生を大量虐殺し、大勢の人たちを行方不明者にしたのと同一人物にちがいなかった。そうした行方不明者の遺体は、万一見つかっても化石と見分けがつかなくなるだろうというので、底なしの穴に投げこまれた。長年のあいだ権力をほしいままにしてきた独裁制に耐えてきた一般大衆の堪忍袋の緒もこの事件で切れてしまった。わずか数時間で大規模なデモ隊が組織された。反対派が政府批判のために行う、無意味で泡沫的な集会とはまったく性格の違うものだった。〈祖国の父〉広場近くの通りは何千人もの学生や労働者で埋めつくされ、身動きがとれなかった。ついに恐怖に打ち勝ち、反乱のために立ち上がったかのように、人びとは旗を掲げたり、ポスターを貼ったり、タイヤを燃やしたりした。そんな騒ぎの中、小人数ながら奇妙な服を着た一団が隊列を組んでわきの道を進んできた。それは共和国通りの住民たちだった。政界の醜聞がきっかけでこういう騒ぎになったとも知らず、民衆が自分たちのために立ち上がったのだと勘違いしたのだ。何人かの売春婦はひどく感激して、急ごしらえの論壇に上ると、自分たちは社会から忘れられた人間だが、そんな人間のためにみなさんが団結してくださったことを感謝しますとぶちあげた。みなさん、わたしたちが仕事をしなければ、母親は、恋人は、妻は、枕を高くして寝ることができないのです、もしわたしたちが務めを果たさなければ、あなたがたの息子は、恋人は、夫は、どこで鬱憤をはらせばいいのでしょうか。群衆は拍手喝采した。あっというまにカーニバルのような騒ぎになったが、そこに将軍が軍隊を投入した。象のような轟音を立てて戦車が進んできたが、町の中心部にある、植民地時代に作られた街路の舗装が陥没して、身動きがとれなくなった。人びとはそこの敷石を使って軍隊に攻撃をしかけた。大勢の負傷者が出て、国中に戒厳令が宣言され、夜間外出禁止令が敷かれた。しかしその措置が裏目に出て、夏の火事のようにいたるところで暴力事件が起こるようになった。学生は教会の説教壇にまで手製爆弾を仕掛け、民衆はポルトガル人の経営する食料雑貨店のシャッターを壊して中のものを強奪した。小学生のグループが警官を捕らえて裸にし、インデペンデンシア通りを引きまわした。あちこちでいろいろなものが壊され、悲しいことに犠牲者も出たが、それは素晴らしい出来事だった。人びとは声がしわがれるまで叫んだり、好き放題に乱暴を働いたりと、ふたたび自由を満喫することができた。どこへ行っても、空のドラム罐を太鼓がわりにして即席の楽隊が作られ、人びとは長い列を作ってキューバやジャマイカの音楽のリズムに合わせて踊り狂っていた。暴動は四日間続いた。とうとう人びとも疲れ果てて、興奮もおさまった。どうしてこのような騒ぎになったのか、誰ひとり覚えていなかった。大臣が責任をとって辞任を表明し、その後任にわたしの知っている人物が選ばれた。キオスクの前を通りかかると、新聞の第一面にその写真が載っていた。あの人だと分かるまでに時間がかかった。というのも、眉間に皺を寄せ、手を高く挙げたいかめしいその姿は、司教の座るビロードの椅子に座っているときにわたしに頭から小便をぶちまけられたあの人物と結びつかなかったのだ。

週末になって、政府はようやく市内の治安を回復した。将軍は、これでもう国民の見る夢まで思い通りにできるとひと安心して、カリブ海の太陽に太鼓腹をさらすべく、自分の所有している島へと飛び立った。〈クチナシの男〉を手元に置き、軍人や民衆が陰謀を企んだりしないよう監視させているので、死ぬまで支配者の座に安閑としていられるだろうとたかをくくっていた。それに、一時民主主義的な動きが見られたが、人びとの記憶に深い痕跡を残すほど長くは続かなかったと勝手に決めこんでいた。今回の大変な騒ぎで支払った代償といえば、数人の死者と数えきれないほどの逮捕者に亡命者だった。共和国通りでは賭博場や売春宿がふたたび営業をはじめ、住民たちはまるで何事もなかったかのように、以前の仕事に戻った。警官たちはそれまでと同じように分け前をせしめた。新しい大臣は警察に対して、暗黒街には手を出すな、これまでどおりにするのだと指示して、大過なくその地位を守った。警察は政府に敵対する反政府派を追いまわし、頭のおかしい人間や乞食を狩り出して、髪の毛を剃り落とし、殺菌剤をふりかけて街道に放り出し、自然に姿を消すのを待っていればいいのだ。将軍は権力を乱用しているとか汚職に手を染めているといって非難されたが、そのほうがかえって自分の名が上がると信じきっていたので、何を言われても素知らぬ顔をしていた。〈慈善者〉がしたことを自分もしているにすぎない。歴史において神聖化されるのは大胆な指導者なのだ。人民は誠実さなど気にもとめない。それは修道士や女たちが身につけるべきものであり、男らしい男にとっては無用の長物でしかない。学識豊かな学者たちは彫像を作ってその栄誉を讃えてやり、そのうちの二、三人を学校の教科書に載せてやればよい。だが、権力争いにおいては、独断的で人びとの恐怖の的になるような人間だけが勝利を手にできるのだ。

わたしは何日ものあいだ、あちこちを彷徨い歩いた。騒ぎに巻き込まれないよう気をつけていたので、〈娼婦の反乱〉には加わらなかった。母の姿がはっきり見えていたが、それでも最初のうちは身体の中で何かが燃えているような感じがした。口の中が乾いてざらざらし、砂を嚙んでいるような気がしていたが、そのうちに慣れてしまった。マドリーナとエルビーラからいつも清潔にしているようにとうるさく言われていたが、噴水や公共水道の蛇口のところで身体を洗うこともしなくなった。わたしはすっかり薄汚くなった。昼間はあてもなく歩きまわり、口に入れられるものなら何でも食べた。日が落ちると、薄暗がりにじっと身をひそめた。夜間外出禁止令の出ているあいだは、治安警察のパトカーだけが通りを走りまわっていた。

そんなある日の午後六時ごろに、リアド・アラビーと出会った。わたしは通りの角にいた。通りの同じ側の歩道をやって来た彼は足を止めると、わたしをじっと見つめた。顔をあげると、ぽってりと太り、肉の厚い瞼の下の目に物憂げな表情を浮かべた中年の男が立っていた。明るい色の背広にネクタイをしめていたと思うが、わたしの記憶にある彼はいつもグアヤベーラ（刺繡の入ったオープンシャツ）を着ている。というのも、しばらくすると、わたしがバチスト織の、しみひとつないグアヤベーラに念入りにアイロンをかけるようになったからだった。

「お嬢ちゃん、どうしたんだね……」と彼は鼻にかかった声で話しかけてきた。

そのときはじめて、わたしは彼の口の欠陥に気づいた。上唇から鼻まで深い裂け目があり、隙間のあいた歯のあいだから舌がのぞいていた。彼はハンカチを取り出すと、それで口を隠し、オリーブのような目でにっこりと微笑んだ。わたしは後ずさりしたが、すぐに身体の底からこみあげてくるような疲労感、このまま倒れて眠ってしまいたいという耐えがたい思いに襲われ、膝の力が抜けてその場に座りこんでしまった。濃い霧がかかったような目でぼんやりその見知らぬ人を見つめた。彼はかがんでわたしの腕をとると、無理矢理立ち上がらせ、一歩、二歩、三歩、と歩かせた。気がつくと、わたしは喫茶店で大きなサンドウィッチと牛乳を前にして座っていた。震える手でサンドウィッチをつかむと、温かいパンの匂いを吸いこんだ。もぐもぐ嚙んで吞みこむと、鈍い痛み、身体を貫くような快感、激しい渇望をおぼえた。それは、のちに愛する人に抱かれているときに何度か味わった、得難い感覚だった。がつがつ口に放りこんだが、全部食べられなかった。気分が悪くなり、我慢できずにもどしてしまった。まわりにいた客は顔をしかめて逃げ出し、ウェイターが大声でぶつぶつ言いはじめた。けれども、彼はお札を握らせて、ウェイターを黙らせた。そのあと、わたしの腰に手をまわすと、店を出た。

「どこに住んでいるの。家族は?」

わたしは赤くなって、首を横に振った。彼は小型トラックを駐めてある近くの通りまでわたしを連れていった。トラックには袋や箱が山のように積んであった。わたしを助手席に座らせ、自分の上着をかけると、エンジンをスタートさせ、東へ向かって走り出した。

車は一晩中、真っ暗な中を走り続けた。目に入る光といえば、警備隊の駐屯所の明かりや油田に向かうトラックのライト、それに〈貧者の宮殿〉の明かりくらいのものだった。〈貧者の宮殿〉は人の目を眩《くら》ますかのように、三十秒間だけ街道の脇に姿を現わした。それは昔、〈慈善者〉が夏を過ごした別荘で、かつてカリブ海でもいちばん美しい混血の娘たちが踊ったものだった。だが、独裁者が死んだその日から貧民が姿を見せるようになった。最初はおそるおそるだったが、やがて大挙して押し寄せてきた。庭園に踏みこんでも、見とがめるものが誰もいなかったので、ずうずうしく中に入りこんでいった。ブロンズの飾り鋲を打ち、彫刻を施した円柱が両側に並んでいる、広々とした階段を上り、アルメリーア産の白大理石やバレンシア産の薔薇色の大理石、カラーラ産の灰色の大理石を敷きつめた、豪奢なサロンに足を踏みいれ、樹枝模様や、アラベスク模様、また白と緑の縞の入った大理石の廊下をぬけて、オニキスや翡翠《ひすい》、孔雀石の浴室に入りこんだ。ついには、子供や親と一緒に、道具を下げ、家畜を連れて来てそこに住みついた。それぞれの家族が思い思いに落ち着く場所を決めると、見えない線を引いて広い部屋を分け合った。ハンモックを吊るし、ロココ調の家具を叩き壊して薪にした。子供たちはクロームメッキの蛇口を解体し、若者たちは庭園の装飾のかげで愛し合った。老人たちは金メッキの浴槽にタバコの苗を植えた。銃で追い出せという命令が警備隊に下された。だが、当局の車は道に迷ってどうしても辿り着くことができず、占拠者たちを追い払えなかった。〈貧者の宮殿〉はそこに住む人たちやいろいろなものとともに異次元の世界に入りこんで目に見えなくなり、誰にも邪魔されずに存在しつづけている。

ようやく目的地に着いたときには、もう夜が明けていた。アグア・サンタは、変化の波をかぶらず、地方でうとうとまどろんでいる村のひとつだった。雨に洗われたばかりの村は、熱帯の強烈な太陽に照らされてきらきら輝いていた。小型トラックは、コロニアルふうの家が立ち並ぶメインストリートを走り抜けた。どの家にも小さな菜園と鶏舎があった。やがて車は漆喰《しっくい》を塗った家の前で止まった。ほかの家よりもしっかりした造りの立派な家だった。その時間にはまだ表が閉まっていたので、わたしはそこが店であることに気がつかなかった。

「さあ、着いたぞ」と男は言った。

第六章

世の中には人柄がやさしすぎて大成しないというタイプの人間がいるが、リアド・アラビーがそのひとりだった。他人に気を遣うあまり、自分の兎口《みつくち》を見て人が不快感を抱いてはいけないというので口を隠すためにいつもハンカチを持ち歩いていたし、人前ではけっして飲み食いせず、めったに笑顔も見せなかった。また、人としゃべるときも口もとを見られないよう逆光に身を置くか影になったところを選ぶようにしていた。まわりの人はそんな彼に親愛感を抱き、わたしはその彼をやがて愛するようになるのだが、本人はそのことに気づいていなかった。十五歳のときにたったひとりでこの国にやってきた。金も友人もなく、あるものといえば父親が近東の悪どい領事から買った偽造のパスポートだけだったが、そこには観光ビザのスタンプが押してあった。ひと財産作って家族に送金をしようと考えてこの国にやってきた。財産はできなかったが、送金の方はとぎれることなく続けた。弟たちの教育費を出してやり、妹ひとりひとりに持参金をもたせ、両親のためにオリーブ畑を買ってやったが、これは彼が生まれ育った難民と乞食しか住んでいない土地では息子が成功した証だった。中南米特有の言いまわしをまじえてスペイン語を上手に話したが、そのアクセントは砂漠に生きる人特有の響きがあった。砂漠の民らしく彼は人情に厚く、水をこの上もなく愛していた。この国に来て数年間はパンとバナナ、それにコーヒーだけで生き延びた。同国人が経営している織布工場の床で寝起きしていたが、工場主はその代わりに建物の掃除をしたり、梱包した糸や綿花を運んだり、ネズミ取りを仕掛けるように言いつけた。昼間はそういう仕事で走りまわっていたが、それが終わるといろいろなものを売り買いするようになった。そのうちどういうものを扱えばいちばんいい稼ぎになるか分かったので、商売をすることにした。下着や時計をもってあちこちの会社をまわったり、お金持ちの屋敷を訪れて化粧品や安物のネックレスで女中さんの気を引き、学校へ行って地図や鉛筆を並べたり、兵舎に出むいて女優のヌード写真や軍人や新兵の守護聖人である聖ガブリエルの版画を売りつけたりした。しかし、競争が激しかった上に、値引きをして客を喜ばせるのが好きだったので、成功を収める可能性は千にひとつもなかった。ほとんど儲けにならなかったが、おかげで客の話を聞いたり、友達ができるようになった。根が正直な上に大儲けしてやろうという野心がなかったので、少なくとも首都では成功しそうになかった。同国人はそんな彼を見かねて、内陸部の小さな町や村をまわって行商したらどうだ、ああいうところだと人間が素朴だから商売もやりやすいよと勧めた。リアド・アラビーは、祖先の人たちが隊商を組んで大きな砂漠を越えてゆくような高ぶりをおぼえて旅立った。最初はバスを利用していたが、やがてローンでオートバイを買い、荷台に大きな箱をくくりつけ、そのオートバイにのって、騎馬民族のように粘り強くロバの通る道や崖道を走りぬけた。その後、中古ではあるが馬力のある車を手に入れ、そして最後に小型トラックを購入し、そのトラックで国中を走りまわった。悪路を通ってアンデス山脈の頂上まで行き、空気が澄んでいるので、夕方になると天使を見ることのできる集落を訪れたり、昼寝時のむせかえるような熱気につつまれ、汗をかき、湿気で熱に浮かされたようになりながら海岸沿いに建っている家のドアを一軒一軒ノックしてまわったりした。時には強い陽射しで溶けたアスファルトに脚をとられて動けなくなったイグアナを助けてやったりもした。風の作用で移動する砂の海を磁石なしで航海し、数知れぬ砂丘を越えて行ったが、後ろをふり返ると、何もかも忘れてしまいたいという誘惑に駆られ、身体中の血がチョコレートに変わってしまうので、けっして後ろをふり向かなかった。そしてついに、かつては薫りのよいカカオ豆を積んだカヌーが行き交って大いに繁栄したが、石油のせいで廃墟と化し、今では住民がなげやりになっているせいで、密林に呑みこまれそうになっている地方にたどり着いた。そこの風景に魅せられ、うっとり眺めまわした。彼の生まれ育った乾ききった苛酷な土地ではオレンジの木を育てようとすればアリのように倦まずたゆまず働き続けなければならないが、果物がたわわに実り、花が咲き乱れているその土地はあらゆる苦しみから解放された楽園のように思え、彼は思わず神に感謝した。儲けのことをあまり考えない彼のようなものでも、あの土地へ行けば、がらくたがいくらでも売れたが、もともと気のやさしい人間だったので、人の無知につけこんで金儲けしようとは思わなかった。貧しい暮らしをし、なげやりになっていたが、どこか超然としたところのあるあの土地の人たちが、彼はすっかり気に入った。彼の祖父は客人というのは稀人《まれびと》だと考えていたので、旅人が来ると必ず自分のテントに迎え入れたものだが、彼もまたどこへ行っても友人として大切にもてなされた。どこの農場へ行っても、レモネードや黒くて薫り高いコーヒーを出してくれたし、木陰に座るように椅子を勧められた。あの土地の人たちは陽気で物惜しみせず、もの言いもはっきりしており、いったんこうだと言えば、必ずそのとおり実行した。彼がスーツケースを開けて、踏み固めた地面の上に商品を並べると、人びとはあまり役に立ちそうもない品物を眺め、彼が気を悪くしてはいけないと思って買ってくれた。けれども、ほとんどのものが金をもっていなかったので、払いようがなかった。あの土地の人たちは、紙幣というのは印刷したただの紙切れで、今日は使えても、明日になればころころ変わる施政者の気まぐれで使えなくなるかもしれない、それに先立ってハンセン病患者救済のための募金があったが、会計課の部屋に入り込んだ山羊が集まった紙幣を一枚残らず食べてしまうという事件があった、あれと同じでちょっと気を許した隙になくなってしまう危険があるというので、紙幣を信用していなかった。それよりも貨幣のほうがまだましだった。ポケットに入れるとたしかに重いが、カウンターに投げ出すとチャリンといい音がするし、いかにも本物らしくきらきら輝いていた。老人たちは銀行の話など耳にしたことがなかったので、いまだに素焼きのかめや燈油罐のなかに金を貯め、それを中庭に埋めていた。大半の人が物々交換で生活していたので、お金の心配で夜も眠れないというような人はめったにいなかった。リアド・アラビーは自然と人間が作り上げているそうした環境が気に入り、大金持ちになるのだという父親の言いつけにそむくことになった。

行商を続けているとき彼は、アグア・サンタの町を訪れた。町に入ると、通りには人影がまったく見えず、まるで廃墟のような感じがした。しかし、しばらくして郵便局の前に人が大勢集まっているのが見えた。その日の朝、イネス先生の息子が頭に銃弾を受けて死ぬという大変な事件がもち上がったのだ。少年を殺したのは、人手が入らずマンゴーが鬱蒼と生い茂っている斜面に囲まれた家の持ち主だった。小さな地所を遺産として受け継いだものの、都会人にときどき見られる強欲なところのある他所者がその家の主人だった。その男がつねづね脅していたにもかかわらず、子供たちはそこにもぐり込んでは落ちたマンゴーの実を拾っていた。マンゴーの木は枝が折れそうなほどたわわに実をつけていたが、買い手がいなかったので、売るに売れなかった。大地の恵みに対して金を払おうとするものなどひとりもいなかったのだ。その日、イネス先生の息子は友達がみんなしているからというので、自分も通学路から逸れてマンゴーを拾いに行った。あっと思う間もなく閃光がきらめき、轟音がとどろいて少年は顔を吹き飛ばされた。銃弾は額から首筋を貫いていた。

子供たちが間に合わせの担架を作り、それに遺骸をのせて運び、郵便局の前で降ろしたが、その少しあとにリアド・アラビーがアグア・サンタに小型トラックを止めた。町中の人がその場に駆けつけた。母親は息子の死体をじっと見つめていたが、まだ事態が呑みこめていなかった。その間、四人の警官が人びとが自分の手で裁きをつけたりしないようみんなを押しとどめていた。けれども、法律に詳しく、今回の事件も結局は犯人が無罪で放免されると分かっていたせいか、あまり熱が入っていなかった。リアド・アラビーは、この町こそ自分の運命によって定められた土地であり、とうとう放浪生活も終わりを告げるときがきたという予感に駆られて群衆の中に立ちまじった。事件の詳細を聞き出すと、ためらうことなく人びとの先頭に立った。町の人たちもそうなるのを待っていたかのように、彼の行動をいぶかしく思わなかった。彼は前に進み出ると、遺体を抱き上げ、先生の家まで運び、食堂のテーブルを使って通夜の用意をした。そのあとコーヒーを淹れてみんなに給仕したが、そこに居合わせた人たちは見慣れぬ男が台所で忙しく立ち働いているのを見て、なんとなく妙に思った。その夜、彼は母親に付き添った。控え目ではあるが毅然としたところのある彼を見て、人びとは身内の人間だろうと考えた。翌朝、葬儀の手配をし、心から少年の死をいたんで墓穴に柩を降ろすのを手伝った。みんなで墓の土を踏み固めたあと、リアド・アラビーはまわりに集まった人びとに向き直ると、ハンカチで口を覆ってみんなの怒りをぶつける妙案を出した。彼らは墓地を出てマンゴーを拾いにゆき、袋や籠、バッグ、荷車にいっぱい詰めこむと、少年を殺した犯人の家に向かって行進した。大勢の人が自分の家に向かってくるのを見て、男は一瞬銃で追い払おうかと思ったが、考え直して川の葦《あし》の間に身をひそめた。群衆は黙々と足を運んで家を取り囲むと、窓やドアを壊して部屋という部屋にマンゴーをぶちまけ、さらにもっと沢山のマンゴーを取りに行った。その日は一日中マンゴーを運びつづけたが、おかげで木には実がひとつも残っておらず、家の中は天井までマンゴーで埋まってしまった。潰れた果物の汁が壁にしみこみ、床の上を甘い血のように流れた。日が暮れて人びとが家に戻ると、あの人殺しはようやく水の中から這い出して、車に乗って逃げ出したが、以後二度と戻ってはこなかった。そのあと何日もの間、家は陽射しに照りつけられて巨大な圧力釜のようになり、中ではトロ火でマンゴーが煮られた。建物は黄土色に変色し、湿気を含んで形が変わり、ついには根太が腐って倒壊したが、おかげで何年もの間町中にジャムの匂いが漂うことになった。

それ以来リアド・アラビーは自分をアグア・サンタで生まれ育った人間とみなすようになり、人びとも受け入れてくれたので、家を建て、店を開くことにした。多くの農家と同じように建物は正方形で中庭を囲むようにして部屋が並んでいた。中庭では、影ができるようにと椰子や羊歯、実のなる、背が高くて葉の多い植物が育っていた。陽のあたるその場所が言ってみれば家の心臓部で、そこで毎日の生活が営まれ、またある部屋からべつの部屋へ行こうとすればどうしてもそこを通らなければならないようになっていた。リアド・アラビーは家の中央に広々として静かに水をたたえているアラビア風の泉水を作ったが、石の間を流れる水のせせらぎの音を聞いただけで心が安らいだ。中庭を囲むようにして陶製の溝が走り、そこを澄明な水が流れていた。ひとつひとつの部屋には磁器の洗面器を置き、そこに息の詰まりそうな暑さが多少とも柔らぐようにと薫りのよい花弁を浮かべた。お金持ちの屋敷のように住居にはドアが沢山ついていた。その後、酒倉を作るために部屋が増築された。正面にある三つの部屋が商店になっていて、寝室と台所、浴室は奥にあった。リアド・アラビーの店はだんだん大きくなって、そのうちあの地方一の店になった。そこに行けば、食糧品から肥料、消毒剤、布地、医薬品と何でも買えたし、店に置いてなくても、あのトルコ人に頼みさえすれば、次の仕入れのときに買ってきてもらうことができた。店は妻のスレーマにちなんで〈東方の真珠〉と名づけられた。

アグア・サンタというのは日干し煉瓦と材木、葦でできた家の建ち並ぶハイウェイ脇の小さな町で、ちょっと気を許すとたちまち野生の植物に呑み込まれてしまうので、絶えず山刀で植物を相手に戦っていなければならなかった。移民や開発の波もさすがにあのあたりまでは及んでこなかった。そのせいで、人びとは親切だったし、楽しみといっても単純素朴なものだった。近くにサンタ・マリーア刑務所があったが、それさえなければ、あの地方によく見られる集落と見分けがつかなかったにちがいない。警備隊が駐在し、売春宿がある点がほかの村とちがっていた。週のうち六日間は何ごともなく過ぎて行ったが、土曜日が交代の日になっていたので、看守たちが遊びにやってくる。彼らがやってくるせいでふだんの生活が一変するが、町の人たちは森の中で猿が騒いでいるぐらいに考えて素知らぬ顔をしていた。それでも、ドアに閂《かんぬき》をかけ娘を家に閉じこめるのを忘れなかった。その日にはまた、先住民《インディオ》たちもやってきて、バナナや酒、パンなどを物乞いした。ぼろぼろの服を着て一列に並んでやってきたが、子供たちは素裸で、老人は齢のせいで身体が小さくなり、女たちはいつもお腹が大きかった。小型犬の群を連れた彼らはいつも人をばかにしたような薄笑いを浮かべていた。教区司祭は十分の一税の一部をとっておいて彼らに与え、リアド・アラビーはひとりひとりにタバコとキャラメルをもたせてやった。

あのトルコ人がやってくるまでは、商売といってもハイウェイを通る車の運転手に農産物を売るだけのつつましやかなものだった。子供たちは品物に陽があたらないように朝早くからテントを張り、箱の上に野菜や果物、チーズを並べたが、ハエがたかるのでたえずうちわを使っていた。運がいいと品物が売れて、わずかばかりのお金をもって家に帰ることができた。油田地帯に向かうトラックがいつも空《から》で帰ってゆくのを見て、リアド・アラビーは運転手と話をつけ、アグア・サンタの野菜や果物を首都に運んでもらうことにした。同国人のひとりが中央市場で小さな店を構えていたので、そこに品物を並べさせてもらうことにし、おかげで町は多少とも潤った。しばらくして、木と粘土、絹柳を使って作る民芸品が首都で売れると分かったので、町の人たちにそうしたものを作ってもらい観光客相手の土産物屋におろすようにしたが、半年もしないうちに、何軒かの家ではそれがいちばんの収入源になった。長年の付き合いで、リアド・アラビーが自分の儲けよりもお客さんのために商売をしていることが分かったので、彼がどういう値段をつけても、誰も文句を言わなくなった。そのようなつもりはなかったのだが、いつの間にか店はアグア・サンタの商取引の中心になり、あのあたりで流通している商品はほとんどが彼の手を通して取引きされるようになった。酒倉を広げ、部屋を増築し、鉄と銅の美しい台所用品を買いそろえ、満足気にまわりを見まわしながら、これで妻になる女性も喜んでくれるだろうと考えた。彼は母親に手紙を書いて、自分の生まれた土地で妻を見つけてほしいと頼んだ。

世話好きな女性からリアド・アラビーの話を聞かされたとき、スレーマはすでに二十五歳になっていた。美人なのに、どういうわけか結婚相手に恵まれなかった彼女はその話を受けることにした。相手の人は兎口よと言われたが、兎口というのがどういうものか分からなかった。写真を見ると、口と鼻の間に黒い影が入っていたが、口髭が縦についているような感じで、べつに結婚する上で支障になるようには思えなかった。結婚して家庭をもつようになれば、外見なんて気にならなくなるよ、このまま独身でいると、いずれは嫁いでいる姉さんたちの家で女中がわりに働くしかないけど、それよりも結婚するほうがずっといいでしょうと母親は言って聞かせた。それに、こちらが愛そうと努めれば、いずれ旦那さんを愛することができるようになるものだよ。アラーの掟にもあるように、男と女がひとつのベッドに寝て、子供を作り、互いに尊敬し合うというのが人の道だからね、とつけ加えた。一方スレーマは、相手の人というのは南アメリカに住んでいる裕福な商人にちがいないと信じ切っており、奇妙な名前のその土地がどのあたりにあるのか見当もつかなかったが、自分の住んでいるハエとネズミがうようよしているところよりも住みやすいところにちがいないと思っていた。

母親から話がまとまったという返事を受け取ったリアド・アラビーは、アグア・サンタの友人たちに別れを告げ、店と家を閉めると、船に乗って十五年間一度も帰ったことのない祖国に向けて旅立った。アメリカの土地とそこの厳しく辛い生活に鍛え上げられて別人になったような気がしていたので、帰国しても家族のものは自分だと分からないのではないかと考えた。しかし、じつを言うとあまり変わってはいなかった。昔は目ばかりぎょろぎょろした鉤鼻の痩せた少年だったのだが、今ではお腹がせり出し、顎も二重顎になりはじめ、身体つきもがっしりしていたが、引っ込み思案でおどおどしていて涙もろいところは昔と少しも変わっていなかった。

スレーマとアラビーの結婚式は、新郎の側にお金があったので、所定の儀式に従って無事つつがなく執り行われた。あの貧しい村では、長年の間本式の祝い事が執り行われたことがなかったので、のちのちまで語り草になった。その週のはじめに砂嵐が吹いたが、それが唯一の悪い兆《きざし》と言えた。砂がいたるところに入り込み、家の中にまで侵入して、衣服を台なしにし、肌がかさかさに荒れた。式の当日は、新郎新婦のまつげにまで砂がついていた。結婚式の第一日目は、両家の女友達や女たちが集まって、ルクモや「ガゼルの角」、アーモンド、ピスタチオをつまみながら新婦の嫁入り道具やオレンジの花、ピンク色のリボンなどの品定めをし、そのあと大きな声で歓喜の叫びをあげたが、それは通りいっぱいに広がり、カフェにいる男たちの耳にまで届いた。翌日、七枚の薄い衣装をまとった新婦のスレーマが通るのを男たちが見のがさないようにと小太鼓を叩いている男を先頭に立て、行列を組んで公衆浴場に連れて行かれた。リアド・アラビーの親戚の女たちが栄養はじゅうぶん足りているかどうか、身体に傷はないかどうか調べるために、彼女は浴場で裸にされたが、彼女の母はそれを見て、しきたりに従ってわっと泣き出した。女たちはヘンナで彼女の手を赤褐色に染め、蠟と硫黄で体毛を抜き、クリームを塗って身体をマッサージし、髪を三つ編みにして模造真珠を飾りつけた。そのあと歌をうたい、踊り、ミント・ティーといっしょにお菓子を食べたが、新婦がやってきた女友達に渡すことになっている金貨を用意するのを忘れなかった。三日目にネフタの儀式が執り行われた。彼女の祖母が心を開いて夫を愛するようにと鍵で彼女の額に触れ、スレーマの母親とリアド・アラビーの父親が甘い結婚生活を送れるようにと、蜜にひたした室内履きをはかせた。四日目、飾りがひとつもついていないチュニックを着た彼女は、自分の作った手料理で舅《しゅうと》夫妻をもてなした。舅が肉は固いし、クスクスは塩が足りないが、嫁が美しいのでいいと言うと、彼女は慎しく目を伏せた。五日目、尻の軽い女でないかどうか試すために、卑猥な歌をうたう三人の吟遊詩人の前に立たされたが、ヴェールをかけた彼女は表情ひとつ変えなかった。処女である彼女の顔に淫らな歌詞がぶつけられると、人びとは大喜びして貨幣を投げた。別の部屋では男たちだけの祝いの席が設けられ、リアド・アラビーは近所の人たちから散々からかわれた。六日目に村役場で結婚式が執り行われ、七日目に判事を迎えた。招待客は新郎新婦の足もとに贈り物を置くと、それを買うのにいくらかかったか大声でのべ立てた。スレーマと両親は三人だけで最後のチキン・スープをのみ、そのあと両親はしきたりに従ってしぶしぶ娘を夫の手に渡した。一族の女たちはその時のために用意してあった部屋に彼女を連れてゆくと、新妻の着ける下着を着せ、外にいる男たちのところに戻った。そこでみんなは、二人が窓から純潔の証である血のしみがついたシーツを振るのを待った。

リアド・アラビーはようやく妻と二人きりになった。それまでは間近に顔を見合わせたこともなければ、言葉やほほえみを交わしたこともなかった。本当なら彼女の方が怯えて身体をふるわせるはずなのに、彼の方がそうなっていた。少し離れたところにいて、口さえ開かなければ、兎口はほとんど目立たなかったが、彼はどうやって妻と仲睦《むつま》じくすればいいか分からなかった。輝くように美しい肌や豊かな肉体、黒い髪に引かれて、戸惑いながらも妻に近づき、指を伸ばしてその身体に触れようとした。けれどもそのとき、妻の目に嫌がっているような表情が浮かんだのを見て、そのまま凍りついたようになった。彼はあわててハンカチを取り出して口を覆うと、口を押さえたまま一方の手で彼女の服を脱がせ、やさしく愛撫した。しかし、彼がいくら辛抱づよくやさしく振舞ってもスレーマは彼を受け入れようとしなかった。二人にとって不幸なことに、結局うまく行かなかった。そのあと、姑《しゅうとめ》がバルコニーで悪霊をはらうために空色に染めたシーツを振りまわし、下の通りでは近所の人たちが祝砲だというのでライフルを撃ち、女たちが狂ったように歓喜の声をあげていた。その間、リアド・アラビーは部屋の隅に隠れていた。彼は下腹をしたたかに殴られたような屈辱感を味わっていた。その痛みは声を押し殺したしのび泣きのようにいつまでも心に残り、彼の口にはじめてキスしてくれた女性に打ち明けるまでそのことは誰にも言わなかった。彼は余計なことを言わないように、男というのは心に秘めた思いや願望を軽々しく口にすべきではないとしつけられていた。夫になるということは、スレーマの主人になるということにほかならなかった。だから、下手に弱味を見せると、あとあとそれを種に傷つけられたり、優位に立たれたりする危険があるので、うかつなことは言えなかった。

二人はアメリカにもどった。スレーマはすぐに、夫は思ったほど金持ちではないし、ゆくゆくそうなる可能性もないということに気がついた。新しい祖国はもちろん、その村も、気候も、人間も、家も何もかもが最初から気に入らなかった。スペイン語を覚えようとはしなかったし、店の仕事もひどく頭が痛いといって手伝おうとしなかった。家に閉じこもり、ベッドに寝そべって一日中何か食べていたが、おかげでぶくぶく太り、退屈しきっていた。何もかも夫まかせで、近所の人と話をするときも夫を通訳に立てた。リアド・アラビーは、妻がこちらの環境に慣れるまでにはまだしばらく時間がかかるだろうと諦め、子供ができれば事情が変わるにちがいないと考えていた。夜はもちろん、昼寝のときも熱心に励んだが、どういうわけか子宝に恵まれなかった。そんなときも彼は顔からハンカチを離さなかった。そうして一年が過ぎ、二年、三年、十年が過ぎてゆき、やがてわたしが〈東方の真珠〉と二人の生活の中に入り込むことになった。

リアド・アラビーの小型トラックが町に着いたのは朝もまだ早い時間だったので、人びとはまだ眠っていた。彼に連れられて裏のドアから家に入り、泉水の水が流れ、ヒキガエルが鳴いている中庭をぬけて浴室に案内されたが、そこで彼はわたしの手に石鹸とタオルをもたせた。わたしは長い間シャワーを浴びて、旅の疲れとここ数週間の心細い思いを洗い流した。不潔な生活を送っていたせいですっかり薄汚れていた肌もようやくもとの生色を取りもどした。そのあと身体を拭き、髪を三つ編みにして櫛を入れ、男もののワイシャツを着ると腰のところで裾を結び、リアド・アラビーが店からもってきてくれたズック靴をはいた。

「お腹が痛くならないように、今度はゆっくりお食べ」わたしを台所に座らせると、その家の主人はそう言った。わたしの目の前には、ライスやミートパイ、種なしパンなどのご馳走が並んでいた。

「わたしはトルコ人と呼ばれているけど、お前はなんていうんだね」

「エバ・ルーナです」

「仕入れで家を空けると、妻がひとりきりになるんで、誰か付き添ってくれる人がほしいんだ。妻は外出もしないし、友達もいない、その上スペイン語がしゃべれなくてね」

「女中さんになるんですか」

「いや、そうじゃない。娘がわりになってほしいんだ」

「ずっと以前に母親と死に別れたものですから、そう言われてもどうしていいか分からないんですけど、言われたとおりにしなければいけないんでしょうね」

「ああ、そうだ」

「悪いことをしたら、お仕置きをされるんですか」

「さあ、どうかな」

「人に叩かれるのがいやなんです」

「誰も叩いたりはしないよ」

「だったら一ヵ月間やってみて、だめだったらここから逃げ出します」

「いいとも」

そのとき、スレーマが眠そうな顔をして台所に現われた。リアド・アラビーは人をもてなすのが好きで、困っている人を見かけると放っておけず家によく泊めてやったが、そんな夫の性格を知っていたせいか、彼女はわたしを頭のてっぺんから爪先までじろじろ見つめはしたものの、べつに怪訝《けげん》そうな顔はしなかった。十日前にも夫はロバを引いている旅人を家に連れて帰り、その人が元気に旅を続けられるようになるまで泊めてやったが、その間にロバが外に干してあった洗濯ものや店の商品をあらかた食べてしまった。スレーマは背が高くて色が白く、髪は黒くて、口もとにほくろがふたつあり、少し突き出し気味の黒くて大きな目をしていた。あの朝、彼女は踝まである綿のチュニックを着ていた。金のイヤリングとブレスレットをしていたが、それがちんちんと鈴のような音を立てていた。夫がまたどこかの女乞食を拾ってきたのだろうと考えて、彼女はわたしをじっと見つめたが、表情ひとつ変えなかった。わたしは少し前にリアド・アラビーから教えられたとおりアラビア語で挨拶したが、とたんに彼女の顔に笑みが広がり、両手でわたしの顔をはさみこむと、額にキスし、母国語で何かまくし立てた。トルコ人もそれを見て、ハンカチで口を覆いながら大きな声で笑った。

アラビア語で挨拶したおかげで、新しい女主人の心がほぐれ、わたしはその日の朝から自分の家で暮らしているようなくつろいだ気分になることができた。早起きする習慣が身についていたが、それが大いに役立った。夜明けの光が射すと目をさまし、ベッドから両脚を出すと、えいっと立ち上がり、そのあとは休むために腰をおろしたりせず一日中歌をうたって家事をこなした。コーヒーを淹れるときは銅の湯沸かしで三度沸騰させ、カルダモンの種を入れて薫りをつけるように言われていたので、そのとおりコーヒーを淹れて小さなカップに入れると、スレーマのところに運んだ。彼女は目をつむったままそれを飲み干し、そのあとまた遅くまで眠った。リアド・アラビーの方は台所で朝食をとったが、朝は自分で作ることにしていた。だんだん自分の口のことを気にしなくなり、わたしがそばにいてもいやがらなくなった。食事が済むと、二人で店のシャッターを開け、カウンターを拭き、商品を並べた。腰をおろして客が来るのを待っていると、間もなく客がやってきた。

それまでは鍵のかかったドアの向こうの、四方を壁に囲まれた建物の中で暮らしたり、とげとげしい感じのする町の中をあてどなくさまよったものだが、ここに来てはじめて好きに通りを歩けるようになった。何かと口実をもうけては近所の人たちとおしゃべりしたり、午後になると家を出て広場を散歩したものだった。広場には教会や郵便局、小学校、それに警察署があり、毎年そこで聖ヨハネの日の太鼓が鳴り響き、ユダの裏切りを忘れないために布の人形が燃やされ、アグア・サンタの美人コンテストの女王の戴冠式が行われた。また、小学校では毎年降誕祭のときに活人劇が行われた。イネス先生は生徒たちに銀色の霜を散らしたクレープ・ペーパーの服を着せ、受胎告知やキリスト誕生、ヘロデ王の命による罪なき子供たちの虐殺などを演じさせた。わたしは町の人たちと一緒に通りを歩き、陽気に大声をあげ、挑みかかるようにしゃべっていたが、これでこの村の一員になれたのだと思うと嬉しくて仕方なかった。アグア・サンタの町にはガラスの入った窓がなく、家のドアはいつも開け放してあった。たがいに訪問し合い、家の前を通るときは挨拶して中に入り、コーヒーやフルーツ・ジュースをご馳走になるのが習慣になっていた。あの町では誰もが顔見知りで、さみしいとか誰も相手にしてくれないと言って愚痴をこぼす人はひとりもいなかった。あそこでは死者たちでさえ孤独ではなかった。

リアド・アラビーはものを売ったり、目方や長さを計ったり、計算したり、値引きするといった商売の基本的なことを教えてくれた。お客さんとの会話を楽しみたいから値引きするので、その人を喜ばせるためではないんだよ、と彼はよく言っていた。彼からアラビア語の簡単な文章を教えてもらい、それを使ってスレーマと話をした。そのうちリアド・アラビーは、読み書きができないと店の切り盛りはもちろん、これからの生活にもいろいろ支障をきたすだろうと考えて、イネス先生に、一年生として入学させるには大きすぎるので、特別にこの子を教えてやってくれないだろうかと頼んだ。勉強できるというのが誇らしくて、わたしはわざと人目につくように教科書をもち、毎日四ブロック離れた先生の家に通った。殺された子供の写真が飾ってある先生の机の前に二時間ほど腰をおろし、「手、酒袋、目、雌牛、母はわたしを甘やかす、ぺぺはパイプを注文する」といった言葉を教えてもらった。それまでの人生でいちばん嬉しい出来事というのは、字が書けるようになったことだった。わたしは有頂天になり、大きな声で文を読み上げ、いつでも使えるようにノートを小脇にかかえ、ふと思いついたことや花の名前、小鳥のさえずりなどを書きとめ、新しい言葉を作り出した。それまでは忘れないよう韻を踏んだ文章を作っていたが、字が書けるようになったので韻律を気にする必要がなくなり、お話の中にいろいろな人物や冒険を織りこめるようになった。短い文を二つ、三つ書きつけると、あとは自然にお話が記憶によみがえってくるので、女主人に繰り返しお話をしてあげることができた。けれどもこれは彼女がスペイン語をしゃべりはじめるようになってからのことで、もっと先の話だった。

リアド・アラビーは本を読む力がつくようにと考えて年鑑とスレーマの好きなスターの写真がのっ

ている映画雑誌を買ってくれた。すらすら読めるようになると、今度はロマンチックな恋愛小説を買ってくれたが、どれもこれも変わりばえしなかった。唇が突き出し、胸が薄く、清純な目をした秘書がブロンズの腕、銀のこめかみ、鋼鉄の目をした実業家と知り合う。彼女はまれに未亡人というケースもあるが、そんな場合もつねに処女で、彼の方はひどく威張っていて、あらゆる面で彼女よりもすぐれているという設定になっている。嫉妬、あるいは遺産相続がもとで誤解が生じるが、やがてその誤解が解けて、彼はブロンズの腕で彼女を抱き締める。彼女は激しくあえぎ、二人は我を忘れて抱き合うが、それ以上生々しい描写や肉体にまつわる話は出てこない。たった一度きりのキスがクライマックスになっていて、二人はそれを通して永遠の楽園である結婚生活に入ってゆく。キスのあとは、花や鳩で飾られた「おわり」という文字しかなかった。そのうち三ページも読めばおよそストーリーがつかめるようになった。面白半分に勝手にストーリーを作り変えて、作者が考えていたのとは逆に悲劇的な結末へと物語を導いて行くようになった。わたしは病的なものや残酷なものがどうしようもなく好きだったので、主人公の女の子がついに武器の密売人になり、実業家はインドへ旅立ってハンセン病患者の看護をするといった結末を用意したが、その方が自分の好みに合っていた。さらに、中心となるストーリーに、ラジオや犯罪記事を専門にしている怪しげな新聞からひっぱってきた血なまぐさい事件や女将の家で盗み読みした性教育の本の挿絵で得た知識を織りまぜるようになった。ある日、イネス先生から『千一夜物語』の話を聞いたリアド・アラビーは、そのあと仕入れのために首都へ行ったときに、赤い革装丁の四巻本の大型の本を買ってくれたが、わたしはまわりの現実が目に入らないほど夢中になってその本を読みふけった。エロチシズムと幻想が嵐のようにわたしの人生の中に入りこんできて、すべての境界をとり払い、それまでの秩序立っていた世界が粉々に砕け散った。ひとつひとつのお話を何度も繰り返し読み返した。それらがすべて頭に入ると、人物をある物語からべつの物語へ移し替えたり、エピソードを変えたり、削ったり、付け加えたりしたが、この遊びは無限の可能性を秘めていた。スレーマはわたしのジェスチャー、わたしの口から出る音をすべて理解しようと何時間も全神経を集中させていたが、ついにある日突然すらすらとスペイン語をしゃべるようになった。その様子はまるで十年の間喉のところでせき止められていた言葉が、口を開いたとたんにどっとあふれ出してきたような感じだった。

わたしはリアド・アラビーを父親のように愛していた。笑うときも遊ぶときもいつも一緒だった。彼はときどき生真面目でもの悲しそうな顔をすることがあったが、根は陽気な性格だった。けれども、家の中でくつろいでいるときか他人の目がないときしか歯を見せて笑おうとしなかった。彼が笑うと、スレーマはいつも顔をそむけたが、わたしは彼の口を生まれついての贈り物、他の人とはちがったこの世でたったひとりの人間にしかない印だと思っていた。わたしたちはドミノをして、〈東方の真珠〉の全商品、目に見えない金塊、広大な農場、油井などを賭けた。いつも勝たせてくれるので、そのうちわたしは巨万の富を所有するようになった。二人で諺《ことわざ》や流行歌、罪のない笑い話を楽しんだり、新聞記事について話し合った。また、トラックに映写機を積み込み、あちこちの町や村をまわってスポーツの競技場や広場で映画を上映しているグループがあったが、週に一度は二人でその映画を見に行った。彼はわたしと一緒に食事をしたが、それが何よりの友情の証だった。リアド・アラビーは皿の上にかがみこみ、食べ物をパンや指で隅に寄せて、それをすすり、嘗《な》め、口の裂け目から漏れ出たものを紙ナプキンで拭きとった。いつも台所のいちばん暗い場所に座り、そんなふうに食事をしている彼を見ていると、身体が大きくてやさしい動物を前にしているような気がして、その縮れた髪を撫で、背中をさすってやりたいという衝動に駆られた。けれども、彼の身体に触れる勇気はなかった。こまごまと世話を焼いて自分の愛情や感謝の気持ちを表わしたかったのだが、他人にはふんだんに愛情を分かち与えるくせに、自分がやさしくされることに慣れていなかった彼はそうさせてくれなかった。わたしは彼のシャツやグアヤベーラを真白になるまで洗って日に干し、少し糊をつけ丁寧にアイロンがけしたあと、バジルやミントの葉を入れてあるタンスにしまった。フムスやブドウの葉で肉と松の実をくるんだテヒナ、小麦と小羊の肝臓、ナスで作るファラフェル、クスクスとディル、サフランをあしらった若鶏、蜂蜜とクルミで作るバクラバなどの調理法を覚えた。店の中に客がおらず、二人きりになると、彼はハルン・アル・ラシッドの詩を訳したり、延々と果てしなく続く美しい悲しみの歌である東洋の歌をうたってくれた。時には、ハーレムの女の真似をしてふきんで顔を半分隠し、腕をあげ、狂ったようにお腹を震わせて無器用な踊りをしてくれることもあった。そんなふうにベリー・ダンスをしながら大笑いしてこう言った。

「これは神聖なダンスなんだ、これを踊るのはお前がこの世でいちばん愛してる男のためだよ」とリアド・アラビーは教えてくれた。

スレーマは乳呑み児と同じで、してよいことと悪いことの区別がつかなかった。彼女のエネルギーは誤った方向にむけられていたか、あるいは抑圧されていた。家事には一切手を出さず、自分ひとりが楽しければいいと考えていた。そのくせ一方では、夫に捨てられるのではないか、兎口の子供が生まれるかもしれない、容色が衰えたらどうしよう、こんなに頭痛がするのは頭がおかしくなる前兆かもしれない、こうしておばあさんになってしまうのかしらといった不安にたえずせめ立てられていた。彼女はおそらく心の底ではリアド・アラビーを嫌っていたのだろう。しかし、自立しようとすれば、自分が働かなければならず、それなら今のほうがまだましだと考えて、夫から離れることができなかったのだ。夫と仲睦じくするのが嫌で嫌で仕方なかったが、他の女のもとに走られるのが怖かったので、自分のもとにつなぎとめるために夫をそそった。リアドの方は、最初の出会いのときに屈辱感と悲しみを味わわされたが、今でもそのときと変わらず彼女を愛しており、たびたび彼女を求めた。そのうち目を見ただけで二人の考えが読み取れるようになり、二人の目が独特の光を帯びると、わたしは外に出て通りを歩きまわったり、店に出るようになったが、その間二人は部屋に閉じこもっていた。そのあとスレーマは狂ったように石鹼で身体を洗い、アルコールで拭き、酢で洗浄した。彼女の使っているゴムの管がついた洗浄器のせいで子供ができないのだということにわたしが気がついたのはずっと後のことだった。スレーマは男の人に仕え、喜ばせるようにしつけられていたが、夫の方は自分から何ひとつ求めなかった。たぶんそのせいで彼女は努力しなくなり、大きな人形になってしまったのだ。わたしのお話は彼女を幸せにはしなかった。ロマンチックな考えで頭の中がいっぱいになり、現実離れしたアヴァンチュールや借りもののヒーローを夢見るようになり、現実にまったく背を向けるようになった。金や色鮮やかな宝石を見るときだけは目を輝かせた。仕入れで首都に出ると、夫は儲けの大半を使って粗けずりの石を買ってきたが、彼女はそれを箱に入れて中庭に埋めた。人に盗まれるかもしれないという不安に駆られて、毎週のように隠し場所を変えたが、よくその場所が分からなくなって何時間も捜しまわったものだった。わたしはそのうち彼女の隠し場所をひとつ残らず覚えこんだが、彼女は彼女なりの法則に従って隠していた。宝飾品はあまり長い間土の下に埋めるわけにはゆかなかった。というのも、あのあたりではキノコが貴金属を腐食させ、一定の期間が過ぎると地面から燐光を放つ蒸気が立ちのぼって泥棒に見つけられると信じられていた。だからスレーマはときどき昼寝の時間に装飾品を天日に干した。わたしは彼女のそばに座って番をしたが、それを身に着けて客を迎えるわけでもなければ、リアド・アラビーと旅行したり、アグア・サンタの通りを歩くわけでもないのに、どうしてあまり価値のない宝石に夢中になるのか理解できなかった。きっと彼女は国に帰り、はるか遠くの土地で無駄に過ごした時間の埋め合わせをするために、あのきらびやかな贅沢品でみんなを羨しがらせてやろうと考えていたのだろう。

スレーマは彼女なりにわたしをかわいがってくれたが、言ってみれば愛玩用の犬みたいなものだった。わたしたちはべつに親しくはなかったが、長い間二人きりでいると、リアド・アラビーはいらいらしはじめたし、二人でこそこそ話し合っているのを見かけると、何かよからぬことを企んでいるのではないかと心配になるのか、口実を設けてはわたしたちの話に割り込んできた。夫が仕入れで首都に行くと、スレーマの頭痛は嘘のようにおさまった。わたしを部屋に呼び、肌がきれいになるから、生クリームと薄切りにしたキュウリで身体をマッサージしてほしいと言った。イヤリングとブレスレットを残して素裸になり、仰向けに寝そべると目をつむったが、そうすると青味を帯びた髪がシーツの上に広がった。そんな彼女を見てわたしはよく浜辺に打ち上げられて横たわっている青白い魚を思い浮かべたものだった。ときどき暑さが耐えがたいほどになった。そんなとき、マッサージしているわたしの手の下にある彼女の身体が日なたの石のように熱くなっているように思われた。

「身体にオリーブ油を塗ってちょうだい、身体が冷えたら、髪を染めてみるわ」とスレーマは覚えたてのスペイン語で言った。

男というのはどのみち動物のようなものだから、獣の証である体毛が生えていても構わないが、自分の身体に体毛が生えているのは我慢できなかった。砂糖を熱で溶かしたものにレモンを混ぜ、それでわたしは恥部の黒い小さな三角形を残して身体中の毛を抜いてやったが、その間彼女はずっと悲鳴をあげていた。自分の体臭も嫌でならず、強迫神経症にかかったように身体をごしごし洗い、香水をふりかけた。わたしに恋のお話をしてほしいと頼み、主人公は脚が長くて力が強く、厚い胸板をしていないとだめよと言い、また主人公たちが愛し合うところにくると、ああいうことをするのなら何度くらいするのか、またベッドではどういうことをささやきかけるのか詳しく話すようにと注文をつけた。彼女の熱中ぶりにはどこか病的なところがあった。わたしはお話の中に、口のそばに傷があるといった身体的に欠陥のある、あまりハンサムとは言えない人物を登場させようとしたが、そういう人物が出てくると不機嫌になり、そんな話をすると家から追い出すわよと脅かし、そのあとふくれっ面をしてものを言わなくなった。

何ヵ月か経つと、わたしはすっかり自信がつき、以前の生活を懐かしいと思わなくなった。一ヵ月間試させてほしいとリアド・アラビーに言ったが、できればそんな話があったことを忘れてもらいたかったので、自分からは二度とその話を持ち出さなかった。あの土地の暑さや先史時代の恐竜のように日なたぼっこをしているイグアナ、アラブ風の食事、のろのろ過ぎてゆく午後の時間、何の変化もない毎日の生活、そうしたものにいつの間にか慣れてしまった。一本の電話線と一本の曲がりくねった道だけが外の世界に通じている、忘れ去られたようなあの町がわたしは気に入っていた。あるとき、何人かの人の目の前でトラックが転落したことがある。人びとは崖から下をのぞき込んだが、羊歯やフィロデンドロンに呑み込まれてしまって、トラックの姿はどこにも見当たらなかった。それほどあのあたりには植物が鬱蒼と生い茂っていたのだ。住民たちは全員おたがいの名前を知っており、隠しごとなどできなかった。〈東方の真珠〉は集会場のようなもので、そこにやってきては人びとはおしゃべりをしたり、いろいろな取引をしたり、あるいはまた恋人たちがデイトをしていた。スレーマはあの家の、奥の部屋に身をひそめている外国人の亡霊と見なされていて、彼女のことを尋ねるものはひとりもいなかった。町を軽蔑している彼女に対する人びとのお返しがそれだったのだ。それに引きかえリアド・アラビーはみんなの尊敬を集めていて、町では近所を訪れたら友情の証としてそこで飲み食いするのが礼儀になっていたが、彼だけはそうしなくてもとがめられなかった。司祭はイスラム教徒はどうも信用ならないと言っていたが、彼は自分の名前をつけた何人もの子供たちの代父になっていたし、口論のときは仲裁役を頼まれ、大きな事件が起こると、判断を下したり、助言を与えた。わたしは彼の名声の陰に隠れ、あの家で申し分のない毎日を送っていた。あの家の各部屋の洗面器には花びらが浮かべられていて、いい薫りがしたし、庭に植わった木々が涼しい影を落としていたが、真白で広々としたあの家で暮らしつづけるにはどうしたらいいだろうかと、わたしはあれこれ知恵を絞った。ウベルト・ナランホとエルビーラには会えなくなったが、そのことを嘆くのはやめた。また、心の中でマドリーナの像をできるだけいいものにし、いやな思い出は忘れて、過去をすてきなものにすることにした。母も部屋の薄暗い場所に居場所を見つけ、夜になると風とともにベッドのそばに姿を現わすようになった。わたしはすっかり心の平静を取りもどし、満ち足りた気持ちになっていた。身体も少し大きくなり、顔立ちも変わった。鏡を見ると、まだ頼りなげな女の子が映っていたが、そのころから現在のような特徴がはっきりと顔に現われはじめた。

「ベドウィン族の女みたいに生きてゆくわけにゆかないんだから、戸籍台帳に名前を載せたほうがいいだろう」ある日、主人がそう言った。

リアド・アラビーはこの人生を渡ってゆく上で必要な基本的なものをいくつかもたらしてくれたが、中でも字が書けるようになったことと、身分証明書がわたしにとってはこの上もなく大切なものだった。わたしがこの世に存在していることを証明する文書は何ひとつ存在しなかった。わたしが生まれたとき、誰も役所に届けなかったし、学校に通ったこともなかった。つまり、生まれていないのと変わるところがなかったのだった。けれども彼は首都に住む友人と話をして、必要な賄賂《わいろ》を渡し、身分証明書を手に入れてくれた。役所のミスで、そこには実際よりも三歳若い年齢が書き込まれている。

カマルはリアド・アラビーの叔父にあたる人の次男だったが、そのカマルがわたしの一年半後にあの家で暮らすようになった。ひどく物静かな態度で〈東方の真珠〉に姿を現わしたので、あのときはまさか彼がわたしたちの生活の中をハリケーンのように通り過ぎてゆき、災厄をもたらすことになるとは夢にも思わなかった。年齢は二十五歳、小柄で痩せており、指が細く、まつげが長くて、どこか疑り深そうなところがあった。彼は胸に片方の手を当て、深々とお辞儀をして儀式ばった挨拶をしたが、リアドもすぐにその挨拶をするようになり、やがてアグア・サンタの子供たちがひとり残らずげらげら笑いながら真似をするようになった。彼は貧しい生活に慣れていた。戦争のあと、家族はイスラエル人に追われて村を捨てたが、そのときに先祖から受け継いだ小さな菜園やロバ、わずかばかりの家財といった財産をすべて失った。パレスチナ難民のキャンプで育ち、本来ならゲリラ兵士になってユダヤ人を相手に戦うところだったのだが、どこから弾が飛んでくるか分からない戦いには向いていなかった上に、父やほかの兄弟たちのように自分たちの過去を奪い取られたことに対してもべつに憤ってはいなかった。彼はそうした過去は自分とはかかわりのないことだと考えていた。それよりもヨーロッパの生活習慣にひかれ、できればキャンプを出て、人に敬意をはらったりする必要のない、知人のいない世界で新しい生活をはじめたいと考えていた。幼い頃はブラック・マーケットで働き、大きくなるとキャンプにいる未亡人を誘惑した。父親は息子を棒でなぐりつけたり、怨みを抱いている人間たちの目から息子を隠すのにくたびれ果て、南アメリカの遠い国に甥のリアド・アラビーが住んでいることを思い出したが、名前はもう覚えていなかった。父親はカマルの意見も聞かず、腕をつかんで港までむりやりひきずってゆくと、ある商船に見習い水夫として乗り込ませ、ひと財産作るまで戻ってくるなと言い渡した。若者はこうしてほかの移民と同じように、五年前にロルフ・カルレがノルウェーの船から降り立ったのと同じ焼けつくように暑い海岸に上陸した。そこからバスでアグア・サンタにやってきて、従兄弟の腕の中に飛び込んだのだが、リアドはそんな甥を大歓迎した。

〈東方の真珠〉は三日間店を閉めた。その代わりに、リアド・アラビーの家では忘れることのできないパーティが開かれ、住民は全員そのパーティに出席した。スレーマは例によって持病のひとつが出て部屋に閉じこもっていたが、その間店の主人とわたしはイネス先生と近所の女たちに手伝ってもらって、バグダッドの宮廷で行われる結婚式も顔負けするような料理を用意した。白いテーブルクロスを敷いた大きなテーブルにサフラン・ライスや松の実、レーズン、ピスタチオ、それにトウガラシ、カレーなどのお盆を置き、そのまわりにアラビアと新大陸の料理を盛った皿を五十も並べたが、そこには肉、海岸から氷の入った袋に詰めて直送された魚、それぞれにソースと薬味のついているありとあらゆる穀類で作った塩辛いもの、ひりひりするもの、甘ずっぱいものと様々な料理が並んでいた。またデザート用のテーブルもひとつあり、そこにはアラビア風のお菓子と新大陸のデザートが交互に並んでいた。わたしはフルーツを浮かしたラム酒の大きな壺を給仕した。イスラム教徒のあの二人は口をつけなかったが、ほかの人たちは酔い潰れて幸せな気持ちでテーブルの下に寝転がるまでそれを飲み、また倒れずにすんだものは新顔のカマルのためにダンスを踊った。カマルは住民のひとりひとりに紹介され、その人たちにアラビア語で自分のこれまでの生活を話す羽目になった。彼の言うことはひと言も分からなかったが、なかなか感じのいい男じゃないかと人びとは噂し合った。たしかに感じのいい人で、まるで女の子のように弱々しそうなところがあった。ただ、色が浅黒くて少し毛深く、妙に女を不安にさせるようなところがあった。部屋に入っただけで、隅々まで彼の存在が広がってゆき、夕方店の戸口に腰をおろして冷たいものを飲んでいるだけで、通りは彼の魅力で満たされ、魔法のような力で人びとを包み込んだ。ジェスチャーと叫び声でしか会話はできなかったが、誰もが彼に魅了されてその声のリズムや言葉の耳ざわりなメロディーに聞き惚れた。

「女たちや、家のこと、それに店の面倒を見てくれる男がいるんで、安心して仕入れに行けるよ」

リアド・アラビーは従兄弟の背中を軽く叩きながらそう言った。

カマルが一緒に住むようになってから、いろいろなことが変わりはじめた。店の主人はわたしに近づかなくなった。以前のようにわたしを呼んで、お話に耳を傾けたり、新聞のニュースを話題にしなくなったし、二人で冗談を言い合ったり、本を読むこともなくなった。また、ドミノも男同士でするようになった。カマルは女性と同伴でどこかへ出かけて行く習慣がなかったので、最初の週から主人は彼と二人で移動式の映画を見に行くようになった。難民キャンプには赤十字の女医やプロテスタントの女宣教師がやってきたが、たいていは木の枝のように痩せていた。十五歳を過ぎてはじめて彼はキャンプの外に出たが、そのときはじめてヴェールをしていない女性の顔を目にした。ある土曜日、若者はトラックに何時間も揺られて首都に向かい、北アメリカの人間が住んでいる居留地を訪れた。そこではアメリカ人の女性が半ズボンに襟もとが大きく開いたブラウスを着けただけの姿で通りに出て車を洗っており、それをひと目見ようと遠く離れた地方の町や村から大勢の男たちが押しかけてきた。彼らは椅子とパラソルを借り、腰をおろして女たちをじっくり観察した。そのあたりは露天商まで出て人でひしめき合っていたが、彼女たちはそうした騒ぎに無関心だった。自分たちのせいで男たちが息をはずませ、汗をかき、身体を震わせ、勃起までしているというのに、まったく気づいていなかったのだ。違う文明の世界から連れて来られたあの女性たちにとって、チュニックに身を包んだ黒い肌と預言者のような髪を生やした男たちはしょせん目の錯覚、誤ってこの地上に生まれ出たもの、暑さによる幻覚といったものでしかなかった。リアド・アラビーはカマルがそばにいると、スレーマとわたしに対してぶっきらぼうで横柄な主人として振る舞ったが、彼がいなくなるとちょっとした贈り物で機嫌をとり、以前のようにやさしくしてくれた。やってきたばかりのカマルにスペイン語を教えるように言われたが、これはひどく骨の折れる仕事だった。というのも、わたしが単語の意味を教えたり、発音の間違いを訂正すると、恥をかかされたような顔をしたのだ。けれどもあっという間に片言でスペイン語をしゃべり、店の手伝いをするようになった。

「座るときは両脚をちゃんと揃えるのよ、前のボタンはみんなかけておきなさい」スレーマはわたしにそう命じたが、カマルを意識して言ったのだ。

カマルの魔力はあの家と〈東方の真珠〉をすっぽり包み込み、町中に広がり、さらに風に運ばれて遠い土地にまで及んだ。若い娘たちが何かと口実をもうけてはひっきりなしに店に出入りするようになった。娘たちは彼の前で野生の果実のように花開き、ショート・スカートやぴっちりしたブラウスの下で今にもはちきれそうになっていた。彼女たちは強い香水をつけていたので、立ち去ったあとも長い間むせかえるような薫りが残った。二、三人ずつグループになり、笑ったりおしゃべりしながら店に入ってくると、胸もとがよく見え、浅黒い脚の上にのっかっているお尻が目立つようにと大胆にお尻をもちあげるようにしてカウンターにもたれかかった。通りで彼を待ち受け、午後、家へ遊びに来るように言ったり、カリブのダンスの手ほどきをしてやったりした。

あのころのわたしはいつも苛立っていたし、嫉妬というのもはじめて経験した。その感情はどす黒いしみ、洗っても落ちない汚れのように昼も夜もべったり肌に貼りついて取れなかった。やがてそうした感情に耐え切れなくなって、彼への思いを断ち切ることになるのだが、それ以来人を所有したいという気持ちや別の人間になりたいという誘惑とはきっぱり手を切った。カマルをひと目見たとたんに頭がおかしくなり、彼を愛しているという何ものにも換えがたい喜びと、いくら愛しても報われることはないのだという耐えがたい苦しみが交互に現われて、辛い思いをすることになった。影のようにどこまでも彼のあとを追い、彼に仕え、ひとり空想にふけっては彼をヒーローに仕立てあげた。けれども彼はわたしをまったく無視していた。自分というものを意識しはじめ、鏡に映る姿をじっと見つめたり、身体を撫でたり、みんなが寝静まっている昼寝の時間に髪型を変えたり、人に気づかれないよう頰と唇にほんのちょっぴり紅をさしたりした。けれども、カマルはそばを通ってもわたしには目もくれなかった。恋のお話を作ると、きまって彼が主人公になった。スレーマに読んでやった小説の結末に出てくるキスだけでは満足できず、毎晩のように彼のことを考えて苦しみと妄想に悩まされた。十五歳になっていたが、まだ処女だった。しかし、マドリーナの作った結び目の七つある紐が心の中まで読み取れるとしたら、たぶん心の中はもう処女ではないという結果が出たにちがいない。

リアド・アラビーが仕入れのために家を空け、スレーマとカマル、それにわたしの三人があとに残されたが、とたんに雲行きがあやしくなりはじめた。女主人は嘘のように元気になり、四十年近い歳月続いていた昏睡状態から目覚めた。急に朝早く起き出して朝食を作り、いちばんいい服を着、ありったけの宝飾品を身に着け、髪をうしろに流し、半分を首のところで留め、あとの半分を肩の上に垂らした。これまでなく美しい女性に変身した。カマルは最初彼女を避け、同席しても床を見つめたままほとんど口をきかなかった。昼の間は店番をし、夜は町の中をぶらぶら歩きまわった。しかし、やがて彼女の力、強い薫りの香水、熱に浮かされたような足取り、抗いがたい力を備えた声に抵抗しきれなくなった。あたりにはただならない雰囲気が漂い、予兆、呼びかけがあふれるようになった。わたし自身はかかわりなかったが、まわりで何かとんでもないことが、二人の男女の死闘、意志と意志がぶつかり合う激しい戦闘がはじまりそうな予感がした。カマルは後退して塹壕を掘り、何世紀も前から生き続けているタブーや自分が大切にされていることに対する恩義、それにリアド・アラビーと自分を結びつけている血縁を盾にして守りを固めた。肉食性の花のように貪欲なスレーマは、彼を罠にかけようとして香《かぐ》わしい花弁を揺らした。もの憂げで柔らかな肌をした彼女はこれまで額に冷たくひやした布をのせてベッドに横たわって生きてきたのだが、その彼女が突然災厄をもたらす巨大な雌に、休みなく網を張りつづけるクモに変身した。わたしは自分の姿が目に見えなくなればいいのにと真剣に思った。

スレーマは中庭の木陰に腰をおろして足の爪にペディキュアを塗っていたが、むっちりしたその太腿が半ばむき出しになっていた。スレーマは葉巻をくゆらせながら、舌先で葉巻の吸い口と濡れた唇を嘗めまわしていた。スレーマが身体を動かすと、着ている服がずり落ちて丸味を帯びた肩がむき出しになったが、信じられないほど白いその肌が日の光をすべて吸収した。スレーマが熟れた果物を食べると、黄色い果汁が胸の上にしたたり落ちた。スレーマは青味を帯びた髪をもてあそび、それで顔を半ば隠すと、天国の魅惑的な女のようにカマルをじっと見つめた。

七十二時間のあいだ彼は勇敢に抵抗した。緊張感が耐えがたいほど高まり、今にも雷鳴をともなった嵐が襲ってきて、わたしたちを灰に変えるのではないかと思われた。三日目、カマルは朝早くから店の仕事をし、〈東方の真珠〉の中を意味もなく歩きまわって時間を潰して家の方には一度も顔を見せなかった。スレーマが食事よと言って呼んだが、まだお腹が空いていないんですと答え返し、一時間ほどかけてのろのろ売上げを勘定していた。彼は村人たちが床につき、あたりが暗くなって店を閉める時間が来るのを待った。ラジオ・ドラマのはじまる頃合いを見はからってそっと台所に忍び込むと、夕食の食べ残しを捜した。何ヵ月ものあいだついぞなかったことだが、スレーマはあの夜はじめてラジオ・ドラマをあきらめることにした。彼女は彼に勘づかれないよう部屋のラジオをつけ、ドアを半開きにしておいた。そして、廊下の薄暗いところに身をひそめて彼を待ち受けた。刺繍をしたチュニックを着ていたが、その下は素裸だったので、腕を上げると、ミルクのように白い肌が腰のあたりまでのぞいた。その日の午後は体毛を抜き、髪に櫛をかけ、クリームを塗り、お化粧をするのにかかりきりになっていた。身体にパチョリの香水をふりかけ、カンゾウで息をさわやかにした。また、愛し合うことになるかもしれないと考えて、裸足になり、宝石は一切身につけなかった。彼女はわたしのことなど念頭になく、部屋に引き取るように言わなかったので、一部始終を見届けることができた。スレーマの頭の中には、カマルと彼を相手に行うことになる戦いのことしかなかったのだ。

女は中庭で獲物をつかまえた。従兄弟はバナナの半分を口の中に入れ、残りの半分を手にもっていたが、二日間カミソリを使っていなかったせいで髭が生え、暑かったので汗をかいていた。その夜、彼はついに敗北した。

「あなたを待っていたのよ」母国語で言うのはさすがに恥ずかしかったのか、スレーマはスペイン語でそう言った。

若者は口にバナナを頰ばり、びっくりしたような目をして足を止めた。彼女はゆっくり近づいてゆき、彼の鼻先数センチのところで立ち止まったが、彼の方は亡霊に出会ったように身体が動かなかった。突然コオロギが鳴きはじめ、その鋭く、長く尾をひいた鳴き声が東洋の楽器が奏でる単調な音色のようにわたしの神経に突き刺さった。見ると、女主人の方が夫の従兄弟よりも頭半分背が高く、体重も二倍はありそうだった。一方カマルの方は、小さく縮まって子供のように見えた。

「カマル……カマル……」女は自分たちの言葉で何ごとかつぶやきながら、指で男の唇に触れ、そっとその輪郭をなぞった。

カマルはついに敗北してうめき声をあげた。頰ばっていたバナナをごくりと呑みこむと、残りの半分を下に落とした。スレーマが彼の頭を両手ではさみ、ぐいと自分の方に引き寄せると、熱い溶岩のように波うっている巨大な乳房の間に彼の顔が呑み込まれた。そのまま母親が子供をあやすように身体を揺らしたが、たまりかねて彼は身体を離した。二人はあえぎ、自分たちを待ち受けている危険の大きさと重さをはかりながらじっと見つめ合った。しかし、結局は欲望に勝てず、抱き合ったままりアド・アラビーのベッドに向かった。二人ともわたしがいることをまったく意に介していなかったので、そのままついて行ったが、たぶんわたしはあのとき目に見えない存在になっていたのだろう。

ドアのそばにうずくまったが、頭の中は真白になっていた。夕方にトラックの上から上映される映画を見ているように、べつに動揺したり、嫉妬をおぼえることはなかった。スレーマはベッドのそばに立ち、両腕で彼を包み込んでキスをしたが、そのうち彼は我にかえって彼女の腰に手をまわし、愛撫にこたえて悲しそうにすすり泣きはじめた。彼女は相手の瞼や首、額といったところに軽くキスをしたり、嘗めたり、噛んだりしたが、そのあとシャツのボタンをはずして一気に脱がせた。彼も彼女のチュニックを脱がそうとしたが、襞《ひだ》に手がからみ、仕方なく襟ぐりから手を差し込んで乳房をまさぐった。スレーマは愛撫をつづけながら相手をうしろ向きにし、背後にまわると、首筋や肩にキスの雨を降らせながらチャックに手をのばして、ズボンを脱がせた。わたしはほんの数歩離れたところから彼の男性の象徴を目にしたが、そのとき、裸になった方が女のような繊細さが感じられず、かえって魅力的だと考えた。身体は小さかったが、弱々しいというよりもかっちりまとまっている感じがした。大きな鼻が顔の特徴になっていたが、醜いという感じはしなかった。同じように、彼の大きくて黒いセックスも獣じみてはいなかった。あまりびっくりしたので、一分間ほど息をするのを忘れていたが、息をしたとたんに喉から悲鳴が漏れた。彼はわたしの目の前にいて、一瞬目が合ったが、彼は何も見ておらず、焦点は遠くの方に合っていた。外では激しい夏の夕立が降っていて、雨と雷鳴の音がコオロギの今にも死にそうな鳴き声とまざり合って聞こえていた。スレーマはついに服を脱ぎ捨てた。すると、モルタルで作ったヴィーナス像のような肉づき豊かなみごとな裸体が現われた。女はぽってり太ってふくよかな身体をしていたが、若者の方はひどく痩せていた。二人の対照的な肉体がひどく淫らな感じがした。カマルがベッドの上に彼女を押し倒すと、彼女は金切り声をあげながらその太い脚で彼を締めつけ、彼の背中を掻きむしった。彼は二、三度と身体をふるわせると、お腹の底から出るようなうめき声をあげてぐったりとなった。彼女はまさかそんなに早く果てるとは思っていなかったので、上になっている彼の身体を押しのけると、クッションの上に横たえ、懸命になってもう一度ふるい立たせようとした。アラビア語で何かささやきかけると、それが効を奏して彼はたちまち元気になった。彼女は目をつむってなされるがままになっている彼を、気が遠くなるまで愛撫し、最後にその豊かな肉体と髪の毛ですっぽり包みこみ、流砂のような身体で彼を呑みこみ、むさぼり、精気を吸い取り、預言者に仕える女奴隷たちが祝福を与えるアラーの楽園へと彼を導いた。そのあと彼らは赤ん坊のように抱き合ったまま静かに休んでいたが、外では雨の音とまるで真昼のように暑くなりはじめた夜に鳴いているコオロギの騒々しい声が聞こえてきた。

馬が早駆けするように心臓が激しく鼓動していたので、静まるのを待ってよろめきながらその場を離れた。中庭の中央に突っ立っていたが、雨が髪の毛をつたって流れ落ちていた。そのせいで服だけでなく熱くなった魂までがずぶ濡れになった。間もなくとんでもない破局が訪れてきそうな気がしてならなかった。口をつぐんでいれば、何も起こらなかったことになる、口に出しさえしなければ、何もないということになるのだ、沈黙があの出来事をぼかし、消し去ってくれるはずだ、とわたしは考えた。けれども、欲望の匂いが家中に広がり、壁や衣服、家具にしみつき、部屋を満たし、隙間にもぐりこみ、あたりの植物や動物に影響を与え、地下を流れる川を沸騰させ、アグア・サンタの空いっぱいに広がった。火事のように赤々と燃える火は、隠しようがなかった。わたしは雨の降る中、泉水のそばに腰をおろした。

ようやく中庭に陽が差し、雨の滴が蒸発して薄もやになってあの家を包みこんだ。わたしは長い間暗闇の中にいたが、その間自分の心の中をじっと見つめていた。悪寒に襲われたが、それは数日前からあたりに漂い、あらゆるものにまつわりついている消しようのないあの匂いのせいにちがいない。遠くで牛乳屋の鐘の音がしたが、それを聞いて、ああ、店の掃除をしなきゃ、と考えた。しかし身体が鉛のように重かったので、石に変わってしまったのではないかと思って自分の手を見た。泉水のところまで這ってゆくと、水の中に首を突っ込んだ。顔を起こすと、冷たい水が背中をつたって流れ落ちた。ひと晩中眠らなかったせいで麻痺したようになっていた身体がしゃんとし、それと一緒にリアド・アラビーのベッドでもつれ合っていた愛人たちのイメージも消え去った。店の方に向かったが、スレーマの部屋のドアの方は見なかった。母さん、あれが夢だったらいいのにね、すべてを夢に変えて！　午前中はずっとカウンターのうしろに隠れて、廊下の方を見ないようにしていたが、女主人とカマルの閉じこもっている静かな部屋のもの音を聞き取ろうと耳だけはそばだてていた。正午に店を閉めたが、商品の並べてある三つの部屋を出てゆくのは悪いような気がして、穀物の入っている袋の間に横たわって暑い昼寝の時間をやりすごすことにした。家全体が淫らな獣に姿を変え、自分の背後で息づいているような気がして、恐ろしくて仕方なかった。

その朝、カマルとスレーマは仲睦じくしていた。二人は果物とお菓子で朝食を済ませ、昼寝の時間にスレーマが疲れ切って眠りにつくと、彼は身のまわりのものをまとめた。段ボール製の旅行カバンにそれを詰めこみ、泥棒のようにまっすぐ裏のドアに向かった。彼が出て行くのを見て、もう帰ってはこないだろうと思った。

スレーマはコオロギの騒々しい鳴き声で午後遅くに目を覚ました。ガウン姿で〈東方の真珠〉に現われた。髪は乱れ、目のまわりに隈《くま》ができ、唇が腫れていたが、満ち足り、喜びにあふれていたせいで、とても美しかった。

「店を閉めて、こちらを手伝ってちょうだい」とわたしに言った。

雑巾がけをし、部屋に風を入れ、ベッドに洗ったばかりのシーツを敷き、洗面器に浮かべてある花弁を取り替えたが、スレーマはその間ずっとアラビア語の歌をうたっていた。そのあと、台所でヨーグルトとキペ、それにタブレを混ぜてスープを作ったが、そのときもまだ歌をうたっていた。わたしは浴槽に湯を張り、レモンのエッセンスで薫りをつけた。スレーマは湯につかって幸せそうに溜め息をもらした。瞼を半ば閉じ、ほほえみを浮かべ、自分だけの思い出の世界にひたっていた。湯がさめると、化粧品をもってきてちょうだいと言って、満足そうに鏡の前に腰をおろし、おしろいをはたき、頬紅と口紅を塗り、目のまわりに真珠色のアイシャドーをつけた。タオルにくるまって浴室から出ると、わたしにマッサージをしてもらおうとベッドに横になった。そのあと髪を梳《す》き、束髪にして、襟ぐりの大きい服を着た。

「わたし、きれい？」と彼女は尋ねた。

「はい」

「若く見える？」

「はい」

「いくつくらいに見える？」

「結婚式の日の写真にそっくりですわ」

「どうしてそんなことを言うの。自分の結婚式のことなんか思い出したくもないわ。いやな子ね、いいから、ひとりにしておいてちょうだい……」

彼女は中庭のひさしの下に置いてある柳を編んだ揺り椅子に腰をおろして、愛人の帰りを待った。カマルは戻ってきませんよと言うわけにいかなかったので、わたしも一緒に待つことにした。スレーマは椅子を揺らし、五感で彼を呼びながら何時間も待ち続けたが、その間わたしは居眠りをしていた。台所の食べ物はおかしな臭いがしはじめ、部屋に活けた花のかすかな芳香も消えてしまった。夜の十一時に、わたしはあたりがあまりにも静かなのに驚いて目を覚ました。コオロギの鳴き声は聞こえず、風がおさまって、木の葉一枚動いていなかった。欲望の匂いは消えていた。女主人は揺り椅子から動こうとしなかった。服は皺だらけになり、手を固く握り締めていた。涙のせいで化粧が流れ、野ざらしになった仮面のような顔になっていた。

「奥様、ベッドに入りましょう。これ以上待ってもむだですわ。きっと明日には戻ってきますから……」懸命になってそう言ったが、彼女は動こうとしなかった。

わたしはひと晩中そこに座っていた。歯の根が合わず、背中を冷たい汗が流れたが、これはきっと家に入りこんだ悪霊のせいにちがいないと考えた。スレーマの心の中で何かがこわれたと分かったので、自分の身体の具合を気にかけている余裕はなかった。彼女の顔を見てぞっとした。そこにいるのはわたしの知っているスレーマではなく、巨大な植物に変わった人間だった。二人分のコーヒーを淹れ、彼女のところへもって行った。ひょっとすると昔の彼女にもどるのではないかと期待していたが、女人像柱のように身体を強張らせ、中庭のドアを食い入るように見つめている彼女は口をつけようとしなかった。わたしは二口ばかり飲んだが、苦くて舌がざらざらするような感じがした。やっとのことで女主人を椅子から立ち上がらせると、手を引いて部屋まで連れてゆき、服を脱がせ、濡れた布で顔を拭き、ベッドに寝かしつけた。息づかいは乱れていなかったが、悲しみのあまり涙があふれ、黙りこくったままいつまでも泣き続けていた。わたしはそのあと夢遊病者のように店を開けた。何時間も何ひとつ口にしていなかった。ふと、リアド・アラビーに拾われる前の不幸な時期のことを思い出した。あのときは胃がふさがったようになって、何も呑み込むことができなかった。わたしはビワをしゃぶって、何も考えないことにした。若い娘が三人〈東方の真珠〉にやってきて、カマルのことを尋ねた。そんな男はいなかったのよ、あれは人間じゃない、血や肉を備えた人間じゃないから、忘れてしまえばいいのよ、あの人は悪霊よ、人の血を騒がせ、心を掻き乱すために世界の果てからやってきたイフリートなの、もう二度と会うことはないわ、あの男は災いをもたらす風に運ばれて砂漠からアグア・サンタにやってきたけど、その同じ風にさらわれて姿を消したの、と彼女たちに説明した。若い娘たちは広場へ行って町の人たちにその話を伝えた。おかげで、あっという間に好奇心に駆られた連中が店に押しかけてきた。

「わたしは何も知らないんです。店の主人が帰るまで待ってください」そう答えるのが精いっぱいだった。

お昼にスレーマのところへスープをもってゆき、スプーンで飲ませようとしたが、亡霊の姿が見えて手が震え、スープを床にこぼしてしまった。女主人は目を閉じたまま嘆き悲しみながら急に身体を揺らしはじめた。最初は単調なうめき声だったのが、やがてセイレーンの哀泣のような鈍くて長く尾を引く悲鳴に変わった。

「静かにしてください。カマルはもう戻ってきません。彼がいないと生きて行けないのなら、立ち上がって、見つかるまで彼を捜せばいいでしょう。そうするしかないんですから。奥様、聞いておられますか?」彼女の苦しみがあまりひどかったので、わたしはびっくりして身体をゆすりながらそう言った。

けれどもスレーマは何も答えなかった。彼女はスペイン語を忘れてしまい、以後二度と使うことはなかった。わたしは彼女の手を引いてもう一度ベッドまで連れてゆき、そこに寝かしつけると、自分もそばに横になった。最初は溜め息が耳についたが、そのうち二人とも疲れて眠り込んでしまった。真夜中に戻ってきたリアド・アラビーは、わたしたちが一緒に眠っているのを見てびっくりした。小型トラックには仕入れた商品が山のように積んであったが、家族のものへの贈り物も忘れていなかった。妻にはトパーズの指輪、わたしはオーガンジー織の服、従兄弟には二枚のワイシャツを買ってきた。

「いったい何があったんだ?」家の様子がただならないことに気がつき、驚いてそう尋ねた。

「カマルがいなくなったんです」とわたしは口ごもりながら答えた。

「いなくなった? どこへ行ったんだ」

「さあ、分かりません」

「あの男はこの家で世話になっているんだ、それなのにひと言の挨拶もなく、行く先も告げずに姿を消すというのはおかしいじゃないか……」

「スレーマの具合がとても悪いんです」

「スレーマよりもお前の方が具合が悪そうだな。やはりひどい熱だ」

そのあと何日間かわたしは滝のように汗をかいた。おかげで熱がおさまり、食欲が戻ってきたが、スレーマの病気はどう見ても一過性のものではなかった。あれは恋患いだ、みんなはそう考えていたが、夫だけは認めようとせず、妻がひどく落ち込んでいるのは、カマルがいなくなったせいではないと考えていた。彼は何があったのか尋ねなかったが、おそらく薄々勘づいていたにちがいない。本当のことが分かれば、彼としてはいやでも復讐せざるを得ない。昔からのしきたりに従って、不貞を働いた妻の乳首を切り落とすか、従兄弟を見つけ出し、ペニスを切断してそれを相手の口の中に押し込まなければならないが、彼のような心のやさしい人間にそんなことができるはずがなかった。

スレーマはときどき泣きはしたけれども、ひと言も口をきかずおとなしくしていた。ただ、食べものやラジオ、夫の贈り物を見てもまったく関心を示さなかった。身体が痩せはじめ、三週間もすると、前世紀の肖像写真のように肌が淡いセピア色に変わってしまった。リアド・アラビーがやさしく愛撫しようとしたときだけは反応を示し、身体を丸めると、憎しみをこめてまるで仇敵のように睨みつけた。昼間はもちろん夜も何時間かはつきっきりで彼女の看病をしなければならなかったので、しばらくの間は、イネス先生の授業をお休みにしてもらい、店の手伝いもできず、週に一度出かけていたトラックの上から上映する映画を見ることもできなかった。リアド・アラビーは〈東方の真珠〉の掃除や雑用をしてもらうために女店員を二人雇った。彼が、カマルの来る前のようにわたしの相手をしてくれるようになったのが唯一の救いだった。ふたたび大きな声で本を読んでくれとか、お前の作ったお話を聞かせてくれないかと言うようになった。ドミノをしようと言って、わたしに勝たせてくれた。家の中は息苦しい雰囲気だったが、わたしたちはちょっとしたことでも笑ったものだった。

何ヵ月かが過ぎたが、病人の容態にこれといった変化は見られなかった。アグア・サンタや近くの村の住民が病人の様子を尋ねにやってきた。彼らはそれぞれ煎じ薬にするハーブのルーだとか、心気症に効くシロップ、ビタミンの錠剤、鶏のスープなどをもってきてくれた。高慢ちきで友達がひとりもいないあの外国人の女のためを思って持ってきたのではなく、トルコ人が気の毒だと思ったからだった。やはり専門家に見せたほうがいいだろうと言って、怪しげな民間治療師の女を連れてきた。その女はタバコをふかし、患者の顔に煙を吹きかけると、これは医学的に病名のつけられるものじゃないね、愛する人を失ったショックがまだ尾を引いているんだよとはっきり言った。

「家族と離れて暮らしているせいで、きっとさみしいんだろう」夫はそう言うと、自分の恥を知られまいとしてあわてて先住民《インディオ》の女を追い返した。

カマルの消息は分からなかった。せっかく面倒を見てやったのに、恩を仇で返されたと考えて、傷ついているリアド・アラビーは二度と彼のことを話題にしなかった。

第七章

ロルフ・カルレがアラベナ氏のもとで仕事をはじめた月に、ロシア人が雌犬を宇宙船にのせてロケットで打ちあげた。

「ソヴィエト人ならやりかねないよ。あいつらには動物愛護の精神などかけらもないからな」ニュースを聞いたルパート叔父さんは怒りに駆られてそう言った。

「何もそんなに怒ることはありませんよ……どうせ血統書も何もない駄犬なんですから」ケーキをつくっていたブルゲル叔母さんは顔も上げずにそう言い返した。

叔母さんが余計なことを言ったばかりに、それまでにないほど激しい夫婦喧嘩がもち上がった。金曜日は一日中罵り合い、過去三十年間の積もり積もった鬱憤を晴らした。おたがい耳を塞《ふさ》ぎたくなるようなことを口に出して言ったが、ルパートはそのときはじめて妻が犬嫌いだということを知った。彼女は犬を育てたり、売ったりするのが嫌でならず、夫が育てているいまいましい警察犬が一頭残らず病気にかかって死んでしまえばいいとひそかに祈っていたのだ。一方、ブルゲルは若いころに一度過ちを犯したことがあった。夫は、そのことを知っていたが、家庭に波風を立ててはいけないと思って口をつぐんでいたのだ、と言った。たがいにひどい言葉をぶつけ合ったが、おかげで二人とも疲れ果ててしまった。土曜日にロルフが居留地に戻ってみると、家のドアが閉まっていたので、そのころ蔓延していたアジア風邪にでもかかったのだろうと思った。ブルゲルは額のうえにバジルの湿布をのせてベッドで横になっていたし、ルパートは仏頂面をして、繁殖用の犬と生まれたばかりの十四頭の子犬をつれて仕事部屋にこもり、観光客に売る鳩時計をひとつずつ分解していた。従姉妹は二人とも両目を真っ赤に泣き腫らしていた。蠟燭製造業者と結婚していたせいで、シナモンやクローブ、バニラ、それにレモンを思わせるもともとの体臭に加えて、蜜蠟の甘い薫りが二人の身体に染みついていた。彼女たちは両親と同じ通りに建っている家に住み、清潔な家で家事をするかたわら、ホテルの仕事を手伝ったり、鶏小屋や犬の世話をしていた。ロルフは最近手に入れた新型の撮影機に夢中になっていたが、誰もそのことに気づかなかった。彼はまた自分の仕事や大学の政治紛争のことを詳しく話して聞かせたが、耳を貸すものはいなかった。あの家はもともと平和な家庭だったのに、夫婦喧嘩がもとでおかしな雰囲気になっていた。そのせいで、従姉妹たちはひどく沈んだ顔をしていた。いつものように客のいない部屋の羽根ぶとんに空気を入れに行こうと言ってくれなかったので、ロルフは彼女たちの身体をつねって遊ぶことができなかった。けっきょく服を着替えることもできず、彼は日曜日の夜に満たされない思いを抱いたまま首都にもどる羽目になった。いつもなら叔母さんがビスケットやソーセージをスーツケースに詰めてくれるのだが、今回はそれもなかった。あの家族にとっては、自分よりもモスクワの犬のほうが大切なんだ、そう考えるとやり切れなくなった。月曜日の朝、彼はアラベナ氏と会い、新聞社の角の小さなカフェで朝食をとった。

「犬っころや叔父さんところの夫婦喧嘩のことなど忘れてしまえ。それよりも、間もなく大事件が持ち上がるぞ」ロルフの庇護者アラベナはいつも朝食をたっぷりとるようにしていたが、その料理皿を前にして言った。

「何が持ち上がるんです」

「ここ二ヵ月以内に国民投票が行われるが、準備はすべて整っている。将軍はこれから五年間政権の座に居座るつもりだ」

「なんだ、そんなことですか」

「いや、それが今回は将軍の思惑通りに運びそうにないんだ、ロルフ」

予想通り、クリスマスの直前に国民投票が行われたが、その前に選挙戦があり、国中が騒音とポスターであふれ、あちこちで軍隊の行進や愛国的な記念碑の除幕式が行われた。ロルフ・カルレは慎重に構えて、ときには多少へりくだった態度をとってでもいいから、とにかく肝心なところと底辺からはじめてできるかぎりの情報を集めることにした。あちこちの選挙事務所をまわって、軍の将校や労働者、学生たちと話しあい、前もっておおよその実情をつかんでおいた。投票日には通りという通りに兵隊や警官が配備されたが、投票場には人影がなく、まるで日曜日の田舎町のような感じがした。将軍は投票総数の八十パーセントを獲得して圧倒的勝利をおさめたが、あまりにも露骨な不正行為をしたために思惑とは裏腹にけっきょく物笑いの種になってしまった。カルレは何週間もあちこち嗅ぎまわっていろいろな情報を集めると、駆け出しの記者らしく得意そうな顔をしてその情報をアラベナに伝えた。そのときに彼は、長たらしい説明を加えて今後の政治動向を占ったが、アベルナはからかうような微笑みを浮かべて彼の話に耳を傾けていた。

「何もそんなにむずかしく考えることはないんだ、ロルフ。真実というのは単純明解なものだ。つまり、将軍が憎まれ、恐れられている間は、権力者の座に安閑としていられるが、笑い者になったとたんに、権力者の座からすべり落ちはじめたんだ。この分ではもう一月ともたんだろう」

長年にわたる圧制も反対勢力の息の根を止めることはできなかった。いくつかの組合は法の目をかいくぐって活動し、非合法政党も命脈を保っていた。さらに、学生たちも毎日のように自分たちの不満を表明していた。国家の将来を決定するのは大衆ではなく、勇気ある一握りのエリートだというのがアラベナの持論だった。エリートが合意に達したら、独裁制は崩壊する、支配者をいただく政体に慣れ切っている民衆は、新しいレールが敷かれれば、その上をおとなしく走るものだ、と彼は考えていた。今では十戒を守ろうとするものなどひとりもいないし、人びとは無神論者を標榜しているが、あれは要するに男性優位主義の仮面にほかならない、にもかかわらずカトリック教会は現在でも大きな力を備えており、教会の果たす役割はきわめて重要なものがあると彼は考えていた。

「司祭たちと話し合ったほうがいいだろうな」とアラベナは言った。

「もう話し合いました。あるグループは労働者や中産階級をたきつけていますし、噂によると、司教たちは政府が腐敗している上に、弾圧を行っているというので、非難声明を出すそうです。叔母のブルゲルは夫婦喧嘩をしたあと、告解に行ったのですが、そのとき司祭が居留地で配布していただきたいといって、僧衣の下からパンフレットを取り出してきたそうです」

「ほかに何か聞いていないか」

「対立する政党が盟約を結び、とうとう大同団結したそうです」

「するとあとは軍部にクサビを打ち込んで、連中を分裂させ、反乱を起こさせるだけだ。いよいよその時が来たらしいな、わしの勘に狂いはないよ」アラベナは強い葉巻に火をつけるとそう言った。

その日からロルフ・カルレは事件を記録するだけでは満足できず、人脈を利用して反乱を起こした人たちを援助するようになった。おかげで、反対勢力の精神的な結束がいかに強いかが分かったので、以後兵士たちが互いに敵対するように仕向けた。学生たちは高校や大学を占拠し、人質をとり、ラジオの放送局を襲撃して人びとに街へ出るように呼びかけた。抵抗するものはひとり残らず殺すようにとの厳しい指令を受けて軍隊が出動したが、二、三日すると将校たちの間に不満が広がり、兵隊たちは相反する命令を受け取るようになった。さらに、将校たちも陰謀を企てるようになった。〈クチナシの男〉も負けてはおらず反撃に出た。次々に新手の囚人を地下室に送り込み、いかにもダンディーな感じのする優雅な髪型を崩すことなく自分の手で拷問を行った。いつものように荒っぽい手口を用いたが、それでも政府の崩壊を押しとどめることはできなかった。二、三週間たつと、国内はどうにもならないほど混乱しはじめた。恐怖のあまり長年口をつぐんできた人たちが恐れ気もなくあちこちで議論を戦わすようになった。女たちはスカートの下に武器を隠して運び、生徒たちは夜になると街に出て壁に落書きするようになった。ロルフも、ある朝ダイナマイトの入った袋を下げて大学まで行ったが、そこでびっくりするほど美しい女性に出会った。彼はひと目で彼女が好きになったが、しょせんは実らぬ恋だった。彼女は袋を受け取ると、礼も言わずその袋をかついで立ち去ったが、その後の消息はついに分からなかった。ゼネストが宣言された。商店や学校が閉鎖され、医者は診察をやめ、聖職者は教会の門を閉ざしたが、そのために死者を埋葬することができなくなった。通りから人影が消え、夜になっても誰ひとり明かりをつけなかったので、文明社会が消滅したように思われた。誰もが息をひそめて何かを待ち受けていた。

〈クチナシの男〉は自家用機でヨーロッパに亡命した。彼も今ではひどく年老いているが、相変わらずダンディーな身なりで贅沢な暮らしをしながら、回想録に手を染めて過去を自分の都合のいいように書き変えている。ビロードを張った司教の椅子に座っていた大臣も同じ日に国外に逃亡したが、そのときにかなりの量の金塊を運びだした。逃げ出したのはこの二人だけではなかった。ゼネストは三日間も続かなかった。四人の司令官が反対政党と手を組み、下級将校を焚きつけて反乱を起こさせたが、そのことを知ったほかの連隊も仲間に加わってきた。政府が倒れ、将軍はありあまるほどの金を持って、家族や側近たちとともにアメリカ大使館差しまわしの軍用機に乗りこんで逃亡した。大勢の男女や子供たちがほこりまみれになり、勝利に酔い痴れて独裁者の邸宅に雪崩《なだれ》こんだ。黒人がテラスの白いグランド・ピアノでジャズを弾き、彼らはそのリズムに合わせて次々にプールに飛び込み、おかげで中の水がスープのようにどろどろになった。民衆は治安警備隊の兵営にも襲いかかった。治安警備隊員たちは機関銃で応戦したが、群衆はついにドアをぶち壊して建物の中に雪崩こみ、行く手をさえぎるものをひとり残らず殺害した。囚人を拷問にかけていた連中はたまたまその場に居合わせなかったおかげで難を免れたが、路上でリンチにかけられてはいけないというので何ヵ月も身を隠していた。また、将軍の移民政策のおかげで肥え太ったという理由で、外国人の商店や屋敷も襲われた。

人びとは酒屋のショーウィンドウを壊し、そこから酒瓶を勝手に持ち出すと、独裁制ももうおしまいだといって、みんなで酒をまわし飲みした。群衆は熱狂し、車はうるさくクラクションを鳴らし、通りでは人びとが踊りまわり、誰もが酔い痴れていた。

ロルフ・カルレはそうした喧騒の中で三日間不眠不休でカメラをまわし、今回の事件を撮り続けた。我を忘れ、まるで夢でも見ているような気持ちになっていたので、恐怖はまったく感じなかったが、おかげで、撮影機を担いで治安警備隊の建物にずかずか踏み込み、多くの死体や負傷者、身体をずたずたに切り裂かれたスパイ、〈クチナシの男〉の呪わしい地下室から助けだされた人たちの姿を間近でフィルムにおさめたのは彼だけだった。ロルフは将軍の邸宅にも足を踏み入れたが、そこでは群衆が家具を叩きこわし、収集した絵画をナイフで切り裂き、将軍夫人のチンチラの毛皮のコートやスパンコールのついたドレスを路上にひきずりだしていた。宮殿では、反乱を起こした将校と有力な市民によって構成された臨時の議会が開かれたが、そこにも足を向けた。アラベナはよく頑張ったなといって労をねぎらった後、もうひと働きしてくれといって彼をテレビ局に紹介した。危険をおかして撮った彼のルポルタージュが大きな反響を呼び、テレビのニュース番組を通して名前が知れわたるようになった。

政党が集まって会議を開いた。それまでの経験から血の粛清をすれば、軍部がふたたび実権を握ることになると分かっていたので、とりあえず基本的な合意点を打ち出すことにした。二、三日すると、以前指導的な立場にあった人たちが戻ってきて、腰を落ち着けて権力機構というもつれ、からみ合った毛糸の糸だまを解きほぐしはじめた。一方、土壇場になって反乱派に加わった、国の経済を握っている保守派や少数の支配層も大慌てで宮殿に駆けつけ、じつに巧妙なやり口で政府の要職を独占してしまった。新しい大統領が選出されたが、いざ国家主席の座に就いてみると、彼らの言葉に耳を貸さないかぎり何ひとつ出来ないことを思い知らされた。

こうした混乱はあったものの、ともかくもうもうたる土埃はおさまり、騒音が消え、民主主義の夜明けが訪れた。

ついに独裁制が倒れたが、そのことを知らない人たちが国中のあちこちにいた。考えてみれば、将軍が長年権力者の座に就いていたことさえ知らなかったのだから、それも無理はなかった。彼らは同時代のさまざまな出来事とはおよそ無縁な世界に生きていたのだ。とてつもなく広大なこの国には、歴史上のありとあらゆる時代が共存していた。首都にいる企業家たちが世界各地の取引先に電話をかけて、商売の話をしているというのに、アンデス地方にはスペイン人の征服者《コンキスタドール》たちが五世紀前にもたらした行動規範をいまだに遵守している人たちがおり、ジャングルの中にある集落を訪れると、人びとは石器時代そのままに裸で木の下を歩き回っている。あの十年というのは、大きな混乱が相次ぎ、目を瞠《みは》るような発明品が生み出された時代だが、多くの人にとっては実のところ何一つ変わってはいなかった。民衆というのはもともと寛大で、忘れっぽいところがある。そのおかげで、かつて独裁制の恩恵をこうむっていた人たちやその協力者、あるいは治安警備隊のスパイ、密告者といった連中も懐の深い社会のなかにふたたび組み込まれていった。

アグア・サンタにはあの事件の詳細なニュースが入ってこなかったので、その後興味をもって当時の新聞に目を通すまで、わたしは詳しいことを知らなかった。あの日はたまたま、学校を修復する資金を集めるためにリアド・アラビーが主催したお祭りの日に当たっていた。お祭りは朝早くやって来た司祭の祝福とともにはじまった。最初のうち司祭は、そんなふうに人を集めても、結局は賭け事をしたり、酒を飲んだり、刃物三昧の騒ぎが持ち上がるだけのことだからといって反対していたが、先立っての暴風以来学校の建物の傷みがひどくなっていたので、仕方なく目をつむることにしたのだ。やがて祭りの女王が選ばれ、イネス先生が花と模造真珠を使って作った花冠を町長自らが女王の頭にのせた。午後に闘鶏がはじまった。近くの町からも人がやって来たが、そのときにポータブル・ラジオを聞いていた男が突然、将軍が国外に逃げ、群衆が監獄に襲いかかって、スパイを八つ裂きにしたらしいぞと大声でわめき立てた。しかし、まわりにいた連中は、鶏の気が散るからといってその男を黙らせた。さすがに町長だけはその場を離れしぶしぶ役所にもどると、首都の上司と連絡をとり、指示を仰いだ。町長は二時間ほどして戻ってくると、心配しなくていい、政府が倒れたというのは本当だが、以前と何ひとつ変わりないから、音楽を演奏し、ダンスをしてもいい、わしにもビールを一杯くれ、民主主義を祝って乾杯といこうと言った。真夜中に、リアド・アラビーは集まった金の勘定をし、イネス先生にそれを渡すと家に戻ってきた。疲れてはいたが、自分が音頭を取って主催したお祭りが成功をおさめ、いよいよ学校の屋根ができると分かったので、ひどく機嫌がよかった。

「独裁制が倒れたわ」わたしは彼が戻ってくるとすぐにそう言った。あの日は、スレーマがお決まりの発作を起こしたので、一日中看護をし、その後台所で彼の帰りを待っていたのだ。

「ああ、そのニュースは聞いたよ」

「ラジオでそういってたけど、これからどうなるの」

「べつに心配することはない、ずっと遠くで起こったことだ」

二年経ち、民主主義体制が固まった。いまだに独裁制をなつかしんでいるのはタクシー組合と何人かの軍人だけだった。石油は相変わらず地の底からふんだんに湧き出していた。誰もが心の中で現在の好景気は永遠に続くだろうと信じきっていたので、何かに金を投資しようとは考えなかった。命を賭けて将軍を倒した大学生たちは、新政府に裏切られたと感じ、アメリカ経済に膝を屈しているといって大統領を非難していた。キューバ革命が勝利を収めたというニュースが大陸全体に燎原の火のように広まった。あちらでは、人びとが生活を変革しつつあったが、そのニュースが美しい言葉とともに伝えられた。また額に星をいただいたチェ・ゲバラがアメリカ大陸のどこであろうと戦う覚悟であちこち移動していた。若者たちはチェ・ゲバラにならって髭をたくわえ、カール・マルクスの思想やフィデル・カストロの言葉を暗記していた。大学の壁には、「真の革命家は、革命を起こす条件が整っていなければ、それを作り出してゆかなければならない」という落書きが消せないペンキで書かれた。中には、暴力を用いない限り民衆は権力を手に入れることができないと信じ、今こそ武器をとって立ち上がるべきときだと考えるものもいて、そこからゲリラ活動が生まれてきた。

「彼らの姿をフィルムにおさめたいんです」とロルフ・カルレはアラベナに言った。

彼は口数の少ないもの静かな色の浅黒い若者に導かれて山の奥ふかく入ってゆき、山羊の通る道を通って夜に若者の仲間が身をひそめている場所にたどり着いた。ゲリラ部隊と直接接触をもった新聞記者は彼のほかにいなかったし、彼らのキャンプをフィルムにおさめ、指揮官たちから信頼されていたのも彼だけだった。そこで彼はウベルト・ナランホと知りあった。

ナランホは少年時代スラム街の仲間を集めてボスにおさまり、裕福な人たちの住む地区を荒らしまわっていた。そのころ裕福な家庭の息子たちは映画に出てくるチンピラの真似をして徒党を組み、革のジャケットを着こんでクロームメッキのバイクにまたがり市内を走り回っていたが、ナランホはチェーンとナイフで武装したそうした連中を敵にまわして戦った。良家の息子たちが自分たちの住む地区で猫を絞め殺したり、ナイフで映画館のシートを切り裂いたり、公園で子守女にいたずらをしたり、アドラトリーセス修道院に潜りこんで尼僧を脅かしたり、あるいは十五歳の誕生日を迎えた良家の女の子のパーティに押しかけて、ケーキの上に小便をひっかけたりしている間は、内聞のこととして済ますことができた。ときどき警官が彼らをつかまえて署に連行し、両親を呼びつけた。両者は穏やかに話し合い、子供たちは書類に名前を書き留められることもなくすぐに釈放された。罪のないいたずらですよ、何年かすれば一人前になり、革のジャケットのかわりにスーツにネクタイを締め、父親の会社を経営したり、国家の将来をになうようになりますからとにこやかに笑いながら話し合ったものだった。しかし、その連中が下町にまで進出し、乞食のペニスにカラシやぴりぴりするトウガラシを塗りつけたり、ナイフで娼婦の顔に傷をつけたり、共和国通りでオカマを捕まえて痛めつけたりするようになった。そうと分かった以上放ってはおけず、ウベルトは仲間を集めてあの地区を守ることにしたのだが、そうして生まれてきたのが市民の恐怖の的になった不良グループの〈ペスト〉だった。彼らは路上でオートバイに真正面から立ち向かい、その後には打撲傷を負ったもの、気を失ったもの、ナイフで傷つけられたものが取り残された。そこへ暴徒鎮圧用の装備を備え、警察犬を載せた装甲車が突然現われて、警官が彼らに襲いかかったが、どういうわけか黒のヘルメットをかぶった肌の白い少年たちだけはかすり傷ひとつ負わず家に帰っていった。残りのものは兵営に連行され、中庭の敷石の上に血の筋が流れるまで殴打された。〈ペスト〉が解散したのはそんなふうに殴られたからではなく、別のもっと大きな力が働いたせいで、そのためナランホは首都から遠くはなれることになった。

ある夜、安食堂で働いている友人のネグロが秘密の会合があるから一緒に行かないかと声をかけた。入り口で合言葉を口にすると、閉め切った部屋に案内された。中に何人もの学生がいて、それぞれ偽名を使って自己紹介した。ウベルトもほかの連中と一緒に床に腰を下ろしたが、彼とネグロは大学どころか高校も出ていなかったので、何とも場違いなところに来てしまったなと感じた。しかし、すでに武力闘争に加わっていたネグロは爆発物の専門家として名を知られており、そのせいで一目置かれていることがすぐに分かった。ネグロが、こちらが〈ペスト〉のリーダーのナランホですといって紹介した。みんなはナランホが肝っ玉の据わった男だという噂を聞いていたので、大喜びした。若者のひとりがしゃべりはじめたが、それを聞いて自分が何年もの間疑問に思っていたことを言葉にして言ってもらったような気がした。言ってみれば、それは啓示だった。彼らは熱っぽく議論を戦わせていた。何を言っているのかよく分からなかったし、それを繰り返せと言われてもできない相談だったが、そのとき初めて聞いた彼らの考えに照らし合わせてみると、カントリー・クラブに出入りしている若者たちと喧嘩をしたり、官憲を敵にまわして戦うのはしょせん子供の遊びでしかないと直感的に感じ取った。ゲリラと接触することによって彼の人生は一変した。それまで彼は社会的不正というのは自然の秩序の一部で、避けようのないものだと思っていたが、彼らが人間の愚かしさのなせるわざだと言うのを聞いて驚いた。人間は生まれたときから深い溝によって分け隔てられているのだ、そうと分かったときナランホは彼らとともに戦って自分のやり場のない怒りをすべてぶつけようと心に決めた。

黒いジャケットを着た連中とチェーンで渡り合うのと、軍隊を相手に銃を持って戦うのとではわけがちがうので、ゲリラ部隊に加わるというのは男らしいことに思えた。それまで路上で暮らしてきて、怖いと思ったことなど一度もなく、ほかの不良グループと戦ったときも一歩も後に引かなかったし、兵営で拷問を受けたときも泣きを入れたりしなかった。毎日のように修羅場を潜ってきたわけだが、数年後にはその彼が縮み上がるような事態が待ち受けていた。

最初のうちは壁にスローガンを書いたり、パンフレットの印刷をしたり、ポスターを貼ったり、弾よけの防盾を作ったり、武器を入手したり、医薬品を盗みだしたり、共鳴者を仲間に引きいれたり、隠れ場をさがしたり、軍事教練をしたりと、もっぱら首都で活動していた。仲間と一緒にプラスチック爆弾の使い方や手製爆弾の作り方、高圧電線の切断の仕方、鉄道のレールや道路を爆破する方法などを学んだ。というのもそういう活動を行えば、ゲリラ兵士が大勢いて、しかもきわめて組織化されているような印象を与えるだろうし、そのことによってまだ踏み切れないでいる共鳴者を仲間にひきこみ、兵士たちの志気を高め、敵に戦意を失わせることができるだろうと考えていたからだった。犯罪行為を犯すと、新聞は待ち受けていたように書き立てたが、そのうちテロ行為の報道が禁止された。

国民がそうした事件を知ろうとすれば、町の噂や家庭用の印刷機で刷られたパンフレット、あるいは地下のラジオ放送に頼るしかなかった。若者たちはさまざまな方法をつかって大衆を扇動しようとしたが、冷淡な、あるいは人をばかにしたような民衆の顔を前にすると、彼らの革命的熱情も冷水を浴びせられたようになった。石油さえあれば豊かな暮らしができるという幻想が国中を覆っていたために、人びとは何ごとにも無関心になっていた。ウベルト・ナランホは鬱屈した思いを抱いて毎日を送っていた。ある日会合に出ると、山岳地帯の話が出て、向こうには百戦錬磨の強者《つわもの》たちがいるだけでなく、武器もあれば、革命の種子もあるという話を耳にした。民衆万歳、くたばれ帝国主義、こうした言葉を大声でわめき、口にし、ささやいた。言葉が、無数の美しい言葉や汚い言葉がやりとりされた。ゲリラは銃弾よりもたくさんの言葉を持っていた。ナランホは演説が得意ではなかったし、そうした熱っぽい言葉をどう使っていいかも分からなかった。しかし、間もなく自分なりに政治的な考えを持つようになった。理論的指導者のように自分の考えを理路整然と語ることはできなかったが、燃えるように激しい闘争心で人を引きつけた。腕っぷしが強く、勇敢だという評判がたっていたので、結局彼は前線に送られることになった。

ある日の午後、彼は誰にも別れを告げず旅立った。そうした活動をするようになって以来疎遠になっていた〈ペスト〉の仲間にも事情を説明しなかった。行く先を知っていたのはネグロだけだが、彼はたとえ殺されても口を割らなかったにちがいない。山岳地帯に着いて数日後、ウベルト・ナランホは、今まで自分のしてきたことがまったく無意味なものであり、今度こそ本当に自分が試されるときが来たと感じた。それまで考えていたようにゲリラというのは闇に隠れた軍隊ではなく、実際は十五人から二十人くらいの若者のグループが山あいの小道に散らばっていた。全員を足しても、これで果たして革命が起こせるのだろうかと思えるほど人数が少なかった。とんでもないところに来てしまったな、ここにいる連中はみんな頭がどうかしているんだと考えたが、彼にはなんとしても戦いに勝利をおさめるのだというはっきりした目標があったので、すぐにその考えを振り捨てた。人数の少ない分、それだけひとりひとりの負担が大きくなったが、何よりも肉体的苦痛に耐えなければならなかった。三十キロもの補給品を背負い、武器を持って強行軍をする羽目になったが、神聖な武器を水に濡らしたり、ぶつけたりすることは許されなかった。片時も銃を手放さず、何も口にせず、隊列を組んで黙々と歩き、身をかがめ、山や谷を登り降りしなければならない。そのうち全身の筋肉が耐え切れなくなって苦しそうな呻き声をあげ、手の皮は中に黒い液体の詰まった風船のようにパンパンにふくれ上がり、虫に刺されたために目を開けることができなくなり、長靴の中で足の皮がめくれて血が吹き出す。登ってゆくほどに苦痛が大きくなる。やがて静寂が訪れるが、人を受けつけない緑一色の風景の中で彼は静寂の本当の意味を理解し、風のように音もなく動きまわることを学んだ。あのようなところで溜め息を漏らしたり、リュックサックや銃が何かに擦れたりすると、まるで鐘を鳴らしたような大きな音がし、それが命取りになりかねないのだ。敵はすぐそばにいた。身動き一つせず何時間でも辛棒強く待ち続けなければならない。ほかのものが浮き足立つから、恐ろしくても顔に出すんじゃないぞ、ナランホ、仲間もみんな腹を空かせ、喉を渇かせている、だから我慢するんだ。いつも濡れた服を着、不快感に耐え、うす汚れていた。夜の冷え込みや昼の厳しい暑さ、泥、雨、蚊、ナンキン虫、化膿した傷、裂傷、こむら返り、そうしたものに責め苛まれ、身体中の節々が痛んだ。最初は方角を見失い、自分のいる場所がどこか分からずやみくもに山刀をふるっていた。足もとには雑草、灌木、木の枝、石ころ、藪があり、上を見上げると、木々が鬱蒼と生い茂っていて太陽の光を遮っていた。そのうち、目が野獣のように鋭くなり、自分がどこにいるのか見当がつくようになった。顔から笑みが消えて、肌は土色に、目は乾いて冷たい光を帯びるようになった。空腹以上に辛いのは孤独感だった。ほかの人と接したい、女性と一緒にいて、その身体を愛撫したい、そう考えはじめるとたまらなくなった。しかし、あそこには男しかおらず、それぞれが自分の肉体の殻の中、自分の過去や恐怖心、妄想の中に閉じこもっていて、肌を暖め合うことはなかった。ときどき仲間の女性がやって来る。そんなときは誰もがその女性に膝枕をしてもらいたいと願ったが、それは叶わぬ夢でしかなかった。

ウベルト・ナランホは、本能、反射神経、衝動、張りつめた神経、骨、皮膚、ひそめた眉、固く結んだ口、引きしまった腹部、すなわちジャングルに生きる野獣に変わりつつあった。山刀とライフル銃はすっかり手になじんで、身体の一部になっていた。目と耳が研ぎすまされ、眠っているときでも警戒を怠らなかった。驚くほど粘り強くなり、死ぬまで、つまり相手を倒すまで戦えるようになった。二者択一などありえない、夢を見て、それを実現するんだ、夢を見るか死ぬかだ、前に進むしかないんだ。彼は自分の身を顧みなくなった。岩のようにいかつい感じがしたが、何ヵ月か経つうちに彼の心の中にあった種子が柔らかくなり、芽をふいて新しい実を結んだ。人に対してやさしくなったが、それが新しい変化の兆しだった。彼は今まで誰からも同情されたことはないし、人をあわれに思ったこともないので、そういう気持ちになったのは初めてだった。口数が少なく、いかつい外見をしていたが、その背後でやさしさが育まれていた。他人に対するかぎりない愛情のようなものが生まれてきたが、そのことに気づいていちばん驚いたのはほかでもない本人だった。仲間のことを思うようになり、彼らのためなら命を捨てても惜しくないと考えていた。彼らを抱き締め、兄弟、愛しているよ、と声をかけたくてたまらなかった。その後、その感情は名もない民衆にまで及んだが、そのとき初めてかつての自分の激しい怒りが変化したことに思い当たった。

そのころにロルフ・カルレはウベルトと知りあった。少ししゃべっただけで、ロルフはこの男は大変な人物だと感じた。この男とはこれからも何度か思わぬ出会いをもつことになるだろうという予感がしたが、直感をあまり信じてはいけないと思い、すぐにその考えを振り捨てた。

第八章

　カマルが姿を消して二年ばかり経つと、スレーマは相変わらず落ち込んでいたが、精神的にはかなり安定してきた。食欲が戻り、以前のようによく眠るようになった。ただ、何を見ても関心を示さなかった。まるで別世界にいるように、柳を編んだ肘掛け椅子にじっと腰を下ろし、日がな一日ぼんやり中庭を見ていた。わたしのお話やラジオ・ドラマを聞いているときだけは目を輝かせたが、スペイン語の記憶が戻っていないようなので、分かっていたかどうかは疑わしかった。リアド・アラビーは部屋にテレビを入れたが、彼女は見ようとしなかった。いずれにしても、電波障害のせいで映像がまるで別の惑星から送られてきたメッセージのようにぼやけていたので、近所の人やお客さんに見てもらおうと店に運んだ。女主人はもうカマルのことを覚えていなかったし、恋人を失ったことを嘆いてもいなかった。もともとそういう気質だったのだろうが、一日中何もせずぼんやりしていた。家事や夫婦生活にまつわるこまごましたことや自分自身の身の回りのことなどいろいろな用事があったが、病気を口実にそうしたことを何ひとつしなかった。普通の生活を送ろうとして努力をするよりも、悲しみに沈み何もしないでいるほうがずっと楽だったのだ。何もしないでいるいちばんいい方法は死ぬことだと考えはじめたのは、たぶんそのころのことだろう。死んでしまえば、血管に血液を送ったり、肺に空気を送り込んでやる必要はない。そのときこそ本当に休むことができるだろう、何も考えず、何も感じず、存在することもなくなるのだ。夫はアグア・サンタから小型トラックで三時間ほどのところにある地方病院に連れていった。向こうで検査を受け、抗鬱剤をもらったが、そのときに首都へ行けば電気ショックによる治療を受けられますといわれた。しかし、彼は妻にそのような治療を受けさせようとは思わなかった。

「もう一度鏡をごらんになるようになれば、治ったということなんですけどね」わたしはそう言うと、ふたたびコケティッシュなポーズをとるようにと女主人を大きな鏡の前に立たせた。「以前は本当に白い肌をしておられたんですよ、覚えておられます？　目のお化粧をしてあげましょうか」しかし鏡に映っているのはクラゲのように輪郭のぼやけた人の姿でしかなかった。

わたしたちはいつの間にかスレーマは大きくて弱々しい植物のような存在だと考えるようになり、以前通り家事をしたり、〈東方の真珠〉で仕事をするようになった。わたしはふたたびイネス先生の家に通うようになった。最初のうちは二音節の単語を読むことも出来なかったし、字も幼児のように下手な字しか書けなかった。けれども、あの町では大半の人が字を読めなかったので、自分の無知も気にならなかった。ゆくゆくは自活できるようにしっかり勉強するんだ、夫に頼って生きて行くのはよくない、金を出せば、口も出すものだよ、とリアド・アラビーはよく言ったものだった。わたしは一所懸命勉強したが、歴史と文学、それに地理が大好きだった。イネス先生はアグア・サンタから外に出たことがなかったが、家の壁に地図が貼ってあった。午後になると、ラジオのニュースを聞いて、事件のあったわたしの知らない土地をひとつひとつ教えてくれた。百科事典を読んだり、先生に教えてもらったりしてわたしは世界中を旅した。けれども算数はまったくだめだった。掛け算ができないようじゃ、店を任せられないじゃないか、とトルコ人は言った。わたしは言葉をもっと自由に使えるようになりたいとそればかり考えていたので、彼の言うことはあまり気にならなかった。熱心に辞書を引き、何時間も韻を踏んだ言葉を探し、反意語を調べ、夢中になってクロスワード・パズルを解いた。十七歳くらいになると、身体はすっかり成長し、顔立ちもほぼ今のようになった。そのころには鏡をじっと見詰めて、映画や雑誌に出てくる美しい女性と自分を比べたりしなくなった。自分の容貌についてはそれ以上考えないことにしたのだ。髪はポニーテールにして後ろに垂らし、自分で作ったコットンの服を着、ズック靴を履いていた。村の若い連中やビールを飲みに立ち寄ったトラックの運転手がときどき声をかけてきたが、リアド・アラビーは口うるさい父親のように彼らを追い払った。

「ああいう手合いを相手にしちゃだめだ。お前を愛し、大切にしてくれるもっと立派なお婿《むこ》さんを見つけなくてはな」

「スレーマはわたしを必要としていますし、ここで暮らせるだけで幸せなんです。だから結婚なんかしません」

「女性は結婚してはじめて一人前になるんだ。一人身でいると、心がかさかさに乾いて、血の病にかかる。だけどお前はまだ若いから、慌てることはないだろう。将来に備えて準備しておくといい。そうだ、秘書の勉強をしてみたらどうだ？　わたしの目の黒いうちは不自由な思いをさせないが、いつ何時何が起こるか分からないからね。とにかく何か手に職を持つことだ。いずれいいお婿さんを見つけて、すてきな服を買ってあげるよ。そのときは美容院へいって、今はやりの髪型にしてもらうといい」

あのころ、わたしは手当たりしだいに本を読みあさっていた。家事や病人の看病をし、店に出て主人を手伝ったりした。毎日が目の回るほど忙しかったので、自分のことを考えているゆとりなどなかった。ただ、自分では気づかなかったが、心の中にはいろいろな憧れや不安が渦巻いており、それがお話のなかに出てくるようになった。イネス先生からそれをノートに書き留めてみたらと言われたので、夜に書くことにした。それがあまり楽しかったので、いつの間にか時間が過ぎてしまい、翌朝真っ赤な目をして起きる羽目になった。そのころから、ひょっとするとこの世には何も存在していないのではないか、現実というのはつかみどころのないゼラチン状の物体で、それを自分の五感がいいかげんに捉えているだけではないだろうかと考えるようになった。スレーマやリアド・アラビー、そのほかの人たちのものの捉え方というのはおそらくそれぞれ違っているのだろう、彼らはたぶんわたしと同じ色を見たり、同じ音を聞いてはいないのだ。しかし、そうだとすると、人間は絶対的な孤独の中に生きていることになる。わたしは恐ろしくなった。自分はそのゼラチンを手に取り、自分の好きなものを作り出すために形を与えているのだ、それは以前の主人で、ユーゴスラヴィア人の婦人が作っていた三銃士やスフィンクスのような現実の模造ではなく、血の通った人物が生きている独自の世界で、自分の手で規則を作り、好き勝手に変えているのだと考えると、多少心が慰められた。わたしのお話が誕生する不動の砂、その上で生まれ、死に、生起する一切のものはわたしという人間がいてはじめて存在するのだ。わたしはその砂の上に自分の好きなものを置き、正しい言葉を発してそれに生命を与えるのだ。自分のまわりには実在の人間がうごめいている捉えどころのない世界があるが、それよりもわたしが想像の力で作り上げた宇宙のほうがよりいっそう明瞭な輪郭を備え、永続的なものではないだろうか、そんなふうに考えることもあった。

リアド・アラビーはそれまでと同じようにみんなの問題で頭を悩ませ、誰かと同行したり、助言を与えたり、いろいろな企画を立てたりしていたが、それもこれもすべて人のためにしていた。スポーツ・クラブの理事を務め、あの共同体の将来計画のほとんどすべてに関わっていた。週に二回、夜何も言わずに家を出てゆき、遅くなってから帰ってきた。中庭のドアからこっそり戻ってくる音が聞こえると、わたしは気づかれないようこっそり明かりを消して、寝たふりをした。それ以外のときはまるで実の親娘のように仲よく暮らしていた。あなたには信仰心がないんじゃないかってみんなが噂しているわよとイネス先生からしょっちゅう言われていたし、彼は彼で村には回教寺院がないし、儀式に直接加わる必要がないのだから、キリスト教の寺院でアラーをたたえるお祈りを上げても実害はないだろうと考えていたので、ミサには二人して出かけて行った。男たちの中には教会の後ろに立ち、跪《ひざまず》くのは女々しいと考えて仏頂面をして突っ立っている男たちがいたので、わたしもそれにならった。彼はその位置から誰にも気づかれずにイスラム教のお祈りを上げていた。アグア・サンタに新しい映画館ができたので、わたしたちは映画が換わるたびに欠かさず出かけるようになった。ロマンチックな映画やミュージカルものがかかると、まるで身障者のようにスレーマの両脇を二人で抱えるようにして連れて行った。

雨季が終わり、先日の川の氾濫で不通になったハイウェイが修復されると、リアド・アラビーは〈東方の真珠〉の在庫がなくなったので、仕入れに行くと言い出した。わたしはスレーマと二人きりになるのが嫌で仕方なかった。これは仕事なんだよ、仕入れをしないと破産してしまうからね、彼は出かける前にいつもそんなふうに言ってわたしを励ましてくれた。口には出さなかったが、あの家が恐ろしかったし、壁にはまだカマルの呪いがかかっているような気がしてならなかった。ときどき彼の夢を見た。闇の中で、彼の体臭、熱い息づかい、彼の裸体とこちらを狙っている勃起したペニスがはっきりと感じ取れることがあった。そんなときは母の名を呼んで、あの男を追い払ってほしいと頼むのだが、いつも呼び掛けに応じてくれるとはかぎらなかった。カマルがいなくなってはじめて、あのときは彼のいることによく耐えられたものだと驚いた。夜になると、彼のいなくなった空虚感が静かな部屋を占領し、いろいろなものに乗り移り、時間を満たした。

リアド・アラビーは木曜日の朝に小型トラックで出かけたが、金曜日の朝食の時間になると、スレーマは夫のいないことに気づいて、彼の名を小さくつぶやいた。彼女は長い間夫のことをまったく構いつけなかったが、そのとき初めて彼の名を口にしたので、ひょっとするとまた例の発作が始まるのではないかと心配になった。しかし、旦那様は仕入れに行かれましたと言うと、ほっとした様子だった。気晴らしになるだろうと考えて、わたしはその日の午後、彼女を中庭に連れ出し、隠してある宝飾品を掘り出すことにした。しかし、何ヵ月も地中に埋めてあったので、どこにあるか分からず宝石箱を見つけだすのに一時間以上かかった。それを掘り出し、土をはらってスレーマの前に置くと、宝飾品を布でぴかぴかに磨いた。彼女の耳にイアリングをつけ、十本の指に指輪をはめ、首に鎖とネックレスを下げてやると、鏡を取りに行った。

「本当にすてきですわ、まるで偶像みたい……」

「隠す場所を変えておいてちょうだい」スレーマは装身具を外しながらアラビア語でそう言うと、ふたたび無表情な顔にもどった。

隠し場所を変えるというのはいい考えだと思ったので、箱に装身具をしまいこむと、湿気のはいらないようプラスチックの袋に入れ、家の裏手の雑草に覆われた崖のところへ行った。そこの木のそばに穴を掘り、箱を埋めて地面を踏み固めた。その後、隠した場所が分かるように尖った石で木の幹に印をつけた。お百姓さんがお金を隠すときにそうすると聞いたことがあったのだ。あの辺りではそんなふうにして貯め込んだお金を埋めておく習慣があったので、その後高速道路を作るためにブルドーザーが入ったときに、インフレのせいで価値のなくなった貨幣や紙幣のつまった壺が沢山出てきたとのことだった。

日が暮れると、スレーマに夕食を食べさせ、ベッドに寝かしつけた。わたしはその後遅くまで廊下で縫いものをした。リアド・アラビーがいないので寂しくて仕方なかった。うす暗い家の中はほとんど物音がせず、コオロギの声も風の音も聞こえなかった。真夜中ごろになってベッドに入ることにした。家中の明かりをつけ、ヒキガエルが入ってこないように各部屋の鎧戸をおろした。カマルの亡霊、あるいは悪夢に出てくる人物が姿を現わすかもしれないので、逃げだせるように裏のドアは開けておいた。ベッドに入る前にスレーマの様子を見に行くと、シーツにくるまって静かな寝息を立てていた。

わたしはいつものように夜明けとともに起き出し、台所へ行ってコーヒーを淹れるとそれを小さなカップに入れ、中庭を通って彼女のところまで運んだ。そのときつけっ放しにしてあった明かりをひとつずつ消していったが、見ると電球の光を求めて集まってきたホタルの死骸が沢山こびりついていた。女主人の部屋に行くと、そっとドアを開けて中に入った。

スレーマは両手両脚を広げ、半ばベッドからずり落ちるような格好で横たわっていた。顔は壁のほうを向き、青みがかった黒い髪の毛は枕のうえに広がり、大きな赤いしみがシーツとナイト・ガウンを染めていた。洗面器に生けた花よりも強い匂いが鼻をついた。わたしはゆっくりそばに近づき、テーブルの上にコーヒー・カップを置くと、スレーマの上にかがみ込み、身体を半回転させた。彼女は銃口をくわえて引き金をひいたらしく、口蓋が吹きとばされていた。

わたしは武器をひろい上げると、汚れを拭きとり、リアド・アラビーがいつもしまい込んでいたタンスの引き出しの下着の間に押し込んだ。そのあと、彼女の身体を床に落としてシーツを取り替えた。洗面器に水を張り、スポンジとタオルを取ってくると、ナイト・ガウンを脱がせて身体を洗った。見苦しい死に様を人に見られるのがつらかったのだ。目を閉じてやり、瞼のところにきれいにアイシャドゥーを塗り、髪に櫛を入れ、いちばんいいナイト・ガウンを着せてあげた。

人は死ぬと、まるで石のように重くなるので、ベッドまで持ち上げるのにひと苦労した。すべてが終わると、スレーマのそばに腰をおろし、最後に恋のお話をしてあげた。一日がはじまったのか、毎週土曜日になると、子供や老人、それに犬を連れてもの乞いにやって来る先住民《インディオ》たちの通ってゆく音が聞こえてきた。

リアド・アラビーの家を最初に訪れたのは、白いズボンに麦藁帽をかぶった年齢不詳の先住民《インディオ》の酋長だった。毎週その日にトルコ人からタバコをもらっていたので、いつものように店に顔を出したが、閉まっていた。そこで裏手にまわり、前の晩わたしが開け放しておいたドアから中に入ってきた。中庭に入り、泉水の前をとおって廊下を抜けて、スレーマの部屋までやって来た。戸口から中をのぞき込み、わたしがいることに気がついた。いつも〈東方の真珠〉のカウンターの向こうに立っていたので、すぐにわたしだと分かったのだ。真白なシーツや黒光りしている家具、細工を施した銀製のブラシなどを眺めたあと、刺繍を施したネグリジェを着て、礼拝堂の聖人像のように安置されている女主人の遺体に目をとめた。窓のところには血まみれになった服が重ねてあったが、それにも気がついたようだった。そばにやって来ると、何も言わずわたしの肩に手を置いた。とたんに、まるで遠い世界から戻ってきたようにはっと我に返り、それまでずっと堪えていたものがぷつんと切れて、とめどなく泣き出してしまった。

そのあと、警官隊がまるで本格的な手入れでもするようにドアを蹴破り、大声でわめきながら部屋に入ってきたが、わたしはずっとその場に座っていた。あの先住民《インディオ》もその場にいてくれたし、彼の部族のものたちはぼろ布をまとった群衆のように中庭でひしめき合っていた。その後ろからアグア・サンタの住民がひそひそ話し合ったり、肘で突っきあったりしてやってくると、中をのぞき込み、その後家の中に入り込んできた。彼らがあの家に足を踏み入れたのは、従兄弟のカマルの歓迎パーティ以来のことだった。スレーマの部屋の様子を見て、中尉はただちに捜査の陣頭指揮を取ることにした。

まず、天井にむけて拳銃をぶっぱなし、弥次馬を追い払い、うるさく騒ぎ立てている連中を静かにさせた。その後、指紋が消えてはいけないからといって全員を部屋から追い出し、最後にわたしに手錠をかけたが、それを見てまわりのものはもちろん、部下のものまでが目を丸くしていた。数年前に道路工事をするために、サンタ・マリーア刑務所から囚人が連れてこられたことがあるが、町の人が手錠をはめられた人間を見るのはそれ以来初めてのことだった。

「ここから動くんじゃないぞ」と中尉はわたしに命令した。警官たちが部屋の中を調べて銃をさがし、洗面器とタオルを発見し、店の金と銀製のブラシを押収した。先住民《インディオ》の酋長は部屋に残って、わたしに近づこうとするものがいると、その前に立ちはだかってかばってくれたが、その彼もむりやり追い出された。そのとき、イネス先生が駆けつけてきたが、その日は掃除の日だったので部屋着姿のままだった。先生はわたしから事情を聞きだそうとしたが、中尉に止められた。

「リアド・アラビーに連絡しなくてはいけないわ」彼女は大声でそう言ったが、あのトルコ人がどこにいるのか誰も知らなかった。

人びとが慌ただしく駆けまわり、命令する声が飛び交い、ひどく騒々しかったが、おかげで家の中がいつもとちがって見えた。この分だと床に雑巾がけをし、傷んだところを修理するのに丸二日はかかりそうだわ、とわたしは考えていた。リアド・アラビーが首都まで仕入れに行っていることも忘れて、こんなに家が荒らされているのに、あの人は何をしているのかしらと不思議に思った。スレーマの遺体がシーツにくるまれて運びだされたが、そのときもこんなことをさせておいていいのかしらと考えていた。胸の中では絶叫が冬に吹き荒《すさ》ぶ風のように吹き荒れていたが、それを表に出すことができなかった。やがて警察のジープで連行されたが、そのときあの先住民《インディオ》がわたしのほうにかがみ込んで何か言った。あのときの顔は覚えているが、言っていることは理解できなかった。

わたしは警察署の狭くて暑苦しい独房に入れられた。喉が渇いていたので、水を持ってきてほしいと言おうとした。言葉は心の中で生まれ、ふくれ上がり、上へと昇ってゆき、頭の中でわんわん鳴り響き、喉もとまで来ているのだが、口の中で貼りついたようになって、口に出して言うことができなかった。何とかして楽しい情景を、つまり歌をうたいながら髪を三つ編みにしてくれている母のことや剝製のおとなしいピューマの背中にまたがっている小さな女の子の姿、独りものの姉弟が住んでいる家の食堂にかかっていた絵の中の砕け散る波、すてきなおばあちゃんエルビーラと二人で笑い転げながら行ったお通夜ごっこのことなどを思い浮かべた。わたしは目を閉じて、待つことにした。それから何時間もたって、前の日〈東方の真珠〉でサトウキビの焼酎を注いであげた軍曹がわたしのところにやって来た。軍曹は当番士官が座るデスクの前にわたしを立たせると、自分はそばの学童用の机に座り、おぼつかない手つきでのろのろ供述の筆記をはじめる準備をした。その部屋はくすんだ緑色のペンキが塗ってあり、壁に沿って金属製のベンチが一列に並べてあった。また、権威を持たせるつもりなのか、一段高くなった段のうえに署長のテーブルが置いてあった。天井に取りつけた扇風機の羽根がまわっていたが、蚊を追い払うくらいの役にしか立たず、じっとり湿気を含んだしつこい暑さは少しもやわらがなかった。わたしは家の、アラビア風の泉水や中庭の石の間を流れる水の澄んだ音、授業をするときにイネス先生が用意してくれるパイナップル・ジュースの入った容器のことなどを思い浮かべた。そのとき、中尉が入ってきて、わたしの前に仁王立ちになった。

「名前は何というんだ」と大声でわめいた。わたしは何とかして答えようとしたが、言葉がつかえたようになってどうしても出てこなかった。

「この子はエバ・ルーナという名で、あのトルコ人が仕入れに行ったときに拾ってきた子ですよ。あのころはまだほんの子供でしたがね、覚えておられないんですか」と軍曹が横から口をはさんだ。

「うるさい、おまえに訊いているんじゃない」

中尉は気味が悪いほど落ちつきはらった態度でそばに寄ってくると、にやにや笑いながらわたしのまわりをぐるぐるまわり、頭のてっぺんから爪先までじろじろ眺めた。彼は色が浅黒くて陽気なうえに、ハンサムだったので、アグア・サンタの若い娘たちは大騒ぎしていた。先の選挙が終わったあと、公務員が大勢クビになり、警察でも何人か更迭された。その代わりに与党を支持している人間が送り込まれてきたのだが、彼もそのひとりで、二年前から町に来ていた。リアド・アラビーの店によく顔を出していたし、ときにはドミノをして遅くまで腰を据えていることがあったので、顔はよく知っていた。

「どうして彼女を殺したんだ。盗みが目的だったのか。噂では、あの奥さんはなかなかの物持ちで、中庭に宝物を埋めていたそうじゃないか。さあ、白状しろ、売女め。盗んだ宝石をどこに隠した」

拳銃、スレーマの固く強張った身体、あの先住民《インディオ》が来る前に施した死化粧のことなどを思い出すのに長い時間がかかった。ようやく思い出したが、とたんにあの計り知れないほど大きな不幸の重みがのしかかってきて、舌が動かなくなり、何も答えられなくなった。中尉は手をあげ、腕を振りまわして拳でわたしを殴りつけた。その後のことは何ひとつ覚えていない。気がつくと同じ部屋にひとり取り残され、椅子に縛られた上に、衣服を剝ぎ取られていた。喉が渇いて仕方なかった、ああ、パイナップル・ジュースが、泉水の水が飲みたい……。あたりはすでに薄暗くなっていて、天井の扇風機のそばからぶら下がっている明かりが部屋を照らしていた。身体を動かそうとしたが、全身、とりわけタバコの火で火傷させられた個所が痛んだ。しばらくすると軍曹が軍服の上着を脱いだまま部屋に入ってきたが、シャツが汗まみれになり、不精髭が伸びていた。わたしの口についた血を拭きとり、顔にかかった髪の毛をはらいのけてくれた。

「白状したほうがいいぞ。これで終わったわけじゃない、まだ序の口だ……。中尉が女性に対してどういうことをするか、あんたは知らないだろうな」

スレーマの部屋で何があったのか目顔で伝えようとしたが、またしても目の前が暗くなった。気がつくと床の上に座り、両膝の間に顔を埋ずめていたが、首には髪の毛が巻きついていた。かあさん、とわたしは声にならない声で呼びかけた。

「ロバよりも頑固な子だな」と軍曹は心から気の毒そうな表情を浮かべてつぶやいた。

彼は水を持ってくると、わたしの頭を支えて飲ませてくれた。その後ハンカチを水に浸し、顔や首の傷を丁寧にぬぐってくれた。目が合うと、父親のように優しく微笑みかけてきた。

「できれば助けてやりたいんだよ、エバ。これ以上痛めつけられるのは、とても見ていられない、だけど相手は上官だから、どうにもならないんだ。どんなふうにしてあの奥さんを殺し、どこに盗んだ品物を隠したのか教えてくれないか、そうしたら中尉にうまく話をして、いますぐ少年裁判所の判事のところへ身柄を移すようにはからってやる。さあ、どうなんだ……。どうした。口がきけないのか。もっと水を飲むといい、元気が出たら、少し話をしよう」

わたしはたてつづけに水を三杯飲んだ。冷たい水が喉を通過してゆくのが心地よくて、にっこりほほえんだ。軍曹はわたしの手を縛っていたロープをほどき、服を着せると、頰を軽く叩いた。

「かわいそうにな……。中尉は今映画を見に行っているんだが、そのあとビールを二、三杯ひっかけて二時間もしたら戻ってくるだろう、これは間違いない。中尉が戻れば、わしはまたお前を殴って気絶させなきゃならん、それで明日までそっとしておいてくれるといいが……コーヒーを少し飲むかね」


あの事件は新聞で報道されたが、リアド・アラビーの耳にはそれよりもずっと早く届いた。どこをどう通ったのか分からないが、ニュースは口から口へと伝えられて首都まで行き、あちこちの通りや安ホテル、トルコの商品を売っている店を駆けめぐって、国内にたった一軒しかないアラビア風のレストランにたどり着いた。その店では中東の音楽を聴きながら郷土料理が食べられる上に、二階にはトルコ風の風呂があり、ハーレムの女奴隷に扮装した新大陸生まれの女性が独特のベリー・ダンスを即興で踊っていた。リアド・アラビーはその店で祖国の料理を盛った皿を前にして座っていたが、ボーイのひとりが彼のテーブルまでやって来て、調理師見習いの男からの伝言を伝えた。その調理師見習いというのが、じつを言うとあの先住民《インディオ》の酋長と同じ土地の生まれだったのだ。土曜日の夜にそのニュースを知った彼は、小型トラックで矢のようにアグア・サンタにとって返し、中尉がまたしてもわたしを尋問しようとした直前の翌日の朝に警察に赴いた。

「あの娘を引き渡してもらいたい」と彼は中尉に言った。

緑色のペンキを塗った部屋で、衣服を剝ぎ取られ、椅子に縛りつけられていたわたしは主人の声を聞いたが、あまり厳しい口調だったので、最初はだれだか分からなかった。

「わたしにも立場がある。容疑者をそう簡単に釈放するわけには行かない」と中尉が答え返した。

「いくら出せばいいんだ」

「分かりがいいな、それなら……」

新聞種になるのを差し止めるには少し遅かった。未成年者だという理由で、目のところを黒く塗り潰した、正面と横顔の写真がすでに首都の新聞社に送られたあとだった。しばらくして、小川から拾い上げてくれた母親がわりの女性を殺害した少女だというので、「尊族殺人事件」というおかしな見出しをつけて、犯罪記事を専門にのせている新聞に記事が出た。黄ばんでぼろぼろになった、干からびた花びらのようなその切り抜きは今も手もとにあるが、そこには新聞社が勝手に捏造した恐ろしい事件の顚末が書いてある。何度となく読み返しているうちに、これは本当にあったことではないだろうかと考えることさえあった。

「あのトルコ人に引き渡すことになったから、少し身づくろいしてやれ」中尉はリアド・アラビーと話し合った後、そう命令した。

軍曹はわたしの身体を精一杯きれいに洗ってくれたが、服のほうはスレーマとわたしの血糊がついているからといって、着せてくれなかった。ひどく汗をかいていたので、こうすれば裸の姿を人に見られることはないし、おまけに涼しくていいよといって、水に濡らした毛布を身体にかけてくれた。そのあと手で髪の毛を少し整えてくれたが、いずれにしてもひどい姿になっていたことは確かだった。そんなわたしを見てリアド・アラビーは大きな声で叫んだ。

「この子に何をしたんだ」

「騒ぎ立てると、かえってこの子のためにならないぞ」と中尉が言った。「本来なら事件の真相が明らかになるまで勾留しておかなければならないところを、特別に計らってやったんだ」

「あんたも知ってのとおり、スレーマは頭がおかしくなっていて、自殺したんだ」

「おれは知らんよ。それに証拠もないしな。こちらの気が変わらないうちに、さっさとその子を連れて帰ることだ」

リアド・アラビーはわたしを抱きかかえるようにして、ゆっくり出口のほうへ歩きだした。ドアを通って外に出ると、近所の人たちやまだアグア・サンタに残っていた何人かの先住民《インディオ》が警察署の前に集まっていた。彼らは広場の反対側から身動きもせずこちらをじっと見つめていた。警察署の建物から出て、二、三歩あるくと、先住民《インディオ》の酋長が奇妙なダンスでもするように地面を蹴りはじめたが、その音が鈍い太鼓の音のように響いた。

「銃で撃たれたくなかったら、とっとと失せろ」と中尉が怒り狂ってわめいた。

その言葉を聞いてかっとなったイネス先生は、長年学校の先生をしてきて、生徒を叱りつけるのに慣れていたせいで居丈高になって前に進み出ると、真正面から中尉を睨みつけ、その足もとにぺっと唾を吐いた。今に天罰が下りますよ、とみんなにもよく聞こえるようにはっきりとそう言った。軍曹は、まずいことになったと思って、あとずさりしたが、中尉は人を小馬鹿にしたような笑みを浮かべただけで、何も言わなかった。リアド・アラビーがわたしを小型トラックの座席に座らせ、エンジンをかけるまで、みんなはその場から動こうとしなかった。わたしたちが車に乗り込んだのを見届けてから、先住民《インディオ》たちはジャングルに通じているハイウェイに向かって歩きはじめ、アグア・サンタの住民も口々に警察をののしりながら散りはじめた。よそものがやってきたのが間違いだったんだ、この土地にはあんな人間はいやしない、ここで生まれたものなら、決してあんなひどいことはしないよ、主人は怒り狂ってトラックの中で唾を吐きながらそう言った。

わたしたちは家に入った。ドアと窓は開け放してあったが、部屋にはまだ不穏な空気が漂っていた。家の中はまるで戦場のように荒らされていた。町の人間は警察がやったといって非難し、警察は先住民《インディオ》のしわざだと言っていた。ラジオとテレビはどこかに姿を消し、食器の大半はこわされ、食料貯蔵庫は掻きまわされ、商品は散乱し、穀物や小麦粉、コーヒー、砂糖の入った袋はずたずたに切り裂かれていた。リアド・アラビーはわたしの腰に手をまわして身体を支えながら、損害を気にするふうもなく、嵐の通り過ぎた後のようにいろいろなものが散らかっている中を通って、前の日、妻が横たわっていたベッドにわたしを連れていった。

「あの犬畜生どもにひどい目にあわされたんだね」と彼はわたしに毛布をかけながら言った。

とたんに、言葉がもどってきて、次から次へと口をついてとめどなくあふれ出てきた。大きな鼻がこちらを見ていないのにわたしを狙っていたの、まぶしいくらい白い肌をした奥様はそれを嘗め、しゃぶっていたわ、コオロギがうるさいくらい鳴いていたあの夜は暑くて、みんな汗をかいていた、あの二人も、わたしもそのうち忘れるだろうと思って何も言わなかったの、いずれにしてもあの男はいなくなった、蜃気楼みたいに消えてしまった。奥様はあの男の上に馬乗りになり、呑み込んでしまった、細いけれど強靭な身体をしたあの男は、ぼくたちの恋ももうおしまいだ、いっしょに泣こう、そう言うと黒い鼻が奥様の中、わたしではなく奥様の中に入ったの、そのうち奥様はまた食事をしたいの、お話を聞かせてちょうだい、きらきら光るように金を陽の光にあてましょう、そうおっしゃるだろうと思って、何も言わなかったの、銃口をくわえて引き金をひいたので、口があなたみたいに裂けてしまったわ、スレーマは血まみれになっていた、髪の毛も、下着も血だらけで、家中に血が飛び散り、コオロギがうるさく鳴いていたの、奥様は馬乗りになって、あの男を呑みこんだ、あの男は逃げて行った、みんな汗びっしょりだったの、先住民《インディオ》たちはあの事件の真相を知っているわ、中尉も知っているの、だからわたしに触らないように、わたしをぶたないように言って、銃声は聞こえなかった、これは誓って本当よ、銃弾は口を貫通して、口蓋を吹き飛ばしたの、わたしが殺したんじゃないわ、奥様のあんな姿をあなたに見せてはいけないと思って、身体を洗い清めてあげたの、コーヒーはまだカップに入っている、殺したのはわたしじゃない、奥様が自分で、ひとりでしたことなの、わたしを釈放するようあの人たちに言って、わたしじゃない、わたしじゃないのよ……。

「分かっているよ、頼むから少し静かにしなさい」リアド・アラビーは怒りと悲しみのあまり、目に涙を浮かべてそう言った。

イネス先生と主人は殴られてあざになったところを氷で冷やし、そのあと葬儀に出るようにと言って、いちばんいい服をアニリンで黒く染めてくれた。次の日、まだ熱はあったし、顔も腫れていたけれども、イネス先生は頭のてっぺんから爪先まで黒ずくめになさい、しきたりどおり黒の靴下をはき、顔にはヴェールをかけるのよ、とわたしに言った。葬儀は二十四時間以内に行うようにと法律で定められていたが、解剖する検視医が見つからなかったので、規定の時間を過ぎたあとに行われた。いろいろなことを言われるでしょうけど、負けてはだめよ、と先生は言ってくれた。警察官たちも裏で言ってたように、あれは殺人事件ではなく自殺だったので、そのことをはっきりさせるために、司祭は葬儀に出席しなかった。あのトルコ人はみんなから敬愛されていたので、墓の前にはアグア・サンタの住民がひとり残らず参列したが、そこにはあの中尉に面当てしてやろうという気持ちも働いていたにちがいない。町の人たちはひとりひとりわたしを抱きしめ、スレーマ殺しの容疑者ではなく、実の子供であるかのようにお悔やみの言葉を言ってくれた。

二日後には身体もすっかりよくなり、リアド・アラビーと一緒に家と店の後片付けができるほどになった。また以前のような生活が戻ってきたが、二人ともあの事件のことには触れないようにしていたし、スレーマとカマルの名前を口にすることもなかった。しかしあの二人は庭の物陰や部屋の隅、台所の薄暗がりといったところに姿を現わした。彼は裸で、目をぎらぎら光らせ、彼女の方はまるで自然死を遂げたように、血や精液のしみもなく、ふくよかで輝くように白い肌をしていた。

イネス先生がいろいろと気遣ってくれたにもかかわらず、口さがない人たちの立てた噂が広まり、ふくれ上がっていった。三ヵ月前には、わたしのことを無罪だと言い切っていた同じ人たちが、わたしたちが親子でもなければ、夫婦でもないというあいまいな関係のままひとつ屋根の下で暮らしているというだけの理由で、あらぬ噂を立てはじめた。そうした噂がやがて窓から家の中に入ってきたが、そのときにはとんでもない尾ひれがついていた。つまり、あのトルコ人と女《め》ギツネは割りない仲になっており、二人はまず従兄弟のカマルを殺害し、川の流れかピラニアが始末してくれるだろうというので遺体を川に沈めた。そうと知って奥さんはかわいそうに気が触れてしまい、あの二人はそこで次に奥さんを殺すことにした。おかげで彼らは今あの家で二人きりで暮らし、昼夜を問わず淫らな行為やイスラム教の異端的な儀式にふけっているのだ。かわいそうなのは男のほうで、彼には何の罪もない、あの悪魔のような女のせいで頭がおかしくなってしまったのだ、という噂をたてられた。

「わたしは根も葉もない噂を信じたりしないが、火のないところに煙は立たないというし、このまま放っておくわけにも行かないので、また取調べを行おうかと考えているんだ」と中尉が脅しをかけてきた。

「今回はいくら出せばいいんだ」

「それじゃ、オフィスで話し合おう」

リアド・アラビーはもう後戻りできないところまで来ている、この分ではこの先ずっと脅迫されつづけることになるにちがいないと考えた。もう以前のようにはならないよ、この町で暮らさせてはもらえないようだから、わたしたちは別れるしかないだろう。しみひとつないバチスト織のグアヤベーラを着た彼は中庭にあるアラビア風の泉水のそばに腰をおろし、慎重に言葉を選びながらそう言った。空は明るく晴れていて、しっとり濡れたオリーブの実を思わせる、大きくて悲しそうな彼の目をはっきり見分けることができた。わたしは、トランプやドミノをしたり、夕方いっしょに読本を読んだり、映画を見たり、二人で料理を作ったりして楽しく過ごしたときのことを思い出していた……。感謝の気持ちはあるにしても、自分が彼を深く愛してることに気がついた。とたんに、両足が熱くなり、次に胸が苦しくなって、目が輝きはじめた。わたしは椅子を倒して立ち上がると、彼のそばに行き、うしろにまわった。長い間いっしょに暮らしてきたが、彼の身体に触れたのはそれがはじめてだった。その肩に両手を置き、顎を頭の上にのせた。どれくらいそうしていたか分からないが、その間彼は身動きひとつしなかった。きっとこれから起きることを予感し、しかもそうなることを望んでいたにちがいない。というのも、例のハンカチを取り出し、それで口を覆ったからだった。だめ、そんなことをしてはいけないわ、わたしはそう言うと、ハンカチを奪い取って、下に落とした。そのあと、まわりこんで彼の膝のうえに腰をかけ、両腕を首にまわすと、くっつきそうなほど近くからまばたきひとつせず彼の目をじっと見つめた。身体からは清潔な男の匂いとアイロンをあてたばかりのシャツ、それにラベンダーの薫りが漂ってきた。わたしは髯をあたった彼の頬や額、がっしりした色の浅黒い手にキスをした。おいおい、とリアド・アラビーは溜め息まじりに言った。彼の生温かい息が襟元からブラウスの中に入ってきた。快感を覚えて鳥肌が立ち、乳房が固くなった。そのときはじめて、今まで男の人にこんなに近づいたことはなかったし、人から愛撫されないよう気をつけていたことに思いあたった。わたしは両手で彼の顔をはさみつけると、ゆっくり自分の顔を近づけ、奇妙な形をしたその口に長い間キスをした。すると、身体が骨の髄までかっと熱くなり、下腹部がくすぐったくなった。たぶん彼は自分の欲望と戦おうとしたのだろうが、それも一瞬のことで、すぐに諦めてその遊びに加わり、わたしの身体をまさぐりはじめた。やがて我慢できないほど気持ちが昂ぶってきたので、身体を離して一息ついた。

「この口にキスをしてくれたのはお前だけだよ」と彼は小さな声で言った。

「わたしも、キスをするのははじめてよ」彼の手をとり、寝室のほうへ引っぱってゆきながらそう言った。

「待ってくれ、お前を汚したくないんだ……」

「スレーマが亡くなってから、月のものが止まっているの。イネス先生は、きっとショックのせいだわ、今のままだと赤ちゃんはできないわと言っておられるの」とわたしは赤くなって言った。

その夜は、二人きりで過ごした。リアド・アラビーは女性と接するとき、いつも口にハンカチを当てていた。もともと気がやさしくて、傷つきやすい性格だったので、まず相手を喜ばせ、そのあと自分も愛されたいと願っていた。そのため舌を使わずに女性を愛する方法に工夫を凝らし、自分の手と体重のある身体をじつにうまく使って愛の営みを行うようになった。彼にかかると、どんなに男ずれした女でも喜びを味わい、絶頂に達した。あの夜はわたしたち二人にとって決定的な意味をもっていた。厳粛ではあるが、楽しくて喜びにあふれた儀式を執り行い、時間の流れることのない世界へと入っていったが、その幸せな時間の中でわたしたちは完全にひとつに結ばれた。自分たちのことだけを考え、みだらでしかも陽気なカップルになってたがいに喜びを与え合った。リアド・アラビーは愛の技巧に詳しい上にやさしかった。わたしにこの上ない喜びをもたらしてくれたが、あのような充実感をふたたび味わうためには長い歳月が過ぎ、さまざまな男性がわたしの人生を通り過ぎてゆくのを待たなければならなかった。彼は女性に備わっているさまざまな可能性を引き出してくれたが、これは何ものに換えがたいほど大切なものだった。わたしは性の喜びをこの上ない贈り物として感謝をこめて受け取り、自分の肉体というものを知って、この喜びを味わうために自分は生まれてきたのだと考えた。彼のいない生活など考えられなかった。

「ここに残って、あなたと暮らしたいの」と明け方わたしは言った。

「わたしはもう齢だ。お前が三十歳になったら、よぼよぼのおじいさんになっているよ」

「構わないわ。いっしょにいられる時間を精いっぱい生きてゆけばいいのよ」

「そんなことをしたら、またあらぬ噂を立てられて、とても暮らしてはゆけないよ。わたしはもう十分生きてきたからいいけど、お前はまだこれからだ。とにかく、この町を出て、名前を変え、しっかり勉強して、ここであったことはきれいさっぱり忘れることだ。お前は実の娘以上に大切な子だから、できるだけのことはしてあげるよ……」

「ここを出てゆきたくないの、あなたのそばで暮らしたいのよ。人の噂なんか、気にすることはないわ」

「世間のことなら、お前よりもわたしのほうがよく知っている。そのわたしが言っているんだから、黙ってそのとおりにしなさい。今のままだと、こちらの頭がおかしくなるまであれこれ言われるだろう、かといって家に閉じこもりきりで暮らすわけにもゆかないしね、お前のような若い娘にそんなことを強いるのはあまりにも酷だよ」リアド・アラビーはしばらく黙りこんでいたが、やがてこう付け加えた。「二、三日前から聞こうと思っていたんだが、スレーマが宝石をどこに隠したか知っているかね」

「ええ」

「それならいい、いや、その場所は言わなくてもいいんだ。あれはみんなお前にあげる。だけど今は必要ないだろうから、手をつけないほうがいい。首都に出て、手に職がつくようになるまで学校で勉強するんだ、その間の生活費と学費はわたしが出してあげるから。そうすれば、わたしはもちろん、他の人にも頼らずに済むからね。不自由せずに暮らしてゆけるだけのお金は出してあげるよ。スレーマの宝石は、結婚するまで手をつけずにそっとしておいて、持参金にすればいい」

「あなた以外の人とはぜったいに結婚しないわ。ここから追い出さないで」

「それもこれもお前のためを思ってのことなんだ、そのうち分かる時が来るだろう」

「分かる時なんか来なくていいわ」

「もういい……その話は止そう、こちらにおいで、まだ時間があるよ」

その日の朝、わたしたちはバス停まで歩いて行った。リアド・アラビーはスーツケースを持っていたが、そこには彼が買ってくれた新しい服が入っていた。わたしは背筋をぴんと伸ばし、挑みかかるような目でまわりを睨みつけていたが、今にも泣き出しそうになっていることを知られたくなかったのだ。その日もいつもと同じだった。通りでは子供たちが遊んでおり、アグア・サンタの口さがない女たちが歩道に椅子を持ち出して、膝の上に置いた洗面器の中でトウモロコシの実をほぐしていた。バス停に着くまで女たちの冷たい視線が追ってきた。誰ひとりお別れの挨拶をしてくれなかった。中尉がたまたまジープで近くを通りかかったが、トルコ人と裏で取引きしていたので、何も見なかったというように横を向いた。

「行きたくないわ」とわたしは最後の望みをかけて言った。

「わたしを苦しめるようなことを言うんじゃないよ、エバ」

「首都まで会いに来てくれる？　すぐ会いに行く、そしてまた愛し合おうと約束して」

「人生にはびっくりするようなことがいろいろあるんだ、だからこの先、何が起こるか分からないよ」

「キスして」

「みんなが見ているから、だめだ。さあ、バスに乗りなさい、首都に着くまでは何があっても降りるんじゃないよ。向こうに着いたら、タクシーに乗って、メモに書いてある住所へまっすぐ行きなさい。独身者用の女子寮で、イネス先生が寮長に電話を入れておいてくれた。あそこなら安心できるからね」

ハンカチに口を押し当てて立っている彼の姿がバスの窓から見えた。


何年も前にリアド・アラビーの小型トラックで通った道――もっともあのとき、わたしは眠っていたが――、その道を通って首都へ向かった。あの地方特有の驚くべき風景が次から次へと目の前を通り過ぎて行ったが、はじめて知った愛の喜びにまだうっとりしていたわたしは、自分の心の中ばかり見ていて、外の景色に目をやる余裕がなかった。そのときふと、この先またリアド・アラビーのことを思い出すだろうが、そのたびに感謝の念を抱くだろうと考えた。そして、そのとおり今も彼には感謝している。けれどもバスに乗っているときは、けだるいあの思い出をふり払い、冷静に自分の過去をふり返って、これからの可能性について考えてみようと決心した。人の愛情に飢えていたわたしは、これまで人の言いなりになって生きてきた。将来といっても、明日のことを考えるのが精一杯で、財産といっても自分が語って聞かせるお話しかなかった。つまり、つねに想像力を働かせてお話を考え出して行かなければならなかったのだ。母の亡霊もだんだん影が薄くなり、近頃では迷路のように入り組んだ記憶の中から呼び起こすためには、毎日のようにその姿を思い浮かべなければならなかった。昨夜交わした会話をこと細かに思い返してみたが、そのときはじめてこの五年間父親のように愛しつづけ、今では恋人として愛しているあの人を失ったことに気がついた。家事で荒れた手をじっと見つめたあと、骨格を確かめるように両手で顔をこすり、髪の毛の中に指を突っ込むと、もう沢山、とつぶやいた。そのあと大きな声で、もう沢山、もう沢山と繰り返した。財布から独身女子寮の住所が書いてあるメモを抜き出すと、くしゃくしゃに丸めて、窓から投げ捨てた。

首都に着くと、町中が騒然としていた。スーツケースを下げてバスから降り、まわりを見まわしてみて、ただならない事態になっていることに気がついた。警官が壁に貼りつくようにして走ったり、駐車中の車のあいだをジグザグに駆け抜けたりしていたし、近くで銃声が聞こえた。バスの運転手が何があったのかと尋ねると、みんな、バスから降りろ、角のビルからライフルで狙い撃ちしているぞと大きな声で答え返してきた。乗客はあわてて荷物を降ろすと、思い思いの方向に歩き出した。わたしも訳が分からないままそのあとについて歩き出したが、地理に暗かったのでどのあたりに向かっているのか見当もつかなかった。

バス・ターミナルを出たとたんに、あたりの雰囲気がおかしいことに気がついた。張りつめたような空気が漂い、人びとは家のドアや窓を閉め、商店主は店のシャッターをおろし、通りから人影が消えて行った。一刻も早くタクシーをひろって、その場から逃げ出そうとしたが、タクシーは一台もつかまらなかったし、ほかに交通手段がなかった。仕方なくおろしたての靴をはいてそのまま歩きはじめたが、足が痛くて仕方なかった。雷のような音が聞こえたので、上を見上げると、一台のヘリコプターが方角を見失った大きなアブのようにぶんぶん飛びまわっていた。そばを何人かの人が急ぎ足で通りすぎて行ったので、いったい何があったのか尋ねてみたが、誰も詳しいことを知らなかった。ようやくクーデターだという声が耳に入ったが、それ以外のことは何も分からなかった。あの頃はまだクーデターという言葉の意味が分からなかったが、本能的に足を速めて、あてもなく歩き出した。手にもったスーツケースがだんだん重くなりはじめた。三十分ほどして地味な造りのホテルの前を通りかかったが、ここなら、手持ちのお金でもしばらく滞在できるだろうと考えて中に入った。次の日、わたしは早速仕事を捜しに出かけた。

毎朝、期待に胸をふくらませてホテルを出て行くのだが、夕方戻ってくるときはすっかり意気消沈していた。新聞の求人欄に目を通して、雇ってくれそうなところを残らず当たってみた。しかし、数日すると、女中勤めがいやなら(わたしはもうあの仕事に就く気持ちはなかった)、あとは裸になって踊るか、飲み屋で客の相手をするしかないと思い知らされた。絶望感に襲われて、何度か受話器を取りあげてリアド・アラビーに電話をかけようとしたが、ダイヤルは回さなかった。いつも守衛室に座り、わたしが毎日出かけてゆくのを見ていたホテルの主人が、見かねて援助の手を差しのべてくれた。ホテルの主人は推薦状がないと、まず仕事は見つからないね、このところ政治的な混乱が続いているから、とくにそのきらいがあるんだと言って、自分の知り合いの女性に推薦状を書いてくれた。言われたところに行ってみたものの、共和国通りのすぐそばだったので、逃げて帰ろうかと思ったが、話を聞くだけならべつに構わないだろうと思い直した。けれども、いくら捜しても肝心の建物が見つからず、うろうろしているうちに騒ぎに巻き込まれてしまった。何人かの若い男がわたしのそばを走り抜けたのだが、そのときにセミナリスタス教会前の小さな広場まで引っぱって行かれた。学生たちは拳をふり上げ、わめき、大声でスローガンを叫んでいたが、彼らに囲まれたわたしは何がどうなっているのか見当もつかなかった。ひとりの若者が大声で、帝国主義に身を売り、国民を裏切ったといって政府をなじっていた。べつの二人が教会の建物の正面にするするとよじ登り、そこに旗を吊るしたが、その間ほかのものたちは、「通さないぞ、通さないぞ」と合唱していた。そのとき、兵隊の一団が現われて、発砲したり、殴りつけたりして彼らを追い散らした。わたしは広場の混乱が静まり、息が楽になるまでどこかに身を隠そうと思って走り出した。教会の横の扉が半開きになっていたので、ためらうことなくその中に飛び込んだ。騒ぎはまだ続いていたが、その音がまるで別世界の出来事のように遠くのほうから聞こえてきた。わたしは近くのベンチに腰をおろしたが、とたんにここ数日の疲れがどっと出てきたので、横桟に足をのせ、背もたれに頭をもたせかけた。うす暗い内陣はひんやりと涼しく、もの音ひとつしなかった。円柱や聖人たちの像に囲まれて座っていると、気持ちが安らぎ、気分がよくなってきた。そのときふとリアド・アラビーのことを思い出した。何年ものあいだ、毎日、たそがれ時になると、中庭に出て二人で腰をおろしたものだが、そのことが懐かしくてならなかった。愛し合ったときのことを思い返すと、身体が震えたが、すぐにその思い出をふり払った。やがて、騒々しかった外の騒ぎもおさまり、ステンド・グラスから入る光も弱々しくなってきた。かなり時間が経ったにちがいないと思って、まわりを見まわしてみた。すると、一瞬女神が降臨されたのではないかと思うほど美しい女性がべつのベンチに腰をかけているのに気がついた。その女性はこちらをふり返ると、親しそうに話しかけてきた。

「あなたも騒ぎに巻きこまれたの」見知らぬ美女はわたしのそばに腰をおろすと、低い声でそう言った。「どこへ行ってもこの騒ぎなのよ。学生たちが大学を占拠し、いくつかの連隊が蜂起したという噂だわ。この国ももうだめね、こんなことじゃ民主主義もいつまで持つかわからないわ」

競走馬のような骨格、長くてしなやかな指、派手な化粧をした目もと、古典的な感じの鼻筋と顎、わたしはその美しい女性をまじまじと見つめたが、そのときふとこの人とはどこかで会ったことがある、この世でなければ、夢の中で会ったのかもしれないと考えた。彼女のほうも、口紅を塗った口もとにあいまいな笑みを浮かべながらわたしの顔をじっと見つめていた。

「どこかで会ったような気がするわね……」

「わたしもそう思っていたの」

「ひょっとすると、いろいろなお話を聞かせてくれた女の子じゃないの……あなた、エバ・ルーナね」

「ええ……」

「分からない？　わたしよ、メレシオよ」

「まさか……いったいどうしたの？」

「生まれ変わりって知っているでしょう。もう一度新しく生まれ変わることよ。わたしは変わったのよ」

わたしは彼のむき出しの腕や象牙のブレスレット、カールした髪を撫でまわしながら、自分の空想から生まれてきた人物を前にしているような奇妙な錯覚にとらえられた。メレシオ、メレシオなのね、そう言っているうちに、女将のところで暮らしていた当時の、楽しい思い出が蘇ってきた。彼の目からあふれ出した涙が化粧を溶かし、その美しい顔に黒い筋をつけてゆっくり流れ落ちていった。わたしは彼を引き寄せて、抱き締めた。最初は少し不安だったが、そのうち喜びがこみ上げてきて、力いっぱい抱き締めた。メレシオ、エバ、メレシオ……

「メレシオって呼ばないで、今はミミーっていうのよ」

「いい名前ね、あなたにぴったりだわ」

「おたがい変わったわね。そんな目で見ないでよ、わたしはオカマじゃなくて、性転換したのよ」

「なに、それ」

「もともと男に生まれついたのがまちがいだったの。今はれっきとした女よ」

「どうやって女になったの？」

「痛かったわ。前々から自分が男じゃないってことは分かっていたのよ。だけど、自然の掟に逆らおうと決心したのは、刑務所に入っているときだったの。でも、こんなところで……それも教会の中で会えるなんて、まるで奇蹟みたいね」最後の涙を拭きながらミミーは笑ってそう言った。

メレシオは〈娼婦の反乱〉が起こったときに逮捕されたのだが、記憶に残るあのような大騒ぎがもち上がったのも、もとはといえば一通の不運な手紙のせいだった。つまり、彼が内務大臣に宛てて、警察が汚職をしているという内容の手紙を出したのが引き金になったのだ。警察は彼が働いているキャバレーに踏み込み、外出着に着替える余裕も与えず連行した。おかげで、まがいものの真珠とダイヤをちりばめたビキニにピンク色のダチョウの尻尾、ブロンドのかつら、それに銀色のサンダルという舞台衣装のまま警察署に連れて行かれた。みんなはそんな彼を見て嘲笑と罵声を浴びせかけた。そのあとしたたかに殴られて、凶悪犯を収容する独房に四十時間閉じ込められた。次に、ある精神科医に身柄を引き渡されたが、この医者は吐き気を催すほど男性の写真を見せれば、必ず同性愛は治癒すると考えて、治療を行っていた。医者は丸一週間、昼夜の別なくさまざまな麻薬を投与し、彼を半死半生の目にあわせ、その一方でこうすれば同性に対して条件反射的に嫌悪感を抱くようになるにちがいないと確信して、スポーツ選手や男のダンサー、男性モデルの写真を次から次へと見せた。メレシオはもともと温和な性格なのだが、さすがの彼も七日目になるとついに堪忍袋の緒が切れたのか、医者の首っ玉にかじりつくと、ハイエナのように噛みついた。まわりのものが止めに入らなかったら、医者はおそらく彼の手で締め殺されていただろう。医者に対して嫌悪感を抱いている以上、もはや治癒の見込みはないと判断されて、釈放される望みのない囚人や数々の拷問を耐え抜いて生きのびてきた政治犯が入れられるサンタ・マリーア刑務所に送られた。あの刑務所は〈慈善者〉が権力を手中にしているときに作られ、将軍が独裁制を敷いているときに新たに鉄格子と独房がつけ加えられた。収容人員は三百人だったが、じっさいには千五百人以上の囚人が詰め込まれていた。メレシオは軍用機に乗せられて、かつてゴールド・ラッシュ時代に繁栄したものの、石油が採掘されるようになってからはすっかりさびれてしまったあるゴースト・タウンに連れて行かれた。そこで獣みたいに手足を縛られ、まずトラックに、ついでランチに押し込まれて地獄へ連行されたが、そこで彼は生涯を終えるはずだった。刑務所をひと目見たとたんに、これでもう自分はおしまいだと考えた。壁の高さが一メートル五十センチ以上あり、その上に鉄棒が埋めこまれていて、囚人たちはそこから一年中変わることのない緑のジャングルと黄色い水の流れる川を見ていた。ロドリーゲス中尉が三ヵ月ごとの視察を行うために、新手の囚人たちとともにやってきたが、その車を見て、囚人たちは釈放、釈放！　と大声で嘆願した。重い鉄製の門が開かれ、一行がいちばん奥の建物まで入って行くと、囚人たちはそんな彼らを大声でわめきながら出迎えた。メレシオはそのまま真直ぐ同性愛の男たちが入っている建物に連れて行かれ、みんなで競売にかけるといいと看守に言われて、古くからいる囚人たちの手に預けられた。ハーレムが身柄を引き受けてくれたのは不幸中の幸いだった。というのも、ハーレムの五十人の特別な囚人たちは独立した建物で寝起きしていて、そこで生き延びるためにたがいに助け合っていたのだ。

「あの頃はヒンズー教の導師のことを知らなかったから、精神的な支えになるものが何もなかったの」ミミーはそう言いながら当時のことを思い出したのかぶるっと身震いした。そして財布から、預言者を思わせるチュニックを着、何かを象徴している星々に囲まれた髭面の男の色刷りの肖像画を取り出した。「女将がきっと助けてくれる、そう信じていたから頭がおかしくならずに済んだの。あの人のことは覚えているでしょう？　あの人は絶対人を裏切ったりしないの。何ヵ月もかけて判事を買収したり、政府の要人にわたりをつけたり、わたしを助けたい一心でとうとう将軍に直談判までして刑務所から出してくれたの」

一年後に、メレシオはサンタ・マリーア刑務所から出所したが、まるで別人のようにやつれていた。マラリアと空腹のせいで体重が二十キロも減り、直腸に黴菌が入ったために老人のように腰を曲げて歩いていた。暴力が支配する世界で生きてきたために、感情のコントロールがきかなくなり、今泣いていたかと思うと急にヒステリックな笑い声をあげるようになった。釈放されることになったが、自分の身に起こっていることが信じられず、どうせこれはぺてんなんだ、外に出たら、逃走を企てたというので、うしろから銃でバンと撃たれるにちがいないと思いこんでいた。しかし、身体がすっかり弱っていたのでとにかく成り行きにまかせることにした。ランチに乗せられて川を渡り、ゴースト・タウンまで連れて行かれた。降りるんだ、オカマ野郎、そう言ってどんと突き飛ばされたので、思わず琥珀《こはく》色の土の上に膝をついた。ああ、これで殺されるんだと思ったが、いつまでたっても銃声が轟かなかった。そのうち車の遠ざかってゆく音が聞こえた。顔を起こすと、前に女将が立っていたが、彼は最初目の前にいるのが誰だか分からなかった。女将は小型の飛行機をチャーターして、彼を待ってくれていたのだ。そのまま首都まで飛び、そこの病院に入れてもらった。一年間、女将は船で娼婦を密輸して荒稼ぎをし、その金をすべてはたいてメレシオを助け出したのだ。

「こうして生きていられるのも、あの人のおかげなの」とメレシオは言った。「女将は国外に出なければならなくなったんだけど、あの人がいなかったら、女の偽名でパスポートをとり、亡命先で一緒に暮らしているところだわ」

女将はべつに行きたくて外国へ行ったわけではない。キュラソーに向かう船の中で二十五人の若い娘が死亡するという事件があり、その騒ぎに巻き込まれ、警察の目をごまかすためにやむをえず姿をくらましたのだ。わたしは二年ほど前、リアド・アラビーの家で暮らしていたときに、ラジオのニュースで事件のことを知ったのだが、その事件のことはまだ覚えていた。しかし、ウベルト・ナランホの紹介で世話をしてもらうことになった巨大なヒップのあの女性が、事件に一枚嚙んでいたとは夢にも思わなかった。死亡したのはドミニカとトリニダード・トバゴ出身の若い娘たちで、十二時間しか空気がもたない密閉された船倉に押しこめられていた。ところが、役所の手違いで、丸二日間船倉に閉じこめられてしまったのだ。彼女たちは出発の前にドルで金を受け取り、向こうに行けばいくらでも実入りのいい仕事があると聞かされていた。女将は船に乗せるまでの仕事を請負い、人からとやかく言われないようきちんと仕事を片づけていた。しかし、彼女たちが目的地の港に着くと、まず書類が没収され、いちばんひどい売春宿に送りこまれるのだが、そこで今度は脅されたり、借金ができたりして逃げるに逃げられなくなってしまうのだ。女将は、カリブ海の島々を股にかけて行われている売春婦貿易の黒幕と見なされて、あやうく終身刑で牢に送りこまれそうになった。そうと知って、またしても有力者の友人たちが彼女に救いの手を差しのべ、偽造のパスポートを入手して、すんでのところで国外に脱出した。二年ほどは、人目につかないように年金でひっそり暮らしていたが、もともと創造的な意欲にあふれている彼女のことだから、いつまでもじっとしていられなくなり、とうとうサド・マゾ用品の販売をはじめることにした。これがばか当たりして、男性用の貞操帯や先が七つに分かれている鞭、人間用の首輪をはじめ、人を辱めるような道具類に対する引き合いがあちこちから来るようになった。

「もう日が暮れるわ、帰りましょう」とミミーが言った。「どこに住んでいるの」

「今はホテル住まいなの。ずっとアグア・サンタという小さな田舎町に住んでいたんだけど、数日前にこちらに出てきたのよ」

「だったら、うちへいらっしゃいよ、わたしも今はひとり住まいだから」

「何かいい仕事はないかしら」

「ともかく、ひとりで暮らすのはよくないわ。うちへいらっしゃい、そのうち騒ぎも治まるから、そうしたら自分に向いた仕事を捜せばいいのよ」その日の騒ぎに巻き込まれて化粧が少し落ちていたので、ミミーは手鏡をとり出すと、化粧を直しながらそう言った。


ミミーのアパートは共和国通りの近くにあり、黄色い街灯と赤い灯火がすぐそばに見えた。以前はそのあたり二百メートルにわたってあやしげな店が建ち並んでいたものだが、今ではプラスチックとネオンの迷路に、じつにさまざまなホテルや飲み屋、カフェ、売春宿などのひしめいている中心になっていた。そこにはまたオペラ劇場や市内一のフランス料理店、神学校、それに何軒かの立派なお屋敷まであり、なるほどこの国は地方だけでなく、首都までがなにもかもごたまぜになっていると感じられた。豪壮な邸宅の建ち並ぶ同じ地区に、軒を並べてみすぼらしいバラックが見うけられた。新興成金が自分たちだけの高級住宅地を開発しても、一年とたたないうちにまわりを新しく誕生した貧民の掘立て小屋に取り囲まれてしまう。住宅地に見られるこうした民主主義は国民生活のさまざまなところにまで波及し、ときには大臣と運転手の見分けがつかなくなることさえあった。というのも、この両者はともに同じ社会階層に属しているように見えたし、着ている服もそっくりな上に、ひどく馴れなれしい態度で接していたからだった。そういう態度は一見無作法に見えたが、お互い心の底では自分自身を大変誇らしく思っていたので問題はなかった。

「わたしはこの国が好きなんだ」あるとき、リアド・アラビーはイネス先生の家の台所に腰をおろし、そう言ったことがある。「金持ちと貧乏人、黒人と白人、彼らがひとつの社会、ひとつの国を作り上げているからね。階級やしきたりにとらわれず、誰もが自分の踏みしめている大地の主人だと信じているだろう、ここでは生まれや財産によって差別されることはないんだ。わたしの生まれ育った国とは大違いだよ、向こうにはさまざまな階層があり、しきたりも違う。だから、人は生まれた土地で死んでゆくしかないんだよ」

「見かけにだまされてはいけないわ」とイネス先生が反論した。「この国は薄いパイ皮を重ねて作ったミルフィーユみたいなものなの」

「それはそうだが、この国では誰でも自分の気持ち次第で出世することも、落ちぶれることもできるじゃないか。人は自分の努力や運、アラーのお導きによって大金持ちにでも、総理大臣にでも、乞食にでもなれるんだよ」

「でも、先住民《インディオ》で金持ちになった人や黒人の将軍や銀行家はいないでしょう」

たしかに先生の言うとおりだが、国民がひとり残らず褐色の肌を誇りにしているこの国で、民族差別が存在していると言っても、誰ひとり耳を貸そうとしなかった。世界各地から大勢の移民がやってくるが、彼らも白い目で見られることなく、平等に扱われている。中国人でも、二世代にわたってこの国に住めば、自分は純粋なアジア人だと言い切るのがむずかしいような雰囲気があった。独立前から住みついている少数の支配者階級は、外見と肌の色ですぐにそれと分かるのだが、その彼らの間でさえ、民族に関する話は禁句になっていた。表向き混血を誇りにしているあのような社会でそういうことを話題にすれば、礼儀をわきまえない人間だと言って非難されたにちがいない。この国の歴史をみると、植民地時代や地方ボスと独裁者が君臨していた時期もあるが、それでもここは約束された土地、自由の土地だよ、とリアド・アラビーはよく言っていた。

「この国の人間で、お金と美貌、それに才能に恵まれていたら、どんなことでもできるわ」とミミーがわたしに言った。

「お金と美貌はだめね。ただ、お話を語って聞かせるのが大好きなんだけど、これはひょっとすると天からの贈り物かもしれないわ……」そうは言ったものの、人生に少し彩りを添えたり、現実が耐えがたくなったときに、別の世界へ逃避するためにお話を語っていただけで、それが実際に何かの役に立つとは思えなかった。ラジオやテレビ、映画が普及しているので、お話をしても耳を傾けてくれる人がいるように思えなかった。真実というのはラジオの電波にのったりスクリーンの上に映し出されるもので、わたしのお話は自分でもよく分かっているが、だいたいが嘘の上に嘘を塗り固めただけのものでしかないという気がしてならなかった。

「それが好きなら、仕事にしてしまえばいいのよ」

「お話を聞いてお金を払う人なんていやしないわよ、ミミー、とにかくお金を稼ぐことが先決なの」

「今にお金を払ってくれる人が現われるわ。何もあわてなくていいじゃない、それまでわたしが面倒を見てあげるから」

「あなたのお荷物になるのがいやなの。自由に生きたければ、まず経済的に自立することだ、リアド・アラビーにそう言われたのよ」

「そのうち分かると思うけど、お荷物になるのはわたしのほうなのよ。あなたがわたしを必要としている以上に、わたしはあなたを必要としているの、わたし、孤独なのよ」

その夜、わたしは彼女のところに泊まった。次の日も、そしてその次の日も。そうして何年かが過ぎ去ったが、その間にわたしはリアド・アラビーへのかなわぬ思いを断ち切り、とうとう女になり、人生という船の舵《かじ》取りもできるようになった。舵をとる手つきはお世辞にも優雅とは言えなかったが、わたしの乗り出した海が荒海だったことを思えば、それも仕方なかった。

それまで女に生まれついたら損だという話をいやというほど聞かされていたので、メレシオが懸命になって女になろうとしているのが不思議でならなかった。女になってもいいことなどないように思うのだが、なんとしても女になりたいと思っていた彼は、そのためならどんな苦しみにも耐える覚悟でいた。性転換の専門医の指示に従って、象を渡り鳥に変えてしまうほど大量のホルモン剤を服用し、電気ピンセットで脱毛し、胸とお尻にシリコンを入れ、必要と思われるところにパラフィンを注入した。その結果はどう控え目に見ても、やはりいささか異様に思われた。裸になると、すばらしい乳房と子供のようにすべすべした肌の女戦士のように見えるのだが、股間には萎縮しているとはいえ、はっきりそれと分かる男性の象徴がついていたのだ。「あとは手術するだけなの。女将が調べてくれたところだと、ロサンゼルスに奇蹟を起こす医者がいて、正真正銘の女に変えてくれるそうなんだけど、今のところ手術はまだ実験段階で、しかも費用がひどくかさむらしいの」とミミーは言った。

彼女は女らしい女になるためには性転換をしなければならないと考えていたわけではない。それよりも、服や香水、布地、装飾品、化粧品といったものに心を奪われていた。脚を組んだ時にストッキングがこすれ合ったり、下着がかすかな衣擦れの音を立てたり、髪の毛が肩をくすぐったりすると、思わずうっとりとなった。あのころはちょうど、自分の面倒を見、つくしてくれる人、つまり自分を守り、変わることのない愛情を注いでくれる男性を捜していたのだが、運悪くいい人に出会えなかったので、男でもなければ女でもないという宙ぶらりんの状態にあった。彼女を女装趣味のある男と勘ちがいして近づいてくるものもいたが、自分を女とみなし、男らしい男を捜していた彼女はそういう手合いとあいまいな関係を持つ気はなかった。もっとも彼女の美貌に惹かれて男らしい男性と親しくなっても、一緒に歩くと、同性愛者にまちがえられるというので、二人で出かけるのをいやがった。彼女の裸を見、どんな風に愛し合うのか試してみたいと考えて、声をかけたり、言い寄ったりする男も少なくなかったが、そうした連中も結局は美しい怪物を抱くというのはひどく刺激的だろうなと思っていたにすぎなかった。彼女の恋人に選ばれた男性は天にも昇るような喜びを味わうことができた。自分が完全な女でないことをわきまえていた彼女は、自ら奴隷になって、相手を喜ばせるためなら、どのような大胆なことでもやってのけるのだ。そうなるともう相手の言いなり、思うがままになってしまう。わたしが見かねて、いいかげんそんな危険な情熱から目を覚まして、ばかな真似はやめなさいと説教すると、ミミーはひどく腹を立てて、妬《や》いているのね、人のことはほっといてよ、と言い返してきた。彼女の選ぶ相手はきまっていかつい感じのする、ジゴロ・タイプの男だった。その手の男は何週間かのあいだ彼女から吸い上げられるだけ吸い上げ、家の中を掻きまわし、触れるものすべてを汚し、なにもかも滅茶苦茶にしてしまうので、わたしは我慢できなくなって、今のままなら家を出てゆくわよ、と脅しをかけたものだった。けれども、結局はミミーの理性が目を覚まし、それがついに勝利をおさめてヒモを追い出す結果になった。時には別れ話のもつれから暴力沙汰になることもあったが、たいていは好奇心を満たされた男のほうがいいかげんくたびれておとなしく家を出て行った。そのあと、彼女はきまって失恋の痛みのせいで寝ついた。そして新しい恋人が見つかるまでの間、いつもどおりの生活が戻ってくる。わたしはミミーのホルモン剤や睡眠薬、ビタミン剤に目を配り、彼女の方はわたしの英語の授業や自動車教習所の勉強、本などに心を配ってくれた。また、外に出るといろいろな話を聞き込んできて、お土産がわりに話してくれた。彼女はこれまで数々の辛酸を嘗め、人からばかにされ、不安や病気にさいなまれてきたが、そのせいで前々からそこで暮らしたいと願い、夢見てきたガラスの世界にひびが入り、粉々に砕け散ってしまっていた。男心をつかむために、うぶな女のふりをしてはいたが、うぶな心はもうすでに失っていた。これまで、さまざまな苦しみに耐え、荒っぽい修羅場もくぐってきた。しかし、心の奥底にひめた夢だけは今も変わらず生き続けていた。

わたしのまわりにも男性がいるにはいたが、恋の相手には恵まれなかった。ときどき身を噛むような耐えがたい情熱に身をまかせることがあった。そういうときは自分が主導権をとり、相手を抱き締めるたびにリアド・アラビーとともに味わった喜びをもう一度味わおうとこちらから積極的に出たが、結局はうまくゆかなかった。こちらの大胆な出方に恐れをなしたのか、何人かの男たちは友人をつかまえて、陰でわたしの悪口を言った。その話を聞いて、こちらは逆に肩の荷がおりたような気持ちになったし、自分がぜったい妊娠しないという自信もあった。

「医者に診てもらったらどう？」とミミーが言ってくれた。

「心配しなくていいわ、身体のほうはいたって元気なんだから。スレーマの夢を見なくなったら、きっと以前みたいになるわ」

ミミーは陶製の容器や動物のぬいぐるみ、暇をみて縁取り刺繍をしておいたクッションを集めていた。家の台所は家庭用品の展示場のようにきちんと片付いていたが、料理が得意だったので、道具をうまく使いこなしていた。もっとも本人は菜食主義者で、ウサギみたいにほんのちょっぴりしか食べ物を口にしなかった。ヒンズー教の導師の写真が居間に飾ってあったが、彼女はその導師の教えを指針にして生きていた。導師はいろいろな教えを垂れていたが、そのひとつに肉は人を死に至らしめる毒であるという言葉があったので、彼女は肉を一切口にしなかった。目がうるみ、にこやかな笑みをたたえた老師は、数学を通じて聖なる啓示を受けた賢者であった。いろいろな計算をしているうちに、彼は宇宙とそこに生きる人間を支配しているのが数の力であることを発見したが、数字というのはピタゴラスの時代から現代にいたるまで宇宙のはじまりを知る上でこの上もなく重要な原則なのである。老師はまた世界で最初に、数字の科学を未来学に適用しようとした人でもあった。ある時、国家の将来に関して意見をうかがいたいと言って、この国の政府から招かれた。彼女も大勢の信者と一緒に空港へ導師を出迎えに行ったが、彼がリムジンに乗るときに、その僧衣の裾に触れることができた。

「つまり、男と女は性の別なく、宇宙の縮小モデルになっているのよ、だから宇宙で起こっていることは、そのまま人間の世界でも繰り返されるの。この世に生まれたとき、人はみんな生命の気を吸い込むんだけど、そのときに基本となる天体図が身に備わって、その図形に従ってある秩序と結びつくの、分かった?」ミミーは息もつかずにそうまくし立てた。

「よく分かったわ」とわたしは答えた。それ以来、わたしたちの間では一切トラブルが起きなかった。というのも、他の手段でうまく行かなくても、星の言葉で話し合えるようになったからだった。

第九章

ブルゲルとルパートの間に生まれた二人の娘は同じ時期に妊娠し、一緒につわりを経験し、ルネッサンス時代の絵に描かれた妖精のように丸々と太り、二、三日のずれはあったものの、ほぼ同時に無事男の子を産み落とした。五体満足な赤ん坊が生まれたというので、祖父母はほっと胸を撫でおろし、二人の孫のために賑々《にぎにぎ》しく洗礼のお祝いをしたが、おかげで貯えの大半を使い果たしてしまった。母親になった二人は、できればロルフ・カルレの子供を産みたいと思っていたのだが、どう考えても子供たちは彼の子供ではなかった。というのも赤ん坊の身体からは蠟の匂いがしたし、彼とは一年以上あの楽しい悪ふざけをしていなかったからだった。彼女たちは今でも一緒にふざけ合いたいと思っていたのだが、夫が思いのほか疑り深くて、三人だけになる時間がうまくとれなかった。ロルフがひょっこり居留地に戻ってくると、叔父夫婦と丸々と太った娘たちは彼を下へもおかずにもてなしたし、蠟燭製造業を営んでいる二人の夫もなにくれとなく世話を焼いたが、たえず目を光らせていたので、例のエロチックなお遊びの方は後回しにせざるを得なかった。それでも三人は時々松林やホテルの空部屋にもぐりこんで、昔を思い出しながら一緒に笑い転げたものだった。

それから何年か経つと、従姉妹たちに二人目の子供が生まれ、彼女たちも今ではすっかり妻の座に安住していた。しかし、ロルフ・カルレが初めて会ったときに心を奪われたあのみずみずしさはまだ失われていなかった。姉の方は今も陽気でお茶目なところが残っていて、船乗りのような柄《がら》の悪い口をきき、ビールをジョッキに五杯飲んでも少しも乱れなかった。身体の弱い妹の方も相変わらずコケティッシュで、思春期のころのもぎ立ての果物のような美しさこそ失われていたが、相変わらず魅力的だった。二人の身体はいまだにシナモンとクローブ、バニラ、それにレモンの匂いがした。何千キロも離れた土地にいて、彼女たちもきっと自分の夢を見ているにちがいないという予感に駆られて真夜中に目を覚ますことがあった。そんなとき、ロルフは彼女たちの体臭を思い出して、心が激しく騒いだものだった。

一方、ブルゲルとルパートは犬を育てたり、すばらしいご馳走でお客さんを喜ばせたりしているうちにいつの間にか年老いていた。相変わらずささいなことで口論したり、機嫌よく愛し合ったりしていたが、二人ともますます魅力的な年寄りになっていった。長年ひとつ屋根の下で暮らしてきたせいか、身体つきや考え方までが似てきて、まるで双生児のような感じがした。時々孫を喜ばせてやろうと、叔母が糊で羊毛の髭をつけて、夫の服を着ると、叔父の方はブラジャーにボロ切れを詰め込み、妻のスカートをはいて孫たちを戸惑わせて大笑いしたものだった。ホテルの規則もだんだんゆるやかになり、人目を忍ぶ恋人たちがあの家で一夜を過ごそうと居留地に押しかけるようになった。木材の艶《つや》が消えないようにするには愛し合うのがいちばんなのだが、夫妻はもう齢だった。いくら催淫効果のある料理を食べても以前のように激しく愛し合うことができなかったので、喜んで客を迎え入れるようになった。夫妻はカップルを愛想よく迎え、結婚しているかどうかなど尋ねたりせずいちばんいい部屋に通し、次の日になると滋養分たっぷりの朝食を出した。お客さんが禁じられた愛の営みに精を出してくれると、そのぶん格天井や家具が長もちするというので、彼らはお客さんに感謝していた。

そのころになると、政府はクーデターの動きを封じ込め、ささいなことを口実に反乱を起こしそうな何人かの軍人をうまくコントロールしていたので、政情は安定していた。石油は相変わらず地の底から噴き出し、無尽蔵の富をもたらしていたので、人びとの意識は眠りこみ、問題の解決はすべて訪れて来るかどうか分からない明日に引き延ばされた。

ロルフ・カルレはその間も各地を取材してまわっていたが、おかげでだんだん有名になっていった。何本かのドキュメンタリーのおかげで、国外でも知られるようになった。五大陸を取材してまわったが、その頃には四ヵ国語があやつれるようになっていた。独裁制が倒れたあと、アラベナ氏は国営テレビ局の局長に昇進した。アラベナはつねづね大胆で力強い番組を作らなければだめだと言っていたので、ロルフを事件の現場に派遣した。自分がかかえているスタッフの中で彼がいちばん腕のいいカメラマンだと考えていたが、ロルフ自身も内心では同じことを考えていた。アラベナはよく、海外の通信社から入る外電は真実をゆがめている、だから自分の目で事件を見なきゃだめだぞと言っていた。こうしてカルレは、数々の災厄や戦争、誘拐、裁判、戴冠式、サミット会議などの大きな事件を撮影することになり、そのために否応なく国外に出ざるを得なくなった。カメラを肩に、死神を背負ってベトナムの沼地で膝まで泥に埋まったり、砂漠の塹壕で喉の渇きに半ば気を失ったようになりながら何日も待機したりしたが、そんなときにふと居留地のことを思い出すと、自然に口もとがほころんだ。アメリカ大陸の名もない丘にへばりつくようにして建っているおとぎ話の村、そこだけが彼にとっては安全な隠れ家であり、そこへ行くといつも心が安らいだ。世界中で行われている残虐な行為を目のあたりにして憔悴しきると、そこへ戻って行った。そしてあの村の木の下にごろりと寝転がって空を眺めたり、甥っ子や犬と一緒に地面を転げまわったり、夜、台所に腰をおろして叔母さんが鍋の中をかきまわしたり、叔父さんが時計を組立てたりしているのを眺めた。あの家にいると、つい自分が体験した冒険を話して聞かせたくなるのだが、向こうの家族はそんな彼の話を聞いて、目を丸くしていた。彼らといると自分の知識をひけらかしたくなるのは、心の底であの家族ならそういうことをしても許されるにちがいないという気持ちが働いていたからにちがいない。

ブルゲル叔母さんは顔さえ見れば、早く身を固めるようにうるさく言ったが、仕事の性質上家庭を持つのはむずかしかった。彼くらいの年齢になると、二十歳代のように誰でも好きになるということはなかった。理想の女性が見つかりそうもないように思えて、このまま独身で通してもいいなと考えはじめていた。しかし、万がいち完璧な女性が目の前に現われたとしても、彼がその女性の言うことを素直に聞くかどうかは分からなかった。二、三度恋をしたことがあるが、結局はうまく行かなかった。あちこちの町に気を許して付き合えるガールフレンドが何人かいて、たまたまそのあたりへ行ったときに訪れると、大切にもてなしてくれた。何人もの女性を征服して自信はついたが、行きずりの恋にはもううんざりしていたので、一度キスをすれば別れることにしていた。身体は引き締まり、どこにもたるみは見られず、注意深い目のまわりは細かな皺に囲まれ、日焼けした肌にそばかすがのぞいていた。何度も荒々しい暴力を目のあたりにしてきたが、やさしい心根を失ってはいなかった。少年のように感じやすい心を保ちつづけていて、人からやさしくされると、ついほだされた。今でもまだ昔の悪夢に悩まされていたが、近頃ではピンク色の太腿や子犬の出てくる楽しい夢を見ることもあった。彼はタフで、疲れを知らず、片時もじっとしていなかった。よく笑った。笑顔がとてもよかったので、あちこちに友人ができた。いったんカメラを手にもつと、なんとかしていい映像をとろうと、危険もかえりみず我を忘れてカメラをまわした。

九月のある午後、わたしは街角でウベルト・ナランホとひょっこり出会った。彼はそのあたりを歩きまわって、遠くから軍服工場の様子をうかがっていたのだ。長靴がなければ山ではどうにもならないので、武器と長靴を調達するために首都まで降りてきたのだが、部下の若者たちが軍隊の手で壊滅させられたので、党の指導者に戦術を変更してはどうかと進言するつもりでいた。髪を短く切り、髭を剃りおとし、平服を着て、手に黒のアタッシェケースをもっていた。黒の縁なし帽をかぶった髭面の男が壁のポスターの中から通行人を睨みつけていたが、目の前にいるのは賞金のかかっているその男と少しも似ていなかった。本当なら実の母親に道で出会っても、素知らぬ顔をして通りすぎてゆくほど慎重に行動しなければならないのだが、あのときは思いがけないところでわたしに出会った上に、警戒心がゆるんでいたのだろう。通りを渡っているところを見かけたんだ、何年も前にこの子はおれの妹分だから大切にしてやってくれ、そう言って女将にあずけたが、あのときはまだ子供だったし、そのころの面影はもう残っていないけど、目を見て、お前だとすぐに分かったよ、と彼は言った。道を歩いていると、彼は突然手を伸ばしてわたしの手をつかんだ。びっくりしてふり返ると、彼はわたしの名を口にした。いったいどこの誰だろうと思って、なんとか思い出そうとしたが、陽射しを浴びて真黒に日焼けしているのに、なんとなく公務員を思わせるところのあるその男に見覚えがなかった。少年の時代の彼はポマードをこってり塗って髪をオールバックにし、銀色の鋲を打ったヒールの高いブーツをはいていた。そんな彼は幼いころのわたしの英雄であり、お話をはじめたばかりのころの恋物語の主人公でもあったので、今の彼を見てもウベルトと分からなかったのもむりはなかった。そのとき彼は、二度目のミスを犯した。

「おれだよ、ウベルト・ナランホだよ……」

わたしはどう挨拶していいか分からず手を差し出したが、二人とも握手しながら赤くなった。街角に突っ立ったままわたしたちは茫然と顔を見合わせていた。七年以上会っていなかったので、積もる話があったが、何から切り出していいか分からなかった。膝のあたりが熱くなって力が入らず、心臓が今にも張り裂けそうになった。長年会っていなかったせいで眠りこんでいた情熱が突然目覚め、ふと彼をずっと愛し続けていたような錯覚にとらえられた。そして、三十秒もしないうちにふたたび彼が好きになった。ウベルト・ナランホは長い間女っ気のない生活を送っていた。山で暮らしていていちばん辛いのは愛情とセックスが欠けていることだ、とあとで教えてくれた。町に降りてくると、真先に手近にある売春宿に飛び込み、束の間身を焼くような官能の底なし沼に身をひたすのだが、その時間はあまりにも短く、積もり積もった飢餓感をいやすどころか喜びもないまま果て、あとにはやり切れない思いだけが残された。自分のことを考える余裕があると、自分の女と言えるような若い娘を腕に抱き、完全に所有したい、その娘が自分の訪れを待ち、求め、つくしてくれたらどんなにいいだろうと考えると、いても立ってもいられなくなった。部下のものには厳しい規律を課していたくせに、それを無視してわたしをカフェに連れて行った。

その日は夜遅くに、まるで夢でも見ているように身も心も軽くなって家に戻った。

「どうしたの？　いつもと目の輝きがちがうわよ」とミミーに尋ねられた。わたしのことをよく知っていたので、少しでも感情を表にあらわすと、たちまち見抜かれてしまうのだ。

「恋しているの」

「またなの？」

「今度はマジよ。何年もああいう人が現われるのを待っていたんだもの」

「へえーっ、相似た魂が出会ったってわけね。で、相手は誰なの？」

「言えないわ、秘密なの」

「言えないですって？」彼女は顔色を変えてわたしの肩をつかんだ。「知り合ったばかりの男が、わたしたちの仲を裂いたっていうわけ？」

「分かったわ、そんなに怒らないでよ。相手はウベルト・ナランホよ。でも、よそではぜったいに彼の名前を口にしないでね」

「ナランホですって？　共和国通りをうろついていたあの子ね。でも、どうしてそんなに用心するのかしら」

「知らないわ。自分の名前が外に漏れると、命が危ないんだと言ってたわ」

「ああいうタイプってまっとうな死に方をしないのよね。まだ小さかった頃に、手相を見て、カード占いをしてやったことがあるんだけど、彼はあなたに向いてないわ。いいこと、彼は泥棒になるか大金持ちになるべく生まれついているのよ、今頃はきっと密輸か麻薬、あるいは何か汚い仕事に手を出しているにきまっているわよ」

「彼のことをそんなふうに言うのは止してよ」

カントリー・クラブの近くは市内でもいちばんの高級住宅地として知られているが、わたしたちはそこに自分たちの収入でもなんとか手の届きそうな小さくて古い家を見つけて、暮らしていた。ミミーは思ってもみなかった名声を手に入れ、日毎に垢ぬけしていって、今ではこの世のものとは思えないほど美しくなっていた。男から女に生まれ変わったのは精神力のたまものだが、彼女はその精神力を生かして今度は自分にいっそう磨きをかけ、女優になろうとしていた。下品と思われかねない言動を一切慎しみ、ブランドものの衣装と派手な化粧で流行を作り出し、言葉遣いに気を配って、下品な言い回しはよほどのことがない限り使わないことにしていた。二年間、俳優養成所で芝居の勉強をし、美人コンテストに出場するための女性を専門に教育している学校に通った。おかげで、脚を組んだまま車に乗ったり、口紅を落とさずにアーティチョークの葉を食べたり、アーミンの軽やかなストールをなびかせながら階段を降りたりすることができるようになった。性転換したことを隠したりしなかったが、自分からその話に触れることはなかった。三流新聞が彼女の秘密のヴェールをはいでスキャンダルと陰口の種をまき散らした。しかし、状況は劇的な変化をとげた。道を歩くと、人びとはふり返り、女学生がサインをもらおうと彼女を取り囲むようになった。テレビ・ドラマの出演と芝居の演出の契約を結んだが、そこで一九一七年以来ついぞ見られなかった才能を発揮した。一九一七年というのは、〈慈善者〉がパリからサラ・ベルナールを呼び寄せた年にあたる。サラ・ベルナールは当時すでに年老いていたうえに片方の脚が悪かったが、その足でバランスをとりながらすばらしい演技を見せたのだ。ミミーが舞台にのぼると、客席はいつも満員になった。女の乳房があるのに、股間には男性の一物がついているという噂が流れ、神話に出てくる人間をひと目見ようと地方から大勢の人たちが押しかけてきた。ファッション・ショーに呼ばれたり、美人コンテストの審査員に選ばれたり、慈善パーティに呼ばれるようになった。上流社会でももてはやされ、仮装舞踏会に招かれたときは、名家の人たちがカントリー・クラブのサロンで彼女を出迎え、親しげにその背中を叩いた。その夜ミミーは、王妃様に扮装したわたしの腕をとり、自分はまがいもののエメラルドをびっしりつけたきらびやかな衣装をまとってタイの王様に変装したが、男装した彼女を見て、集まった人たちは目を丸くした。彼女は昔あやしげなオカマのキャバレーで踊っていたが、それを見て拍手したのを覚えているものもいた。しかし、そのせいで名声に傷がつくどころか、逆に人びとの好奇心を煽り立てることになった。ミミーは、今はパーティに彩りを添える風変わりな道化だというのでちやほやされているが、自分のようなものが上流社会の一員になれるはずがないということをよくわきまえていた。けれども、そういうところに出入りできることをひどく喜んでいて、それを正当化するために、将来女優として立ってゆくためにはこういうことが役に立つのだと言っていた。わたしが、あなたも気まぐれな人ねと言って冷やかすと、この国で何かしようとすれば、いいコネを持つことがいちばんなのよ、と答え返してきた。

ミミーが人気者になったおかげで、経済的に楽になった。わたしたちは今、ベビーシッターが子供を遊ばせ、運転手が犬を散歩させている公園の前に住んでいる。引っ越す前に彼女はぬいぐるみと刺繡したクッションをひとつ残らず共和国通りの人たちにプレゼントし、自分の作った冷たい陶器の人形を箱に詰めた。長い間、暇さえあれば粘土をこねておかしな人形を作っていたところをみると、彼女に人形作りを教えたのは失敗だったようだ。彼女は専門家を雇って、新居の室内装飾をしてもらうことにしたが、例の〈普遍物質〉で作った人形を見て、その人は卒倒しそうになった。内装のデザインが変わるといけないので、人形をどこかにしまっていただけないでしょうかと言われたが、その室内装飾家が黒い目をしたロマンスグレーの感じのいい中年男性だったので、ミミーはすぐそのとおりにした。やがて二人の間に揺るぎない友情が生まれ、彼女は星占いの言う伴侶がついに見つかったといって喜んでいた。星占いって当たるのよ、エバ、わたしの星座表には、後半生にすばらしい恋に出会うだろうって書いてあるの……。

室内装飾家はその後もしょっちゅう顔を見せ、彼の影響でわたしたちの暮らしは決定的に変わった。それまで夜は赤ワイン、昼は白ワインを飲むものだと思いこんでいたが、彼のおかげでワインが選べるようになったし、芸術を鑑賞したり、世界の動きを伝えるニュースにも関心をもつようになった。日曜日になると、画廊や美術館、劇場、映画館に足を向けるようになった。彼に連れられて初めて音楽のコンサートに出かけて行ったが、ショックがあまりにも大きくて、そのあともずっと音楽が身体の中で鳴り響いていて、三日間寝つくことができなかった。ようやく眠れるようになったが、そのときもまだ真珠母を象嵌《ぞうがん》した赤い木でできた弦楽器や象牙のクラヴィコードの音が夢の中で響いていた。それからは、オーケストラの演奏会があると必ず出かけてゆき、二階の席に陣どった。指揮者がタクトを振りあげ、ホールに音楽が響きわたると、喜びのあまり自然に涙があふれてきた。彼は家の中を白一色で統一し、モダンな家具を置いて、ところどころにアンティーク調の小物を並べた。部屋の様子が一変してしまったので、わたしたちは何週間も迷子のように部屋の中を歩きまわったが、いったん動かすと、もとの位置が分からなくなるというので家具類に触れないよう注意し、東洋風のゆったりした肘掛け椅子も座ると中に詰めてある羽根がぺしゃんこになるといけないからといって座らなかった。装飾をはじめたときに彼が言っていたとおり、趣味の良さのおかげで目が肥え、そのうち慣れてきて、以前の趣味はひどかったわねといって笑い合うようになった。ある日、あの魅力的な男性が突然、雑誌社と契約を結んでニューヨークに行くことになったと告げ、荷造りをすると、本当に悲しそうな顔をして旅立っていった。おかげでミミーはすっかり落ち込んでしまった。

「元気を出すのよ、ミミー。彼がいなくなったということは、あの人が運命の人じゃなかったということなのよ。そのうち必ず理想の男性が現われるわ」わたしがそう言うと、彼女もなるほどと思ったのか、少し元気になった。

時間が経つにつれて、完璧な調和を保っていた室内装飾が少しずつ変化しはじめたが、その分住みやすくなった。まず最初海の絵を壁に飾った。ミミーに、独身者の姉と弟が住んでいたあの家の台所の絵が自分にとってどれほど大きな意味をもっていたかという話をすると、彼女はすかさず、そんなに引かれるのは遺伝的なものね、きっと先祖に船乗りがいて、その血が騒いで海が恋しくなるのよと言った。彼女の言ったことが、母から聞いた、祖父がオランダ人の船乗りだったという話とぴったり符合したので、さっそく二人で骨董品屋や競売場を捜しまわって、とうとう岩や波、カモメ、雲などが描かれている油絵を見つけ、その場で買い込むと、友人の室内装飾家が考えに考えた末に選び出した日本の版画をためらうことなく取りはずし、そこに絵をかけた。そのあと、ゆっくり時間をかけて勲章をいっぱい下げた外交官や立派な髭を生やし、二連銃をもった探険家、木靴をはき、陶製のパイプをくわえて傲然と未来を見つめている祖父などの、色褪せた年代ものの銀板写真を集めて、自分の一族を作り出すと、それを壁にかけた。一族の写真が集まると、今度は母のコンスエロの写真を慎重に選び出すことにした。どれもこれも気に入らなかったが、長い間歩きまわった末に、レースの服を着、ツルバラの植わっている庭で傘をさし、にこやかに笑っている繊細な感じのする若い女性の写真を見つけた。その女性は母といってもおかしくないほど美しかった。子供のころの母といえば、前掛けにズック靴をはき、忙しく立ち働いて家事をこなしている姿しか思い浮かんでこない。けれども、女中部屋でわたしと二人きりになると、とたんに母は傘をさした上品な婦人に変身したが、そのことを今でも覚えていたので、いつまでもその姿を保っておきたいと思ったのだ。

ちょうどそのころわたしは失われた時間を取りもどそうとしていた。つまり、夜学に通って中等教育の勉強をし、いずれ必要になるだろうと考えて免状まで取ったが、これは何の役にも立たなかった。昼間は軍服工場の秘書をし、夜はノートにお話を書きつづった。ミミーは面白くもない勤めなんかやめて、書くことに専念したらと言ってくれた。髭を生やしたコロンビアの人気作家が中南米の国々をまわって自分の本にサインをしていたが、ある本屋の前にサインをもらおうと大勢の人が列を作っているのを見て、彼女はノートと鉛筆、それに辞書を山のように買ってくれた。エバ、あれはいい仕事よ、朝は早く起きなくてもいいし、人からとやかく言われることもないんだから……。彼女は、わたしが作家になるのを夢見ていたが、わたしの方は生計を立てて行かなければならなかったし、まだ文筆で身を立てる自信がなかった。

この前会ったとき、マドリーナの身体の具合が悪かったので、アグア・サンタを出て首都に腰を落ち着けると、さっそく彼女の居場所を捜した。首都の旧市街に住む親切な人が見かねて彼女を引き取り、今はそこの一部屋をもらって身内の人間のような扱いを受けている。持ちものはわずかしかなかったが、剝製のピューマは長い年月が経ち、貧しさに追われてあちこちを転々としたというのに、奇蹟的に傷ひとつついていなかったし、聖人像も大切にしていた。彼女はつねづね、家には祭壇がなきゃいけないし、坊さんにお布施を惜しんでも、蠟燭をけちっちゃいけないよと言っていたが、それは今も変わっていなかった。歯が何本か欠けていたが、その中の金歯は金に困って売り払ったとのことだった。以前に比べると見るかげもなく痩せ細っていたが、相変わらずきれい好きで、毎晩水差しで水浴びしていた。頭がすっかりおかしくなっていて、彼女が迷いこんでいる迷路から救い出すのはむりだったので、しょっちゅう見舞って、ビタミン剤をのませたり、部屋の掃除をしたり、甘いものや昔のようにいい薫りを楽しむようにとローズウォーターをもっていってあげたりした。療養所に入れてもらおうと思って働きかけたが、それほど重い病人じゃないでしょう、他にもっと重い方もおられますから、あれくらいなら治療を受けるのはむずかしいですねと言われて、こちらの申し出を聞き入れてもらえなかった。ある朝、彼女が世話になっている家から電話があり、うろたえたような声で、マドリーナがひどく落ち込んでいて、この二週間ずっと泣いてばかりいると言ってきた。

「すぐ見舞いに行きましょう、わたしも一緒に行くわ」とミミーが言った。

抑鬱症に耐え切れなくなり、彼女がナイフで喉を掻き切ったちょうどそのときにわたしたちは到着した。通りにいたわたしたちにも悲鳴が聞こえ、近所の人たちがあわてて駆けつけてきた。急いで部屋の中に飛び込むと、彼女は血の海に横たわっており、剝製のピューマの脚の間まで血が流れていた。喉を一文字に掻き切っていたが、まだ息があり、身体が麻痺し、怯えたような目でわたしたちを見ていた。顎の筋肉を切断してしまったので、下顎ががくんと下に落ち、歯のない口を開けて気味悪い笑みを浮かべているように見えた。わたしは膝の力が抜けて立っていられなくなり、壁にもたれかかった。けれども、ミミーは彼女のそばに跪くと、中国の高官を思わせる長い爪で傷口を押さえ、救急車がくるまで生命に危険がおよばないよう血を止めていた。わたしはただ震えていただけだが、彼女は病院に着くまで、救急車の中でマドリーナの傷口を押さえていた。ミミーというのはほんとうにすばらしい女性だった。病院の医者はすぐマドリーナを手術室に運び込み、靴下を縫うように傷口を縫い合わせてくれたが、おかげで奇蹟的に一命をとりとめた。

彼女が暮らしていた部屋に入って身のまわりのものを整理していると、バッグの中からスルククーの皮のように赤く輝いている母の髪の毛が出てきた。長年そこに入れたまま忘れられていたのだが、おかげでかつらにされずに済んだのだ。わたしはピューマといっしょにそれを家にもち帰った。自殺未遂事件を起こしたおかげで、彼女は病人と見なされ、救急病院から退院許可が出ると、すぐ精神病院に送られた。一ヵ月後にようやく面会できるようになった。

「ここはサンタ・マリーア刑務所よりひどいわね」とミミーが言った。「すぐにここから出してあげなくちゃ」

喉のところに大きな縫合の跡が見えるマドリーナは、頭のおかしい他の女たちと一緒に中庭の中央に立っているセメントの支柱にロープで縛りつけられていたが、もう泣いてはいず、おとなしくじっとしていた。彼女は聖人像を返してほしい、でないと自分はどうしていいか分からないし、悪魔が頭のふたつある化物のような子供を自分から奪い取ろうと追ってくるのだと訴えた。ミミーはヒンズー教の導師の教本に書いてあるとおり陽の力で彼女の病気を直そうとしたが、その秘教的な治療法はまったく効かなかった。その頃のマドリーナはしきりにローマ法王の名を口にし、あの方に会って自分の犯した罪を許してもらうのだと言っていた。彼女の気持ちを静めてやろうと思って、そのうちローマに連れていってあげるからと言ったが、まさかあのときはローマ法王が熱帯の地を訪れて、人びとに祝福を与えることになるとは夢にも思わなかった。

彼女を病院から連れ出すと、シャワーを浴びさせ、わずかに残っている髪の毛を櫛けずり、新しい服を着せて個人の経営する病院へ連れて行った。その病院は海岸べりにあり、椰子の木に囲まれ、滝が流れ、コンゴウインコを入れた大きな鳥籠があった。裕福な人しか入れない病院だったが、院長をしているアルゼンチン人の精神科医がミミーの知り合いだったおかげで、マドリーナはひどい姿をしていたが入院を許可してもらえた。彼女は海が見え、バックグラウンド・ミュージックの聞こえるピンク色に塗った部屋に入った。入院費はかなり高くついたが、わたしの記憶にあるかぎりマドリーナがはじめて嬉しそうな顔をしたので、それだけのことはあったにちがいない。最初の一ヵ月はミミーが立て替えてくれたが、むろんそれも含めて入院費は自分が払うつもりでいた。わたしはまた工場で働きはじめた。

「そういう仕事はあなたに向いてないわ。作家になるための勉強をしなきゃだめよ」とミミーは言い張った。「ああいう仕事はよそじゃ覚えられないのよ」

ウベルト・ナランホは突然わたしの前に姿を現わしたが、数時間後にはジャングルと泥、それに硝煙の匂いを残して、現われたときと同じように何も言わずふっと姿を消した。それ以後わたしはひたすら彼を待つことになったが、そうして辛抱強く待っているあいだに、彼とはじめて抱擁を交わしたときのことを何度も思い返したものだった。あのときは、ほとんどしゃべらず激しい情熱をこめてお互いに顔を見つめ合い、そのあと手をつないでホテルに行くと、ベッドの上で睦《むつ》み合った。そのとき彼は、昔お前が好きだったが、じつを言うと妹としてじゃなかったんだ、この何年かずっとお前のことを考えつづけていたんだと言った。

「キスしてくれ、おれは人を愛してはいけない人間なんだが、お前だけはべつだ。もう一度キスしてくれ」そうささやきながら彼はわたしを抱き締めたが、そのあと汗をびっしょりかき、身体を震わせながら石のように表情のない目で天井をじっと見つめた。

「今どこに住んでいるの？　連絡するにはどうすればいいの？」

「そんなことは知らないほうがいい、とにかくできるだけこちらに来るようにするよ」そう言うと狂ったように荒々しく無器用にわたしを抱き締めた。

その後しばらくは何の連絡もなかった。ミミーはわたしの様子を見てこう言った。だいたい、会ったその日に言いなりになったのがいけなかったのよ、もっと気をもたせなきゃ、どうせすぐにはい、はいってついて行ったんでしょう、男って女をものにするためならどんなことでもやりかねないのよ、そのくせいったんものにすると、急に女をばかにするものなの、この分ならいつまでもおとなしく待っているにちがいないと安く見られているにちがいないわ、彼はまず戻ってこないわね。けれどもウベルト・ナランホはふたたび姿を現わし、通りでわたしに近づいてきた。わたしたちはまたホテルに行き、この前のように愛し合った。それ以来彼は会うたびにもうこれが最後だと口癖のように言っていたが、必ずまた戻ってくるにちがいないと考えるようになった。彼は何となくヒロイックで危険な匂いを漂わせ、秘密のヴェールに包まれて突然わたしの前に現われた。そのせいでひどく想像力を掻き立てられた。あのようないつ壊れるか分からない関係なのに彼を愛しつづけたのは、たぶんそのせいにちがいない。

「彼のことを何も知らないんじゃないの。きっともう結婚していて、子供が五、六人いるわよ」ミミーがぶつぶつ言った。

「あなたは大衆小説を読みすぎて、頭がどうかしているのよ。男というのはどれもこれも、テレビ・ドラマに出てくるような女たらしだと思い込んでいるんでしょう」

「ねえ、いいこと、わたしは男として育てられたのよ。男の子の学校に通い、一緒に遊び、スタジアムやバーへもできるだけ一緒に出かけてゆくようにしたわ。だから、男のことならあなたよりも詳しいのよ。よその国のことは知らないけれど、この国じゃぜったいに男の言うことを信じちゃだめ」

ウベルトはいつやってくるか分からなかった。二週間姿を見せないこともあれば、何ヵ月も現われないことがあった。電話や手紙はもちろん、伝言ひとつ寄こさなかった。そのくせ、こちらが思ってもみないときに、だしぬけに通りに立ちはだかったが、そんなときふと、わたしの行き先を熟知していて、もの陰から見張っているのではないだろうかという気がした。彼は会うたびに別人のようになっていた。口髭を生やしているかと思うと、顎鬚を蓄え、髪型もその時々で違っていたので、まるで変装しているように思えた。最初はぎくりとするが、その一方で同時に何人もの男性を愛しているような気がして、楽しむことができた。二人だけの部屋に住むのがわたしの夢だった。彼のために料理を作り、洗濯をし、毎日一緒にベッドに入り、夫婦のように手をつないで街をあてもなく歩くことができたらどんなにいいだろうと考えた。彼が愛情ややさしさ、正義、喜び、そうしたものすべてに飢えていることはよく分かっていた。彼は長年の鬱積した渇きを癒そうとするようにわたしを激しく抱きしめ、わたしの名前を小さな声でつぶやくと、急に目に涙を浮かべた。昔の話や初めて出会った子供のころのことは話に出たが、現在や未来のことについてはお互いに触れなかった。時々一時間も一緒にいられないことがあった。彼は何かから逃げている様子で、切なげにわたしを抱くと、矢のように飛び出して行った。そんなに急いでいないときは、彼の身体をやさしく愛撫し、隅々まで調べ、小さな傷跡や彼だということを物語る印を数えあげた。このところ少し痩せたようだし、手のマメが増え、肌が荒れていた。傷跡みたいだけど、ここはどうしたの、何でもない、こちらにおいで。別れるときは、情熱、不安、あわれみに似た気持ちがこみあげてきて、いつも口の中が苦くなった。彼を怒らせないために、ときには喜びなど感じてはいなかったが、さも満ち足りているような顔をしたこともあった。彼を引き止め、愛したいという気持ちが強かったので、ミミーの言うとおりにした。女将の家にあった愛の教本で学んだ手練手管は一切用いなかったし、リアド・アラビーのこの上もなく巧みな愛撫の仕方や恍惚感、あるいはリアドに教わった身体の感じやすい個所を教えたりもしなかった。というのも、そんなことをすればいつ、どこで、誰とそんなことをしたのだとしつこく訊いてくることが分かっていたからだ。若い頃はしきりに自分は女にもてるのだと自慢していたが、それにもかかわらず、というかおそらくはそのせいでわたしに対しては妙に生真面目な態度をとっていた。お前のことを大切に思っているんだ、ほかの女とはちがうからな。ほかの女って誰のこと、と訊くと、彼は皮肉っぽい笑みを浮かべて空とぼけた。いろいろ考えた末、少女時代にカマルを激しく愛したことや結ばれないと知りつつリアドを愛したこと、またそれ以外の行きずりの恋についても一切彼には話さなかった。彼から処女かどうか尋ねられたことがあった。あなただって童貞じゃないんだから、べつにどちらでもいいでしょうと答えると、ウベルトは急に荒れ出した。これはリアド・アラビーと過ごした夢のような一夜のことは話さないほうがいいと思い、スレーマ殺しの容疑をかけられて逮捕されたときに、アグア・サンタの警官に犯されたのだといいかげんな出まかせを言った。わたしたちは下らない口論をしたが、結局彼の方が折れて、すまない、おれが悪かった、エバ、お前の責任じゃないんだからな、だがあの悪党どもにはいずれ思い知らせてやる、まあ見てろ、きっと思い知らせてやるからなと言った。

「落ち着いた暮らしができるようになったら、何もかもうまく行くと思うの」ミミーとしゃべっているときに、彼の肩をもってそう言った。

「あなたを今しあわせにできないようなら、この先も期待はもてないわね。どうしてあんな妙な男の尻を追っかけたりするのかしら、わたしには分からないわ」

早く彼の心をとらえて、そばに引きつけておきたいという気持ちが強すぎたせいか、絶望感と不安、やり切れない思いにとらえられ、日常生活に支障をきたすようになった。不眠症になり、恐ろしい悪夢に悩まされ、ものを考えることができず、気持ちを集中させて仕事や物語に打ちこむことができなくなった。そのせいで、薬を入れてあるキャビネットから精神安定剤を盗み出して、こっそり服用するようになった。けれども、時が経つうちにウベルト・ナランホの幻影がだんだん小さくなり、以前ほど強い影響を受けなくなった。やがてちょうどいい大きさにまで縮み、彼を求めるだけの状態から脱してほかのことも考えられるようになった。彼を愛していたし、自分を悲劇の主人公、小説のヒロインと見なしていたので、彼が来るのを心待ちにしていた。けれども、ようやく毎日の生活にも落ち着きがもどり、夜にはペンをもてるようになった。カマルを好きになったとき、これからは耐えがたいような嫉妬の炎に身をまかせるのは止そうと心に誓った。そのことを思い出して、苦しかったがなんとか自分を支えつづけた。わたしのそばにいないときはほかの女に手を出しているのではないだろうかと勘ぐったり、ミミーが言うようにひょっとすると強盗かもしれないと考えたりしないように努めた。彼があのような行動を取るのはほかに何か理由があるのだ、わたしには分からない危険なことをしているか、仮借ない掟に縛られた男の世界に生きているから、ああせざるを得ないのだと考えるようにした。ウベルト・ナランホは、わたしたちの愛よりも大切な何かの運動に加わっていたにちがいない。わたしはそんな彼を努めて理解し、受け入れようとした。会うたびに口数が少なくなり、不愛想になってゆく冷たいあの人に対してロマンチックな感情を抱くようにしたが、二人の将来については幻想を抱かないことにした。

わたしが働いている工場の近くで警官が二人殺された。前々からウベルトはゲリラ活動に関わっているのではないかと思っていたが、その日にそれがはっきり分かった。二人の警官は走行中の車から乱射された機関銃の弾にあたって死亡した。たちまち通りに人垣ができ、あたりはパトロール・カーと救急車で埋めつくされた。工場の中では直ちに操業が停止し、工員たちは中庭に集められて、徹底的な捜査が行われた。そのあと、市内は騒然としているから真直ぐ帰宅するようにと言われて、わたしたちは釈放された。歩いてバス停まで行くと、ウベルト・ナランホが待っていた。彼とは二ヵ月近く会っていなかった。急に老けこんだような感じがして、最初は誰だか分からなかった。あのときは彼に抱かれても喜びをおぼえなかったし、ほかのことを考えていたせいで、そのことを隠す気にもならなかった。そのあと、ベッドの上のざらざらしたシーツの上に裸のまま座ったが、ふと彼が日毎に自分から遠ざかっていくような気がして、悲しくて仕方がなかった。

「ごめんなさい、気分がすぐれないの。今日、警官が二人も殺されたので、ショックがひどいの。あの人たちとは顔見知りだったのよ。あのあたりを警備していて、わたしに挨拶してくれたわ。警官にしてはおかしな名前なんだけどひとりはソクラテスといって、とてもいい人だった。それなのに、二人とも銃で撃ち殺されたのよ」

「彼らは処刑されたんだ」とウベルト・ナランホは言い直した。「民衆に処刑されたんだよ、言葉づかいに気をつけるんだ。人を殺すのは警官の方だ」

「どうしてそんな言い方をするの。はっきり自分はテロリズムに加担していると言えばいいでしょう」

彼は強い力でわたしをうしろの方にぐいっと押しやると、じっと目を見つめて説明しはじめた。暴力を行使しているのは政府の方だ。失業、貧困、腐敗、社会不正、こうしたものはみんな形を変えた暴力なんだ。国家はあらゆる手段を用いて人びとを虐待し抑圧している、そしてその体制の手先があの警官たちだったんだ、彼らは人民の敵の利益を守っていたんだから、処刑されて当然だ。民衆は解放のために戦いつづけている。わたしは長い間返事をしなかった。そのときはじめて彼がしょっちゅう姿を消す理由が、身体中の傷について触れたがらず、いつも何かに追われ、死を覚悟している理由が、また彼の身体から強い磁気が出て、まわりの空気に磁場を作っているせいで、わたしたち女がまるで火に引き寄せられる虫のように引きつけられる理由がのみこめた。

「どうしてもっと前に言ってくれなかったの」

「知らないほうがいい」

「わたしを信じてないの」

「分かってくれよ、これは戦争なんだ」

「もし分かっていたら、ここ何年かはもっとしあわせな気持ちでいられたわ」

「お前に会いに来るだけでも命がけなんだぞ、もしお前に疑いがかかって訊問でもされたら、大変なことになるんじゃないか」

「口が裂けたってしゃべらないわ」

「いや、連中は口のきけない人間でもしゃべらせることができるんだ。おれにはお前が必要だ、お前がいないと生きて行けないんだ。お前に会いにくると、組織と仲間が危険にさらされることになるんだが、それを考えると、みんなに悪いような気がしてな」

「だったら、わたしを連れて行けばいいのよ」

「それはできないよ、エバ」

「山には女の人がいないの」

「ああ、戦闘というのはやわなものじゃないからな。だけど今にいい時代が来て、本当に愛し合える時が来るはずだ」

「何もあなたとわたしの人生を犠牲にすることはないでしょう」

「これは犠牲じゃない。おれたちはべつの社会を作ろうとしているんだ、今に誰もが平等でしかも自由に暮らせる時代がくる……」

わたしは二人がはじめて出会ったはるか昔の午後を思い出した。あのときは二人とも行くあてもなく広場をうろついていた。あのころから彼は、自分を自らの手で運命を切りひらいてゆくことのできる男らしい男だと考えていた。それにひきかえわたしのほうは女に生まれたばかりに不利な立場にあり、人の庇護を受けたり、いろいろな不自由を耐えしのばなければならないと彼は考えていた。彼の目から見れば、わたしは人の袖にすがって生きてゆくしかない女だった。ウベルトはもの心がつきはじめたころからそんなふうに考えていた。革命が成就してもそうした考えはおそらく変わらないだろう。そのときになって、わたしたちの抱えている問題が明日生きていられるかどうか分からないゲリラ戦とは何の関係もないことに思い当たった。彼がたとえ自分の夢を実現しても、わたしの考えているような平等な社会は達成されないにちがいない。ナランホや彼のような人たちにとって、民衆というのは男だけで構成されている。わたしたち女は戦いに貢献しなければならないが、重要な決定や権力からは排除されていた。彼のとなえる革命はわたしの運命を本質的に変えはしないだろう、状況がどのように変わろうとも、わたしは死ぬまで自分の手で道を切りひらいて行かなければならないのだ。たぶんそのときだと思うが、わたしは自分の戦いが先の見えないものであることに気がついた。幸せになりたい一心で訪れてくるかどうかわからない幸せを待ちつづけているうちに、ひょっとすると一生が終わってしまうかもしれない、それくらいならいっそのこと楽しく戦う方がいいと考えた。やはり、エルビーラの言ったとおり、強くならなければ、そしてつねに戦いつづけなければいけないんだわ。

その日、わたしたちは不機嫌な顔をしたまま別れた。けれどもウベルト・ナランホは二週間後にふたたび戻ってきた。わたしはいつものように彼が来るのを待ちつづけていた。

第十章

ゲリラ活動が激化しはじめたので、ロルフ・カルレは国に帰らざるを得なくなった。

「世界中あちこち歩きまわるのはもうこの辺にしたらどうだ」アラベナは局長室のデスクの向こうからそう言った。今ではすっかり太って、心臓の持病をかかえていた。おかげで楽しみといっても、おいしい料理を食べ、愛用の葉巻をくゆらせ、居留地を訪れたときに、ルパート叔父さんの娘たちの、今は触れるわけにはゆかないみごとなお尻をこっそり眺めるくらいのことしかなかったが、職業的な好奇心はいっこうに衰えていなかった。「ゲリラによる被害があちこちで出ているんだが、そろそろ彼らの実態を調査すべきだと思うんだ。検閲済みの情報は残らず入手してあるが、政府の言うことは信用ならんし、ラジオの地下放送もあてにはならん。わしは、山に立てこもっている人間がどれくらいいいて、どういう武器をもち、どういう人間の支持を得、どういう展望をもっているかといったことをすべて知りたいんだ」

「そういうのはテレビに流せないでしょうね」

「実情を知りたいんだ、ロルフ。おそらくあの連中は頭がイカれているんだろう。しかし、鼻先に第二のマエストラ山脈（キューバ革命の重要な拠点となった山脈）があるのに、それに気がつかなかったとなると、これは大事《おおごと》だからな」

「もし第二のマエストラ山脈だったら、どうなさるんです」

「何もしないさ。われわれの役目は歴史の流れを変えることではなく、単に事実を記録することだからな」

「将軍が権力を握っていたころとはちがいますね」

「齢をとって、その分知恵がついたんだよ。さあ、向こうへ行って、観察し、できることならカメラを回すんだ、そしてわしに何もかも話してくれ」

「そううまく行きますかね。キャンプ地を嗅ぎまわったりしたら、やばいですよ」

「だからこそほかのチームの人間ではなく、お前に白羽の矢を立てたんじゃないか。以前、連中と一緒にしばらく暮らしたことがあったな。あのとき、これはという男と出会ったそうだが、何という名前だったかな」

「ウベルト・ナランホです」

「その男ともう一度接触できんのか」

「どうですかね、もうこの世にいないんじゃないですか。なんでも軍隊に大勢殺されて、残りのものも逃走したという噂ですから。だけど、面白そうな話ですから、できるだけのことはやってみます」

ウベルト・ナランホは死んでもいなかったし、逃亡してもいなかった。ただ名前が変わって、みんなからロヘリオ指揮官と呼ばれていた。長年戦いに明け暮れる毎日を送ってきた彼はつねに軍靴をはき、銃を握り、目は影の向こうにあるものを見ようとして大きく見開かれていた。荒々しい暴力の只中を生きていたが、時には陶酔感をおぼえる至高の瞬間が訪れてくることがあった。新しい戦闘員のグループがやってくると、まるで恋人に会う前のように心が高鳴った。戦闘員を出迎えるためにキャンプ地のはずれまで行くと、まだ汚れを知らず楽天的な彼らは、パトロール隊の隊長に教えられたとおり隊列を組んでいた。やさしい目に都会人らしい甘さの残っている顔をした彼らは、古参兵のようなタコではなく新しいマメを手に作り、疲れ切ってはいたがにこやかな笑みを浮かべていた。戦うべくやってきた彼らは言ってみれば自分の弟、息子であり、その瞬間からその若者たちは彼に自分の生命を預けることになるのだ。彼としては連中の志気を高め、生きのびる方法を教え、岩のように頑丈で、雌ライオンのように勇敢な人間に、ひとりで正規兵百人を相手にできるくらい抜け目がなく、敏捷で、忍耐力のある兵士に育ててあげなければならなかった。彼らを前にしていると喜びがこみあげてきて、息が苦しくなった。ポケットに両手を突っ込み、内心喜んでいることを悟られまいとして手短かにぶっきらぼうな挨拶をした。

焚き火ができるようなときは、仲間と一緒に火を囲んだ。一ヵ所に長い間居つづけることはできなかった。山を知り尽くし、自分の庭のように自由に動きまわらなければならない、と教本に書いてあった。時には何もすることのない日があった。そんなときは、一般人と同じように歌をうたったり、カード遊びをしたり、ラジオで音楽を聞いたりした。彼は時々連絡員とつなぎをつけるために町まで降りて行ったが、そういうときはふつうの人と同じような顔をして街を歩き、忘れてしまった食事の匂いや車、ごみの匂いを嗅ぎ、子供たちや家事にいそしんでいる女たち、野良犬などを、お尋ねものではなく一般人のような顔をして眺めたが、彼にはそうしたものが目新しく感じられた。突然、黒い文字でロヘリオ指揮官と書いてある壁のポスターが目に入ることがあった。自分が壁に貼りつけられているのを見て、誇らしさと同時に自分はここにいてはいけないんだ、戦闘員である自分は他の人のように生きて行けないのだと考えて、不安に襲われた。

ゲリラの兵士は大半が大学出身者で占められていた。けれどもロルフ・カルレは大学生の中にもぐり込んで、山岳地帯に辿り着くための方法を見つけ出そうとはしなかった。というのも、テレビのニュース番組にしょっちゅう顔写真が出るので、みんなに顔を知られていたからだった。何年か前、武力闘争がはじまったばかりのころに、ウベルト・ナランホにはじめてインタビューしたことがあるが、そのとき接触した人間がいたのを思い出して、さっそくネグロの居酒屋に駆けつけた。調理場で仕事をしているネグロはいく分やつれた感じはするものの、相変わらず元気そうにしていた。すっかり時代が変わってしまったので、彼らは用心深く握手を交わした。当時に比べると、弾圧はじつに巧妙な形で行われるようになっていたし、ゲリラ活動は、世界を変革しようという希望に燃えている若者たちの理想であったが、それと同時に司令部のない、仮借ない戦いに変わっていた。ロルフ・カルレは少し前置きをしてから本題をもち出した。

「おれはそういうことに一切タッチしていないよ」とネグロがぶっきらぼうに答えた。

「ぼくは絶対にたれ込んだりしないよ。ここ何年ものあいだ君を密告しなかったことを見ても、それが分かるはずだ。幹部に会って、ぼくにチャンスを与えるように言ってほしいんだ、それがむりならせめてこちらの意図だけでも説明させてほしいんだ……」

ネグロは、少しの変化も見逃すまいとするように長い間じっと彼の顔を見つめていた。彼の態度が少し変化したのに気づいて、ロルフ・カルレはこの分なら行けそうだという感触を得た。

「明日また会いに来るよ」と言った。

次の日も出かけて行った。それから約一ヵ月間通いつめて、やっと会見を取りつけ、自分の意図しているところを話すことができた。党は、ロルフ・カルレを役に立ちそうな人間だと考えたようだった。あの男のルポルタージュはいいものだ、人間も正直そうじゃないか、アラベナと親交があって、テレビ界に顔がきく、ああいう人間を利用しない手はない、こちらがしかるべく用心してかかれば、それほど危険はないだろう。

「一般大衆にも実情を知らせるべきだ、その上で勝利すれば、必ず彼らはついてくるだろう」党の幹部はそう言っていた。

「民衆を刺激してはいかん。ゲリラのことなど耳にしたくもない。黙殺すればいいんだ。あの連中は、無法者なんだから、それにふさわしい扱いをすればいい」と共和国の大統領は言い切った。

以前、ゲリラのキャンプを訪れたときは、休暇中の小学生のようにリュックをかついで、遠足気分で出かけて行ったが、今回はそうは行かなかった。向こうに着くまでは目隠しをされたり、車のトランクに押しこまれたりしたが、暑さで息ができなくなり、気を失いそうになった。夜は夜で、どこかも知れない畑の中を突っ切った。そのたびに案内人が入れ替わったが、誰も口をきこうとしなかった。

あちこちの小屋や穀物倉庫に二日間身をひそめたが、その間移動するときは一切質問を許されなかった。対ゲリラ作戦の正規教育を受けた軍隊がゲリラを追いつめ、道路に移動検問所を設け、車を止めて徹底的な検問を行っていた。そうした検問所を通り抜けるのは容易なことではなかった。国内のあちこちにある作戦本部に特殊部隊が集められたが、そこは捕虜収容所にもなっていて拷問が行われているという噂が流れていた。軍隊が山岳地帯を砲撃して、石ころの山を築いた。ロヘリオ指揮官が口をすっぱくしてこう言っていた。革命の倫理的規範を忘れるんじゃないぞ、どこへ行っても人に迷惑をかけるんじゃない、人を大切にし、何かを手に入れたら必ずお金を払うんだ、そうすればわれわれは軍隊とちがうということが民衆に分かってもらえるし、革命によって解放された土地のほうが住みやすいということも理解してもらえるはずだ。ロルフ・カルレは、一見平和そうに見える都市部のすぐそばで戦闘が行われているのを見てびっくりしたが、そのことが公式に発表されることはなかった。地下のラジオ放送を通して、どこそこのパイプラインを爆破したとか、哨舎を襲撃した、あるいは軍隊に待ち伏せ攻撃をかけたといったゲリラ活動の報道を流しており、都市近郊の戦闘についてもそうしたラジオ放送を通じてしか知ることができなかった。

五日間まるで荷物のようにあちこち運ばれたが、気がつくと丘の斜面を登っていた。空《す》きっ腹をかかえ、泥まみれになり、蚊に刺されながら山刀で生い茂る植物を切り開いて進んでいった。森の中の空き地に着くと、案内人は何があってもここから動かないようにと言い残して立ち去った。彼はたったひとり、火を燃やしたり物音を立てないように、甲高い猿の鳴き声を聞きながら待ち続けた。明け方、我慢しきれなくなったころに、髭面の若者が二人姿を現わした。ぼろぼろの服を着た彼らは手にライフルをもっていた。
「よく来たね」彼らは顔いっぱいに笑みを浮かべてそう言った。
「遅かったな」彼は疲れ切った様子でそう言った。

ロルフ・カルレは彼らの姿をフィルムにおさめたが、それは当時のゲリラを写した国内唯一の現存するフィルムになっている。その後、ゲリラ側が敗北し、革命の夢は潰えた。和解協定が結ばれ、生き残った兵士たちはそれぞれに普通の生活にもどり、官僚や議員、実業家などになった。彼はしばらくの間ロヘリオ指揮官のグループと行動を共にしたが、夜間に未開地域を移動し、昼間は時々休憩した。空腹、疲労、恐怖感に耐えなければならない山岳地帯での生活は辛く厳しいものだった。これまで世界各地の戦場をのぞいてきたが、待ち伏せや奇襲攻撃をしかけたり、たえず誰かに見張られているような不安をおぼえながら孤独と沈黙に耐えなければならないあの戦いがいちばん辛いように思われた。より迅速に動けるようにと小グループに分けられていたこともあって、ゲリラ兵士の数は一定しなかった。また、戦線全体の責任者である指揮官は片時も一ヵ所にとどまっていなかった。ロルフは、新しく戦闘員になった若者たちの訓練に立ち合ったり、ラジオの組立てや緊急哨舎を建てる手伝いをした。さらに、匍匐《ほふく》前進の訓練を受けたり、苦痛に耐える方法を学んだ。彼らと一緒に行動し、その話を聞いてるうちに、なぜ若者たちがそこまで自分を犠牲にすることができるのかようやく理解できた。キャンプ内には軍紀が行きわたっていた。ただ、正規軍と違うのは、彼らには軍服をはじめ、医薬品、食べ物、屋根、輸送手段、通信網が欠けていることだった。何週間も雨が降りつづくと、森全体がまるで海の底に沈んだようになり、身体を乾かすために焚き火も出来なかった。ロルフは、深い谷の上に張った弛んだロープの上を歩いているような気持ちに襲われ、死がすぐそこの木の背後に身をひそめているような錯覚にとらえられた。

「みんな同じことを考えているんだ。そのうち慣れるから、心配しなくていい」と指揮官が冗談めかして言った。

食糧は神聖なものと見なされていた。しかし、時々我慢できなくなって、イワシの缶詰を盗むものもいた。そういうときは、食糧は平等に分配しなければならないし、なによりも結束が大切なのだということを教える意味で、厳しい懲罰が下された。時には耐え切れなくなって、背中を丸めて地面に寝転がり、泣きながら母親の名前を呼ぶものも出てきたが、そういうときは指揮官がそばに行き、その男を立ち上がらせると、誰もいないところまで連れて行って、やさしいねぎらいの言葉をかけた。裏切り行為が判明した場合は、指揮官がその男を処刑してもよいことになっていた。

「どこから弾が飛んでくるか分からないから、覚悟だけはしておいてくれ。生き延びられるかどうか分からないくらいだから、奇蹟でも起こらないかぎり勝利は手にできないよ」とロヘリオ指揮官はロルフに言った。

その数ヵ月間で、ロルフは急に体力が衰え、老け込んだような気がした。最後には、自分が何をしているのか、なぜそんなことをしているのか分からなくなった。時間の感覚がなくなり、一時間が一週間に感じられることもあれば、一週間が夢のように過ぎて行くこともあった。正確な情報や事態の本質をつかむことはほとんど不可能だった。奇妙な沈黙が彼のまわりを囲んでいた。それは、言葉であふれているが、同時にさまざまな予兆をはらみ、ジャングルのもの音や金切り声、つぶやき、風に運ばれてくる遠くの話し声、夢遊病者のような呻き声、泣き声に満たされた沈黙だった。立っていても座っていても、昼でも夜でも、つまりいつ、どこにいてもしばらくの間うとうとまどろむことができるようになった。疲労のあまり意識が薄れていても、神経が張りつめているせいか、ちょっとささやかれただけでぱっと目が覚めた。身体が垢にまみれて妙な臭いがしていたが、それが嫌でならなかった。透き通ったお湯に首までつかり、石鹸で思いきり身体を洗い、舌が焼けるほど熱いコーヒーが飲めたらどんなにいいだろうと考えた。正規軍と衝突したとき、前の晩タバコを分け合って喫った男たちが目の前で身体をずたずたにされて死んでいった。カメラをかつぎ、彼らの上にかがみこみ、我を忘れてカメラを回したが、まるで遠いところから望遠鏡で死体を眺めているような錯覚にとらえられた。これまで何度も同じような修羅場をくぐってきたが、そのときと同じように、理性を失うんじゃないぞ、と繰り返し自分に言い聞かせた。捕虜収容所で死体を埋めた幼い日のことや、最近見たばかりの戦場のイメージが蘇ってきた。あらゆるものは人の心にその痕跡を残し、ひとつひとつの出来事は記憶の中に刻みこまれるということを、彼は経験上知っていた。そのときはあまり強い衝撃を受けなかった事件が、記憶のどこかに凍結されていて、長い時間が経ったあとでそれが突然連想の働きを通して目覚め、耐えがたいほど激しいイメージとなって蘇ってくることがあった。自分はなぜここにとどまっているのだろう、何もかもうっちゃって、町へ戻ればいいのに、どうしてそうしないのだろうと不思議に思うことがあった。悪夢に出てくる迷路のようなこんな世界にいるよりも、さっさと逃げ出して、しばらく居留地に身をひそめ、従姉妹たちのシナモン、バニラ、レモンの薫りに包まれているほうがずっとよかった。それでも彼はそこにとどまり、彼らが銃をかついでいるように撮影機を肩にかつぎ、ゲリラ兵士たちとともに行動した。ある日の午後、四人の若者が運ぶ、間に合わせの担架にのせられてロヘリオ指揮官が戻ってきた。サソリに刺されたために、毛布にくるまれているのにがたがた震え、身をよじって苦しんでいた。

「これくらいのことで死んだりしないから、騒ぐんじゃない」と彼は小さな声で言った。「痛みがおさまるまで、ひとりにしておくれ」

ロルフ・カルレはあの男に対して屈折した感情を抱いていた。彼の前に出るとどうも落ち着かなかったし、自分を信用していないのではないかと考えた。しかし、そうなるとなぜ彼が撮影を許してくれたのか納得が行かない。彼の厳格きわまりない態度には辟易《へきえき》させられたが、部下を育て上げるうまさには感心させられた。町からまだ幼さの残っている顔をした若者がやってくると、彼らを二、三ヵ月でどのような疲労や苦痛にもびくともしない戦士に鍛え上げた。彼の手にかかると、タフでしかも若者らしい理想を失っていない兵士が生まれてくるのだ。サソリの毒には解毒剤がなかったし、救急箱はほとんど空になっていた。ロルフ・カルレは彼のそばに付き添い、毛布をかぶせたり、水を飲ませたり、汗を拭いてやったりした。二日後にようやく熱が下がり、指揮官は彼に目で笑いかけたが、そのときはじめていろいろあるにしても彼とは親しい友達なのだとはっきり感じた。

ゲリラ兵士とともに行動して得た情報だけでは片手落ちだった。彼は言葉少なにロヘリオ指揮官に別れを告げたが、二人ともこういう場合は余計なことを言わないのが決まりだということをわきまえていた。山岳地帯で経験したことを誰にも漏らさずロルフ・カルレは軍の作戦本部に入り込んだ。正規軍が出動するときは同行し、士官と話し合い、大統領とのインタビューをとり、軍事訓練に立ち合う許可も手に入れた。すべてが終わった時点で、撮ったフィルムは何千メートルにもおよび、ほかに何百もの写真や何時間ものテープが集まっており、彼は誰よりも多くの情報を手に入れていた。

「ゲリラは勝利をおさめると思うかね、ロルフ」

「まずむりでしょうね、アラベナさん」

「キューバでは成功したじゃないか。あちらでは、ゲリラが正規軍よりも強いということを証明したぞ」

「あれからもう何年も経っていますし、アメリカ人は何としても次の革命を起こさせまいとしていますからね。キューバとこの国では事情がちがいます。向こうでは独裁制との戦いだというので、民衆の支持を得られたでしょう。しかし、この国はいろいろと問題はあるにしても、一応民主主義国家ですし、国民はそのことを誇りにしています。ゲリラは人びとの支持を得られず、新しい兵といっても、大学生を募るしかないんですよ」

「そうした連中をどう思うね」

「理想主義的で勇敢ですね」

「君が撮ったものを残らず見せてもらえるかね、ロルフ」とアラベナが言った。

「それじゃあ、今見せるわけには行かない個所を全部カットして、編集してみます。以前あなたは、われわれは歴史を変えるためではなく、情報を伝えるために仕事をしているのだとおっしゃいましたよね」

「君にしては珍しく形式主義的なことを言うんだな、ロルフ。すると何かね、君のフィルムはこの国の運命を変え得るというのかね」

「そうです」

「そのドキュメンタリーはわしの記録保管所に入れておいたほうがいいようだな」

「あれはどんなことがあっても軍の手に渡すわけには行かないんです。もし向こうの手に渡ると、山岳地方にいる連中にとっては命取りになりますからね。わたしは彼らを裏切るわけには行かないんです、その点は、あなたも同じ考えでしょう」

国営テレビの局長は黙りこくったまま葉巻をぷかぷかふかし、真剣な顔をして煙ごしに自分の弟子の顔をじっと見つめていた。その一方で、あれこれ思いを巡らせ、将軍の独裁制に対して戦いを挑んだころのことを思い出したり、あのときの感激を蘇らせていた。

「人から指図されるのは嫌だろうが、今回はわしの言うことを聞いてくれんか」とようやく口を開いた。「政府は君のフィルムがあることを知っているから、なんとしてもそれを手に入れようとするだろう。だから、どこかに隠しておくんだ。カットし、編集し、必要なものをちゃんと取っておくんだ。ただし、ニトログリセリンのようなものだということを忘れんようにな。そのうちあのドキュメンタリーを公表してもいいときがくるだろう。十年くらいすると、今君が歴史を変え得ると思っているものが堂々と表に出せるときがくるかもしれん」

ロルフ・カルレは南京錠のかかったスーツケースをもって土曜日に居留地を訪れ、このことは誰にも言わないように、そして自分が引き取りにくるまで大切に保管しておいてほしいと叔父夫婦に頼んで、スーツケースを渡した。ブルゲルがプラスチックのシートでそれを包むと、ルパートは何も言わずに大工部屋の床板の下に隠した。

朝の七時にサイレンが鳴ると、工場の正門が開かれる。わたしたち二百人の女はどっと中に入ってゆき、女性の検査官の前に列を作って、サボタージュをするようなことがないかどうか念入りに調べられる。その工場では、兵隊の履く軍靴から将軍たちの勲章につける飾り紐まで作っていた。責任者の大尉は、ボタン、バックル、いや糸屑一本でも犯罪者の手に渡してはいかん、さもないとあのいまいましい連中はそれをもとに軍服を作り、祖国を共産主義者に売り渡すために軍の内部にもぐりこんでくるんだと言っていたが、その言葉どおりあそこではどんなものでも数量と長さがきちんと計られていて、ごまかせないようになっていた。ばかでかい工場には窓がなく、明かりは蛍光灯でとり、空気は天井に取りつけられた送風管で送りこまれていた。その下に、裁縫用のミシンがずらりと並び、壁の床から二メートルの高さに狭い通路がめぐらしてあった。監視兵がそこを歩きまわっていたが、彼らは手間どったり、悪寒におそわれたり、ほんのささいなことで作業のペースが乱れ、生産に支障をきたすようなことがないよう目を光らせていた。その通路と同じ高さに事務室があり、そこの狭苦しい部屋に士官や主計官、秘書が詰めていた。工場内は滝壺のそばにいるような轟音が響いていたので、みんなは耳栓をし、何か伝えたいことがあるときは身振りで伝えた。十二時になると、すさまじい騒音を貫いてサイレンが鳴り渡り、昼食の時間を知らせた。食堂では、兵隊たちが食べるのと同じ、量はやたら多いが、お世辞にもおいしいとは言えない食事が出た。ほとんどの女性はそこで食べる食事で一日の食事を済ませていたが、中には紙に包んだ残飯をもって検査官の前を通るのは恥ずかしいことだと分かっていながらも、自分の食べ残しをもち帰るのもいた。化粧は禁止されていたし、髪の毛も短く切るか、ネッカチーフで覆うように指示されていた。というのも、以前ある女性が糸巻き機の軸に髪の毛をはさまれ、慌てて電源を切ったものの手遅れになって、頭皮ごと毛が抜けるという事件があったのだ。それでも、若い女の子たちは少しでもきれいに見えるように派手な柄のネッカチーフにショート・スカートをはき、薄く口紅をつけていた。そうしてうまく監督の気を惹くことができれば、給料も待遇もちがう二メートル上の通路にある事務室に入れて、自分の運命が変わるかもしれないと考えていたのだ。ひとりの女工がある士官に見染められて、結婚したという根も葉もない噂が流れ、そのせいで若い女の子たちはよけいにのぼせ上がっていたのだが、年嵩の女工たちはそんな幻想にまどわされることなく、少しでも稼ぎを増やそうと黙々と手を動かしていた。

トロメオ・ロドリーゲス大佐がときどき工場の視察に訪れた。彼が来ると工場内の空気がぴんと張りつめ、機械の音がいっそう大きくなった。地位が高く、しかも身に備わった威厳があったので、声を張りあげたり、余計な身振りをしなくても、ひと睨みしただけで誰もが縮み上がった。工場を視察し、帳簿に目を通し、調理場をのぞき、女工たちに、新しく入ったのかねとか、今日は何を食べたんだねと尋ねた。ここはひどく暑いな、おい、送風装置をもっと強くしろ、目が真っ赤じゃないか、事務所へ行って退出許可をもらってきなさい。大佐は何ひとつ見逃さなかった。部下の中には彼を憎んでいるものもいたが、誰もが彼には一目置いていた。大佐は若手将校の信頼が篤く、その気になればいつでも立憲政府に対して反乱を起こすだけの力をもっていたので、大統領でさえ彼にはひどく気を遣っているという噂が流れていた。

わたしの事務室は通路の突きあたりにあり、視察を受けなければいけないような仕事ではなかったので、遠くからしか大佐を見かけたことはなかったが、それでも威圧感は感じられた。三月のある日、わたしは大佐と顔を合わせた。通路と事務室を隔てているガラス越しに大佐をじっと見つめていたのだが、そのとき大佐が急にふり返ったために目と目が合ってしまった。大佐の前に出ると、誰もが顔をそらして、目を合わそうとしないのだが、大佐と目が合ってしまったわたしは、まるで催眠術にでもかけられたようにその目をじっと見つめた。長い間そうしていたように思う。ついに大佐がわたしのほうに向かってきた。騒音のせいで足音が聞こえなかったので、秘書と大尉を伴っている大佐はまるで宙を漂っているように見えた。大佐は軽く身をかがめてわたしに挨拶したが、そのときにその身体つきや表情豊かな手、ふさふさした髪の毛、大きくてきれいに揃った歯並びを間近に見ることができた。大佐は野獣のように人を惹きつけるところがあった。その午後、工場から外に出ると、正門のところに黒っぽいリムジンが一台止まっていた。伝令がやってきて、メモを手渡したが、そこにはトロメオ・ロドリーゲスの直筆で、今夜夕食をご一緒にしていただけませんかと書いてあった。

「大佐が返事を待っておられるのですが」と伝令は直立不動の姿勢をとって言った。

「ほかに約束があるので、行けないとお伝えください」

家に帰ると、さっそくミミーにその日あったことを伝えた。わたしが大佐はウベルト・ナランホの敵だと言ったのに、彼女はその言葉にまったく耳を貸そうとしなかった。それどころか、暇を見ては夢中になって読んでいる恋愛小説の影響を受けていたせいか、それはよくやったわね、男は気をもたせなきゃいけないのよ、といつものお題目を繰り返した。

「大佐に誘われたのに、断ったのはあなたくらいのものね。この分だときっと明日また何か言ってくるわ」と彼女は言った。

けれどもそうはならなかった。次の金曜日に工場の抜打ち視察を行うまで、大佐とは顔を合わさなかった。大佐が建物の中にいると知って、何日もの間彼が来るのを心待ちにしていたことに気がついた。それまで、通路のほうをそっとうかがったり、裁縫機の轟音にまじって大佐の足音が聞こえてはこないかと耳を澄ましたり、不安をおぼえつつも彼に会いたいという気持ちを抑えかねていたが、ウベルト・ナランホと付き合いはじめて以来そういう苦しみを味わっていなかったので、久びさに切ない思いにとらえられた。けれども大佐はわたしのいる事務室には姿を現わさなかった。十二時のサイレンが鳴ると、安堵感と失望の入りまじった気持ちを味わいつつほっと溜め息をもらした。そのあとしばらくはときどき大佐のことを考えた。

十九日後、夜、家に帰ると、トロメオ・ロドリーゲス大佐がミミーと一緒にコーヒーを飲んでいた。東洋風のゆったりした肘掛け椅子に腰をおろしていた大佐は、わたしの姿を見ると、さっと立ち上がって、にこりともせず手を差し出した。

「御迷惑だとは思ったのですが、少しお話したかったものですから、お邪魔しました」と大佐が言った。

「お話したいことがあるんですって」とミミーが壁にかかっている版画のように青白い顔をして言った。

「しばらくお会いしていなかったものですから図々しくこうして押しかけてきたのです」といつものもったいぶった口調でつけ加えた。

「それでお出になったのよ」とミミーが言い添えた。

「よろしかったら、夕食をご一緒していただけませんか」

「あなたと食事をしたいそうよ」とミミーは疲れ切った様子で横から口をはさんだ。実を言うと、大佐が部屋に入って来たのを見て、目の前にいるのが、自分がサンタ・マリーア刑務所に入っていたときに三ヵ月毎に視察にやってきた人物だということに気がつき、あのころのことが一時に蘇ってきたのだ。当時はハーレムにいて、マラリアにかかり、身体じゅうに潰瘍《かいよう》が出来、髪の毛も短く切られ、なんとも惨めな姿をしていた。いくら大佐でも、コーヒーを給仕している美しく飾り立てた女性がまさかあの囚人と同じ人物だと思いはしないだろうと確信していたが、それでも彼女は取り乱していた。

大佐の誘いを二度も断るわけには行かなかった。あのときは恐ろしさのあまり申し出を受け入れたのだと思っていたが、実を言うと彼と少し話をしてみたいという気持ちもあった。シャワーを浴びて一日の疲れを洗い流すと黒の服を着、髪に櫛を入れて客間に行った。好奇心もあったが、その一方でウベルトを裏切っているようなやましさをおぼえ、自分自身が腹立たしくてならなかった。大佐はいささか大袈裟なジェスチャーで腕を差し出したが、わたしはそれを無視して先に立って歩き出した。まだショックから立ち直っていないミミーは、そんなわたしを何とも言えず情けなそうな目で見つめていた。リムジンに乗り込むとき、護衛隊のオートバイが目に入った。こんなのを見られたら近所の人はわたしが将軍か誰かの愛人と思うだろうなと考えて、人に見られないよう祈った。運転手は市内の高級レストランの前に車をつけた。そこはヴェルサイユ宮殿風の邸宅で、身分の高い常連客が来ると、コック長がわざわざ挨拶にやってくるし、大統領の懸章をつけ、銀製の小さなコップをもった老人がワインの試飲をしていた。大佐はゆったりくつろいでいたが、わたしの方は青いブロケードの椅子や華美な枝つき大燭台、大勢のボーイに囲まれて遭難者のような気分になっていた。フランス語で書かれたメニューが出てきた。ロドリーゲスはわたしが困惑しているのを見て、代わりに注文してくれた。カニ料理が目の前に出てきて、どんなふうにして食べればいいのだろうと思っていると、ボーイがカニの身を取って皿の上にのせてくれた。曲がったのや真直ぐのナイフ、色とりどりのグラス、フィンガーボールなどを前にして、ここで恥をかかずに済んだのは、ミミーが美人コンテストに出るための学校に通って講習を受けたり、室内装飾家の友人がいろいろと教えてくれたおかげだと、改めて感謝した。けれども、アントレのあと肉料理が出る前に、ミントの葉を上にのせたミカンのシャーベットが出たので、びっくりしてそれを見つめたまま、どうして二つ目の料理のあとにデザートが出るんですかと尋ねてみた。ロドリーゲスは楽しそうに笑ったが、袖のモールのことなど忘れさせるほどいい笑顔で、年齢もぐんと若く見えた。それからはぐっとくだけた雰囲気になった。もはや国家を操る大立物という感じはしなかった。わたしは豪華な蠟燭の明かりに照らされた顔をよく観察した。彼が、どうしてそんなにじっと見つめるんだねと尋ねたので、わたしは剝製のピューマにそっくりなんですと答えた。

「あなたのことを話してくれませんか、大佐」デザートが出たときにそう尋ねてみた。

大佐はびっくりして一瞬身構えたが、すぐにわたしが敵のスパイではないということに気がついたようだった。たかが工場で働いているしがない秘書じゃないか、それにしてもテレビに出ているあの女優といったいどういう関係にあるんだろう、あちらは美人だ、あまりぱっとしない服を着ているこの娘よりもはるかに美人だ、思わずあちらのほうに声をかけそうになったが、同性愛者だという噂もあるし、それがまんざら嘘でもなさそうだ、いずれにしても人からそういう趣味があると思われるのはまずいからな、と彼は考えていたが、わたしにはそれが手にとるように分かった。大佐はようやく自分のことを話しはじめた。文明とは縁遠い荒涼とした土地、風の吹き抜けるステップ地帯にある農場で家族とともに少年時代を過ごしたが、そのあたりでは水と植物がこの上もなく大切なものであり、乾き切った不毛の地に住む人たちは皆頑健だった。つまり、大佐は熱帯地方の出身ではなかったのだ。焼けつくように暑い乾燥した午後のことや平原を馬でどこまでも走ったことを覚えていた。十八歳になると、地方ボスの父親が彼に何の相談もせず軍隊に入隊させた。誇りをもって祖国に尽くすこと、それがお前の務めだと言ったが、彼はためらうことなく父の言いつけに従った。規律が何よりも大切なのだ、人に命令を下すためには、まず服従することを学ばなくてはいけない。工学と政治学を学び、あちこち旅行し、音楽が大好きだったが、本はほとんど読まなかった。そのあと、自分は粗食で、酒はほとんどたしなまず、すでに結婚していて、娘が三人いると正直に打ち明けた。厳格きわまりない軍人ともっぱらの評判だったが、あの日は終始上機嫌で、おしまいには、今日は本当に楽しかった、いや、ありがとう、それにしてもあなたは変わった人だと言ったが、じつのところしゃべっていたのは大佐のほうで、わたしは二言、三言しゃべったにすぎなかった。

「お礼を言うのはわたしのほうですわ、大佐。こんな素敵なお店に来たのは初めてなんです」

「何もこれが最後だとは限りませんよ。いかがです、来週またお会いできませんか」

「どうしてですの?」

「つまり、その、よりよく知り合うためです……」

「わたしと寝たいということですか、大佐」

大佐はナイフとフォークを下に落とすと、一分近くじっと皿を見つめていた。

「何とも乱暴な質問ですが、それならこちらも答えなくてはいけないでしょうね」とようやく口を開いた。「そのとおりです。で、聞き入れてもらえますかな」

「お断りします。アヴァンチュールを楽しむのはいいんですが、愛情が欠けていると、あとで悲しくなるだけですもの」

「愛情が欠けているとは言っていませんよ」

「でも、奥様がおられるじゃありませんか」

「ひとつはっきりさせておきましょう。妻はこの件に一切関係ありません、ですから、あれのことには触れないでおきましょう。それよりもわれわれ二人のことを話すほうがいいでしょう。自分の口から言うのもなんですが、その気になれば、わたしはあなたをいくらでも幸せにできるんですよ」

「そんなもってまわった言い方をなさらなくてもよろしいわ、大佐。あなたは力がおありですから、やろうと思えばどんなことでもできますし、これまでもそうしてこられたんでしょう」

「いや、それはちがいます。職務上、いろいろな責任や義務があり、わたしはつねにそれを果たす覚悟でいます。わたしは一介の兵士なのです、自分の特権を乱用したことはありませんし、ましてこういう場合はなおさらそういうことをしないように心がけています。わたしはあなたの心をとらえたいだけで、無理強いするつもりは毛頭ありません。ですが、お互い惹かれるものを感じているわけですから、必ずあなたをこちらになびかせてみせますよ。そのうち考えを変えて、わたしを愛するようになるはずです……」

「申し訳ありませんが、それはどうでしょうか」

「覚悟しておいたほうがいいですよ、あなたがうんと言うまで休まず攻め立てるつもりですからね」

にっこり笑って大佐はそう言った。

「それなら、何もぐずぐずなさることはありませんわ。どうせわたしに勝ち目はないんですから、かけ引きはもう沢山です。今すぐご一緒して済ませてしまいましょう、そうしたら、そっとしておいていただけるでしょう」

大佐は顔を真赤にして立ち上がった。それを見て、ボーイが二人慌てて駆けつけてきたし、近くのテーブルの客もふり返ってわたしたちの方を見た。大佐はそれに気づいてもう一度腰をおろすと、しばらくの間身体を固くし、あえぎながら黙りこくっていた。

「まったく何て人だろうな、君は」と最後にそう言ったが、大佐はそのときはじめて君と呼びかけた。「いつもならその挑発的な誘いに乗って、このまま二人きりになれる場所へ行くところなんだが、今回はいつもとやり方を変えようと心に誓ったのだ。君に懇願するのは止すよ。そのうち君の方がわたしを追っかけてくることになるはずだ。そのときもまだわたしが今のままの気持ちでいればいいんだがね。わたしに会いたくなったら、電話をくれればいい」ロドリーゲスはぶっきらぼうにそう言うと、名刺を差し出した。それは上の方に国家の紋章が印刷してあり、彼の名前が飾り文字で書いてあった。

その夜は早目に家に帰った。わたしの話を聞いて、ミミーはあんたってほんとうにおばかさんね、大佐はとても力のある人だから、きっとただではすまないわよ、もう少し愛想よくできなかったの、とわたしをなじった。次の日わたしは仕事をやめ、身のまわりの品を整理し、あの男から逃げるために工場をあとにした。考えてみれば、工場も大佐もウベルト・ナランホが何年も前から命がけで戦いを挑んでいる敵だったのだ。

「人間万事塞翁《さいおう》が馬って、よく言ったものね」ミミーはかねてからわたしにものを書きなさいよと言っていたが、運命の車輪が半回転して、わたしが自分の思っていたとおりの道を歩みはじめたのを見てそう言った。「これからは本腰を入れて書けるわね」

食堂テーブルの前に腰をおろした彼女の前に、扇形に広げたカードが並んでいた。それによると、人に話を語って聞かせるのがわたしの運命で、それ以外のことは何をしてもだめだとのことだったが、それは『千一夜物語』を読んで以来わたしが考えていたことでもあった。ミミーはわたしに、誰でも何かの才能に恵まれているものなのよ、ただそれを見つけ出しても、役に立つかどうかで幸、不幸が決まるの、知り合いのボーイフレンドに水の中で三分間息を止めていられる子がいるんだけど、これなんか何の役にも立たないのよねと言った。彼女はすでに自分の才能を見出していたので、何の心配もなかった。その頃は、ちょうど初のテレビ・ドラマに出演しているところだったが、ベリンダという盲目の少女（彼女はこういうメロドラマの定石どおり、やがて視力を回復して、素敵な男性と結婚することになる）の恋仇で、悪女のアレハンドラ役をもらっていた。台本が家中のあちこちに散らばっていて、彼女が科白《せりふ》をおぼえるのにわたしも一役買っていた。つまり、ほかの役をわたしがひとりでこなしていたのだ。（男というのは涙を見せてはいけないので、ルイス・アルフレッドは瞼を固く閉じて、涙をこらえる。）自分の気持ちに素直になればいいんです……目の手術をしなければいけないんでしょう、だったらその費用をぼくに出させてください。（ベリンダは愛する人を失うのではないかと考えて、身体をふるわせる……）できればあなたの胸に飛びこみたいわ……だけど、あなたにはほかにも女性がいるでしょう、ルイス・アルフレッド。（彼は彼女のめしいた美しい瞳を見つめる。）アレハンドラのことですね、ぼくは彼女のことなど何とも思っていません。彼女はマルティーネス・デ・ラ・ロカ家の財産を狙っているんですが、おそらく手に入れることはできないでしょう。誰もぼくたちの仲を裂くことはできませんよ、ベリンダ。（彼は彼女にキスをする。視聴者がこのあと何か起こるかもしれない……あるいは何も起こらないかもしれないと思うように、彼女は彼のこの上ない愛撫に身をまかせる。場面が変わって、ドアのところから二人の様子をうかがっているアレハンドラの顔が大写しになるが、その顔は嫉妬のあまり醜くゆがんでいる。Ｂスタジオはここで終わり。）

「テレビ・ドラマって、視聴者がそれを鵜呑みにしてくれないとだめなの。信じてもらえれば、それでいいのよ」アレハンドラの長い科白の間にミミーはそう言った。「細かくアラ捜しをされると、たちまちボロが出て、見てもらえなくなるの」

ベリンダとルイス・アルフレッドの出てくるようなドラマなら誰にでも書けるわ、でもあなたならもっといいものが書けるはずよ、何年もの間本当にあった話だと思い込んで台所でラジオ・ドラマを聞いていたのに、社会に出てみると、現実はラジオ・ドラマとまったくちがうと分かったんですものね、と彼女は言った。さらに、テレビ関係の仕事はどう考えてもひどく安易なところがあると説明しはじめた。テレビというのはどんなに気違いじみたことでも何とかおさまりがつくし、常識では考えられないようなとんでもない人物でも、疑うことを知らない視聴者の心をとらえられるものなの、本だとそうは行かないわね。その日の夕方、彼女はケーキを一ダースと美しい包装紙に包んだ重い箱をもって帰ってきた。箱の中にはタイプライターが入っていた。その夜わたしたちはベッドに腰をおろし、ワインを飲み、ケーキを食べながら理想的なストーリーというのはどういうものかについて議論し合った。さまざまな情熱、離婚、私生児、純真な人間と悪意に満ちた人間、金持ちと貧乏人、こうしたものが織りあげる入り組んだストーリーの物語、最初のシーンから観客の心をとらえ、二百回にわたって観客をテレビの画面に釘付けにするようなドラマ。お酒と甘いお菓子のせいで気分が悪くなってわたしはベッドに入ったが、その夜は嫉妬深い男性や盲目の少女が何人も出てくる夢を見た。

わたしは明け方に目を覚ました。これまでと何ひとつ変わることのない、雨模様の穏やかな水曜日だったが、その日は自分にとってかけがえのない、大切な一日として心の中に大切にしまってある。イネス先生にアルファベットを教わって以来、毎晩のようにお話を書き続けてきたが、あの日は、これはいつもとちがう、自分の運命を変えるような何かが起こりそうだという予感がした。コーヒーをブラックで淹れ、タイプライターの前に腰をおろして、愛し合うためにアイロンをかけたばかりのシーツのように真白で、しみひとつない原稿用紙をキャリッジローラーに差し込んだ。とたんに、骨の中を、皮膚の下の血管の中を快い風が吹きぬけるような奇妙な感覚に襲われた。このページは二十年以上も前からわたしを待ちつづけていた、わたしはこの一瞬のためにこれまで生きてきたんだと感じた。この上もなく薄い大気の中を漂うさまざまなお話をとらえて、自分のものにする。それをこれからの自分の仕事にしたいと思った。タイプで自分の名前を打ったとたんに、言葉が次々とつながってするすると出てきた。長年のあいだ影の中に身をひそめていた人物が、あの水曜日の明るい光のもとに姿を現わした。それぞれが自分の顔と声をもち、情熱と妄執に取りつかれていた。わたしが生まれる以前の、遺伝子の記憶の中に組み込まれているさまざまな物語や、長年にわたってノートに書き留めてきた、そのほかの沢山の物語が順序よく並びはじめた。はるか昔の記憶も蘇ってきて、ジョーンズ博士の家で、知的障害者や癌患者、剝製に囲まれて暮らしていたころの母にまつわるエピソードを思い出した。毒蛇に嚙まれた先住民《インディオ》と両手をハンセン病に冒されている独裁者が姿を現わし、糸巻き機で髪の毛を全部抜かれたみたいに丸坊主だった独身の女や司教が用いていたビロード張りの椅子に腰をかけていた政府の高官、心の広いアラブ人をはじめ、そのほか大勢の男女が記憶に蘇ってきた。

わたしはまるで神様のように、自分の意志ひとつで彼らの人生をどうにでもできるのだ。過去が少しずつ現在に変わってゆき、未来も思うがままにすることができた。死者は永遠の生命を得て蘇り、散りぢりになった人たちが集まり、忘却の淵に沈んでいたものがひとつ残らずくっきりした輪郭を備えて立ち現われてきた。

わたしは誰にも邪魔されず、食事することも忘れ、夢中になって一日中タイプライターを叩きつづけた。午後の四時に、わたしの目の前にチョコレートの入ったコップが現われた。

「何か温かいものを口にしたほうがいいわよ……」

わたしは顔を起こして、青い着物を羽織った背が高くて、すらりとした人影を見たが、そのときは真っ赤な髪をした少女をつかまえようとジャングルの奥深くに入りこんでいたので、目の前にいるのがミミーだと分かるのにしばらく時間がかかった。彼女から、台本は二段組にするのよ、場面は一本につき二十五と決まっているけど、舞台装置を変えると費用がひどくかさむし、長い科白は役者が覚えきれないから、その辺は気をつけてね、視聴者というのは頭が悪いという前提に立って、大事な科白は必ず三度繰り返し、筋立てはできるだけ単純なものにするの、といろいろ忠告を受けたが、あのときはそんなことも忘れて、ひたすらタイプライターを叩きつづけた。テーブルの上には、メモや手直し、判読しがたい文字、コーヒーのしみがついた原稿用紙がうず高くつもっていった。わたしは昔の思い出のほこりをはたき、さまざまな運命を組み合わせていったが、そのうち自分がいったいどこに向かっているのか、またもし結末があるとすれば、どういうものになるのか自分でもまったく分かっていないことに気がついた。最後は自分が死んでそれを結末にすればいいんだと開き直って考えた。

自分もまた物語の人物のひとりで、自分の生死を決めたり、どういう人生にするのかを決定するのは自分自身なのだと考えると、わくわくしてきた。ただ、登場人物がだんだんこちらの言うことを聞かなくなり、話が入り組みはじめた。あの饗宴を仕事と呼べるかどうかは分からないが、ともかくもわたしは明け方から夜遅くまで何時間も何時間も仕事をした。自分のことを一切かまいつけなくなり、ミミーが作ってくれたものを食べ、彼女に手を引かれてベッドに入るようになった。夢の中でもまだ登場人物たちと一緒に誕生したばかりの物語世界にひたっていたが、あれはおそらく登場人物の今にも消えそうな顔立ちをしっかり記憶にとどめ、彼らが不定型の星雲を思わせる、まだ語られていない物語群の中に帰ってゆくのを押しとどめようとしていたからにちがいない。

このままでは、わたしが自分の紡ぎ出した言葉に呑み込まれて、地上から姿を消してしまうのではないかと心配したミミーは、三週間後にわたしを錯乱状態から現実にひきもどした。あれほど一所懸命書いているのに、テレビで上映される可能性もないと分かれば、精神衛生上よくないだろうと考えた彼女は、わたしの書いた物語を読んでもらうために、テレビ局の局長との面会を取りつけた。星占いの本を読むと、その日は白がいいと出ていたので、彼女は純白の衣装に身を包み、胸もとにヒンズー教の導師のメダルを下げ、わたしを引きずるようにして出かけた。彼女のそばにいると、両性具有という神秘的な人間の放つ光に包まれるせいか、わたしはいつも気持ちが和み、穏やかな気分にひたることができた。

アラベナはプラスチックとガラスに囲まれたオフィスでわたしたちを迎えた。彼は目を瞠《みは》るほど大きなデスクの向こうに腰をおろしていたが、そのデスクでも美食家らしく突き出したお腹を隠すことはできなかった。彼の記事を読んで、きっとエネルギッシュな人にちがいないと想像していたのだが、目の前にいる草食動物のような目をし、喫いかけの葉巻をくわえている人物とあまりにもイメージが食い違っていたので、わたしは失望した。俳優にはまったく関心のないアラベナは、近くの建物の屋根や嵐の近いことを告げる黒雲を窓ごしにぼんやり眺めていて、こちらを向いて挨拶しようともしなかった。台本が上がるまでにどれくらいかかるのかねと尋ねたあと、柔らかな指でつまんだ書類ばさみにちらっと目をやり、まあ暇があれば目を通してみましょうと口の中で言った。わたしが手を伸ばして原稿を取り返すと、ミミーがさっとそれを奪い返して彼に渡した。そして、思わず見とれるようなしなを作ると、相手を悩殺するようにまつげを動かし、真っ赤な口紅を塗った唇をしめらせ、次の土曜日に気のおけない仲間たちと夕食をとることになっているんですけど、よろしければお出でになりませんと囁きかけた。もともとテノールの声なのだが、それをごまかすために彼女が編み出したじつに素直な囁き声でそう言った。とたんに、あの男は目に見えないもや、淫らな薫り、獲物をとらえて離さないクモの糸にがんじがらめに縛られてしまった。彼は書類ばさみを手にもったまま、戸惑った表情を浮かべ、長い間石のように身体を固くしていた。おそらく、あれほど激しく男心をくすぐるような誘いを受けたことがなかったにちがいない。葉巻の灰がテーブルの上に落ちたが、彼はそのことにも気がつかなかった。

「どうして家に招待したりしたのよ」と外に出るとすぐに彼女をなじった。

「あの台本を受け入れてもらおうと思ってしたことなのよ、でももう二度とああいう手は用いないわ」

「まさかあの人を誘惑するつもりじゃないでしょうね……」
「あの場合、ああするよりほかにないでしょう、いったいどうしろって言うのよ」

土曜日は朝から雨模様で、午後はもちろん夜になってもまだ降りつづいていた。その間ミミーは懸命になって夕食の用意をしていたが、それは食餌長寿法実践者や菜食主義者がそのダイエット理論で人びとをあっと言わせて以来、すばらしいものだと考えられるようになった玄米をベースにした料理だった。わたしはニンジンをみじん切りにしながら、こんな食事を出したら、あの美食家はお腹をすかせて死んでしまうわよ、と言ったが、彼女は花瓶を並べたり、香を焚いたり、音楽を選んだり、ちょうどあのころは靴を脱いで床に座るのが流行していたので、絹のクッションを並べるのに気を取られていて、わたしの言った言葉を聞いていなかった。招待客は八人でアラベナをのぞいてあとは全員演劇関係の人間だったが、アラベナと一緒に銅色の髪をした男性が来ていた。遠い国で革命があると、必ずカメラをもってバリケードにのぼっている人が映っているけど、あの人がそうだわ、なんという名前かしら。わたしは彼と握手したが、以前どこかで会ったような気がしてならなかった。

食事が済むと、アラベナはわたしを脇に呼んで、自分はミミーにすっかり心を奪われてしまったと正直に打ち明けた。なんとか忘れたいと思うのだが、火傷のように心が痛むんだ。

「彼女はまさに完璧な女性だよ。人間には多少とも両性具有的なところがある、つまりどんな人間にも男性的なところと女性的なところが両方あるものだが、彼女は男性的な要素をすべて払拭して、あのようなすばらしい曲線を作り出した。つまり、崇拝に値するまったき女性になったのだ」彼はハンカチで額の汗を拭いながらそうまくし立てた。

わたしはいつも身近にいる親しい友人のほうを振り返って、ペンシルと口紅で化粧した顔や丸みを帯びた胸と腰、母親になることも喜びを味わうこともできない引き締まったお腹のあたりを見つめたが、彼女の身体の線は一本一本が不撓《ふとう》不屈の粘り強さによって作り出されたものなのだ。彼女は自分の夢を捨て、人が夢見るような美しい女に生まれ変わるために耐えがたい苦痛に耐えてきたが、その秘密を知っているのはわたしだけだった。わたしはこれまで何度も、化粧を落とし、疲れ切り、悲しそうな顔をした彼女を見てきたし、落ち込んだり、病気にかかったり、不眠症に悩まされたり、疲労しきっている彼女と暮らしてきた。羽飾りやきらびやかな装身具の背後に隠されている脆《もろ》くて矛盾した人間である彼女をわたしは深く愛している。そのときふと、ミミーというのは男性にとってこの上ない伴侶、母、女兄弟のはずだが、唇が厚くて指の太いあの男性にそれが分かっているのだろうかという気がした。部屋の向こう端にいたミミーが新しい崇拝者が自分の方をじっと見つめているのに気がついた。わたしは彼女を押しとどめ、守ってやりたいという衝動に駆られたが、なんとかその衝動を抑えた。

「ねえ、エバ、わたしたちのお友達に何か面白いお話をしてくれない」彼女はアラベナのそばに腰をおろすとそう言った。

「どんなのがいい」

「そうね、甘ったるいんじゃなくて、ぴりっとしたのがいいわね」と彼女は注文をつけた。

わたしは先住民《インディオ》のようにあぐらをかくと、お話を語るときいつもそうするように目を閉じて、砂丘のつづく白い砂漠をぼんやり思い浮かべた。間もなく、黄色いタフタ織の下着を着けた女、母がジョーンズ博士の家にあった雑誌から引き千切ってきた冷えびえとした風景、それに将軍が催したパーティで女将が考え出したいろいろな遊びが砂の上に現われてきた。わたしはお話をはじめた。ミミーに言わせると、お話をするときの声はいつもとちがって、特別な声になるとのことだった。あなたの声にはちがいないいんだけど、地の底から湧き上がってきて、あなたの身体を通りぬけてべつの人がしゃべっているような感じがするの。やがてわたしの目の前に新しい風景が現われて、部屋の輪郭がぼやけはじめたように感じられた。招待客はみんな黙って耳を傾けた。

「南の、それはとても厳しい時代でした。南といってもこの国の南ではなく、南半球です。そのあたりでは、気候がこちらとまったくちがいます。文明国のように降誕祭のころに冬の訪れがあるのではなく、野蛮な土地がそうであるように、一年の半ばころに冬が……」

話が終わり、みんなは拍手をしてくれたが、ロルフ・カルレだけはぼんやりしていた。あとで聞いたところでは、二人の恋人たちが金貨の入った袋をもって姿を消したあの南半球のパンパスから戻ってくるのにしばらく時間がかかったとのことだった。現実の世界に戻ると、彼はこの分では金貨をもち逃げしたあの二人が毎晩のように夢枕に立つにちがいない、それならそうなる前にいっそのことあの話を映画にしてしまおうと心に決めた。ロルフ・カルレが十年来の知己のように思えてならないのだが、どうもテレビで顔を見たことがあるというだけではなさそうな気がしてならなかった。昔の記憶をたぐり寄せても、以前に会った覚えはないし、彼に似たような知り合いもいなかった。わたしは彼の身体に触れてみたくなった。そばに行くと彼の手の甲を指で撫でてみた。

「母にもこんなふうにそばかすがあったわ……」ロルフ・カルレは手を動かそうとしなかったし、わたしの指の動きを止めようともしなかった。「山岳地帯でゲリラの兵士と暮らしていたんですってね」

「これまであちこち行ってきたからね」

「そのお話をしてくれない……」

わたしたちは床に腰をおろした。何を訊いても彼はいやがらずに答えてくれた。仕事でカメラを下げて世界中を巡り歩き、レンズを通していろいろな出来事を見てきた話をしてくれた。夢中になって話し込んでいたので、ほかの人が帰ってしまったのに気がつかなかった。彼は最後まで残っていたが、アラベナにむりやり引きずられるようにして帰っていった。ドアのところで、プラハで騒乱があり、チェコスロヴァキアの人たちが侵入してきた戦車に石を投げて立ち向かっている。それを撮影するので、数日間国を空けることになると言った。わたしはお別れのキスをしたかったのだが、彼は握手をしながら頭を下げた。そのほうが礼儀正しい感じがした。

四日後、アラベナに呼ばれて、契約書にサインをしに行ったが、そのときもまだ雨が降りつづいていて、豪華なオフィスには雨漏りを受けるための金だらいがあちこちに置いてあった。局長は前置きなしにずばりこう言った。あの台本はふつうのものとはまったく違っていてとても使いものにはならんよ、人物はおかしな人間ばかりだし、エピソードも現実離れしていて、そのごたまぜなんだからね、本物のロマンスがないし、人物も美男美女が出てこない上に、裕福な暮らしぶりも見えない、それにひとつひとつの事件に関連性がないから、あれでは視聴者が戸惑うはずだ、要するに訳の分からない台本で、あれなら頭の悪いプロデューサーでも二の足を踏むだろう、ただあそこに出てくる奇妙奇天烈な人物たちで視聴者をびっくりさせるのも面白いかなと考えたのと、ミミーから頼まれているんで、引き受けようかと思っている。

「そのままどんどん書きつづけるんだ、エバ、わしもあのとんでもない話が今後どうなってゆくのか知りたいんだ」と彼は別れ際に言った。

雨が降りはじめて三日目に河川の氾濫がはじまり、五日目には政府が非常事態宣言を出した。悪天候による災害がしょっちゅうあったので、用水路を掃除したり、下水道の蓋をしようとするものはいなかった。しかし、今回の大雨は予想をはるかに上まわるものだった。雨水は丘の上の小屋を押し流し、首都を貫流している川が氾濫して、家屋は浸水し、車や木々が流され、スポーツ競技場が半壊した。国営テレビのカメラマンがゴムボートに乗りこみ、家屋の屋根に避難している被災者の姿をフィルムにおさめたが、人びとは軍用ヘリコプターが迎えに来るまで辛抱強く待っていた。お腹をすかせ茫然としてはいたが、自分たちが見舞われた不幸をいくら嘆いてみても仕方ないと考えて、大半のものは歌をうたっていた。雨は一週間後にあがったが、そのときは何年か前に旱魃《かんばつ》に襲われたときと同じ方法が用いられた。つまり、司教がイエス・キリストの像を引き出して、行列を行ったのだ。町中の人が傘をさしてそのあとにつき従い、お祈りをあげたり、誓いを立てていたが、気象局の連中はそれを見て冷笑を浴びせかけた。というのも、マイアミと連絡をとっていた彼らは、気象観測用の気球や雨雲の測定をもとに、今回の大雨はまだ九日間は続くと予想していたからだった。しかし、キリストの像が大寺院の祭壇にもどって三時間経つと、嘘のように空が晴れあがった。ただ、キリストの像は濡れないようにと飾り天蓋の中に安置されていたにもかかわらず濡れ雑巾のようにびしょびしょになっていた。かつらの染料が落ちて、顔に黒い筋が一本走っていたが、それを見て信心深い人たちは、像が血の汗を流しているといって、その前に跪いた。当時は、マルキシズムやそろそろ姿を見せはじめていたモルモン教徒に押されて、カトリックは影がうすくなっていたが、今回のことで威信を取りもどし、信者の中にはほっと胸を撫でおろしたものもいた。モルモン教徒というのは、半袖のシャツを着た元気のいい、純真な若者たちで、彼らは人の家にずかずか入り込んで、無知な人たちを改宗させていた。

ようやく雨があがった。被災者に補償金を出し、町を復興させるため被害状況の報告が行われたが、そのとき、造りはあまり立派とはいえないが、きずひとつない柩が〈祖国の父〉広場のそばをゆらゆら流れてきた。首都の西側の、丘の上に建ち並んでいる掘建て小屋の一軒から流れ出したその柩は水の流れに乗って、奔流のように水が流れているいくつもの通りをぬけて無事町の中心にたどりついた。その蓋を開くと、老婆が安らかな寝顔で眠っていた。九時のニュースでその老婆の顔を見たわたしは、さっそくテレビ局に電話を入れて詳しいことを聞き出し、軍隊が被災者を収容するために大急ぎで作った避難所にミミーと一緒に駆けつけた。大きな野営用のテントの中に入ると、大勢の家族がひしめき合うようにして天候が回復するのを待っていた。ほとんどの人が身分証明書まで失くしていたが、暗い雰囲気は見られなかった。水害で失くしたものを嘆いたところでどうにもならないんだから、明日こそはきっといいことがあると思い定めよう、みんなはそんなふうに考えていた。わたしたちはそこでエルビーラを見つけた。痩せてはいたが元気そうに見える彼女は寝間着姿でむき出しのマットレスに腰をおろし、まわりに集まっている人たちに自分が洪水から無事助かった経緯を話していた。こうしてわたしはおばあちゃんを助け出した。テレビの画面に映った顔は、髪がすっかり白くなり、皺だらけで面変わりしていたが、ひと目見て彼女だと分かった。というのも、長い間会っていなかったが、心根は少しも変わっていなかったのだ。わたしがお話を語って聞かせてやると、フライド・バナナをくれたり、例の柩で葬式ごっこをさせてくれたころとまったく同じだった。わたしは人ごみを掻きわけて前に進み出ると、彼女の首っ玉にかじりつき、長年会っていなかった懐かしさに思い切り抱きしめた。エルビーラは平静な顔でキスをしてくれたが、その態度はまるで、わたしの心の中では時間なんか流れてはいないんだよ、昨日会ったばかりじゃないか、見た目はすっかり変わったように見えるけど、これは目が疲れているせいなんだよと語りかけているように思われた。

「もうこれでおしまいだと思って柩の中に入って眠ってたんだけど、目が覚めてみると生きていたんだから、びっくりしたよ。柩の中に横になるのはもうごめんだね、お迎えが来たって嫌だよ。死んだら、木みたいに立ったまま埋めとくれ」

わたしたちは彼女を家に連れて帰った。帰りのタクシーの中でエルビーラはミミーをじっと見つめ、こんな人を見るのははじめてだよ、まるで大きなお人形さんみたいじゃないかと言った。そのあと、料理で鍛えた手で彼女の全身を撫でまわし、肌は玉ねぎよりも白くてすべすべしているし、胸は青いグレープフルーツよりも固くて、身体はスイス菓子の店で作っているアーモンドや香料のいっぱい入ったケーキみたいないい匂いがするね、そう言うとメガネをかけ、しげしげと見つめたあと、この人はこの世の人じゃない、大天使だよ、と言った。女性に生まれ変わるための手術をしてからは親戚のものにそっぽをむかれてしまい、今のミミーには身内といっても変わりない愛情を注いでくれている母親とわたししかいなかったこともあって、彼女は最初に会ったときからエルビーラに好感を抱いていた。彼女もおばあさんをほしがっていたのだ。エルビーラはわたしたちと一緒に暮らしてもいいと言ってくれた。もちろんわたしたちが懸命になって頼んだこともあるが、彼女は彼女であの柩は別にしてすべての財産を失っていたのだ。あの柩を家の中に持ち込むと、部屋の装飾とどうも合わないような気がしたが、ミミーはべつに反対しなかった。けれども、エルビーラが、あれはもういらないよ、あの柩のおかげで一度は命拾いしたけど、あんなこわい目にあうのはもう二度とごめんだよと言った。

ロルフ・カルレは数日後にプラハから戻ってくると、電話をかけてきた。おんぼろジープにわたしを乗せ、海岸のほうに向かい、朝の十時頃にピンク色の砂の上に透き通った波の打ち寄せる海岸に着いたが、その浜辺はあの独身者の姉と弟が住んでいた家の食堂でよく航海した荒々しい波の海とは大違いだった。お腹がすくまでそこで水遊びをしたり、肌を焼いたりし、そのあと服を着て、魚のフライを売っている店を捜した。午後は海岸を眺めたり、白ワインを飲んだり、おたがいのこれまでの人生を話し合った。わたしは幼い頃のことや女中勤めをしていたころの体験、洪水であやうく死にそうになったエルビーラやアラビーのことを話した。けれども、ウベルト・ナランホのことは誰にも話さないつもりでいたので、彼のことには触れなかった。一方、ロルフ・カルレはひもじい思いをした戦時中のことやヨーヘンがいなくなったこと、森で父親が吊るされたこと、捕虜収容所のことなどを話してくれた。

「妙な話だけど、ぼくはこれまでこういう話を言葉にしたことはないんだ」

「どうして」

「さあ、どうしてかな。人に言ってはいけないような気がするんだ、自分の過去のもっとも暗い部分なんだ」そう言ったあと、彼は長い間黙りこくったまま海を見つめていたが、その灰色の目にはいつもと違う表情が浮かんでいた。

「カタリーナはどうなったの」

「病院でひとり寂しく死んでいったんだ」

「そう、亡くなったの。でもあなたが言うような死に方をしたんじゃないわ。その日は日曜日で、あの季節にしては珍しくお日様が顔をのぞかせた。カタリーナは目が覚めると、いつになく気分がよかったので、看護婦さんが両脚を毛布でくるみ、テラスに出してあるカンバスを張った椅子に座らせてあげたの。妹さんは建物の軒先に巣をかけている小鳥たちや芽ぶきはじめた木の枝を見つめているうちに、台所のテーブルの下であなたに抱き締められていたときのように守られ、何の不安もないような気持ちにひたっていた。そのとき、妹さんはあなたの夢を見ていたの。彼女は昔のことを何ひとつ覚えていなかったけれど、本能があなたの身体のぬくもりを覚えていて、幸せな気持ちになると、いつもあなたの名を口にしたわ。そのときも幸せな気持ちになり、嬉しそうにあなたの名を口にしたんだけど、そのとたんに魂が肉体から離れていったの。しばらくして、日曜日だったので、いつものようにお母さんがやってきて、娘のところに行くと、ほほえみを浮かべたまま冷たくなっていたので、目を閉じてやり、額にキスしてあげた。そして、新婦が亡くなった時にそのお骨を納めるための骨壺を買い、それを白いテーブルクロスの上にのせたの」

「おふくろは？　おふくろにも幸せな運命が待っているのかい」とロルフ・カルレは今にも泣き出しそうな声で言った。

「ええ、墓地から家に帰ると、近所の人たちがさみしい思いをさせてはいけないというので、家中の花瓶に花を活けてくれていたの。月曜日はパンを作ることになっていたので、外出着を脱いで、前掛けをし、食事の用意をしたの。ヨーヘンはすてきな奥さんを見つけて、どこかで幸せに暮らしている、ロルフはアメリカ大陸で元気にしている、カタリーナもようやく不自由な肉体から解放されて、好きに空中を飛びまわることができるようになった、子供たちはみんな幸せにしている、そう考えてお母様はほっとしておられるのよ」

「こちらに来て、一緒に暮らしたらどうと言っているのに、どうしてぼくの言うことに耳を貸そうとしないんだろう」

「どうしてかしら……きっと外国へ行きたくないのよ」

「もう齢だし、ひとり暮らしだろう、だったら居留地に来て、叔父さんたちと一緒に暮らすほうがいいと思うんだけどな」

「外国に移り住んだほうが幸せになるとは限らないわ、ロルフ。お母様は、庭の手入れをしたり、思い出にひたっているほうがきっと幸せなのよ」

第十一章

洪水で大きな被害が出たために、丸一週間というもの新聞の紙面はその記事で埋め尽くされた。もしロルフ・カルレがいなければ、軍の作戦本部で行われた大量虐殺は洪水の濁った水に覆われ、さらに権力者たちが事件を揉み消そうとしたために、おそらく闇から闇に葬り去られていたことだろう。政治犯のグループが反乱を起こし、警備兵から武器を奪ったあと兵舎の一画に立てこもるという事件があった。短気で向こうみずな司令官は上からの指示を仰ごうとせず、ただちに政治犯を皆殺しにするよう命じ、その言葉どおり実行に移された。戦時の武器を用いて攻撃を加え、大勢の人たちを殺害し、さらに生き残ったものや負傷者を中庭に引き出して、情容赦なく殺害した。血に酔った警備兵たちが我に返り、死体の数をかぞえる段になって、これでは自分たちのとった行動を市民にどう説明していいか分からない、まして今回のことは根も葉もない噂だと言って新聞記者を言いくるめることなどできないということに気がついた。臼砲を撃ったために、空を飛んでいた鳥が死に、周囲何キロにもわたって死骸が降ってきた。これはキリスト像の起こした新しい奇蹟だと言っても、信じるものはいなかった。それに追い討ちをかけるように、共同墓地から耐えがたい悪臭が立ちのぼり、あたりに広がりはじめた。まずあたりに人を近づけないようにし、立入禁止にした上で緘口《かんこう》令を敷いた。政府としては司令官の決断を支持せざるを得なかった。大統領は怒り狂って親しい閣僚たちに、秩序を守る軍隊に干渉するわけには行かないが、こういう事件が民主主義体制をあやうくするんだと洩らした。反乱を起こした囚人たちが互いに殺し合ったのだというまことしやかな説明がなされ、それを何度も繰り返しているうちに、政府関係者はそういう事件が本当にあったのだと思い込むようになった。けれども、その件に関していろいろな情報を仕入れていたロルフ・カルレは、政府の公式見解を鵜呑みにせず、ほかのものが二の足を踏むようなところまで調査を進めた。山岳地帯にいる友人たちから真相の一部を聞き出したあと、虐殺に加わった警備兵たちに会った。罪の意識に駆られていた彼らは、ビールを二杯ばかり飲むと、自分から進んで、何もかもしゃべった。三日後には、死体が放つ悪臭もあまり気にならなくなり、腐敗した鳥の死骸もきれいに片づけられたが、その頃にはロルフ・カルレも事件の全容をほぼつかんでいて、検閲と真正面から戦う覚悟を決めていた。しかしアラベナは、ばかなことを言うんじゃない、そのニュースはテレビでは一切流させないと言い切った。二人はそのときはじめて口論した。彼は、あなたは偽善者、共犯者だと言ってなじったが、アラベナは頑として譲らなかった。ロルフ・カルレは反対政党の国会議員二人と会って、フィルムや写真を見せ、政府はこういうやり方でゲリラに攻撃を加え、逮捕するとこのような非人道的な扱いをしているのだと伝えた。その証拠物件は国会に提出された。議員たちは大量虐殺を非難し、墓をあばいて、責任者を裁判にかけるように要求した。大統領は自分の職を賭してでも今回の事件を徹底的に究明すると国民に言明した。しかし、その間に新兵の一隊が共同墓地の上にスポーツ競技場を作り、アスファルトを張った上に、御丁寧にも樹木を二列に並べて植えた。関係書類は煩瑣な司法手続きをしているうちに紛失し、報道機関の重役が内務省に呼ばれて、軍に恥をかかせたりしたら、大変なことになると脅しをかけられた。ロルフ・カルレはそれでも執拗に説得をつづけたので、慎重な構えを崩さなかったアラベナと言を左右にしてあいまいな態度を取り続けていた国会議員もついに折れ、司令官を穏便な形で説諭すること、また政治犯の囚人は憲法にのっとった扱いを受け、正式の裁判にかけられた上で、作戦本部というような特殊な場所でなく、行政権の及ばない刑務所で服役するという政令を発布させることに同意した。その結果、エル・トゥカン要塞に収容されていた九人のゲリラ兵士はサンタ・マリーア刑務所に身柄を移された。彼らにとっては厳しい措置であることに変わりなかったが、あの事件に終止符を打った上で、無関心な市民たちの間にスキャンダルが広まるのを防止するという点で、その措置は大きな意味をもっていた。

同じ週に、エルビーラが中庭に亡霊がいると言って騒いだが、わたしたちは相手にしなかった。ミミーはまた恋におちていた上に、わたしのお話の波瀾万丈の恋物語に夢中になっていて、何を言ってもうわの空だったのだ。わたしは朝から晩までタイプライターを叩きつづけていたので、家のことを気にかけている余裕などなかった。

「この家には迷える霊魂がいるよ、小鳥ちゃん」とエルビーラは何度もしつこく言った。

「どこにいるの」

「男の霊が裏の塀から中をのぞきこむから、気をつけたがいいよ、明日にも霊を祓う聖水を買ってこようかね」

「で、それを亡霊に飲ませるの？」

「ばかなことをお言いでないよ、それで家を清めるんだ。壁や床、そこらじゅうに撒かなきゃあね」

「大変ね。スプレーに入ったのは売ってないの？」

「そんなものはありゃしないよ、スプレーなんかに入っていたら、死者の霊に効かないよ」

「何も見なかったけど……」

「わたしは見たんだよ、人間の服を着ていて、聖マルティン・デ・ポーレスみたいに色が黒かったね。その姿を見たとたんにぞくぞくっと鳥肌が立ったから、あれはぜったいに人間じゃないよ。霊魂になったものの、成仏できずに迷っているんだ、昨日今日死んだ人の霊魂じゃないね、あれは」

「そうかもしれないわね、おばあちゃん」

その日、ネグロが家のベルを押したので、それが人の身体にのり移る霊魂でないことが証明された。エルビーラは彼の姿を見たとたんに、びっくりして腰をぬかした。彼はロヘリオ指揮官に言われてやってきたのだが、人目についてはいけないと思って通りをぶらぶらしながらわたしと会う機会をうかがっていたのだ。

「わたしですよ。ほら、あなたが女将のところで世話になっているときに会ったことがあるでしょう、共和国通りの安酒場で働いていた……。はじめて会ったときはこんなに小さかったのにね」そう言って彼は自己紹介した。

ナランホはこれまで人を間に立てたことはなかったし、うかつに人を信じることのできない時代でもあったので、わたしは不安に駆られつつ町はずれのガソリンの給油ポンプのところまで彼のあとについて行った。ロヘリオ指揮官はタイヤの倉庫に身をひそめてわたしを待っていた。暗闇に目が慣れるまでしばらく時間がかかった。ようやく彼がいることに気がついたが、かつてあれほど愛していたのに、今は遠い人のように感じられた。ここ数週間会っていなかったので、自分の身に起こった大きな変化を伝える機会がなかった。石油の入ったドラム缶と廃油の缶の間でキスをしたあと、ウベルトは工場から軍服を盗み出して、部下を将校に変装させようと思っているんだが、あの工場の見取り図が手に入らないだろうかと言った。彼はサンタ・マリーア刑務所にもぐり込んで仲間を救い出し、その上で政府に致命的な打撃を与え、さらに軍に赤っ恥をかかせてやろうと考えていた。わたしが、今はもう工場をやめてしまって建物の中に入れないから、力になれないわと言うと、計画を変えなきゃいかんなとつぶやいた。そのときにわざと意地悪をして、先日トロメオ・ロドリーゲス大佐に誘われて一緒に夕食を食べたのよと言った。彼はいつもの人を小ばかにしたような笑みを浮かべ、ばか丁寧な口調であれこれ訊き出そうとしたが、内心ひどく腹を立てていたにちがいない。日曜日に動物園で会う約束をしてわたしたちは別れた。

その夜、ミミーはエルビーラと一緒に例のテレビ・ドラマを見ながら、自分が画面に映ると、なかなかいいじゃないとしきりに感心していた。一方、エルビーラはテレビに映っている人間が目の前にいるのを見て、この人はまちがいなく天上の住民だという確信を深めた。いつものようにミミーはおやすみの挨拶をするために部屋に入ってきたが、わたしが紙の上に何本も線を引いているのに気づいて、何をしているのと尋ねた。

「そんな危険なことをしちゃだめよ」と彼女は恐怖に駆られて大声で言った。

「やらなきゃいけないのよ、ミミー。この国であんなことが行われているのに、知らんふりはできないわ」

「できるわよ、今までそうしてきたじゃない、そのおかげで無事にこられたのよ。この国の人間は人のことなどまったく気にかけていないわ。あなたが助けようとしているゲリラの兵士たちが勝利をおさめる可能性は万にひとつもないのよ。今までどれだけ苦労してきたか、それを忘れちゃだめよ、エバ。わたしは本当は女なのに、不幸にも男の身体に生まれついた。そのために、オカマだと言っていじめられ、ひどい目にあわされ、拷問まで受けて牢に入れられたのよ。それを自分の力でやっとここまで這い上がってきた。あなただってそうでしょう、これまでひたすら働きつづけてきたじゃない。私生児で、あなたの身体の中にはあらゆる民族の血が流れている、家族はいないし、誰にも教育をつけてもらわず、ワクチンを打ってもらったことも、ビタミン剤をのませてもらったこともない。そんなわたしたちが苦労してやっとここまできたというのに、すべてを水の泡にしかねないようなことをするつもり？」

わたしたちは自力でなんとかここまで這い上がってきたので、たしかに彼女の言うことにも一理あった。それまであまりにも貧しかったので、お金がどういう価値をもつのか分からなかったし、お金が手に入っても砂のように指の間からこぼれ落ちていった。それが今では多少とも贅沢ができるようになり、自分でもお金持ちになったと感じていた。脚本を書くということで前金をもらったが、それがわたしにはとんでもない大金のように思え、財布が重くて仕方なかった。ミミーはミミーで、自分の人生で今がいちばん幸せな時だと言っていた。色とりどりの錠剤のおかげで身体の方は申し分のないバランスを保っていて、自分はひょっとすると生まれたときからこういう身体ではなかったのだろうかと思っていた。以前のようにおどおどしたところがなくなり、それまで女になったことを恥じていたのが、今では冗談の種にできるほどになっていた。彼女は連続テレビ・ドラマのアレハンドラ役をこなす一方で、「騎士デオン」のリハーサルもしていた。騎士デオンというのは、十八世紀の服装倒錯でスパイだった人物で、生涯女装したままフランスの国王に仕え、八十二歳で亡くなったときに死装束を着せたが、そのときはじめて男性であることが判明した。この役ができるのは彼女をおいてほかにいなかったし、国内でも指折りの脚本家が彼女のために特別に喜劇を書きおろしてくれたのだ。また、星占いにあった男性についにめぐり会うことができ、その人と成熟した大人のつき合いをすることになったのだと言って、ほんとうに嬉しそうにしていた。アラベナとしょっちゅう顔を合わすようになったが、それまでそういう関係をもったことがなかったせいか、若いころの夢が蘇ってきたようだった。彼は何ひとつ要求しなかったし、山のような贈り物を送り、惜しみなく甘い言葉をかけた。また、彼女を見てみんなが感嘆の声をあげる社交界へ連れてゆき、美術品の収集家のように彼女を大切に扱った。やっと何もかもうまく行きだしたのよ、そんなときに何もトラブルの種になるようなことをしなくてもいいでしょう、エバ、とミミーはわたしに言った。けれどもわたしは、ウベルト・ナランホから何度も繰り返し聞かされた理論をふりまわして応戦した。わたしたちは社会の周縁に生きていて、食べるために戦う運命にあるのよ、母親の胎内にいるときからわたしたちを縛りつけていた鎖をたとえ断ち切ったとしても、それよりももっと大きな監獄の壁がまわりを囲んでいるの、だから問題は個人的な状況をどうこうするというのじゃなくて、社会全体を変革しなければならないのよ。ミミーはわたしの演説を最後まで黙って聞いたあと、本来の男の声でこう言ったが、そのときネグリジェの袖口のサーモンピンクの刺繡とカールした髪の毛とはどうもそぐわない、決然としたジェスチャーをした。

「あなたの言っていることは子供っぽすぎるわ。いいこと、もし万がいちあなたのナランホが革命を成功させたとするわね、そのときはきっと権力を手に入れたほかの男たちと同じようにたちまち人びとを抑圧するようになるのよ」

「いいえ、あの人は別よ。いつも民衆のことで頭がいっぱいで、自分のことなどこれっぽっちも考えたことがないわ」

「今はそうでしょうね、いくら民衆、民衆と叫んでも、痛くも痒くもないんだもの。でもいいこと、あの男は警察に追われてジャングルに逃げ込んだ犯罪者なのよ、そういう人間が権力者の座にすわったらどうなるか分かるでしょう。ねえ、エバ、ナランホみたいな人間には社会を根底から変えるなんてことはできないの、規則をちょいちょいといじるだけで、これまでと同じやり方で統治を行うわ。権力を手にし、敵を追い落とし、私腹を肥やし、抑圧する、これまでと同じ繰り返しになるに決まっているわ」

「彼にできないんなら、誰にできるっていうの」

「あなたやわたしがいるじゃない。人の心を変えなければいけないのよ。でも、それにはまだまだ時間がかかるわ。ともかく、あなたは一度言い出したら聞かないし、かといってひとりで行かせるのも心配だから、動物園にはわたしも一緒にゆくわ。あのばかな男がほしがっているのは、軍服工場じゃなくて、サンタ・マリーア刑務所の見取り図なのよ」

ロヘリオ指揮官が彼女に会ったのはずっと以前のことだった。当時はメレシオという名前で、身体はまだ男のままである語学学校でイタリア語を教えていた。その後、ミミーと名前を変えて、雑誌やテレビにしょっちゅう顔を出すようになったが、それを見ても彼はまさかあのメレシオだとは夢にも思わなかった。というのも、そうした浮かれた世界とはかけ離れた別世界で暮らしていて、山で毒蛇を踏みつぶしたり、銃を扱ったりしていたからだった。わたしは彼女のことをよく話題にしたが、いずれにしても彼の方はまさか彼女がわたしと一緒に猿の檻のそばで赤い服を着て待っているとは思っていなかった。しかし、その美しさに心を奪われた彼は、あっさりとそれまでの偏見を捨て去った。この人は女装したオカマなんかじゃない、龍の息の根を止めかねないほど美しくて、すばらしい女性だ。

ミミーが人目について仕方なかったが、わたしたちは大勢の人たちの中にまぎれこんだ。日曜日なので遊びにきている家族連れといっしょになって子供たちの間を歩きまわったり、鳩にトウモロコシをやったりした。ロヘリオ指揮官が革命理論を並べ立てはじめると、彼女はすかさずあらかじめ考えてあった言葉でやり返した。わたしはこの子みたいに初心《うぶ》じゃないから、演説はけっこうよ、とぴしゃりと言った。この子が手助けをしたいと言ったので、今回は同意したけど、それはあなたと一日も早く手を切らせるためなの。あなたみたいな人は早く弾にあたって、地獄に落ちればいいのよ、そうしたらこれ以上煩わしい思いをせずに済むわ。キューバの革命思想を吹き込むのはやめてくれない、わたしたちには関わりのないことだから、こちらはこちらで精一杯生きているのに、他人の革命までもち込まれるのはいい迷惑だわ。いったい何を考えているのよ、マルキシズムだの髭面の革命家だのはどうでもいいの、こちらは平穏無事に生きてゆくことができればいいのよ、分かった？　これ以上余計なことを言わせないでよ。そう言うと、コンクリートのベンチの上に脚を伸ばして座り、小切手帳の表紙にアイ・ペンシルで見取り図を描きはじめた。

エル・トゥカン要塞から身柄を移された九人のゲリラ兵士は、サンタ・マリーア刑務所の懲罰房に入れられていた。七ヵ月前にとらえられた彼らは、あらゆる訊問に耐えぬいた上に、今でも山岳地帯にもどって武器を手に戦いたいと願っていた。国会で議題にのぼったために新聞の第一面で取り上げられた。大学生たちはそんな彼らを英雄視して、町中いたるところに彼らのポスターをべたべた貼りつけた。

「連中のニュースを流さないほうがいいだろう」大統領はいずれ人びとは忘れるにちがいないと信じて、そう言った。

「彼らをわれわれの手で解放する、連中にそう伝えるんだ」とロヘリオ指揮官は大胆不敵な部下を信じてそう言った。

かつてフランス人の強盗犯があの刑務所から脱獄したことがあるが、あそこから逃げ出したのはそのフランス人ひとりだけだった。彼はぱんぱんにふくれ上がった犬の死骸の上に板をのせてイカダを作り、川を下って海に出たのだが、それ以来脱獄を試みたものはいなかった。服役中の一般囚は、うだるような暑さや粗末な食事、疫病、暴力行為などで憔悴しきっていて中庭を通り抜けるのがやっとという有様だったので、とても密林の中に踏み込んでゆくだけの気力、体力を持ち合わせていなかった。特別な囚人の場合まず脱獄はむりだった。万がいち鉄製の門を開いたとしても、次に機関銃をもった警備兵を倒し、建物を通り抜け、塀を越え、水量が多くピラニアがうようよしている川を泳いで渡り、ジャングルの中に入ってゆかなければならない。しかもそうしたことすべてを死ぬような思いをし、素手でやり遂げなければならないのだ。ロヘリオ指揮官は大変な障害があることを承知の上で、彼らを救い出すつもりでいると平然と言い放った。彼の部下はその言葉を信じていたし、懲罰房に閉じこめられていた九人の囚人たちも必ず救出されると信じて疑わなかった。最初の怒りがおさまると、彼はわたしを餌に、トロメオ・ロドリーゲス大佐を罠にかけようと考えた。

「あの人を傷つけたりしないというんなら、いいわよ」とわたしは言った。

「何も殺そうというんじゃない、誘拐するだけだ。あの男と交換に仲間を救出するんだから、お姫様みたいに大切に扱ってやるさ。それにしても、いやにあの男のことを心配するんだな」

「心配なんかしてないわ……それよりも、彼がぼんやりしているところをつかまえようなんて考えてもむりよ、いつも銃を持ち歩いているし、ボディガードも目を光らせているのよ。それにあの男はばかじゃないわ」

「しかし、女性と一緒に出かけるときまで、ボディガードを連れて行かないだろう」

「彼と寝ろって言うの」

「そうじゃない。われわれが指示した場所であの男と落ち合い、奴の気をそらせてくれればいいんだ。すぐわれわれが駆けつけて、銃をぶっ放したり、騒ぎを起こしたりせず、作戦どおりきれいに事を運ぶよ」

「相手に信用させなきゃいけないから、一回じゃむりね、かなり時間がかかるわよ」

「なにしろロドリーゲスはお気に入りの相手だからな……ひょっとすると奴と寝たんじゃないのか」

とウベルト・ナランホは冗談めかして言ったが、その声は妙に上ずっていた。

ロドリーゲスを誘惑したらきっと面白いだろうなとぼんやり考えていたので、わたしは返事をしなかった。もっともいざそのときになったら、彼をゲリラの手に引き渡すか、それとも逆に用心するように注意するかは自分でもよく分からなかった。ミミーが言うように、そういう闘争に加わるにはまだ思想的な準備ができていなかったのだ。気づかないうちにほほえみを浮かべていたが、その謎めいたわたしの微笑を見て、ウベルトはあわてて計画を変更し、最初の案にもどった。話を聞いて、向こうの監視体制にくわしいミミーが、それは自殺行為ねと言った。訪問する場合はあらかじめ無線で連絡しなければならないし、ナランホが考えているように部下を将校に変装させた場合は、刑務所長が直々に軍の空港まで将校たちを迎えにゆく決まりになっていた。ローマ法王が訪問する場合でも、身分証明書の提示が求められるほど厳しい監視体制が敷かれていた。

「すると、中にいる仲間に武器を届けてやらなくてはいけないな」とロヘリオ指揮官が言った。

「何ばかなことを言っているのよ」とミミーがからかうように言った。「わたしが入っていたころでも、刑務所内に出入りする場合は、その度にチェックされて、おいそれとは行かなかったんだから、今はぜったいにできっこないわ。金属探知機が置いてあって、たとえ胃の中に武器を呑みこんでいても、見つけられてしまうわ」

「かまわん。とにかく、連中はおれが助け出す」

動物園で会ったあとも、彼に呼び出されてわたしたちはあちこち出かけて行った。そうして計画の細部を詰めていったのだが、詰めれば詰めるほどそれが無謀な計画であることが明らかになった。しかし、彼は頑として考えを変えようとしなかった。わたしたちがその計画は危険すぎると指摘すると、彼は、勝利を手中にするのは大胆で向こうみずな人間だけだと切り返してきた。わたしが軍服工場の見取り図を引き、ミミーが刑務所の見取り図を書いた。わたしたちは警備兵の動きを計算し、彼らの歩く道順を頭に入れ、さらには風向きや光線、一日の時間毎の気温まで調べ上げた。そのうちウベルトの情熱がのり移ったのか、ミミーまで熱くなり、最終的な目標が何なのか忘れてしまった。つまり、囚人を救出するという目的を忘れて、机上のゲームを楽しむようにあれこれ知恵を絞りはじめたのだ。彼女は危険を度外視して夢中になって見取り図を書き、リストを作り、いろいろな作戦を考え出したが、心の底ではこの国の歴史をひもとけばいくらでも例が見出せるように、今回の件もすべては計画だけで終わり、実行に移されることはまずないだろうとたかをくくっていた。これくらい大胆な計画を立てれば、必ずうまく行くわよ。まずロヘリオ指揮官がもっとも勇敢で老練なゲリラ兵士の中から六人を選んで、サンタ・マリーアの近くに先住民《インディオ》たちとともにキャンプを張る。先住民《インディオ》の酋長は彼らをカヌーで川の向こう岸に渡し、ジャングルの中を案内すると言っていた。というのも、以前軍隊が彼らの村を襲い、小屋に火を放ち、家畜の腹を裂き、若い娘たちを犯したことがあり、それ以来酋長はゲリラ部隊に協力すると心に決めていたのだ。囚人たちとの連絡は先住民《インディオ》が二人、刑務所の調理場で働いていたので、その二人がとることになっていた。決行の日には、囚人たちが警備兵から武器を奪って、中庭まで出てくる、そこでロヘリオと仲間のものたちが彼らを救出するという手筈になっていた。ミミーが指摘したように（もっともこれくらいのことは子供でも分かる理屈だが）、いちばんの問題は、仲間の囚人たちが果たして懲罰房から出られるかどうかということだった。ロヘリオ指揮官が、いくら遅くても来週の火曜日には決行しなければと言うと、ミミーはミンクの毛で作ったつけまつげの下からじっと彼を見つめたが、そのときはじめて今回の計画がお遊びでないことに気がついたようだった。こういう大きな決定は偶然の手にゆだねるわけには行かないわ、そう言うと一組のカードを取り出して、左手でそれを切るように指示した。そして、古代エジプト文明によって定められたとおりにカードを並べると、超自然的な力の伝えるメッセージを読み取りはじめた。彼は人をばかにしたような笑みを浮かべ、こういう計画の成否を頭のおかしいこんな女にゆだねるというのは狂気の沙汰だとぶつぶつ言いながら彼女をじっと見つめた。

「火曜日はむりね、やるんなら土曜日よ」魔術師のカードを裏返すと、逆さになっていたが、それを見て彼女はきっぱりとそう言った。

「おれが言った日に実行する」そんなたわ言にだれが耳を貸したりするものかという口調で彼は言った。

「ここには土曜日と出ているわ、タロットのお告げに逆らうとうまく行かないわよ」

「火曜日だ」

「土曜日の午後は、警備兵の半数がアグア・サンタの売春宿へくり出してばか騒ぎをするし、残りの半数はテレビの野球中継を見ているのよ」

この言葉が決め手になって、占いに出たとおり土曜日に決行することになったが、二人がそんなふうに話し合っているときに、わたしはふと〈普遍物質〉のことを思い出した。その話をすると、ロヘリオ指揮官とミミーがカードから顔を上げて、妙な顔をしてわたしを見つめた。そんなつもりはなかったのだが、結局わたしは六人のゲリラ兵士に同行して、幸せな少女時代を送ったトルコ人の家からそれほど離れていない先住民《インディオ》の住む掘建て小屋で冷たい陶土をこねる羽目になった。

ネグロの運転するおんぼろ車に乗ってアグア・サンタの町に入っていったが、車には盗んできたナンバー・プレートがつけてあった。町はあまり変わっていなかった。中心街が少し伸びて、新しい住宅や何軒かの店舗、それにテレビのアンテナが目につく程度だったが、うるさく鳴いているコオロギや真昼時の耐えがたい暑さ、道路脇からはじまっている悪夢のような密林などは昔のままだった。鬱蒼と生い茂る植物のせいで孤立したようになっているあの町の住民は、むせかえるような水蒸気や歳月の流れに辛抱づよく耐えていた。最初はあの町に立ち寄らず、そのまままっすぐサンタ・マリーアの手前にある先住民《インディオ》の集落まで直行するつもりでいた。けれども、瓦屋根の家並や降ったばかりの雨で濡れている通り、家の戸口に藁を編んで作った椅子を出し、腰をおろしている女たちを見ているうちにいろいろな思い出が蘇ってきた。わたしはたまらなくなって、遠くからちらっと見るだけだから、

〈東方の真珠〉の前を通ってくれないとネグロに頼んだ。いろいろなものがすでに壊れていたし、大勢の人が亡くなったり、何も言わずに姿を消したりしていたので、きっとあの店も歳月の流れに抗し切れず化石のようにぼろぼろになって忘れ去られているだろうなと思っていた。だから、目の前に昔のままの店が現われてきたときは、びっくりした。建物の正面は改装してあり、店の看板は塗り変えたばかりで、ショーウィンドーには農機具や食料品、アルミ製の鍋、それに黄色いかつらをかぶった新しいマネキンが二体並んでいた。すっかり改装してあったので、わたしは我慢できなくなって車から降りると、ドアから中をのぞきこんだ。内装も変わり、カウンターも新しくなっていたが、穀類の袋や安物の布地、飴の入ったガラスの容器などは昔のままだった。

バチスト織のグアヤベーラを着たリアド・アラビーは、口に白いハンカチを押し当ててその日の売上げを勘定していた。わたしは彼のことを初恋の思い出のように大切に心にしまっていたが、その思い出の中の彼と少しも変わっていなかったので、彼の上を時間が流れなかったのではないかと思った。十七歳のとき、彼の膝の上に座り、ひと晩でいいから、愛してほしいの、そう言ってマドリーナが七つの結び目のついた紐で確めた自分の処女をあげようとしたときのように、やさしい愛情をこめておずおずと近づいて行った。

「こんにちは……アスピリンはありますか」そう言うのが精一杯だった。

リアド・アラビーは帳簿の上で鉛筆を走らせながら、顔もあげずに顎でカウンターの向こう端を示した。

「ああ、それならうちの奥さんに言ってください」そう言ったが、兎口のせいか甘ったれたような発音になった。

結局この人はイネス先生と結婚するんだわと何度も考えたことがあったので、てっきりあの先生がいるものだと思ってふり返ってみた。ところがそこにいたのはずんぐりした身体つきの十四歳くらいの女の子で、真赤な口紅を塗り、にこやかに笑っていた。何年か前にわたしが奥さんにしてほしいというと、若すぎるからと言って撥ねつけたけど、あのころにはまだおむつをしていたような若い子と結婚したわけね、そう考えながらアスピリンを買った。あの人と一緒に暮らしていたらどうなっていたか分からないけど、床上手のあの人のおかげできっと喜びを味わっていたにちがいないわ。羨ましいという気持ちはあったが、あなたも同じ仲間ねという気持ちをこめて真赤な口紅の女の子にほほえみかけると店を出た。あの人はたった一夜の恋人というよりも父親というイメージのほうがぴったりするので、ほっとした。リアド・アラビーとは視線を交わさなかったが、元気そうにしていたので、ほっとした。あの人はたった一夜の恋人というよりも父親というイメージのほうがぴったりするので、今でも彼のことは実の父親のように思い出すことがある。外ではネグロが、こんな命令は聞いてませんよとぶつぶつ言いながら、苛々《いらいら》して待っていた。

「いいかげんにしてくださいよ。このチンケな町じゃみんなあなたの顔を知っているので、だれにも顔を見られないようにしろ、と指揮官に言われているんですよ」と彼はこぼした。

「ここはチンケな町じゃないわ。この町がなぜアグア・サンタ（聖なる水）と呼ばれるか知ってる？　すべての罪を洗い流す泉があるからなのよ」

「まさか」

「本当よ。その水に身体をつけると、二度と罪の意識にかられることはないの」

「分かりました。とにかく車に乗ってください、早くこの町を出てゆきましょう」

「まだすることがあるんだから、そんなにせかさないでよ。でも、夜まで待たなきゃいけないわね、その方が安全だわ……」

いいかげんにしないと道路脇に置き去りにしますよと言ってネグロが脅かしたが、わたしはいったんこうと決めると、めったに考えを変えないので、結局彼もあきらめた。それに、囚人たちを救出するにはどうしてもわたしの力が必要だったので、彼はわたしの言うとおりにしただけでなく、日が暮れると穴まで掘らされる羽目になった。彼をつれて家の建ち並んでいる裏手にまわり、植物の生い茂っている凹凸のある土地に連れて行くと、ある場所を指さした。

「ここを掘って」と彼に言った。彼は暑さでわたしの頭がどうかしているのでなければ、これも今回の計画の一部なんだろうと考えて土を掘りはじめた。

土は砂地だったし、雨水を含んで柔らかくなっていたので、掘るのは簡単だった。五十センチほど掘ると、苔に覆われたポリ袋が出てきた。ブラウスの裾でその苔を拭きとると、袋を開かずそのままバッグに入れた。

「何が入っているんです?」とネグロが尋ねた。

「持参金よ」

先住民《インディオ》たちは長円形の開けた土地でわたしたちを出迎えてくれた。かがり火が燃やされ、真暗なジャングルの中でそこだけが明るくなっていた。木の枝と葉で作った大きな三角形の屋根が共同住居で、その下に高さを変えていくつものハンモックが吊るしてあった。近くの町や村の住民と接触している成人は多少とも衣服を身に着けていたが、湿気を含んだ布地は寄生虫がわきやすく、またいろいろな病気の原因になる青白い苔がはえるというので、子供たちは素裸で走りまわっていた。若い娘は耳に花や鳥の羽根を飾り、ひとりの女は片方の乳房を赤ん坊にふくませ、もう一方の乳房を子犬にのませていた。自分に似た顔はないだろうかと思って、ひとりひとりの顔をよく見たが、そこにはあらゆる質問に答え終えた人間が見せる穏やかな表情が浮かんでいるだけだった。酋長が二歩前に進み出ると、軽く頭を下げて挨拶した。目が大きくて、離れている酋長は背筋をぴんと伸ばしていた。唇は厚く、髪の毛を丸いヘルメットのように刈り上げ、これまで何度も棒叩き競技に加わってできた傷を見せびらかすために、襟首のところを丸く剃っていた。一目見て、毎週土曜日に部族のものを引き連れてアグア・サンタにもの乞いにきていた先住民《インディオ》だと分かった。彼はある朝、わたしがスレーマの遺体のそばに座っているときにやってきて、その不幸な出来事をリアド・アラビーに伝えるように言い、わたしが逮捕されると、警察署の前に立って、警告の太鼓のように地面をどんどん踏み鳴らしてくれた。名前を訊きたかったのだが、ネグロから前もって、相手に名前を訊くのは大変失礼にあたると釘を刺されていた。先住民《インディオ》たちにとって、名前を呼ばれるというのは心臓に直に触れられるようなもので、見知らぬ相手の名前を呼んだり、自分の名前を口にされるのは許しがたい逸脱行為とみなされているので、仕方なく訳の分からない自己紹介をすることであきらめざるを得なかった。酋長はわたしの顔をじっと見つめたが表情ひとつ変えなかった。けれども、彼はきっとわたしのことを覚えていたにちがいない。酋長はついてくるように合図すると、焦げたぼろきれの匂いがする窓のない小屋へわたしたちを案内した。そこには腰かけがふたつとハンモック、それにケロシン・ランプが置いてあるだけだった。

金曜日の夜に全員顔を揃えることになっていたが、その少し前にグループの残りのものが合流するので、それまで待機するようにと言われていた。ウベルト・ナランホと何日か一緒に過ごすことになると思っていたので、彼はどうしているのと尋ねたが、誰も知らなかった。わたしは服を着たままハンモックに横になったが、ジャングルからはひっきりなしに騒々しいもの音が聞こえてきたし、湿気のせいで身体がべたべたしたし、蚊やアリに悩まされてなかなか寝つけなかった。その上、毒蛇や毒グモがハンモックのロープをつたってくるんじゃないかとか、椰子の葉の屋根に巣をかけていて、そこから顔の上にばさりと落ちてくるのではないかと思うとおちおち横になっていられなかった。どうしても寝つけなかった。何時間ものあいだ、どうしてここまで深入りしてしまったのだろうと考えた。ウベルトに対する思いだけでは説明がつかず、結局結論は出なかった。とらえようのない炎のまわりをぐるぐる飛びまわっているホタルのように、彼と密会を重ねていた日々がどんどん遠のいてゆくように思われた。今から考えれば、自分を試してみたい、勝算のない戦いに加わって、かつて何も求めずひたすら愛した男性のそばへもう一度行きたい、そう考えてあのような冒険に踏み込んで行ったような気がする。けれどもあの夜は、煙くさい犬のような臭いのするナンキン虫がついているハンモックの上で丸くなって、寂しさを噛みしめていた。わたしは政治的信念に駆られてあのようなことをしていたのではなかった。というのも、たとえ理想主義的な革命の公理を受け入れ、さらにひと握りのゲリラ兵士たちの絶望的な勇敢さに心を打たれていたとしても、彼らはすでに敗北しているのだという気がしてならなかったのだ。前々から彼らが悲惨な結末を迎えるような予感がしていたし、ウベルト・ナランホといると、とらえようのない不安がぴりぴり感じとれた。彼の目は情熱に燃えていたが、悲劇的な結末が彼をじりじり追いつめていることははっきり見てとれた。ミミーと言い合いになると、負けてはいけないと思って、彼から聞いた理論をふりまわしたが、じつのところこの国では革命はぜったいに成功しないと考えていた。ゲリラ兵士や彼らの夢がどういう結末を迎えるのかは考えたくなかった。その夜は先住民《インディオ》の小屋でどうしても寝つけず悲しい思いをした。気温が下がり、寒くなったので、小屋を出て、残り火のそばにしゃがみこむと、夜明けを待つことにした。それとは分からないほどかすかな光が葉群を通して差しこんできたが、月の光を浴びると気持ちが落ちつくことに改めて気がついた。

夜が明けると、共同住居の先住民《インディオ》たちが目を覚ました。ハンモックで寝たせいで身体がこわばっていたが、おしゃべりをしたり、笑ったりしている声が聞こえてきた。数人の女が水を汲みに行くと、子供たちは密林に棲む鳥や動物の鳴き声を真似ながらあとを追った。日が昇ったおかげで、村の様子がよく分かった。ひとつながりの小屋のまわりは泥色の壁で固めてあり、密林の大気にうんざりしているように思われた。彼らはまわりにある少しばかりの土地を耕して、キャッサバやトウモロコシを植えていたが、バナナの木も何本か目についた。それは何世代にもわたって欲深いほかの人間たちに奪われてきた部族の唯一の財産だった。その先住民《インディオ》たちはアメリカ大陸の歴史がはじまったころからすでに住みついていた先祖の人たちと同じように、貧しい中で植民者がもたらした混乱に耐え抜き、自分たちの習慣や言語、宗教を守り続けてきた。かつては恐れるもののなかった狩人だった彼らも、今では貧困にあえいでいる。長い逆境の時代にあっても、失われた楽園の記憶をなくすことなく、いつかきっと取り戻せるという言い伝えを今も信じている。その顔に微笑みが浮かぶこともあった。雌鶏を数羽と二頭の豚を飼っていた。丸木舟が三艘と狩りの道具、それに大変な苦労のすえ切り開いた小さな畑もあった。薪や食料を探し、ハンモックや籠を編み、川岸にやってくる観光客向けに矢を作って日々をしのいでいた。時々狩りに出かけるが、運がよければ数羽の鳥やジャガーの子などを仕留めて戻ってきた。獲物はみんなで分け合ったが、狩りに行った者は獲物の魂を汚すことになると言って、決して口にしなかった。

わたしはネグロと一緒に車を処分しに行った。木々が鬱蒼と生い茂っているあたりへ行くと、オウムがうるさく鳴き騒ぎ、猿が素知らぬ顔をしている底なしの崖の端から車を転落させた。車は巨大な葉や波うっている蔓《つる》科植物の間を音もなく転がり落ちてゆき、植物に呑み込まれて姿を消し、植物はまったく痕跡を残さずふたたび閉じた。そのあと、六人のゲリラ兵士がそれぞれ別々の道を通って徒歩でやってきたが、戸外で長年暮らしてきた人間らしく身のこなしがきびきびしていた。みんな齢が若く、意志が強そうで、落ち着き払っており、人とはあまり口をきかなかった。顎が張り、目は鋭く、肌は野外で暮らしているせいで荒れていて、身体中に傷があった。わたしがいても必要なこと以外は言わなかったし、余計なエネルギーを使わないようにするために、できるだけ身体を動かさないようにしていた。武器の一部は、襲撃のときまで隠してあった。彼らのひとりが先住民《インディオ》に導かれて森の奥へ入っていった。望遠鏡で刑務所を見張るために川岸へ行ったのだ。あとの三人は、ネグロの指示に従って軍の飛行場に爆薬を仕掛けるためにそちらに向かい、残りの二人は退却するときのための準備をしていた。全員がいつもやり慣れている仕事でもしているように、ひと言も口をきかずてきぱきと自分に課せられた任務を果たしていた。夕方、狭い道を通ってジープが一台やって来た。やっとウベルト・ナランホが来たと思って、急いで迎えに行った。このところ彼のことばかり考えていたせいか、二日間一緒にいればこれまでの関係を変えて、うまく行けば、今では色褪せてしまったが、かつてはわたしの生活を輝かしいものにしてくれたあの愛をもう一度取りもどせるかもしれないと考えていた。そのジープから、ナップザックを背負いカメラを下げたロルフ・カルレが降りてきたのを見て、びっくりした。あのような場所、あのような状況で顔を合わせることになるとは夢にも思っていなかったので、お互いに戸惑って顔を見合わせた。

「こんなところで何をしているの？」とわたしは尋ねた。

「ニュース映画を撮りに来たんだ」と彼はほほえみながら答えた。

「どんなニュース？」

「土曜日に起こる事件だよ」

「えっ……どうして知っているの？」

「ロヘリオ指揮官から撮影するように言われたんだ。官憲はおそらく事件のあったことを隠蔽しようとするだろうが、それをフィルムにおさめて、放映できるかどうかやってみようと思っているんだ。で、君はどうしてここにいるんだい？」

「粘土をこねに来たの」

ロルフ・カルレはジープを隠すと、撮影器具をかついでゲリラ兵士のあとについて出発した。ゲリラ兵士たちは顔が割れるとあとでまずいことになるので、カメラの前に出るときは必ずハンカチで顔を隠していた。一方、わたしは〈普遍物質〉と格闘していた。うす暗い小屋の、土を踏み固めた床の上にビニールのシートを広げ、ユーゴスラヴィア人の女主人に教わった材料を並べた。水を含ませた紙に同量の小麦粉と歯科用セメントを加え、その上に水を注いで手ごろな固さになるまでこねたが、こね上がると水で溶いた灰のような色になった。そのあと瓶を使って伸ばしたが、先住民《インディオ》の酋長と何人かの子供たちは目を皿のようにしてわたしの手もとを見つめながら、歌うような言葉やジェスチャー、大袈裟な表情をまじえて話し合っていた。柔軟性のある粘土状の塊ができあがると、卵形のものを選んで拾ってきた石ころをその粘土状のものでくるんだ。軍隊の使っている手榴弾は、重さ三百グラム、十メートル以内の人間を殺傷し、破片は半径二十五メートルまで飛ぶという黒っぽい金属性の代物だったが、それにそっくりのものを作ろうと思っていたのだ。見たところは、よく熟れた小ぶりなグアナーバナに似ていた。インド象や三銃士、エジプト古代の墳墓の浮き彫り、そのほかユーゴスラヴィア人の女主人が同じ物質で作っていたいろいろなものに比べると、じつに簡単なものだった。けれども、長年作っていなかったし、気が焦って頭が働かず、指も思うように動かなかったので、何度も失敗を繰り返した。やっと同じ大きさのものが作れるようになった。まず手榴弾の模造品を作ったあと、固くなるまで乾かしてから色を塗り、次に塗装が乾くのを待たなければいけなかったのだが、時間がなかった。それなら、土が乾いてから色を塗るという手順を省いて、粘土に色をつけてみたらどうだろうと考えて、粘土に染料を混ぜ合わせてみたが、固くなって使いものにならなかった。ぶつぶつ口の中で悪態をつき、苛々して蚊に刺されたところを血が出るまで掻きむしった。

それまで興味深そうにわたしのすることをじっと見ていた酋長がふっと姿を消し、しばらくするとひと握りの葉っぱと粘土で作ったひしゃくをもって戻ってきた。そしてわたしのそばにしゃがみこむと、根気よく葉を噛みはじめた。葉っぱを噛みつぶし、それを容器にぺっ、ぺっと吐き出したが、そのうち酋長の口と歯が真黒になった。それを布にとって絞り、植物の血を思わせる黒くてどろりとした液体を取り出すと、わたしに差し出した。わたしは粘土状のものを少しとってそれと混ぜ合わせてみたが、どうやらうまく行きそうだったし、乾くと本物の手榴弾とそっくりの色になり、しかも〈普遍物質〉の驚くべき特性も失われなかった。

夜になると、ゲリラ兵士がもどってきて、先住民《インディオ》たちと一緒にキャッサバのパンと煮魚を食べたあと、自分たちにあてがわれた小屋に行って眠った。森は深く、漆黒の闇に包まれていて、寺院の中にいるような気持ちに襲われた。話し声は自然に小さくなり、先住民《インディオ》たちもささやくようにしゃべっていた。やがてロルフ・カルレがやってきた。まだ赤々と燃えている薪のそばに座って脚をあぶり、両膝の間に顔を埋めているわたしを見て、彼は身をかがめた。

「どうしたんだい」

「怖いの」

「何が」

「もの音や暗闇、悪霊、蚊や虫、兵隊、それに土曜日にしようとしていること、何もかも怖いの、みんな殺されるかも知れないわ……」

「ぼくだって怖いけど、今回のことはどんなことがあってもフィルムにおさめるつもりだ」

わたしは彼の手をつかむと、しばらくの間強く握りしめた。そのときまた、彼とはずっと昔からの知り合いのような気がした。

「なんてばかなことをしているんでしょうね」とむりに笑顔を作って言った。

「何か面白いお話をしてくれない？」とロルフ・カルレが言った。

「どんなのがいい？」

「そうだな、まだだれにも話してないお話を何か作ってくれないか」

《昔ひとりの女がいたのですが、この人の仕事は人にお話を語って聞かせることでした。彼女はあちこち旅して、冒険物語やはらはらどきどきするお話、恐いお話、お色気たっぷりのお話をちょうどいい値段で売って生計を立てていました。八月のある日の午後、広場の真中にいると、サーベルのように痩せて鋭い感じのするひとりの男が自分のほうに向かってくるのが見えました。腕に銃をかかえ、あちこちの土地のほこりを身体中につけ、くたびれ切った様子でやってきたのです。男はそばに来て足を止めたのですが、彼女はそのとき悲しみの匂いを嗅ぎとり、すぐに、ああ、この人は戦争からもどってきたんだなと思いました。孤独と暴力のせいで男の心は鉄のように固くなり、自分自身を愛することもできなくなっていました。話を語って聞かせる女というのは、あんたか？ とその見知らぬ男は尋ねました。ええ、そうです、と彼女は答えました。男は金貨を五枚取り出すと、彼女の手の上にのせました。それなら、おれのために過去を作ってくれ、自分の過去は血と悲しみで汚れてしまって、もう生きて行けないんだ、いくつもの戦いをかいくぐってきたせいで、母親の名前も忘れてしまってな、と言いました。楽しい思い出を持たない人は、結局ひと握りの灰になってしまうだけなのですが、広場にいる人もその場に倒れて、灰になってしまいそうだったので、彼女は断り切れませんでした。そばに座るように言い、近くでその目を見ると、またしても彼があわれになり、思わず力いっぱい抱き締めてやりたいような気持ちに襲われました。彼女は話しはじめました。その日の午後と夜のあいだ自分の豊かな経験と彼に対して感じている情熱を力にして、一所懸命になってすてきな過去を作り出してゆきました。小説に出てくるような運命を作ってあげたい、そう考えて生まれたときから現在までのことや彼の夢、あこがれ、秘密、さらには両親や兄弟の生活、彼が住んでいる国の地理や歴史にいたるまですべてを作り出してゆかなければならなかったので、長い長いお話になりました。とうとう夜が明けたのですが、夜明けの光を見たとたんに、彼にまつわりついていた悲しみの匂いが消えていることに気がつきました。彼女はほっと溜め息をつき、目を閉じました。自分の心が生まれたばかりの赤ん坊のように真白なのに気づいたときにはじめて、彼を喜ばせるために自分自身の記憶をすべて与えてしまったことに思い当たりました。自分のものは何ひとつ残っておらず、すべてが彼のものになったのです。二人の過去は一本の紐で結ばれていました。お話の中にあまりにも深く入りこんでしまったために、もはやそこから言葉を取り出すことができなくなったのです。けれども彼女はそれでいいと思っていました。同じ物語の中で彼とひとつに溶け合うという喜びに身を浸していたのです……》

話が終わると、立ち上がり、服のほこりと木の葉を払い落とし、小屋に入ってハンモックに横になった。ロルフ・カルレはそのまま火のそばに座っていた。

ロヘリオ指揮官は金曜日の明け方にやってきた。足音を立てずそっと村に忍び込んできたので、犬も吠えなかった。けれども、目を開けたまま眠っていた部下のものたちは彼がやってきたことに気づいていた。この二日間辛い夜を過ごしたので、元気をふるい立たせると、小屋を出て彼を抱き締めようとした。けれども彼はわたしにしか分からないようなさりげない身ぶりでそれを制止した。彼の部下は長い間女性と接していなかった。そんな彼らの前でわたしに対して馴れ馴れしい態度を取れないのは、考えてみれば当然のことだった。ゲリラ兵士たちは彼を出迎えると、荒っぽい冗談を言ったり、掌で身体を叩いたりした。彼がやってきたとたんに、これでもう心配はないという気分がみんなの間に生まれ、急に緊張感が解けたようになったのを見て、この人はよほど信頼されているんだなと考えた。持ってきたスーツケースの中には、きれいにアイロンをかけ、きちんと折りたたんだ軍服や飾り紐、軍帽が詰まっていた。わたしは見本に作った手榴弾を取ってくると、彼の手の上にのせた。

「いい出来だ」と彼は言った。「今日にもその粘土を刑務所に届けさせよう。これなら金属探知機にひっかかる心配はない。仲間のものたちもこれを使って、今夜さっそく武器を作れるはずだ」

「作り方を知っているのかい？」とロルフ・カルレが尋ねた。

「その辺にぬかりはないさ」とロヘリオ指揮官は笑いながら言った。「もうマニュアルは渡してあるし、おそらく石も手に入れているはずだ。あとはその石を粘土でくるんで、数時間乾かすだけでいいんだ」

「固まるといけないから、ビニールのシートで包んでおく方がいいわ。スプーンでそれらしい模様をつけて、固まるのを待つのよ。固くなると、金属みたいになるわ。固まる前に偽の信管をつけるのを忘れないといいんだけど」とわたしは説明した。

「この国じゃ粘土で武器まで作るというんだから、驚きだな。ぼくがルポルタージュを作っても、誰も信じてくれないよ」とロルフ・カルレは溜め息をつきながら言った。

先住民《インディオ》の若者二人が丸木舟で刑務所にゆき、調理場で働いている先住民《インディオ》に袋を渡した。バナナの房やユッカの大きな塊、二つのチーズにまじって、パン生地のような顔をして〈普遍物質〉がおさまっていたが、そういう慎ましい食べ物がしょっちゅう届けられていたので、警備兵はべつにあやしまなかった。一方、ゲリラ兵士たちは計画の細部をもう一度見直したあと、先住民《インディオ》たちが片付けをするのを手伝った。先住民《インディオ》たちはわずかばかりの所持品を荷造りし、鶏の脚を縛り、食糧や道具類をまとめた。仕方なくべつの土地に移り住むのは今回がはじめてではなかったが、長年ジャングルのあの空地で暮らしてきたので、辛そうにしていた。あそこはアグア・サンタに近いうえ、道路や川がすぐそばにあって暮らしやすいところだった。今回の脱獄に一枚嚙んでいたと分かれば、すさまじい報復を受けることはまちがいなかったので、明日はあの猫の額ほどの畑を捨てて出てゆかなければならなかった。兵隊たちはささいなことで先住民《インディオ》の集落に災厄のように襲いかかり、彼らがこの土地に生きていた証を一切消し去るほどの壊滅的な打撃を与えたものだった。

「かわいそうな人たち……仲間はほんのわずかしか残っていないのよ」とわたしは言った。

「革命が成功すれば、彼らもそれなりの処遇を受けることになるはずだ」とロヘリオ指揮官はきっぱり言い切った。

けれども先住民《インディオ》たちは、いとわしい種族の人間がすることに対しては、革命であれ何であれまったく関心を示さなかったし、革命というむずかしい言葉の発音すら満足にできなかった。彼らはゲリラ兵士と同じ理想を抱いていたわけでもなければ、彼らの約束を信じてもいなかったし、彼らの並べ立てる理屈も理解できなかった。どういう結果を招くことになるか予測もつかない今回の計画に加わったのは、兵隊たちが自分の敵であるからというだけのことだった。長年、さまざまな形で虐げられてきたが、これで兵隊たちに多少とも意趣がえしができるだろうと考えていたにすぎない。今回の件に加わらなかったとしても、集落が刑務所のすぐそばにある以上、軍は自分たちに責任をおっかぶせてくるにちがいない、と酋長は考えた。どうあがいても害が身におよぶのであれば、正しい方に味方をするほうがいい。口数の少ない髭面の男たちは、少なくとも食糧を奪ったり、若い娘に手を出したりしないのだから、彼らに手を貸して、そのあと姿をくらませばいいのだ。何週間も前から逃走ルートは決めてあった。鬱蒼と生い茂る植物が軍の行く手をはばみ、しばらくの間自分たちを守ってくれるだろう、そう期待してジャングルの奥へ入って行くつもりでいた。彼らは五百年間そんなふうに迫害され、殺され続けてきたのだ。

ロヘリオ指揮官はジープで子山羊を二頭買ってくるようネグロに命じた。夜になるとわたしたちは先住民《インディオ》と一緒に火のまわりに座った。子山羊の肉を焼き、最後の晩のためにとってあったラム酒の瓶をあけた。あたりには不安な空気が漂っていたが、心のこもったお別れのパーティになった。度を過ごさないように酒を飲んだ。若者たちは歌をうたい、ロルフ・カルレは手品とインスタント・カメラでみんなをびっくりさせたが、一分後に目を丸くしている先住民《インディオ》たちの写っている写真が出てくる機械はまるで奇蹟のように思えた。そのあと、二人の男が見張りに立ち、残りのものは辛い仕事が待っているので、休むことにした。

集落に一軒ぽつんと建っている小屋では、片隅に置かれたケロシン・ランプがまたたいていた。兵士たちは床に寝そべり、わたしはハンモックに横になった。何時間かはウベルト・ナランホと二人きりで過ごせるだろうと思っていたのだが、一度も二人で夜を過ごしたことはなかった。それでも、みんながいろいろと気を配ってくれるので、さみしいとは思わなかった。若い仲間がそばにいたので気持ちが落ち着き、恐怖におびえることもなく安らかな気持ちでうとうとまどろむことができた。ブランコに乗ってセックスをする夢を見た。黄色いペチコートのレースとタフタ織の裾がひるがえって膝と太腿が見え、ブランコはうしろの方に大きくはね上がったが、そのとき下で自分を待ち受けている男性の逞しいペニスが見えた。ブランコが宙で一瞬止まったので、上を見上げると、紫色になった空が見えた。そして、あのペニスに向かって激しい勢いで落下していった。はっとして目を覚ますと、あたりは暖かい霧に包まれていて、遠くの川の心をかき乱すような音や夜鳥の声、ジャングルの中の生きものの声が聞こえていた。ハンモックの固い網目がブラウスを通して背中にくい込み、蚊がうるさくまつわりついてきたが、意識がぼやけて追い払うこともできなかった。汗まみれになってふたたび眠りこんでしまったが、今度は〈普遍物質〉の仮面をつけた恋人と抱き合ったまま小さなボートに乗っている夢を見た。波でボートが揺れるたびに、恋人がわたしを突き通し、身体中にあざが出来、腫れあがった。喉が渇いていたが、幸せな気分にひたっていた。狂ったようなキス、予感、幻影の密林から聞こえてくる歌声、愛の証として手渡された歯型をした金、音もなく爆発し、燐光を放つ昆虫を大気中にまきちらす手榴弾の入った袋。小屋の暗闇の中でわたしはびくっとして目を覚ました。一瞬自分がどこにいるのか、なぜお腹が痙攣するのか理解できなかった。いつものように記憶の彼方からわたしを愛撫するリアド・アラビーの亡霊は感じとれず、わたしの目の前の床に腰をおろしているロルフ・カルレの姿が目に入った。彼はナップザックにもたれ、片方の脚を伸ばし、もう一方の脚を縮め、胸の上で腕を組んでわたしをじっと見つめていた。表情は読み取れなかったが、目がきらきら輝き、ほほえみを浮かべたのか、白い歯がのぞいた。

「どうしたの?」とささやくように尋ねた。

「君と同じだよ」ほかのものを起こさないよう、彼も小さな声で答え返してきた。

「夢を見ていたみたい……」

「ぼくもそうだ」

わたしたちはそっと小屋を抜け出し、集落の中央にある小さな空き地にゆくと、わずかに火の残っている焚き火のそばに腰をおろした。ジャングルからは絶え間なくざわめきが聞こえ、生い茂った葉の間からかすかに月の光が射していた。わたしたちはひと言も口をきかず、身体を触れ合うこともなく、眠ろうともしなかった。二人で土曜日の夜明けを待った。

夜明けの光が射しはじめると、ロルフ・カルレはコーヒーを淹れるために水を汲みに行った。わたしは立ち上がって大きく伸びをした。身体中が棒で叩かれたように痛んだが、気分はすっかり落ち着いていた。その時、パンタロンに赤っぽいしみがついているのを見て、びっくりした。長年訪れがなかったので、すっかり忘れていたのだ。これでもうスレーマの夢を見ることはないだろう、自分の身体は人を愛することに対する恐怖からようやく解放されたのだ、そう考えると自然に口もとがほころんできた。ロルフ・カルレがふーっふーっと息を吹きかけて火を起こし、鉤《かぎ》にコーヒー沸かしをひっかけている間に、わたしは小屋にもどり、バッグから清潔なブラウスをひっぱり出すと、それを小さく切ってタオル代わりにし、川のほうに向かった。そのあと、濡れた服のまま歌をうたいながらもどった。

あの日はわたしたちの人生にとって決定的な一日になるはずだったが、その準備が朝の六時にはすべて整っていた。わたしたちは先住民《インディオ》に別れを告げた。彼らは子供や豚、鶏、犬、荷物とともに黙って立ち去り、一列に並んだ影のように密林の中に姿を消した。あとには、川を渡るときにゲリラ兵士の手伝いをし、逃走のときに案内役をすることになっている先住民《インディオ》だけが残った。ロルフ・カルレは最初のグループと一緒にカメラを持ち、ナップザックを背負って出発した。ほかの男たちもそれぞれ任務についた。

ウベルト・ナランホは清らかで感情のこもったキスをしてわたしに別れを告げた。気をつけろよ、あなたもね、まっすぐ家に帰って、人目を惹かないようにするんだぞ、心配しなくても大丈夫よ、万事うまく行くはずだ、今度いつ会えるの？　しばらく身を隠すことになるから、おれのことは忘れるんだ、もう一度キスをした。わたしは彼の首に両腕をまわすと、力いっぱい引き寄せ、その髭面に顔をこすりつけた。長年彼とは激しい情熱を分かち合ってきたけど、これでお別れね、そう考えると自然と目頭が熱くなった。ネグロがジープのエンジンをかけて待っていたので、それに乗り込んだ。そのジープで北に向かい、どこか遠い町で降ろしてもらったら、そこからバスで首都にもどることになっていた。ウベルト・ナランホが手を上げて合図したが、わたしたち二人は同時にほほえみを浮かべた。あなたはわたしのいちばんの友達よ、どうか何ごともありませんように、愛しているわ、わたしは口の中でそうつぶやいたが、彼もきっと同じことを言っていたにちがいない。わたしは心の中で、信頼できる人がいて、おたがいに助け合い、守り合うためにいつもそばにいるというのはいいものだわ、わたしたちの関係は今回の事件で大きく変わったけど、むしろ本来あるべき形になったのだから、心配することはないんだわ、彼はわたしにとってこの上ない仲間、もっとも愛しい、そしていくぶん近親相姦的な関係にあるお兄さんなのよと考えていた。気をつけろよ、あなたもね、とわたしたちはさっきと同じ言葉を繰り返した。

一日中大きく揺れるバスに乗って旅をした。道は大型トラック用に作られたもので、アスファルトは雨に打たれて穴だらけになり、あちこちにボアが巣を作っているのではないかと思われるほど大きな穴があいていた。道路の曲がり角にさしかかったとき、突然目の前に信じられないような緑色の植物が扇形に広がった。そこに灼熱の太陽が照りつけ、地面を覆っている腐植土から十五センチほど上に〈貧者の宮殿〉が完全な形で浮かび上がった。運転手はバスを止め、わたしたち乗客は胸に手を当て、その魔法がゆっくりと姿を消してゆくまでの数秒間息をとめてその宮殿に見とれていた。やがて宮殿が跡形もなく消え、密林が元どおりになり、いつもの透明な昼の世界がもどってきた。運転手はエンジンをかけ、わたしたちは茫然としたまま座席にもどった。バスは何時間も遅れが出たが、それぞれがあの啓示はいったい何を意味していたのだろうかと考えていたせいか、首都に着くまで誰ひとり口をきこうとしなかった。わたしにもあれが何を意味しているのか理解できなかったが、何年か前、リアド・アラビーの運転する小型トラックに乗っているときに一度目にしたことがあったので、それほど驚かなかった。あのとき、わたしは車の中でうとうとしていたが、彼が夜の闇を照らし出している〈宮殿〉を見てわたしを揺り起こした。小型トラックから降りて、二人でその幻影の宮殿に向かって駆け出したのだが、そこに辿り着く前に夜の闇に呑みこまれてしまった。午後の五時になった。サンタ・マリーア刑務所で何が起こっているのかということがどうしても頭から離れなかった。こめかみのあたりが耐えがたいほどきつく締めつけられるような感じがし、悪い予感に苦しめられるのは自分の弱さのせいだと自らを呪った。どうかうまく行きますように、無事でありますように、あの人たちを助けてあげて、困ったときにいつもそうするように母にお願いした。けれども、母の霊魂がいつ現われてくるかまったく予測がつかないということを改めて思い知らされた。時には何の前触れもなく現われてひどくびっくりさせられることがあるのだが、今回のように必死になって頼んでも、わたしの声を聞き届けてくれたという証さえ与えてくれないこともあった。むせかえるように暑いバスの中から風景を眺めているうちに、十七歳のときに真新しい服の入ったスーツケースと女子寮の住所を書いたメモをもち、知ったばかりの喜びに身を震わせながらこの道を通ったのを思い出した。あのときは自分の手で運命の舵取りをするつもりでいた。あれからいろいろなことが自分の身に起こったせいで、これまで何人分もの人生を経験し、夜毎煙となって地上から姿を消し、朝になるとふたたび蘇ってくるというような生活を送ってきたような気持ちに襲われた。眠ろうとしたが、不吉な予感がして心が騒いだ。〈貧者の宮殿〉の蜃気楼を見たというのに、口の中の硫黄の味が消えなかった。あるとき、ミミーがヒンズー教の導師の教本に書いてある分かりにくい指示に従ってわたしの予感を詳しく調べてくれたことがある。彼女に言わせると、わたしの予感は重大な出来事でなく、下らないことばかり言い当てるので、まったく当てにならない、大きな出来事はいつも突然身にふりかかってくるとのことだった。ミミーはそのとき、わたしの初歩的な予知能力がまったく役に立たないものであることを証明してくれた。そこでわたしはもう一度、どうか何もかもうまく行くよう力を貸してほしいの、と母に頼んだ。

土曜日の夜、バス・ターミナルからタクシーに乗り、汗とほこりにまみれたひどい格好で家にたどり着いた。途中、イギリス風の街灯に照らされた公園や椰子並木に囲まれたカントリー・クラブ、億万長者や外交官が住んでいるお屋敷町、ガラスと金属でできた近代的なビルの前を通りすぎた。先住民《インディオ》の集落やまがいものの手榴弾で命がけの戦いを挑もうとしている憑かれたような目をした若者たちの世界との落差があまりにも大きかったので、別世界を訪れたような錯覚にとらえられた。家の窓という窓から明かりが洩れているのを見て、一瞬警官がすでに家に踏みこんでいるのではないかと考えてパニック状態に陥った。けれども、わたしがうしろを向いて逃げ出す前に、ミミーとエルビーラが家のドアを開けてくれた。わたしはロボットのようにぎこちない足取りで家の中に入ると、肘掛け椅子に身を投げ出した。そして心の中で、何もかもがわたしの混乱した頭が生み出したお話であってほしい、今この時間にウベルト・ナランホやロルフ・カルレ、それに若者たちが死んでいるようなことがありませんようにと祈った。わたしはまるではじめて訪れたように部屋の中を見まわしたが、これまでにないほどの安らいだ気持ちになった。さまざまな様式の家具が並び、壁にかけた額におさまっている架空の先祖たちはわたしを見守り、部屋の隅には剝製のピューマが恐ろしい顔で睨んでいた。あのピューマは半世紀もの間、ひどい扱いを受けたり、悲惨な目にあってきたはずだが、今も獰猛な顔をしていた。

「ここにいるとほんとうにほっとするわ」わたしは心からそう言った。

「いったい何があったの？」怪我をしたりしていないかどうかわたしの身体を調べたあと、ミミーがそう尋ねた。

「知らないわ。みんなが攻撃の準備をしているときに向こうを出たんだもの。囚人たちが独房にもどされる前の、五時頃に逃走することになっていたの。その時間に、警備兵の注意を引きつけるために、囚人たちが中庭で騒ぎを起こすって言っていたわ」

「だったらラジオかテレビでそのニュースが流れてもいいころだけど、まだみたいね」

「それならいいのよ。あの人たちが殺されていたら、ニュースに出るはずよ。もし脱獄計画が成功したのなら、政府はうまく話を取りつくろうまで一切公表しないはずだから」

「あまり心配させないでよ、エバ。このところ仕事は手につかないし、あなたが捕らえられたり、殺されたんじゃないだろうか、ひょっとすると蛇に嚙まれたり、ピラニアの餌食になっているかもしれないと考えて、心配のあまり寝ついたくらいよ。ウベルト・ナランホってどうしようもない男ね。どうしてこんなことに足を突っ込んだのかしら」とミミーがわめいた。

「小鳥ちゃん、お前はハイタカみたいに目が吊り上がっているよ。わたしは旧弊な人間だから、世間を騒がすようなことだけはしてほしくないんだよ。どうしてまた女のお前が男のすることに嘴《くちばし》を突っこんだりしたんだね？　こんなことをさせるためにレモンを十字に切って飲ませたんじゃないんだよ」エルビーラは家の中を歩きまわってミルク・コーヒーを注いだり、お風呂や洗濯した服の用意をしながらそうぶつぶつこぼした。「菩提樹の葉を入れたお風呂にゆっくりつかると、興奮がおさまるよ」

「シャワーのほうがいいわ、おばあちゃん……」

長年月のものが止まっていたんだけど、またはじまったのよと言うと、ミミーは喜んでくれた。けれどもエルビーラは、何が嬉しいんだね、煩わしいだけじゃないか、齢をとってあの煩いから解放されて、わたしはせいせいしているんだよ、人間も鶏みたいに卵を産めないものかね、と言った。わたしはアグア・サンタで掘り出した包みをバッグから取り出すと、女友達の膝の上に置いた。

「何よ、これ？」

「あなたの持参金よ。それを売って、ロサンゼルスで手術を受ければいいわ、そうしたら結婚できるでしょう」

ミミーが泥のついている包みを開けると、湿気で汚れ、シロアリに食べられた箱が出てきた。蓋をこじあけて開くと、中から磨いたばかりのように煌《きら》めいているスレーマの宝石類がスカートの上にこぼれ落ちた。金は以前にも増して美しい光沢をたたえ、エメラルド、トパーズ、ガーネット、真珠、アメジストなどが新しい光のもとで美しい輝きを見せていた。リアド・アラビーの家の中庭に座り、明るい陽射しのもとで見たときはそれほどすてきだとは思わなかったが、世界一の美女の手の上にのっているのを見ると、まぎれもなくカリフからの贈り物だという感じがした。

「どこで盗んできたんだい？　人様のものに手を出したり、良心に恥じるようなことをしてはいけないとあれほど言って聞かせたのに」とエルビーラは小さな声で怯えたように言った。

「盗んだんじゃないわ。ジャングルの真中に純金の都があるのよ。通りの敷石、家の屋根、市場の手押し車、広場のベンチ、なにもかも金でできているの。住民の歯も全部金歯なの。その都へ行くと、子供たちはこういう宝石をおもちゃにして遊んでいるのよ」

「これは売らないわ、その代わり使わせてもらうわね、エバ。性転換手術なんて野蛮よ。何もかも切り捨て、そのあと内臓の一部を使って女性の性器を作るのよ」

「アラベナはどう言っているの？」

「今のままでいいんですって」

エルビーラとわたしは同時に安堵の溜め息をついた。わたしは、身体を切り刻むぞっとするような手術をした挙句、生まれてくるのは自然をばかにした偽物の女性でしかないと考えていたし、一方エルビーラは大天使の身体を傷つけるのは、瀆聖《とくせい》行為になると思いこんでいた。

日曜日の朝早く、わたしたちがまだ眠っている時間に家のチャイムが鳴った。エルビーラがぶつぶつ言いながら起き出してドアを開けると、目の前に髭面の男が立っていた。ナップザックを引きずり、肩に黒い器具をかつぎ、ほこりと疲労と日焼けで真黒になった顔の中で白い歯が光っていた。彼女はロルフ・カルレと会ったことがなかった。ちょうどそこへミミーとわたしがネグリジェ姿のまま行き合わせたが、にっこり笑っている彼の顔を見れば、何も尋ねる必要はなかった。彼は事態がおさまるまでわたしをどこかに隠そうと考えて、迎えに来てくれた。というのも、脱獄が成功したために騒ぎが大きくなり、思わぬところまで捜査の手が伸びると心配していたのだ。ひょっとすると、あの町の誰かがわたしを見かけて、以前〈東方の真珠〉で働いていた女が来ていたと通報される恐れがあった。

「おかしなことに首を突っこまないようにって言ったでしょう」とミミーは情けなそうに言ったが、化粧をしていなかったせいで別人のように見えた。

わたしは服を着換えると、何着かをトランクに詰めた。通りにはアラベナの車が止まっていた。その日の明け方、ロルフ・カルレはアラベナの寝込みを襲って何本かのフィルムを渡し、近年にない衝撃的な事件のことを伝えたが、そのときに車を借り出したのだ。ネグロがその車をあそこまで運転し、そのあと持ち主が突きとめられるとまずいことになるというので、ジープを始末するために姿を消した。国営テレビの局長はいつも朝が遅いので、ロルフから話を聞いたときは、まだ夢をみているのではないだろうかと考えた。しゃっきりするためにウィスキーをグラスに半分ばかり飲み干し、その日一本目の葉巻に火をつけた。そのあと椅子に腰をおろし、手に入ったこのフィルムをどうしたものかなと考えはじめたが、ロルフはゆっくり考える暇を与えず、じつはまだすることが残っているんですが、車のキーを貸していただけませんかと頼んだ。アラベナはキーを渡すとき、おかしなことに首を突っ込むんじゃないぞ、とミミーと同じことを言った。ロルフはもう突っ込んでいますよ、と答えた。

「運転はできるかい、エバ？」

「学校に通ったけど、実際に運転したことはないのよ」

「眠くて目を開けていられないんだ。この時間だと車は走ってないから、ゆっくり走るといい。ロス・アルトス高速道路を通って山岳地帯に向かってくれ」

わたしはびくびくしながら内装に赤い皮を張ってある車の運転席に乗り込むと、おぼつかない手つきでキーを回してエンジンをかけ、ガクガクしながらもどうにか車を発進させた。二分も経たないうちにロルフは眠りこんでしまい、道が二つに分かれ、どちらの道を行くのか揺り起こして尋ねるまで二時間ばかり眠っていた。そうして、日曜日に居留地にたどり着いた。


ブルゲルとルパートは、いかにもあの二人らしく大騒ぎしながら気さくな態度でわたしたちを迎えてくれた。そして、甥っ子が車の中でしばらく眠ったにもかかわらず、地震のあとの生残者のように憔悴した顔をしていたので、急いで風呂の用意をした。ロルフ・カルレが暖かいお湯につかって幸せな気分にひたっているときに、二人の従姉妹が大急ぎで駆けつけてきた。彼がはじめて女性連れでやってきたと聞いて、色めき立っていたのだ。わたしたち三人は台所で顔を合わせた。三十秒ほど、わたしたちは相手の様子や出方をうかがい、観察し合った。最初はむろん警戒心を抱いていたが、そのうちすっかり打ち解けて話をするようになった。果物のような頬をし金髪でぽってり太ったいかにも奥様といった感じのするあの二人は、刺繍をしたフエルトのスカートに糊のきいたブラウス、それに観光客の目を引こうとレースの前掛けをしていたが、彼女たちに比べるとわたしは大分見劣りした。従姉妹たちはロルフから話を聞いて想像していたとおりだったが、十歳ばかり老けこんでいた。けれども、彼の目から見ると、彼女たちは少女時代のままなんだなと考えて嬉しかった。彼女たちは最初わたしをライバルと見なしていたが、自分たちとまったく違うタイプだったのでいぶかしく思ったにちがいない――ロルフが自分たちとそっくりの女性を選んでいたら、彼女たちはきっと大喜びしたことだろう。しかし、心の寛《ひろ》い彼女たちは、おかしな嫉妬など抱かず、わたしを妹のように扱ってくれた。彼女たちは子供と家族を呼びに行くと、装飾用の蠟燭の匂いがする大柄でいかにも人の良さそうな夫を紹介してくれた。そのあと台所で食事の用意をしている母親の手伝いをしに行った。しばらくして、見るからに健康そうな人たちに囲まれてテーブルについた。足もとでは警察犬がじゃれついていたが、そういうところでサツマイモのピューレをあしらった腿肉を食べていると、サンタ・マリーア刑務所やウベルト・ナランホ、〈普遍物質〉で作った手榴弾とはまったく縁のない世界にいるんだなとしみじみ実感した。テレビをつけてニュース番組を見ていると、軍人が画面に現われて、九人のゲリラ兵士が脱獄した事件の詳細を説明しはじめたが、何を言っているのかよく分からなかった。

汗をかき、追い詰められたような表情を浮かべている刑務所長の話によると、刑務所内にいた犯罪者が手榴弾で看守を脅している隙に、バズーカ砲と軽機関銃で武装したテロリストのグループがヘリコプターで攻撃してきたとのことだった。彼は細長い棒で刑務所の見取り図を差し示しながら、脱獄囚たちが独房を出てジャングルに姿を消すまでの足取りを逐一説明していった。金属探知機にひっかからずどうやって武器を所内に持ち込んだのか、その辺が謎でして、まるで魔法でも使ったように突然囚人の手の中から手榴弾が現われたのです。土曜日の午後五時、囚人たちをトイレに連れて行こうと独房から出したところ、看守の目の前で手榴弾をふり回し、降伏しなければ全員爆破すると脅かしたのだ。刑務所長はこの二日間髭をあたっておらず、しかも一睡もしていなかったので青白い顔をしていた。その所長の言うところでは、部署についていた当番の看守たちは勇敢に抵抗したが、手榴弾をもっているのでどうすることもできず、武器を渡した。祖国に仕えるこれらの看守たち――彼らは現在陸軍病院に入院しているが、新聞記者はもちろん、一般人の面会も一切禁止されている――は軽傷を負ったあと、大声をあげないよう独房に閉じこめられた。同じ時間に、共犯者たちが中庭にいる囚人たちの間で騒ぎを起こし、また外部にいるゲリラ部隊が電線を切断し、五キロ離れたところにある飛行場の滑走路を爆破し、車の通れる道路を通行不能にし、さらにパトロール用のランチを奪い取った。そのあと、塀越しに登山用の鉤爪のついたロープを投げて、縄ばしごを吊るし、囚人たちはそれをつたって逃走したのです。軍服を着た刑務所長の説明はそこで終わったが、そのあとも手にもった棒がこまかく震えていた。もったいぶったしゃべり方をするアナウンサーがそのあと、これが国際共産主義者の仕業であることはまちがいありません、この大陸の平和は今や危機に瀕しております、官憲は犯人を逮捕し、共犯者を見つけ出すまで捜査の手をゆるめないでしょうと言って結んだ。そのあと、トロメオ・ロドリーゲス将軍が軍の総司令官になったという短いニュースが流れた。

ビールを二口飲む間に、ルパート叔父さんは、あのゲリラどもはひとり残らずシベリア送りにすべきだ、そうすれば少しは思い知るはずだと言った。考えてみろ、ベルリンの壁を越えて共産主義のもとに走った人間がひとりでもいるか、みんな赤のところから逃げてきてるじゃないか、キューバにしてもそうだ。トイレット・ペーパーにもこと欠くありさまだろう、福祉がどうだの、教育、スポーツはどうだのと世迷いごとを並べるんじゃない、尻を拭く紙もないような国のどこがいいんだ、とぼやいた。ロルフ・カルレが片目をつむって、逆らわないほうがいいとわたしに教えてくれた。ブルゲル叔母さんは昨夜見たテレビ・ドラマの続きが気になって仕方なかったので、チャンネルを回した。ベリンダとルイス・アルフレッドが熱いキスを交わしているところを、意地の悪いアレハンドラがドアの隙間からそっとのぞいている場面だった。こんなふうにキスシーンを大写しにしてくれないとね、これまではひどかったわ、恋人同士が見つめ合い、手を握り合う、さあ、いよいよだわと思っていると、突然月が出てくるのよね、何度月を見せられたか分からないわ、こちらはそのあとどうなるかが見たいのよ、ほら、見て、ベリンダの目が動いたわ、あの子は絶対に盲目じゃないと思っていたのよ。ミミーと何度もリハーサルをしたおかげで、そのあとどうなるかよく分かっていたので、もう少しで口に出すところだった。けれどもそんなことをすれば、あの人たちの夢をこわすことになるので、やはり我慢してよかった。二人の従姉妹と彼女たちの夫はテレビに釘付けになっていたし、子供たちは肘掛け椅子の上でぐっすり眠っていた。外では快い午後が静かに暮れようとしていた。ロルフはわたしの腕をとると、散歩に連れ出した。

わたしたちは熱帯地方の丘の上に建てられた、時の流れから取り残されたような奇妙な町の曲がりくねった道をぶらぶら歩いた。家は清潔でしみひとつなく、庭では花が咲き乱れ、ショーウィンドーには鳩時計が飾られ、小さな墓地に目をやると、墓石がみごとなまでに整然と並んでいた。すべてがぴかぴかに磨きあげられ、現実離れしているように思われた。わたしたちはいちばん端にある通りの曲がり角で足をとめると、夜空と足もとの丘の斜面に大きなタペストリーのように広がっている居留地の明かりを眺めた。歩道を歩く自分たちの足音が聞こえなくなったが、そのときふと、音がまだ生まれていない誕生したばかりの世界に身を置いているような気持ちに襲われた。わたしははじめて沈黙の音を聞いた。それまでは、スレーマとカマルの亡霊のささやく声、あるいは明け方の密林のそよめきといったかすかなもの音から幼いころ台所でうるさく鳴りひびいていたラジオにいたるまで、いつもまわりでは音が聞こえていた。あのときわたしは、愛し合っているときのような、お話を作っているときのような興奮をおぼえ、この沈黙の世界をしっかり抱き締めて宝物のように大切にしまっておきたいと考えた。喜びにうっとりとなって、香わしい松の木の薫りを胸いっぱい吸いこんだ。そのときロルフ・カルレが話しかけてきたので、魔法が一瞬にして解け、小さい頃しっかり握りしめていた雪が溶けて水になってしまったときと同じ失望感を味わった。彼はサンタ・マリーア刑務所で起こった事件のことを話してくれた。その一部はフィルムにおさめていたが、あとはネグロから話を聞いたのだ。

ミミーが言っていたとおり、土曜日の午後は刑務所長と看守の半数が売春宿にしけこんでいた。すっかり酔払っていたので、爆発音がしたときも新年の祝いだろうと考えて、服を着ようともしなかった。そのころロルフ・カルレは、丸木舟に器材を積み込み、上から椰子の葉をかぶせて隠すと小島に近づいた。制服に身を固めたロヘリオ指揮官と彼の部下は、桟橋にいた警備兵からランチを奪うと、それで川を渡り、サーカスの一座のようにうるさく騒ぎ立て、警笛を鳴らしながら正門の前に行った。命令を下す上官がいなかった上に、一行が見るからに位の高そうな将校に思えたので、誰も制止しなかった。そのころ、独房にいたゲリラ兵士たちは金属製の扉の隙間から一日一回の食事を受け取っていた。その中のひとりが突然激しい腹痛を訴え、死ぬ、助けてくれ、毒を盛られたとわめきはじめた。仲間のものたちもそれぞれ独房から声をそろえて、人殺し、人殺し、俺たちは殺されると叫んだ。腹痛を訴えている囚人を静かにさせようとして中に入った二人の看守は、その囚人が両手にひとつずつ手榴弾を持っているのを見て、息を呑んだ。指揮官は手荒い真似をしたり、銃を撃つこともなく、仲間と台所にいた共犯者たちとともに悠々と刑務所を出てゆき、一緒にランチに乗り込んで対岸に渡ると、先住民《インディオ》たちに先導されて密林の奥に姿を消した。ロルフ・カルレは望遠レンズのついたカメラでその様子をフィルムにおさめると、川を下ってネグロと落ち合うことになっていた場所に向かった。彼らはジープに乗り込むと、首都に向かって全速力でぶっ飛ばしたが、その間軍人たちは道路を封鎖するか、それとも脱獄囚に追手をかけるかで議論を戦わせていた。

「あの人たちが無事でよかったわ、でもせっかく撮影したのに、検閲にひっかかるでしょうね」

「まあ、やってみるさ」と彼は言った。

「この国の民主主義がどういうものか分かっているでしょう、ロルフ、反共主義の名を借りて自由を抑圧しているから、将軍がのさばっていた時代とちっとも変わっていないのよ……」

「作戦本部の虐殺事件もそうだったけど、今回もニュースとして流せないようなら、この次のテレビ・ドラマで真実を伝えよう」

「なんですって」

「今やっている盲目の少女と億万長者の下らないテレビ・ドラマが終わったら、すぐに君の脚本を電波にのせよう。その台本の中に、ゲリラと刑務所からの脱獄を織り込めばいい。武装闘争を写したフィルムがスーツケース一杯あるから、それを見て参考にすればいいんだ」

「でも放送許可が下りないと思うわ……」

「二十日以内に大統領選挙があるんだ。今回の候補者はリベラリストとして売り出そうとしているから、検閲もそう厳しいことを言わないはずだ。ともかく、クレームをつけられたら、これはフィクションなんだと言い切ればいい。ニュース番組よりもテレビ・ドラマの方がはるかに視聴率が高いから、サンタ・マリーアで何があったのか、国中の人間が見ることになるよ」

「わたしはどうなるの？　どこからこういう情報を仕入れたのだと、警察から尋問されないかしら？」

「そんなことをすれば、君が真実を伝えていると認めることになるから、その点は心配しなくていいよ」とロルフ・カルレが答えた。「ところで君のしてくれた話なんだけど、兵士に過去を売ってやる女性の話があったろう、あれが気になって仕方ないんだ……」

「まだこだわっているの？　しつこい人じゃないかなと思っていたけど、やはりそうなのね……」

大統領選挙は混乱もなく無事に終わった。実を言うと、投票というのは最近になって奇蹟的に獲得された権利なのだが、国民は長年やりつけているような顔をして投票場に足を運んだ。アラベナが予想したとおり、対立派の候補者が勝利をおさめたが、彼の政治的嗅覚は齢とともに衰えるどころか、逆に鋭くなっていた。しばらくしてアレハンドラが自動車事故で亡くなり、ベリンダは視力を回復した。彼女は何メートルもある純白のチュールに包まれ、模造ダイヤと蠟で作ったオレンジの花の冠をかぶり、ハンサムな男性マルティーネス・デ・ロカと結婚した。約一年にわたって毎日毎日テレビ・ドラマの人物たちの不幸な境遇にじっと耐えぬくという試練を経てきたせいで、国中の人が深い安堵の溜め息をもらした。しかし我慢強い視聴者に息つく間を与えず、国営テレビはわたしの小説を電波にのせた。幼いころボレロで心を慰められたし、お話を作るときもそれを大いに活用させてもらったので、その思い入れをこめて、作品には『ボレロ』というタイトルをつけた。視聴者はドラマの第一回目から不意打ちをくらい、その混乱から立ち直る間もなく、物語はどんどん展開していった。あの奇妙な物語がどういう方向に向かっているのか誰にも分かっていなかったと思う。一般の視聴者は嫉妬や絶望、野心、あるいは純潔といったものに慣れ切っていたのに、あのドラマにはそうしたものが一切出てこなかった。毒蛇に噛まれた先住民《インディオ》、車椅子に座った剝製師、生徒たちの手で吊るし首にされた先生、司教の使っていたビロード張りの椅子で大便をする大臣、そのほかさまざまなおどろおどろしい話で頭がすっかり混乱し、そのままの状態で視聴者はベッドにもぐりこむ羽目になった。これらのエピソードは理屈っぽい分析を一切受けつけなかったし、商業的なテレビ・ドラマのおきまりの法則からもはずれていた。視聴者をひどく困惑させたというのに、『ボレロ』はぐんぐん視聴率をあげ、しばらくすると、一家の主人がその日のドラマを見逃してはいけないというので帰りを急ぐ姿が見られるようになった。アラベナ氏はその名声と老いた狐のように狡猾な知恵とで自らの地位を確固不動のものにしていたが、その彼が政府から、モラル、良風美俗を乱したり、愛国心を失わせるようなことがないようにと勧告された。おかげでわたしは、女将のあやしげな商売について語った個所をカットし、〈娼婦の反乱〉の本当の原因を隠さざるを得なくなったが、残りの部分はほとんど検閲にひっかからなかった。自分自身を演じることになったミミーは、その重要な役どころをじつにうまくこなし、そのせいで共演者の中でもいちばんの人気女優になった。彼女がそこまで有名になったのには、男か女か分からないということも一役買っていた。あの人、以前は男だったのよとか、今でも身体の一部は男のままなんですってというひどい噂が流れたが、画面に映る彼女を見るかぎりではまったく根も葉もない噂のように思われた。テレビ局の局長といい仲だからあんなに成功したんだと噂する口さがない連中もいたが、二人ともまったく取り合わなかったので、いつの間にかそういう噂も消えてしまった。

絶対的な力を備えた言葉を使って作り出した世界にのめりこんで、わたしは毎日新しいお話を次々と書いていった。もはやひとりの人間ではなく、果てしなく分裂し、拡散した人間に変わって、さまざまな鏡に映る自分の姿を見、無数の人生を生き、いろいろな人の声で話すようになった。そのうち登場人物が実在の人間に変わってしまい、物語の時間的な秩序を無視して家中を歩きまわるようになった。死者のそばに生きた人間がおり、それぞれの人物が年齢をたがえて何人も同時に存在するようになった。ここでは少女時代のコンスエロが雌鶏の餌袋を切り開いているというのに、あちらでは女に成長したコンスエロが瀕死の先住民《インディオ》を慰めるために裸になり、髪を解いていた。尻尾を切った魚を使ってお目出たい人間をだましてやろうとウベルト・ナランホが半ズボン姿で居間を歩きまわっていたはずなのに、二階にゆくと軍靴に戦場の泥をつけたまま突然大人になった彼が姿を現わし、マドリーナが元気な頃のようにその巨大なヒップをゆすって進み出ると、もうひとりの自分の前に立ったが、こちらの方は首に縫合の跡があり、歯が抜け落ち、テラスでローマ法王の髪の毛を前においてお祈りをあげていた。そうした人物たちが家中をうろつきまわるようになったので、家事に支障をきたすようになった。エルビーラは彼らと口論したり、みんなが家の中をひどく散らかすので、その片付けをするだけで精魂尽き果ててしまった。ねえ、小鳥ちゃん、この頭のおかしい連中を台所から追い出しておくれ、わたしはもうほうきを振り回すのもくたびれちまったよ、とこぼしたものだった。けれども夜、テレビの画面に彼らが出てくると、誇らしげに溜め息を洩らすようになり、とうとう彼らを家族の一員と見なすようになった。

ゲリラの出てくる章の収録がはじまる十三日前に、国防省の方から召喚状が届いた。政治警察の捜査官二人をひと目でそれと分かる黒塗りの車で送りつければ済むのに、どうして本省に呼び出したりするのか不思議に思った。けれども、ミミーとおばあちゃんには、びっくりさせてはいけないと思って何も言わなかった。その頃ロルフは、パリで最初のベトナム和平交渉が行われており、その取材のために国外に出ていたので、彼にも伝えることができなかった。何ヵ月か前に〈普遍物質〉で手榴弾を作ってからというもの、いつかこういう時がくるだろうと覚悟を決めていた。あれからずっと鳥肌が立つような言いようのない不安をおぼえていたので、いっそその日が早く来ればいいのにと心の中で思っていた。わたしはタイプライターにカバーをかけ、原稿を片付け、死装束を身に着けるように悲しい思いで着替えを済ませると、うしろにいる霊魂たちに身ぶりで別れを告げ、家を出た。国防省の建物に着くと、両側から登れるようになっている大理石の階段を登り、羽飾りのついた軍帽をかぶった衛兵が固めているブロンズ製のドアをぬけ、門衛に書類を見せた。そのあと兵隊に先導されて絨毯を敷きつめた廊下を通り、国家の紋章を刻んだドアを開けて中に入ると、そこは高価なカーテンがかかり、クリスタルのシャンデリアが吊るしてある豪華な飾りつけをした部屋になっていた。ステンドグラスには、片方の足をアメリカ大陸の海岸にのせ、もう一方の足をボートに残しているクリストバル・コロンの姿が描かれていた。その時、マホガニーのデスクの向こうに座っているトロメオ・ロドリーゲス将軍の姿が目に入った。がっしりした身体の彼のシルエットが新大陸のエキゾチックな植物と征服者《コンキスタドール》の靴の間に逆光を浴びてくっきりと浮かび上がっていた。目が慣れ、彼の猫のような目、指の長い手、きれいな歯並びを見分けるまでに数秒かかったが、彼だと分かったとたんに目まいがして思わずよろめいた。彼は立ち上がると、いく分気取った様子で礼儀正しく挨拶し、肘掛け椅子のひとつに座るように言った。彼はわたしのそばに腰をおろすと、秘書にコーヒーを持ってくるように言った。

「わたしのことを覚えていますか、エバ」

忘れられるはずがなかった。一度きりだが一緒に夕食をとったのはついこの前だったし、あのときのショックがもとで結局工場をやめ、物語を書いて生計を立てるようになったのだ。はじめのうちは取りとめのない話をしたが、わたしは椅子の端に腰をかけ、震える手でコーヒーをもっていた。彼の方はリラックスし、謎めいた表情を浮かべてわたしをじっと見つめていた。お決まりの挨拶が終わると何もしゃべることがなくなり、沈黙が流れたが、わたしは耐え切れなくなって口を開いた。

「どうしてわたしを呼びつけられたんですか、将軍?」と我慢できずに尋ねた。

「あなたと取引をしたくてね」そのあといつもの学者ぶった口調でこうつづけた。新聞に出ていたスレーマの死亡記事の切り抜きから、最近のロルフ・カルレとの交際にいたるまで、あなたの生活はほぼ調べ上げてあります。ロルフ・カルレというテレビの報道局員はいろいろと問題のある人物のようなので、治安警察も目をつけています。いや、なにもあなたを脅かしているわけではありません。それどころか、わたしはあなたの友達、というか心からの崇拝者ですからね。『ボレロ』の台本を読ませていただきましたよ、いろいろな話が出てきますが、ゲリラとサンタ・マリーア刑務所からの囚人脱獄という不幸な事件についていやに詳しいようですね、と言ったあとこう続けた。「その点をひとつ説明してくれませんか、エバ」

わたしは思わず肘掛け椅子の上で立て膝をし、両腕の間に顔を埋ずめそうになったが、必死になって絨毯の模様を見つめてつとめて平静を装った。頭の中に詰まっているさまざまな幻想的なお話の中から適当な答えを見出そうとしたが、うまく行かなかった。トロメオ・ロドリーゲス将軍の手が軽く肩に触れた。先ほども言ったように何も心配することはありません、わたしはあなたのお仕事に一切干渉しません、どうかそのまま脚本を書きつづけてください、百八章にわたしにそっくりの大佐が出て来ますが、あれもあのままで構いません、いや、あそこを読んだときは、思わず笑ってしまいましたよ、あの人物はべつに悪人というわけじゃありませんしね、それどころかなかなか立派な人物ですよ、ただ軍の神聖な名誉を傷つけないようにしてくださいい、しゃれではすみませんからね。先日、国営テレビの局長と面談したときにも言ったんですが、ひとつだけ申し上げておきたいことがあります、つまり、粘土で作った武器のところを手直しして、アグア・サンタの売春宿のところは削除してもらいたいのです。ああいうことを書かれると、刑務所の看守や将校たちはみんなの笑いものになりますし、話の方も真実味が薄れるでしょう。そう言って、双方に何人かの死傷者が出たという風に書きかえてみたらいかがですと知恵をつけてくれた。そうすれば、あの連続ドラマはいっそう人気が出るでしょう。視聴者は喜ぶでしょうし、こういう深刻なテーマをおふざけにせずに済むんじゃないですか。

「そんなふうにすれば、いっそうドラマティックになるでしょうね。でも、ゲリラ兵士たちは一切手荒な真似をせずに逃走したというのが真相ではありませんの、将軍」

「どうやら、わたしよりもよくご存知のようですね。ですが、軍の機密に属することですから、その話は止しましょう。ともかく、こちらの言ったとおりにしていただけますか、そうするとわたしの方も何らかの措置をとらなくて済みますから。そうそう、ついでながら申しておきますが、あなたの仕事にはつねづね感心しているんですが、どんなふうになさっているんです？　つまり、そのどんなふうにしてドラマを書いておられるんです？」

「精一杯やっているだけですわ……現実というのは整理がつかないほどごたまぜになっているでしょう、何もかもが同時に起こるので、それを正しく評価したり、読み解くことができないんです。ここでこうしてあなたとおしゃべりをしている間も、あなたのうしろではクリストバル・コロンがアメリカ大陸を作り出していますし、窓のステンドグラスの中でその彼を出迎えているあの先住民《インディオ》たちはこのオフィスからほんの数時間しか離れていない密林の中でいまでも裸で暮らしていて、それは百年経ってもたぶん変わっていないでしょうね。わたしはこの迷路のような世界の中に踏み込み、ひどい混沌に多少とも秩序をもたらし、人生をもっと生きやすいものにしたい、そう思っているんです。ものを書くときは、こうあってほしいと思う人生を描くようにしています」

「どこからアイデアを取ってこられるのです?」

「まわりで起こっていることや、わたしが生まれる前に起こったこと、新聞や人の噂話などです」

「それに、きっとロルフ・カルレの撮ったフィルムも、じゃないですか?」

「わたしを呼ばれたのは『ボレロ』の話をするためではないんでしょう、用件は何ですの、将軍?」

「おっしゃるとおり、例の台本の件についてはもうアラベナ氏と話し合いましたからね。じつは、ゲリラ部隊が壊滅したので、あなたをお呼びしたのです。大統領は、民主主義体制を揺るがせ、国民に多大の経済的負担をかける今回の戦いを早く終わらせたいと考えています。間もなく和平案が提出されますが、それによると武器を捨て、法を守り、社会に復帰する意志のあるゲリラ兵士は特赦を受けることができます。少し先取りして言いますと、大統領は共産党を合法化しようと考えています。わたしとしてはその措置に反対なのですが、行政に干渉するわけには行かないので、それを受け入れざるを得ないでしょう。ただひとつ申し上げておきますが、軍としては外国の勢力がこの国に有害な思想を広めるのを許すことはできません。われわれは建国者たちの理想を守るためなら、喜んで死ぬ覚悟でいます。つまり、ひと言でいえば、ゲリラに対して今回の和平案をのんでくれないかと申し出ているわけですよ、エバ。あなたの友人たちはこれで正常な生活に戻れるのです」将軍はそう言った。

「わたしの友人ですって?」

「ロヘリオ指揮官のことです、彼が今回の和平案を受け入れたら、部下の大半は特赦を受けることができます。わたしとしては、それが名誉ある撤退で、しかも唯一のチャンスだ、これ以外に道はないと彼に説明したいのです。そのために彼が信頼している人物と接触をもちたいのですが、その人物があなたであってもかまいません」

わたしはその日はじめて彼の目を見つめ、突き刺すように鋭い視線にじっと耐えたが、その間頭の中で、ウベルトはわたしの兄のような人なのに、わたしを使ってその兄を罠にかけようとしているとしたら、トロメオ・ロドリーゲス将軍は頭がどうかしているとしか考えられないわ、それにしても、この前はウベルト・ナランホがこの人を罠にかけるから手助けをしてくれと言ったばかりなのに、ほんとうに人の運命というのは分からないものね、と考えていた。

「まだわたしの言うことを信じておられないようですね……」わたしをじっと見つめたままそう言った。

「何の話か分からないんです」

「エバ、お願いだから、わたしをそう過小評価しないでいただきたい。あなたがロヘリオ指揮官と親しくしていることも調べ上げてあるんです」

「だったらわたしに頼まれなくてもよろしいんじゃありません」

「きれいな取引だからあなたに頼んでいるんですよ。これで彼らは生命が救われ、わたしは時間が節約できます。いや、あなたが疑われるのもよく分かります。この金曜日に大統領が国民に向かって先のような措置をとると発表することになっています。それを聞いてあなたがわたしの言葉を信じ、すべての人が、とりわけあのテロリストたちが幸せになれるようあなたが協力して下さるものと期待しています。彼らには和平案をのむか、死を選ぶか、その二つにひとつしかないのです」

「あの人たちはゲリラ兵士で、テロリストではありません、将軍」

「なんとでも好きにお呼びになればよろしい、しかし、あの連中が法の外にいる人間で、わたしの命令ひとつで彼らを全員消し去ることができるという事実は少しも変わらないのです。その彼らに救命具を投げていることを忘れないようにしてください」

多少とも時間的余裕がほしかったので、わたしは考えさせてもらいたいと言った。そのとき、大空に浮かぶ星の位置をしらべ、カードで神秘を読み解いてウベルト・ナランホの未来を予言し、これまでずっと言いつづけてきたけど、あの子はいずれ大金持ちになるか、泥棒になるかのどちらかしかないわねと言っていたミミーの姿が思い浮かんだ。占星術と占いはどうやらまたまちがえたようねと考えて、思わず口もとがほころんだ。そのあと、ロヘリオ指揮官の姿が一瞬目の前に浮かんだが、彼は共和国議会のビロード張りの椅子から、現在山岳地帯で銃をもって行っているのと同じ戦いをしかけていた。トロメオ・ロドリーゲス将軍はドアのところまで同行し、別れ際に両手でわたしの手を取った。

「わたしは大きなミスをしたようですね、エバ。あれ以来何ヵ月も、苛々しながらあなたから電話がかかってくるのを待っていました。わたしは誇り高くて、いったん口にした言葉は必ず守るようにしているものですからね。あのとき、あなたには圧力をかけないと言い、そのとおりにしてきたのですが、あれはやはりまちがいだったと後悔しています」

「ロルフ・カルレのことを言っておられるんですか？」

「おそらく長続きしないでしょう」

「わたしは永遠に続いてほしいと願っています」

「永遠に続くのは死だけですよ」

「わたしも自分の人生を好きなように生きてみたいと考えているんです……小説のように」

「すると、もう希望はないというわけですか？」

「どうもそのようですわね。いずれにしても、あなたの丁重きわまりない態度には心から感謝しております」そう言うと、姿勢のいい彼の顔に届くよう爪先立ち、その頬に軽くキスをした。

終章

ロルフ・カルレはある種の事柄に関してひどく悠長なところがあるが、その点はわたしが思ったとおりだった。カメラをもって何かを撮影するときはあんなに素早いのに、自分の感情にかかわることとなるとひどく無器用だった。これまでの三十数年間、ひたすらひとりで生きることを学んできたせいで、ブルゲル叔母さんから家庭をもつというのはいいものよと耳にタコが出来るほど言われていたが、彼は頑として自分の習慣を変えようとしなかった。一度彼の足もとに腰をおろし、絹のクッションをまわりに並べてあるお話をしたことがあった。そのとき彼の中の何かが変化したのだが、そのことに気づくのにひどく手間どったのはたぶんそのせいにちがいない。

サンタ・マリーア刑務所から脱獄囚が逃走したあと、ロルフはわたしを居留地の叔父夫婦の家にあずけ、その夜のうちに首都に引き返した。というのも、革命のスローガンをぶちあげ、官憲を嘲笑する脱獄囚の声が地下放送のラジオを通して流されたために大騒ぎになり、その取材のために戻らざるを得なくなったのだ。それからの四日間、彼は寝不足と空腹に悩まされながら、疲れ切った身体をひきずって今回の事件にかかわりのある人すべてのインタビューをとった。その中にはアグア・サンタの売春宿の女将やクビになった刑務所長をはじめ、ロヘリオ指揮官まで含まれていた。星のマークが入った黒のベレー帽をかぶり、ネッカチーフで顔を隠したロヘリオは、局側の説明によると機械のトラブルで放送が中断されるまでの二十秒間テレビの画面に姿を現わした。木曜日、アラベナは大統領府に呼ばれ、現在の地位にとどまっていたければ、報道記者をきちんと管理監督するように厳しく言われた。あのカルレというのは外国人ではないのかね？　いいえ、閣下、書類を見ていただければ分かりますが、すでに帰化しております。そうかね、ともかく国内の治安問題に関して余計な口をはさまないよう、さもないとそのうち泣きを見ることになると伝えてもらいたい。局長はオフィスに彼を呼びつけると、五分ばかり二人きりで密談した。局長から、とかくの噂が流れているから、ほとぼりがさめるまで表に出ないで居留地にとどまっているようにと言われて、ロルフはそちらに引き返した。彼は週末の客がまだやって来ていない木造のあの建物にずかずか入って行くと、いつものように大声で挨拶をした。叔母さんがケーキを彼の口に押し込んみ、犬が彼の全身を舐めまわそうとしたが、それを振り払って外に出ると、わたしを捜した。というのも、この数週間黄色いペチコートを着た亡霊が夢に現われて、彼を苦しめていたのだ。その亡霊は彼をそそり、追えば逃げ、熱く燃え上がらせ、息を切らせて何時間も追いまわした挙句、夜明け前にようやく抱き締めて至福感にひたると、とたんに目が覚めた。汗にまみれ、その名を呼んで目が覚めると、そばには誰もおらず、やり切れない思いにとらえられた。そんなばかげた迷妄にけりをつけようと考えたのだ。わたしはユーカリの木の下に腰をおろし、ラジオ・ドラマを書いているようなふりをしていたが、横目で彼のいる方をじっと見ていた。夜毎彼を苦しめている淫奔な女性とちがって、服の布地が風になぶられ午後の陽射しを浴びているもの静かな女性に見えるようつとめた。遠くから何分間かじっとこちらを見つめているのが分かった。おそらくこれ以上ぐずぐず引き伸ばすのはよそうと心に決めたのだろう、いかにも彼らしい礼儀正しいやり方で自分の思いをはっきりわたしに伝えた。そしてそばにやってくると、ロマンチックな小説に出てくるようにわたしにキスをした。それはわたしが長い間ずっと待ちつづけてきたキス、さっきまで書いていた『ボレロ』の主人公たちの交わすキスと同じものだった。彼に抱かれながらそっとその体臭を嗅いでみると、まぎれもない男の匂いがした。はじめて会ったときから、古い知り合いのような気がしてならなかったが、今その理由がようやく理解できた。つまり彼は、わたしが長年捜し求めてきた男性だったのだ。そして、ようやくその人に出会えたのだ。彼も同じことを考えていたようだった。理知的なタイプなので、遠回しな言い方をしたが、わたしが考えていることを口に出して言ったように思う。そのまま愛撫をつづけ、わざとらしい技巧とは無縁な、愛し合ったばかりの恋人だけが口にできる言葉をささやき合った。

ユーカリの木の下でキスをしているうちに日が暮れ、あたりが暗くなりはじめた。山間部のこのあたりは夜になると、急に気温が下がった。わたしたちは足取りも軽く家に戻ると、今生まれたばかりの恋をみんなに伝えた。ルパートは大急ぎでそのニュースを娘たちに伝えると、酒倉から年代もののワインをとってきた。その間、あまりの嬉しさに思わず知らず母国語で歌をうたいはじめたブルゲルが、催淫効果のある料理を作りはじめた。中庭では、わたしたちの輝くような喜びをいち早く感じとった犬たちがうるさく騒ぎ立てていた。すばらしいご馳走が用意され、テーブルにはパーティ用の食器類が並べられた。蠟燭製造業者は心底ほっとし、かつての恋仇のために乾杯をした。二人の従姉妹はひそひそ話し合ったり、ころころ笑ったりしながら羽根ぶとんをふんわりふくらませ、以前初めて性について一緒に学んだいちばんいい客室に切ったばかりの花を活けた。家族揃っての夕食が終わると、わたしたちは準備の整った部屋に引きとった。部屋は広々としていて、暖炉ではサンザシの薪が赤々と燃え、高いベッドは世界でいちばんふかふかの羽根ぶとんで覆われ、天井からは新婦のつけるヴェールのように純白の蚊帳が垂れていた。その夜はもちろん、それからも毎晩のように果てしなく睦み合ったので、家中の木材が金色の光沢を帯びるようになった。

その後もわたしたちは愛がすり切れ、ぼろぼろになるまで一定の間隔をおいて愛し合いつづけた。ひょっとすると、ことはまた違ったふうに起こったのかもしれない。たぶん、わたしたちは運よく二つとないような恋に出会ったのだ。だから、わたしは恋の話を作る必要などなかった。自分の好きなように現実を作り出すことができるという法則に従って、永遠に記憶に残るようそれに美しい衣装を着せてやるだけでよかったのだ。たとえばいく分誇張して、わたしたちの蜜月があまりにも度を過ごしたものだったので、オペレッタの舞台になりそうなあの町の魂と自然の秩序を狂わせしまい、狭い通りは溜め息であふれ、鳩が鳩時計に巣を作り、墓地のアーモンドが一夜で花をつけ、ルパート叔父さんの飼っている雌犬がその季節でもないのに発情したと書きつけた。幸せにひたっていた何週間かの間に、時間は長く延び、螺旋《らせん》状に曲がり、手品師のハンカチのようにくるりと裏がえった。またその間に、ロルフ・カルレは持ち前の生真面目さと虚栄心をかなぐり捨て、悪夢から解放されて、少年時代の歌をふたたび口ずさむようになり、わたしはわたしでリアド・アラビーの家の台所でおぼえたベリー・ダンスを踊ったり、笑い転げたり、ワインをちびちび飲みながらハッピー・エンドで終わるお話を含めて沢山の物語を書いた、そうわたしは書きつけた。

解説

木村榮一

ここに訳出したのは Isabel Allende の長篇小説 *Eva Luna*; Plaza & James, Barcelona, 1987 の全訳である。作者のイサベル・アジェンデについては、『精霊たちの家』（国書刊行会／河出文庫）の解説ですでに紹介しておいたが、この作品で初めてイサベル・アジェンデの小説を読まれる方もおられるだろうから、以下簡単に彼女の伝記をたどっておこう。

チリの女性作家イサベル・アジェンデは一九四二年、父親の仕事の関係でペルーの首都リマで生まれた。その後、父親が家族を捨てて姿を消したために、彼女は母親とともにチリに戻った。以後、彼女は祖父母の家で暮らすことになるが、そこは風がひょうひょうと吹き抜ける陰気な感じのする広壮なお屋敷で、時々鏡のなかを精霊が通り過ぎたり、地震でもないのに家具ががたがた音を立てて揺れたりしたとのことである。幼い頃のイサベルは、暇さえあれば屋敷の地下室に潜り込んで遊んでいたが、そこには一族のさまざまな思い出の品や古いラブ・レター、旅行記、母親の若い頃の写真、ベンガルの虎をしとめ、その頭に足をかけてポーズを取っている一族のものの写真、古い家具など雑多なものがひしめいており、また姿を消した父親の蔵書も並んでいた。地下室はまさにパンドラの箱のような世界で、彼女はそこにこもっていろいろなもので遊んだり、ジュール・ヴェルヌやジャック・ロンドン、冒険小説の作家として知られるエミリオ・サルガリなどの心躍る物語小説を読んで、空想の翼を思うさま羽ばたかせ夢想にふけった。十歳のときには、シェイクスピアの悲劇を読んでわあわあ大声をあげて泣いたり、フロイトの著作と悪戦苦闘したり、サドの小説を読んで度胆を抜かれたりしたが、この乱読が後に小説家イサベル・アジェンデを生み出すうえでこの上ない肥やしになったことは言うまでもない。やがて、彼女は自分もものを書きたいと考えるようになり、ノートに自分が作ったお話を書き留めるようになった。

その後、母親が再婚するが、新しい父が外交官だったために、以後外国での暮らしが続く。十五歳のときに再び帰国するが、多感な思春期もやはり読書と空想にひたる日々が続いた。やがて、パーティの席である男性と知り合い、十九歳で結婚して家庭を持つことになった。できれば、アガサ・クリスティーのような売れっ子作家になって、執筆のかたわら紅茶を飲みながら庭の手入れをするような生活を送りたいと夢見ていた彼女は、作家になる一番の近道はジャーナリストになることだと考えて、その道に進むことにした。やがて国内の政治が大きなうねりを見せて変化しはじめ、一九七〇年、ついに左翼政権が誕生し、彼女の父親のいとこにあたるサルバドール・アジェンデが大統領に就任する。しかし、新政権は安定せず、政情不安が続いたのち、一九七三年に軍部のクーデタで左翼政権が倒され、大統領をはじめ多くの犠牲者を出すことになった。ジャーナリストをしていた関係で、彼女はクーデタとそれに続く軍部独裁の恐怖政治の実態をつぶさに知ることができた。クーデタ後もジャーナリストとして仕事を続けるが、一方で迫害されたり、困窮している人たちの救済にあたったり、さらには官憲に追われている人たちをかくまったり、国外に亡命する手助けをしたりした。しかし、不安と絶え間ない緊張を強いられるそうした活動を続けてゆくうちに、身体に変調を来たし、ぜんそくの発作が起こったり、食事が喉を通らなくなったり、不眠症に悩まされるようになった。加えて、学校に通っている子供が下校時にいじめられるという騒ぎまで起こった。そうこうするうちに、彼女自身も当局ににらまれるようになり、ついに職を追われた。圧迫に耐え切れなくなった彼女は夫と相談して、亡命を決意し、家族とともにベネズエラへ行くことに決めて、祖国を後にした。

ベネズエラに移り住んだ当初は、祖国や後に残してきた人たちのことが気にかかり、何も手につかない状態が続いた。しかし、時間が経つとともにベネズエラの自由な雰囲気やまわりの人たちの暖かい心配りのおかげで、心の傷も癒えてふたたびジャーナリズム関係の仕事をするようになった。けれども、日毎にチリで暮らしていた日々が遠く感じられるようになり、一方で祖国とそこで暮らしている人たち、あるいは幼い頃の思い出、自分が愛していた人たちのことが彼女の心を騒がせるようになった。そうした中で祖父の訃報を受け取った彼女は、まるで何かに駆り立てられるようにして机の前に座り、タイプライターを叩きはじめた。それからまる一年かけて書き上げたのが最初の小説『精霊たちの家』である。当時を振り返って、彼女は次のように語っている。

「私は一種の悪魔祓いの儀式として『精霊たちの家』を書いたのです。つまり、心の中に棲みついていた亡霊たちが絶えず騒ぎ立てて、安らかな気持ちにさせてくれなかったものですから、彼らを追い払うための方法としてあの小説を書いたのです。文章にしてやれば、あの亡霊たちもきっと自分たちの生を生きてゆくだろうと思ったのです。ですが、小説にするときは、彼らを自由に行動させるのではなく、私が決めた法則に従わせることにしました。私は、大変原始的な方法で言葉に力を、つまり、死者をよみがえらせ、行方知れずになった人たちを呼び集め、失われた世界を再建する力を与えようとしたのです」

こうして書かれた『精霊たちの家』は、一九八二年の発売と同時に大きな反響を呼び、軍政下のチリでは出版が禁止されていたものの、他のスペイン語圏の国々では爆発的な売れ行きを見せ、さらに海外でも注目されて次々に外国語に翻訳され、イサベル・アジェンデは一躍ラテンアメリカを代表する女性作家と見なされるようになった。この『精霊たちの家』を読んで感銘を受けたデンマークの映画監督ビレ・アウグストが、最初のうち渋っていた原作者を説き伏せて映画を作り、『愛と精霊の家』(一九九三)という映画を製作したことはよく知られている。

この作品に続いて、一九八四年には軍政下のチリに生きる一組の男女を主人公に、軍部独裁制のもとで虐げられている人々の姿や軍と秘密警察の暴虐非道ぶりを描き出した小説『愛と影について』を出版し、ふたたび注目を集めた。この作品と前作『精霊たちの家』はともに細部の描写から考えて、チリを舞台にしていることは間違いない。前世紀末から今世紀後半にいたる約百年に及ぶある一族の歴史をその時代背景とからめて描きだした『精霊たちの家』と、チリに住む人たちの姿と軍部独裁の圧制と恐怖をさまざまなエピソードを通して語った小説『愛と影について』は、言ってみれば作者イサベル・アジェンデが愛と共感をこめて歌いあげた祖国とそこに生きる人々への鎮魂の歌であり、彼女は、言葉によって作品の中にそうした人々や祖国をよみがえらせることで、「心の中に棲みついていた亡霊たち」の呪縛を祓ったのである。そして、次の作品で新たな局面を切り開くことになるが、それが一九八七年に出版された小説『エバ・ルーナ』である。この小説の舞台はもはやチリではない。石油が地の底からふんだんに湧きだし、熱帯地方を抱え込んでいるという記述や、独裁制崩壊の経緯と独裁者を中心とする政府要人の国外逃亡の描写を見るかぎり、この作品の舞台は明らかにベネズエラである。ベネズエラに亡命して十年以上の歳月が経ち、ようやくあの国になじんだ作者が第二の祖国とも言える土地を舞台にして書き上げたのが、『エバ・ルーナ』であるといえるだろう。しかし、ここに登場してくる主要な登場人物が、出自の分からない女中、ヨーロッパからの移民、移民の息子で絶世の美女に生まれ変った人物、売春宿の女将、ストリート・ボーイでやがてゲリラの指導者になる男といった具合に、ことごとく社会の枠組からはみ出した人間たちであることは興味深い。このことは、作者が第二の祖国ベネズエラを描こうとしても、その社会内の人間として描くことは出来ないということを物語っているが、そのことが逆にこの小説にたぐいまれなパワーとエネルギーを付与していることを見落としてはならない。いずれにしても、この作品については後ほど触れることにしよう。

イサベル・アジェンデは『エバ・ルーナ』を発表した年に最初の夫と離婚し、翌八八年にアメリカ人ウィリアム・ゴードンと再婚、以後カリフォルニアに住んで執筆活動を行うようになった。『エバ・ルーナ』に続いて、一九九〇年に『エバ・ルーナのお話』と題した最初の短篇集を出版するが、ここには『エバ・ルーナ』の余滴とも言うべき作品をはじめ、さまざまに味わいの異なる短篇が納められており、イサベル・アジェンデの短篇作家としての技量が遺憾なく発揮された作品に仕上がっている。ついで、一九九一年には長篇小説『無限計画』を発表している。移民の子としてアメリカに生まれ、スラム街で育ったグレゴリー・リーヴスは苦学して大学に進み、やがて弁護士になって社会的に成功を収める。しかし、二度にわたる結婚生活は失敗に終わり、最初の妻との間に生まれた娘は家出して行方知れずになり、二人目の妻との間に生まれた男の子は自閉症になるといった具合で、家庭的には恵まれなかった。一時は飛ぶ鳥を落とす勢いだったグレゴリーだが、仕事上のトラブルですべてを失うことになる。一切を失い、精神的な危機にも見舞われた彼は、友人の妻で精神科医をしている女性の治療を受けて真の自己を見出し、精神的に立ち直る。さらに、友人たちの経済的援助も得られ、新たな再出発を誓うところでこの小説は終わっている。アメリカのサクセス・ストーリーをそのまま体現したような人物グレゴリー・リーヴスの生き方とその精神形成を描きつつ、一方で人種のるつぼといわれるアメリカ社会の実像を鋭く描き出したこの小説は、イサベル・アジェンデの新生面を切り開いた作品として注目される。彼女は現在〔一九九四〕新作に取り組んでいるといわれるが、天性の物語作家である彼女が次にどのような作品を書くのか大いに期待される。

☆

『エバ・ルーナ』に話を戻すと、この作品を読んでまず気がつくのは、語り手である主人公のエバとその母親がともに出自がはっきりせず、社会的にもこれといった身分を持っていない点である。母親のほうは、熱帯地方を流れる川にかかっている桟橋の上を這っているところを修道僧たちに拾われ、エバはその母親とやがてどこへともなく姿を消していった月の一族の先住民《インディオ》との間に生まれた。そのために、二人はともに他人の家で女中勤めをすることになるが、この仕事に就いている彼女たちは、言ってみれば社会の枠組からはみ出した存在にほかならず、その点ではベネズエラで十年以上暮らしていたとは言え、どこまでも外国人亡命者でしかない作者自身と重なり合っている。イサベル・アジェンデはおそらく、ベネズエラを舞台にした小説を書くにあたって、視点を社会の枠内ではなく、枠の外にいる人間に設定しようとしたのだろう。とすれば、出自が定かでなく、社会の枠組の外にいる女性、すなわちエバ・ルーナがこの作品の語り手として登場してくるのは当然のことと言えるだろう。もし主人公が社会の中である決まった地位なり、職業を持っていたとすれば、物語は主人公の属している階層を中心にして展開せざるをえないが、女中であれば、剝製を作る秘法を発見した博士、政府の高官、ユーゴスラヴィアから亡命してきた婦人、年金生活者といったように、どのような階層、どのような家庭でも自由に渡り歩くことができる。また、ストリート・ボーイのウベルト・ナランホと出会ったり、彼を通して売春宿の女将やミミーと知りあったり、アラブ人の商人リアド・アラビーの庇護を受けるようになったのも、もとはと言えば彼女があのような仕事をしていたからにほかならない。また、主人公のエバが途方もない生命力とエネルギーの持ち主であることも見落とすことはできない。まだほんの小さな子供なのに、小水の入った溲瓶《しびん》を片付けるのががまんできず、政府高官の頭からそれをぶちまけたり、女主人と喧嘩してかつらを剝ぎ取ったり、どんな苦難が襲ってきてもたくましく生き抜き、挙句の果てはゲリラと行動をともにして〈普遍物質〉で武器の模造品を作るということまでやってのけ、さらに一方でせっせと物語やテレビの台本を書き続けるというのだから、驚くべきエネルギーである。そんなエバ・ルーナを見ていると、開高健が『白昼の白想』で述べている次の一節が思い浮かんでくる。

悪漢小説は全世界どこにでもある。ふつうヨーロッパ文学では十六世紀のスペインで開花と結晶を見たとされているが、それは文学辞典の解説であって、根源は石器時代の洞窟の炉辺談話からはじまるのである。英雄、美女、反逆者、何でもよろしいが、とにかくここに一人の、非日常的、非常識的な、上昇か下降かは何人も定めにくいが、どえらいエネルギーを持った猛烈男か、猛烈女がいたとする。それが社会と自然をよこぎっていく旅に出発する。下から上へか、上から下へか、また右から左へか、左から右へか、とにかく果敢法外な縦断か横断かを試みるのである。その航跡をたどっていくと、猛烈男の自伝を述べるという形式のもとに、その社会の諸相が、縦断図であるか、横断図であるかを問わず、述べられるという結果になるのである。その形式において述者は猛烈男か猛烈女を借りて、実は自身の博識を展開したく、また生の混沌を、それについての観想を述べたいのである。(「才覚の人　西鶴」)

さまざまな階層に分かれ、多様な相貌を見せる現実社会を描くために、イサベル・アジェンデはこの作品でエバ・ルーナという人物を創造し、その彼女を通してベネズエラ社会とそこに生きる人たちの混沌とした生を描き出しているが、その際に作者は図らずもきわめて古い文学形式を踏襲することになった。イサベル・アジェンデが悪漢小説というジャンルを意識していたかどうかは分からないが、いずれにしても『エバ・ルーナ』において悪漢小説の伝統が、あるいはもっと古い語りの形式が生きとよみがえっていることは間違いない。

どえらいエネルギーの猛烈男、猛烈女にまつわる物語の起源は石器時代、すなわち人間が穴居生活を送っていた時代に生まれたものだという指摘は、E・M・フォースターのいう物語の起源と一致するが、現存するこの種の作品でもっとも古いものは紀元一世紀頃にギリシア人のカリトーンが書いた『カイレアースとカリロエーの物語』である。互いに一目見て愛しあうようになった絶世の美女と美男がめでたく結ばれる。しかし、その後二人に思わぬ災厄が降りかかり、離れ離れになって地中海と小アジアを転々としながら苦難に立ち向かい、やがてふたたび結ばれるという筋立てになっている。スペインの文学研究者ガルシア・グアルは、この作品が完全な形で残されているヨーロッパ最初の小説であり、放浪と遍歴、それに愛がこの作品のテーマになっているのは、その基底にホメーロスの『オデュッセイア』があるからだと指摘している。その後このテーマはヘリオドロスの『エチオピア物語』に代表されるビザンチン小説に受け継がれ、さらに放浪、遍歴と愛がキリスト教的な理想やモラルと結びついて十二世紀に生まれてきたのがクレチアン・ド・トロワにはじまる騎士道物語である。騎士道物語はやがて十五、六世紀のスペインにおいて隆盛を見、ガルシ・ロドリーゲス・モンタルボの『アマディス・デ・ガウラ』やジョノット・マルトレルとマルティ・ジョアン・デ・ガルバの『白の騎士ティラン』などの傑作を生みだすが、その騎士道的な理想が形骸化したときにパロディーとして生まれてきたのが、セルバンテスの『ドン・キホーテ』であることは言うまでもない。セルバンテスはまたビザンチン小説の継承者でもあり、『エチオピア物語』をもとに『ペルシーレスとシヒスムンダの苦難』を残していることを忘れてはならないだろう。

また、『ドン・キホーテ』が書かれる前の一五五四年に、作者不詳の悪漢小説『ラサリーリョ・

デ・トルメスの生涯』が出版されていることも忘れてはならない。お世辞にも立派とはいえない家柄の子供が盲人の手引き小僧を手始めに、吝嗇このうえない僧侶や騎士の従者の召し使いなどをしながら、自らの知恵と才覚を頼みに浮世をしぶとく、たくましく生き抜き、ついには妻をめとってそれなりに安定した生活を送るようになるという筋立てのこの小説が最初の悪漢小説と言われるが、それよりも二十六年前にフランシスコ・デリカードが、対話形式の作品『色っぽいアンダルシア女』を出版しており、これを最初の悪漢小説と見立てる研究者もいる。イタリアに住んでいた僧侶デリカードの手で書かれたこの作品の女主人公は、若くして両親に死に別れ、叔母の家に世話になっているが、そのときにイタリア人の商人の息子に見初められる。彼はいずれ父親の許しを得て結婚しようといって、彼女を連れて地中海や近東をあちこち旅する。ひそかに人を使って息子のことを調べた父親は、その結婚に反対していたために息子を軟禁したうえで、彼女の身ぐるみを剥いで海に捨てさせる。運よく漁師の手で救われた彼女はその後ローマに出て、娼婦をはじめさまざまな仕事について生計を立て、やがて売春宿の女将、民間治療師などの仕事をするようになる。彼女はイタリアで知りあったランピンという男と割りない仲になっていたが、浮気もので博打打ちのそのランピンとともにリパリ島へ旅立つところでこの作品は終わっている。全編が対話形式になっているこの作品を小説と呼べるかどうかはともかく、ここに登場するしたたかで食えないが、頭がよくてどこか憎めないところのある主人公が開高健のいう猛烈女の一人であることはまちがいないし、ここにもやはり放浪と遍歴、それにいささか放縦ではあるが愛もまた重要なテーマとして織り込まれている。

『ラサリーリョ・デ・トルメスの生涯』、あるいはフランシスコ・デリカードの『色っぽいアンダルシア女』を嚆矢《こうし》とする十六世紀スペインの悪漢小説はその後もつぎつぎと書き継がれてゆき、マテオ・アレマンの『悪者グスマン・デ・アルファラーチェの生涯』、セルバンテスの『犬の対話』や『リンコネーテとコルタディーリョ』、フランシスコ・デ・ケベードの『放浪児の手本、悪者の鑑、ドン・パブロスと呼ばれる騙《かた》りの生涯』、ベレス・デ・ゲバーラの『跛の悪魔』などの名作を生み出すことになる。このジャンルはさらに他のヨーロッパ諸国にも広がってゆき、グリンメルスハウゼン（ドイツ）の『阿呆物語』やスカロン（フランス）の『滑稽物語』、ル・サージュ（フランス）の『ジル・ブラース物語』、フィールディング（イギリス）の『トム・ジョーンズ』などの作品が生まれてくるが、文学史的にはスモレット（イギリス）の『ロデリック・ランダム』をもって約二世紀にわたるその歴史を一応閉じることになる。しかし、以後もこのジャンルは命脈を保ち続け、バルザック、スタンダール、ディケンズ、サッカレー、あるいは『巨匠とマルガリータ』の作者ブルガーコフといった作家たちによって形を変えて受け継がれてゆく。また、現代文学を見渡してみても、ソール・ベローの『オーギー・マーチの冒険』、『雨の王ヘンダーソン』、ジョン・バースの『酔いどれ草の仲買人』といった明らかに悪漢小説の流れを汲むと思われる数多くの作品を見出すことができるし、日本でも夏目漱石の『吾輩は猫である』とか、開高健の『日本三文オペラ』といった悪漢小説を彷彿させる作品がある。

ホメーロスの『オデュッセイア』にその原型があるとされる放浪と遍歴、愛をテーマにした作品は紀元一世紀ごろにギリシア小説で散文化され、さらに中世末期の騎士道物語においてキリスト教的な理念と結びついて新しい展開を見せた後、さまざまに変形を遂げながら悪漢小説に受け継がれてきた。

これがさらにバルザックやスタンダール、ディケンズ、サッカレーといった近代小説の作家たちによって継承されて現代まで生き続けてきたことを思うと、先に挙げた三つのテーマは小説、あるいはその原型ともいえる物語のもっとも基本的なテーマとして気の遠くなるほど長い時間を生きてきたのではあるまいかと思われる。ボルヘスは「トレーン、ウクバール、オルビス・テルティウス」の中で、

……トレーンにおいては、認識の主体は単一で永遠である。

文学においても唯一の主体の観念は万能である。書物に署名があることは珍しい。剽窃の観念は存在しない。あらゆる作品はただ一人の著者の作品であり、彼は無時間的かつ無名のものであると規定されている。（……）

本もまた変わっている。フィクションの本は、想像し得るかぎりの順列をふくみながらだが、ただひとつの筋からなっている。（鼓直訳）

と述べているが、ここで放浪、遍歴、愛をテーマにした物語、小説の歴史を振り返ってみると、この言葉は必ずしも架空の天体トレーンの文学にだけ当てはまるものではないような気がしてくる。

ここに訳出した『エバ・ルーナ』もまた悪漢小説の流れを汲む作品であることは、一読すればお分かりいただけるだろう。先に触れた『色っぽいアンダルシア女』を初め、スペインではその後もロペス・ウベダの『あばずれフスティーナ』、カスティーリョ・ソロルサーノの『嘘つき娘、テレーサ・デ・マンサナーレス』、サラス・バルバディーリョの『セレスティーナの娘』といった女性を主人公

にした悪漢小説が生まれてくる。また、ドイツでも三十年戦争の動乱期をたくましく生き抜いた、男まさりの女性を主人公にしたグリンメルスハウゼンの小説『放浪の女ぺてん師クラーシェ』やデフォーの「有名なモル・フランダーズの幸運と不運その他のこと、彼女はニューゲート牢で生まれ、子供時を除く六十年間の断え間ない波瀾の生涯において十二年間情婦、五回人妻（そのうち一回は彼女自身の弟の妻）、十二年間泥棒、八年間ヴァージニアへの流刑囚、最後に裕福になり、正直に暮し、悔悟者となって亡くなった。彼女自身の覚え書きから書いたもの」というおそろしく長い原標題が付けられた、波乱万丈の物語『モル・フランダーズ』といった作品がある。その意味では、『エバ・ルーナ』を、女性を主人公にした悪漢小説の系譜に連なる作品と見なすことができるわけだが、ここで見落としてならないのは、『色っぽいアンダルシア女』がキリスト教的なモラルが崩れゆく時代の始まりを予兆する作品であり、『ラサリーリョ・デ・トルメスの生涯』が、貴族および騎士道的理想が崩れ去った時代の作品、あるいはまた『モル・フランダーズ』が、スチュアート王朝の封建的な残滓が消えさり、中産階級が勃興してきた時代の作品であることを考えると、悪漢小説というのはどうやらそれまでの価値観が大きく揺らぎはじめ、新しいものが生まれてくるときに誕生してくるように思われる。『エバ・ルーナ』もやはり、独裁制が崩壊し、まだひ弱ではあるが民主主義体制が徐々に固まりつつあるベネズエラを舞台にしていることを思い合わせると、社会が大きな変動期にさしかかると、その時代の作家はそれぞれに原型となる始原の物語という生命の水を汲みに行くのではないかと思われる。この種の作品は確かに精緻さや繊細を欠き、人間の内面を事細かに描き出すということはない。しかしその反面、ますます薄く軽くなり、脆弱で神経症的なものになりつつある現代小説と違って、荒々しいまでの生命力とエネルギーに満ちあふれている。この『エバ・ルーナ』と、たとえば突然足の親指がペニスになったために、放浪と遍歴、そして愛の探究の旅に出ることになった女性を主人公にした松浦理英子の小説『親指Ｐの修行時代』を合わせて読めば、悪漢小説の伝統がまるで生物学者ドーキンスの言う遺伝子のようにあらゆる時代、個体を越えて生き延びていることに思い当たるはずである。

☆

この作品の翻訳は一章から五章までを新谷美紀子が、残りの章を木村榮一が担当し、さらに訳文の統一を図るために、木村が全体に目を通した。また翻訳に際しては、英訳の *Eva Luna*; tr. by Margaret Sayers Peden, Alfred A. Knopf, Inc., 1988 を参照させてもらった。

なお、長野県在住の切久保富美さんには訳稿をワープロに打ち込んでもらったが、彼女の助けがなければ、おそらく締め切りに間に合わなかったに違いない。その切久保富美さんと国書刊行会の編集部藤原さんにはいろいろとお世話になり、また楽しく仕事をさせてもらったので、ここでそのお礼を申しのべておかなくてはならない。

追記

今回、長年絶版になっていたイサベル・アジェンデの小説『エバ・ルーナ』と短篇集『エバ・ルーナのお話』が、白水社のUブックスに収録されることになり、小説の楽しさ、面白さをたっぷり味わわせてくれる物語を、より若い世代の読者にも届けられると分かってわれわれ訳者は心から喜んでいる。

先の解説で作者のイサベル・アジェンデの波乱にとんだ人生を紹介したが、考えてみれば今から三十年近くも前のことで、その後、彼女の身にもいろいろなことがあった。先の解説で触れたように、彼女は一九八八年に再婚したが、その相手であるウィリアム・ゴードンとは二〇一五年以降別居しており、現在彼女はカリフォルニアで子供や孫と一緒に暮らしながら、執筆活動を行っている。ゴードンと再婚したあと、娘が難病におかされ、長い闘病生活の末に亡くなるという不幸に見舞われたが、その悲しみを乗り越えて、以後も精力的に創作活動をつづけ、話題作、問題作を次々に発表している。その作品はスペイン語圏の国々はもちろん、アメリカ合衆国をはじめ、フランス、ドイツ、イギリスといったヨーロッパ諸国でも大きな反響を呼び、海外の数々の文学賞に輝いていることはよく知られている。類まれな語りの才能に恵まれたアジェンデは八十歳になった今も創作意欲に衰えを見せず、ここまで紹介した作品以後も数々の話題作を発表しているが、今回Uブックスで再版されることになった二作品は、ぼくの大のお気に入りである。中には、彼女の小説は大向こう受けを狙って書いたものだと酷評する人もいるが、彼女はそういう批評的言辞をまったく意に介さず、物語を通して読者を楽しませたいという一心で今なお執筆に励んでいる。

以下に、彼女がその後発表した主だった作品を挙げておく。

Paula（1994）『パウラ、水泡なすもろき命』（菅啓次郎訳、国書刊行会、2002）
Hija de la fortuna（1999）『天使の運命』（木村裕美訳、ＰＨＰ研究所、2004）
Retrato en sepia（2000）
La ciudad de las bestias（2004）『神と野獣の都』（宮崎寿子訳、扶桑社海外文庫、2004）
El Zoro（2005）『ゾロ：伝説の始まり』（中川紀子訳、扶桑社海外文庫、2005）
Inés del alma mía（2006）
El cuaderno de Maya（2011）
El amante japonés（2015）『日本人の恋びと』（木村裕美訳、河出書房新社、2018）
Más allá del invierno（2017）
Violeta（2022）

以前、国書刊行会で『エバ・ルーナ』と『エバ・ルーナのお話』を出版する際、いろいろな助言をいただいただけでなく、編集の仕事も担当してくださった藤原さんから今回お声をかけていただいて、思いがけず白水社のUブックスに二冊とも収められることになり、訳者一同、心から喜んでいることをこの場を借りて申し上げておかなくてはならない。

二〇二二年五月

木村榮一

本書はイサベル・アジェンデ『エバ・ルーナ』（木村榮一・新谷美紀子訳、国書刊行会、一九九四）の再刊です。

なお、本書中には今日の人権意識に照らして不適切と思われる語句を含む文章もありますが、作品の時代的背景に鑑み、また文学作品の原文を尊重する立場から、そのままとしました。

——編集部

著者紹介

イサベル・アジェンデ　Isabel Allende

1942年、ペルーのリマで生まれる。生後まもなく父親が出奔、母親とともに祖国チリに戻り、祖父母の家で育つ。FAO（国連食糧農業機関）勤務の後、雑誌記者となるが、1976年、父親の従兄弟にあたるアジェンデ大統領の政権が軍部クーデターで倒れるとベネズエラに亡命。1982年、一族の歴史に想を得た小説第一作『精霊たちの家』（河出文庫）が世界的ベストセラーとなり、『エバ・ルーナ』（87）、『エバ・ルーナのお話』（89。白水Uブックス近刊）など、物語性豊かな作品で人気を博した。1988年、再婚を機にアメリカへ移住。以後、カリフォルニアに住み創作活動を続けている。その他の邦訳に『パウラ、水泡なすもろき命』（国書刊行会）、『天使の運命』（PHP研究所）、『神と野獣の都』（扶桑社）、『日本人の恋びと』（河出書房新社）など。

訳者略歴

木村榮一（きむら えいいち）

1943年、大阪府生まれ。神戸市外国語大学卒業。同大学名誉教授。著書に『ラテンアメリカ十大小説』（岩波新書）、『翻訳に遊ぶ』（岩波書店）、訳書にイサベル・アジェンデ『精霊たちの家』（河出文庫）、J・L・ボルヘス『エル・アレフ』（平凡社）、フリオ・コルタサル『遊戯の終わり』（岩波文庫）、マリオ・バルガス＝リョサ『緑の家』（岩波文庫）、フリオ・リャマサーレス『黄色い雨』（河出文庫）他多数。

新谷美紀子（しんたに みきこ）

神戸市生まれ。神戸市外国語大学大学院修士課程修了。大阪女学院大学非常勤講師。訳書にフリオ・コルタサル『通りすがりの男』（共訳、現代企画室）、アウレリオ・アシアイン編『現代メキシコ詩集』（共訳、土曜美術社出版販売）、アルトゥロ・ラモネダ編著『ロルカと二七年世代の詩人たち』（共訳、土曜美術出版販売）など。

企画編集＝藤原編集室

本書は 1994 年に国書刊行会より刊行された。

白水uブックス　242

エバ・ルーナ

著　者　イサベル・アジェンデ
訳　者©木村榮一
　　　　新谷美紀子
発行者　及川直志
発行所　株式会社 白水社
東京都千代田区神田小川町 3-24
振替　00190-5-33228　〒 101-0052
電話　(03) 3291-7811（営業部）
　　　(03) 3291-7821（編集部）
www.hakusuisha.co.jp

2022 年 9 月 15 日　印刷
2022 年 10 月 10 日　発行
本文印刷　株式会社精興社
表紙印刷　クリエイティブ弥那
製　　本　誠製本株式会社

Printed in Japan

ISBN978-4-560-07242-4

乱丁・落丁本は送料小社負担にてお取り替えいたします。